I0670459

# Il s'appelait Antoine

## CINDY VALT

## - 1 -

Le cadavre était là, allongé à ses pieds.

Julien avait l'impression de sentir encore son souffle.

Une chaleur suave rayonnait de son corps et des volutes de vapeur se dessinaient au-dessus de lui dans la fraîcheur du matin. En s'écroulant, il avait fait un bruit sourd et étouffé par l'épais tapis de feuilles et d'humus qui recouvrait le sol de la forêt. La mâchoire ouverte, crispée et les membres contractés laissaient transparaître une agonie de plusieurs secondes. Court et long à la fois.

Julien ne pouvait détacher ses yeux du corps qui était en mouvement il y a quelques minutes encore. Il était comme hypnotisé, fasciné par la facilité déconcertante avec laquelle il lui avait ôté la vie. Enfin presque.

Sept.

C'était le nombre de tirs qu'il lui avait fallu pour en venir à bout. Il faut dire que peu habitué à l'exercice, il tremblait comme une feuille et le canon de son fusil ne cessait de changer de trajectoire. Trente centimètres plus bas puis quinze centimètres à gauche et encore vingt centimètres à droite. Au moins quatre balles n'avaient fait qu'effleurer sa cible.

Dans une tentative désespérée pour garder la vie, il s'était rué vers lui comme pour le convaincre de renoncer à ce geste malheureux, sans retour. Plus il s'approchait, plus Julien prenait de l'assurance. La cinquième balle lui toucha l'abdomen, stoppant son adversaire dans sa course, l'affaiblissant cruellement. Un cri de douleur déchira le silence religieux qui inondait la forêt en cet instant. Aucun chant d'oiseau ne se faisait entendre. Pas le moindre bourdonnement d'insecte, ni même le grincement des branches sous la légère brise du matin. Aucun autre bruit que celui des feuilles craquant sous le poids d'un corps qui s'écroule. C'était comme si tous les habitants de ce lieu savaient que le moment était d'une gravité sans précédent et qu'ils étaient les premiers témoins d'un crime. Un crime dont ils ne pourraient jamais parler. Julien savait qu'il ne pouvait pas en rester là. Il devait achever ce qu'il avait commencé. Il tira une sixième balle, cette fois dans le dos. Un gémissement d'une intensité glaçante brisa à nouveau la tranquillité apparente des lieux. Une buse s'envola alors d'un arbre voisin et Julien fut pris d'un soubresaut. Son corps le piquait de toute part. Jamais il n'aurait pensé se retrouver dans une telle situation, entraîné dans un tel engrenage. En arrivant quelques heures plus tôt, il était transi de froid. Il ne devait faire que quatre ou cinq degrés, au plus. Mais l'adrénaline avait bien fait son travail et il était maintenant trempé de sueur. Il sentait son tee-shirt collé dans son dos et détestait cette sensation. Il fallait en finir au plus vite et rentrer. Il s'approcha du corps ensanglanté qui était désormais pris de spasmes violents. À chacun d'entre eux, le filet saturé d'hémoglobine qui s'écoulait des blessures devenait plus intense. Celui-ci ruisselait sur le mélange de feuilles de chêne et de hêtre, puis disparaissait, absorbé par la mousse dissimulée en dessous. Julien sentit alors sur lui un regard. Sa victime le fixait avec un air suppliant, incapable désormais d'émettre le moindre son. La douleur était insupportable et les dernières forces qui lui restaient ne servaient qu'à prendre sa respiration. Celle-ci devenait de plus en plus lente. Amener encore un petit peu d'oxygène pour tenter de résister et s'accrocher aux ultimes espoirs de survie. Peut-être que si son bourreau le laissait là, maintenant, il pourrait en réchapper. Mais Julien ne put supporter encore davantage ce regard et arma son fusil, prêt à tirer la septième balle. Le coup mortel atterrit tout droit entre ses deux yeux. Un nouveau filet de sang s'écoula. Les paupières n'avaient même pas eu le temps de se fermer et les deux globes noirs cerclés de blanc luisaient sous la lumière du jour qui pointait à travers les branches des arbres. Était-il enfin mort ? Le regard du cadavre transperça violemment Julien et aurait rendu coupable n'importe quel innocent. Il fut alors à son tour pris de spasmes. Son petit-déjeuner, pourtant léger, remontait à l'intérieur de son œsophage. Il se retourna et cracha tout ce qu'il pouvait. Un mélange infect de bile et de pain mouillé. Une odeur de café lui parvint au nez. Il savait qu'il avait commis l'irréparable. La nature commençait déjà à reprendre ses droits et les premiers chants des passereaux arrivèrent jusqu'aux oreilles de Julien. Une légère bise lui caressa la joue. Un papillon vint même se cogner contre sa main, comme si lui aussi avait été secoué par l'exécution. Mais si l'on tournait le dos au cadavre, jamais il n'aurait été possible de deviner qu'un meurtre venait d'avoir lieu ici. Julien entendit les pas de son beau-père qui s'approchaient de lui.

— T'es vraiment une petite nature ! C'est pas la peine de se mettre dans un état pareil pour un sanglier !

Julien n'aimait pas du tout la chasse. Il détestait cela même.

Il avait ignoré de nombreuses fois les appels du pied de Louis Laurac, son beau-père, qui tentait de le convaincre de l'accompagner à chaque repas de famille. Pourtant, cela faisait six ans qu'il était marié avec Sophie, sa fille unique. Jamais il n'avait eu envie de faire venir son gendre à la chasse auparavant. Et puis un jour, l'idée a germé et ne l'a jamais quitté. Julien était parvenu à y échapper durant deux saisons, inventant mille et une raisons pour ne pas venir ; une clôture à réparer, des travaux dans la ferme, un repas chez des amis...

Chaque fois que sonnait la fermeture de la période de chasse, c'était un véritable soulagement. Durant les quelques mois qui séparaient la saison suivante, Julien espérait que son beau-père l'aurait oublié. Mais il n'en était rien. En cette fin octobre, il avait eu un moment de faiblesse, et avait accepté d'accompagner son beau-père. Après tout, peut-être qu'en lui montrant qu'il était totalement inadapté pour cette activité, il finirait par le laisser tranquille. Il n'avait jamais tenu une arme de sa vie et connaissait vaguement la faune forestière.

Il s'était donc levé tôt et avait avalé un bol de café et

une tartine de pain beurré. Sophie lui avait préparé un petit panier-repas, pour reprendre des forces durant la longue matinée qui s'annonçait. Un demi-saucisson, une baguette, quelques cacahuètes grillées et une bouteille d'aligoté à partager avec toute l'équipe. Car évidemment, beau-papa ne partait pas seul à la chasse. Il y allait, accompagné de toute sa bande de joyeux drilles qui revenaient plus remplis de gras et d'alcool que de gibier. Julien avait croisé quelques-uns d'entre eux à la ferme à l'époque où Louis y vivait encore. Ils n'étaient pas méchants, mais ce n'était pas du tout le genre de personnages avec qui il aimait passer du temps.

En tout cas, il savait qu'aujourd'hui, il allait devoir les supporter un bon moment.

— Julien nous rapporte sa première pièce et pas des moindres ! s'exclama Louis en entrant dans la baraque en bois.

Après qu'il eut regardé son beau-père saigner le sanglier, il avait rendu ce qu'il restait de son petit-déjeuner. Pas grand-chose donc. Ils avaient peiné à le traîner le long du kilomètre qui les séparait des baraquements des anciens gardes forestiers, point de ralliement de tous les chasseurs du canton. La bête devait faire au moins quatre-vingt-dix kilos, mais Julien ne savait pas si c'était une belle prise ou non. Cela lui importait peu en vérité. Ils avaient laissé le cadavre encore chaud devant la camionnette de Louis, la langue pendante, les yeux exorbités.

Julien suivait son beau-père de près, blanc comme un linge.

— C'est pas aujourd'hui qu'il va prendre des couleurs ton gendre on dirait ! Allez, viens boire un canon Ju, ça va te revigorer ! lança le Tondu.

Le Tondu.

Julien ne savait pas pourquoi ce type aux cheveux longs et gras et à la barbe drue était surnommé ainsi. Il ne connaissait même pas son vrai prénom. De toute la bande, c'était celui qu'il avait le plus souvent croisé. Les deux autres étaient venus moins souvent à la ferme. Tous étaient des enfants du pays. Des enfants de la campagne vosgienne qui n'avaient rien connu d'autre que le sol vosgien, les arbres vosgiens, les animaux vosgiens et la bouffe vosgienne. Sans oublier les breuvages vosgiens.

Le Tondu ouvrit la bouteille de mirabelle, l'eau-de-vie locale, déjà bien entamée qui trônait sur la table. Il lui versa quelques centilitres dans une tasse ébréchée où tournoyait encore un peu de marc de café.

— Cul sec ! lui lança-t-il.

Julien saisit la tasse, sous le regard amusé des autres compères. Il savait qu'avaler de la gnôle en ayant le ventre vide n'était pas une bonne idée. Il jeta alors un œil sur le panier-repas que Sophie lui avait amoureusement préparé. Elle se réjouissait que son mari participe enfin à une partie de chasse avec son père. Elle tenait beaucoup à ce qu'ils se rapprochent, même s'ils appartenaient à des univers totalement opposés. Il reposa la tasse, et attrapa la baguette qui dépassait du panier. Il valait mieux préparer son estomac en le tapissant d'amidon qui réceptionnerait l'alcool brûlant. Il avala en trois bouchées un tiers du pain, puis saisit à nouveau la tasse. Les regards se faisaient plus pressants sur lui. Son beau-père s'était installé et en était déjà à sa deuxième tournée de mirabelle.

Il approcha la tasse de ses lèvres. L'odeur de fruit macéré pénétra instantanément dans ses narines. D'un coup sec, il avala l'eau-de-vie qui lui anesthésia la langue et les muqueuses de la bouche. Une chaleur douloureuse investit alors son œsophage, déjà brûlé par les différentes remontées gastriques qui ont précédé. Il pouvait suivre le trajet de l'alcool à l'intérieur de son corps. Il était certainement plus rapide que celui de son pain, car une désagréable sensation lui envahit alors l'estomac. Il se mordit la joue afin d'éviter de pousser un râle qui aurait révélé son incapacité à encaisser plus de trois degrés d'alcool. Il ne sentait même pas le pincement tellement sa bouche était endormie et engourdie. Il se trouvait un peu minable de devoir tricher ainsi devant une bande de campagnards bourrus. Mais ses yeux ne tardèrent pas à le trahir. Une petite larme perla le long de sa joue. Son ventre bouillonnait. Sa tête tournoyait. Alors qu'il tenait péniblement sa tasse, le Tondu lui versa une seconde rasade. Julien lâcha la tasse. Non pas qu'elle était devenue soudainement trop lourde, mais parce qu'il devait absolument empêcher de sortir la nouvelle remontée venue tout droit de son estomac. Il se retint à une poutre mitée alors qu'à nouveau, une chaleur intense surgit dans sa gorge puis sa bouche.

La mirabelle de papa le Tondu trouva alors une belle place sur le sol poussiéreux de la cabane.

Julien mit quelques longues secondes à réaliser que toute la fine équipe riait aux éclats devant son lamentable spectacle. Que pouvait-il dire ? Rien. Lui qui avait déjà tourné de l'œil face au cadavre du sanglier venait une fois de plus de prouver son inaptitude au monde cynégétique. Finalement, il n'avait pas eu besoin de se forcer pour montrer à son beau-père qu'il n'avait rien à faire ici. Peut-être même qu'il lui en voudrait d'avoir ainsi ridiculisé la famille. C'était bien fait pour lui, il n'aurait pas dû l'obliger à venir se prêter à l'abattage d'animaux sans défense.

— Viens donc t'asseoir ici Ju, dit alors le Tondu, le seul qui semblait se soucier en cet instant du bien-être du jeune homme.

Julien s'écroula sur une chaise de paille, les yeux embués et larmoyants. Son beau-père terminait sa troisième tournée de mirabelle. Comment faisait-il ?

Face à lui se tenait Mickaël Gouillat, un grand gaillard au crâne mal rasé d'au moins un mètre quatre-vingt-quinze qui se balançait sur les pieds arrière de sa chaise de jardin en plastique. Un vrai miracle qu'elle n'eut pas encore cédé quand on sait que le bonhomme pesait plus de cent-vingt kilos. Julien ne connaissait pas grand-chose de lui, si ce n'était qu'il avait toujours vécu dans le même village que son beau-père. Ce n'était pas un grand bavard et Julien se passait volontiers de lui poser des questions lors de ses rares apparitions à la ferme. Un gars discret comme on aimerait en croiser plus souvent. À l'inverse de Dylan, le frère de Mickaël qui se tenait à côté de lui. Celui-là parlait pour deux, mais il ne réfléchissait pas plus qu'un miroir. Moins cultivé que les andouilles qu'il préparait dans la boucherie de son père, il ne vivait que pour la chasse et les courses automobiles. Ses centres d'intérêt et de conversations tournaient autour des canons à fusil et d'Auto Moto. Cela dit, il maîtrisait ces sujets bien plus que Julien, mais il n'avait jamais su en tirer véritablement profit. Il partageait son temps entre le laboratoire de boucherie, le cabanon de chasse et son canapé, sans jamais mettre les pieds en dehors du village. C'était lui qui s'occupait d'éviscérer le gibier et de préparer les morceaux destinés à être consommés. Au moins, Julien espérait que Dylan avait les connaissances nécessaires à la réalisation de ces opérations dans les bonnes conditions d'hygiène. Sa voix braillarde vint justement le sortir de sa léthargie :

— C'est vraiment pas un costaud ton Julien ! dit-il à l'attention de Louis. T'en feras pas un grand chasseur !
Louis ne répondit pas et ne regarda même pas son gendre. Il se leva en remontant son pantalon à motif camouflage noir puis il ferma sa veste polaire jusqu'au menton.

— Bon, on y retourne ? lança-t-il à l'adresse de ses compagnons.

Julien avait bien compris que le message ne lui était pas destiné, ce qui n'était pas pour le décevoir. Il évita soigneusement le regard des chasseurs, qui sortirent un à un du baraquement. Il y avait longtemps qu'il ne s'était pas senti aussi ridicule et misérable.

## 3

Le jeune homme était maintenant seul dans le cabanon de chasse. Malgré la fraîcheur de l'air, Julien n'avait pas froid. Il se sentait soulagé depuis le départ des quatre bonshommes et pouvait enfin redresser la tête sans craindre d'être regardé comme une bête curieuse. Il prit une grande inspiration et se dirigea jusqu'à la table où il avait laissé son téléphone portable avant de partir en forêt. Il était 8 heures et 33 minutes et le jour finissait de se lever. Aucun nuage n'empêchait les rayons du soleil de transpercer la forêt et les feuilles des arbres tombaient doucement comme pour laisser entrer un peu plus de lumière dans ce lieu qui allait bientôt devoir affronter l'obscurité de l'hiver. Malgré l'épaisse couche de poussière qui recouvrait les vitres des fenêtres, Julien pouvait sentir la chaleur de cette lumière automnale et fut pris d'une bouffée revigorante. Il se plaça dans l'encadrement de la porte et observa l'immensité de la forêt qui s'étendait devant lui. Cet endroit qu'il redoutait tant hier lui parut soudainement apaisant et envoûtant. Un rayon de soleil se jetait contre le mur du baraquement et il regardait la poussière y tourbillonner. Elle semblait s'amuser, insouciante, et s'agiter au gré de ses envies. Le rythme restait toujours le même, il était imperturbable, semblable à celui d'une danse, peut-être une valse, car la bise était très légère. Petit, Julien aimait passer sa main pour bousculer les grains de poussière danseurs. Le rythme s'accélérait alors, mais peu à peu, il retrouvait son allure normale, comme pour signifier que la nature reprenait toujours ses droits. Aujourd'hui, Julien ne voulait pas perturber cette danse. Il préférait la regarder et faire valser son esprit avec elle.

C'est alors qu'il entendit un coup de feu. Puis un second, accompagné des aboiements des chiens que les chasseurs avaient emmenés avec eux. Un nouvel animal innocent venait sans doute de tomber sous leurs balles. Un brin mélancolique à cette idée, Julien prit une profonde inspiration et retourna à l'intérieur du cabanon.

Ici, le mobilier en formica était roi. La table rouge bien sûr, trônait au milieu de la pièce et elle avait de quoi accueillir huit vaillants chasseurs grâce à une petite rallonge subtilement dissimulée sous le plateau. Les quatre coins avaient été un peu malmenés par les années et les nombreux faits de vie qu'elle avait dû subir, mais sa solidité semblait résister à toutes les épreuves. Quatre chaises assorties l'accompagnaient ainsi que la chaise de jardin en plastique blanche miraculée qui recevait le postérieur généreux de Mickaël. Peut-être remplaçait-elle une cinquième chaise en formica qui avait eu moins de chance ? Un buffet que l'on pourrait qualifier de « vintage » complétait la collection. Les deux placards supérieurs étaient séparés de ceux du bas par un petit renfoncement et une niche fermée. Un thermomètre était intégré à l'un des panneaux, mais il ne fonctionnait sans doute plus, car il indiquait vingt-cinq degrés alors qu'il ne devait pas faire plus de dix degrés à l'intérieur du cabanon. La façade, initialement blanche, avait été jaunie et marquée par le temps et la saleté. Le buffet servait de rangement à tout l'attirail de la « pause goûter » des chasseurs. Les verres Duralex y trônaient d'ailleurs en bonne place au milieu des assiettes Arcopal blanches décorées de myosotis. Un vrai bond dans les années soixante-dix pour les amateurs de nostalgie. Comme figé dans le temps, le cabanon lui rappelait néanmoins la ferme où il habitait avec Sophie. Depuis qu'ils avaient emménagé, ils n'avaient pas eu le temps de retravailler la décoration et les meubles de leurs années étudiantes se mélangeaient avec ceux des parents de Sophie. Une véritable brocante qui ferait sans doute des heureux s'ils décidaient d'y organiser un vide-maison. Mais ni l'un ni l'autre n'était matérialiste, et il leur importait peu d'avoir une vieille banquette clic-clac ou un splendide canapé cuir trois-pièces convertible.

Julien savait que les chasseurs seraient bientôt de retour. Il hésitait entre faire profil bas à nouveau ou au contraire, tenter de redonner une image sympathique et joviale de lui.

Mickaël fut le premier à entrer dans le cabanon. Il jeta sa casquette sur la table et s'essuya le front avec le revers de sa manche de polaire. On aurait cru que l'homme terminait de courir un marathon, mais il venait juste de rapporter trois lièvres dont les cadavres avaient rejoint celui du sanglier.

— On dirait que la chasse a été bonne ! lança Julien dont le regard tentait de croiser celui de Mickaël.

Celui-ci resta stoïque à sa remarque et il ressortit du cabanon après avoir bu cul sec le contenu entier d'une canette de bière, délogée d'une glacière amochée.

Julien se retrouva seul à nouveau, mais constata que son muet d'interlocuteur n'était pas loin et sans doute en train d'uriner contre un arbre tout proche de la porte du cabanon. Il ne manquait que peu de détails pour arriver à l'image bien ringarde que l'on se faisait des chasseurs dans un village vosgien.

Dylan entra à son tour, les mains pleines de sang d'animal, talonné par le Tondu.

— Dommage que tu ne sois pas venu, Ju. Tu as raté la prise d'un superbe chevreuil ! On a eu du mal à le suivre, la bête avait de la ressource, mais on a fini par l'avoir ! C'est Dylan qui l'a achevée.

Julien jeta une nouvelle fois un œil sur les mains de Dylan qui ne semblait pas du tout dérangé par l'idée de rompre une baguette de pain sans se les laver. Il se jura alors de ne plus aller chercher de viande dans sa boucherie, car en l'espace de quelques secondes, tous ses espoirs sur un éventuel respect des règles les plus élémentaires d'hygiène venaient de s'effondrer. Il fallait également qu'il pense à bien le dire à Sophie.

— Louis n'est pas revenu ?

— Il arrive. Je crois que votre sanglier l'a bien fatigué, car il a fait chou blanc !

Son beau-père déboula en effet quelques secondes plus tard, l'air renfrogné et visiblement exténué par son escapade forestière. Il n'adressa pas un regard à son gendre qui aurait pourtant bien espéré un signe de ralliement de sa part. Pourquoi Julien s'inquiétait-il autant de l'avis que son beau-père pouvait avoir de lui maintenant ? Jusqu'ici, cela lui importait peu. Il avait fait ce qu'il fallait pour que tout se passe bien, que les repas de famille se déroulent sereinement et que Sophie ne lui reproche pas quoi que ce soit à ce sujet. Mais c'était comme s'ils avaient franchi un cap dans leur relation avec cette partie de chasse et que désormais, il fallait qu'il sache si son beau-père l'appréciait ou non.

Les quatre hommes étaient maintenant tous à nouveau installés autour de la table et Julien les regardait sans oser lever le petit doigt.

— Ben reste pas planté là ! Viens t'asseoir ! lui dit le Tondu, toujours aussi bienveillant à l'égard du jeune homme. Même si t'as l'estomac un peu sensible, tu prendras bien un coup de rouge ?

— Je ne suis pas sûr... il est encore tôt et je n'ai pas franchement l'habitude de boire de l'alcool de si bonne heure...

— Allez ! Il va falloir que tu t'endurcisses si tu veux faire partie de l'équipe ! continua Dylan en lui servant son verre, les mains toujours tachées d'hémoglobine séchée.

— Ah ah, justement, étant donné que tu en parles, je ne sais pas si c'est bien mon dada la chasse...

— Tu plaisantes ? C'est toi qui as rapporté la plus belle prise de la matinée ! Faut continuer, t'as du potentiel !

— La chance du débutant sans doute...

— Laisse le tranquille Dylan ! On te charrie un peu, mais c'est vrai que tu as chopé une jolie pièce ! Bravo ! répondit le Tondu.

Louis ne décrochait toujours pas un mot. Il avait découpé quelques rondelles de saucisson et finissait son deuxième verre de vin rouge. Julien avait finalement pris place lui aussi autour de la table et grâce au Tondu, il échappa aux blagues potaches et autres remarques concernant ses exploits gastriques de la matinée.

Quarante minutes plus tard, toute l'équipe était sur le départ. Les carcasses de lièvres avaient été chargées dans la voiture de Dylan et Mickaël, mais celle du sanglier, trop imposante, avait pris ses quartiers dans la camionnette boueuse de Louis. Julien se fraya une place sur le siège avant, au milieu d'un amoncellement de déchets, journaux et objets divers, voire non identifiés. Le véhicule était un débarras monté sur quatre roues. Rien d'étonnant pour un homme qui vivait seul depuis des années et qui n'avait pas un sens du rangement et de l'hygiène très développé. Un simple grillage séparait l'habitacle de l'arrière de la camionnette et une odeur de sang commençait déjà à monter au nez de Julien. Il ouvrit la fenêtre et tourna la tête vers l'extérieur. Non, il n'était pas question de vomir une nouvelle fois. Mais ce n'était pas ça qui serrait les entrailles du jeune homme. Louis ne lui adressait toujours pas la parole et cela l'angoissait davantage. La voiture démarra et emprunta le chemin qui séparait le cabanon de l'entrée de la forêt. Enfin, cette matinée allait prendre fin. Balancé dans tous les sens à cause des ornières et des pierres saillantes, Julien se cognait au plafond de la camionnette à chaque soubresaut. Il entendait le corps du sanglier glisser d'un côté à l'autre du coffre à chaque virage. Au bout de quinze minutes, la voiture quittait enfin le bois pour rejoindre la route départementale qui menait au village. La vision du panneau inscrit « Offroicourt » induit instantanément un soupir de soulagement à Julien. Il s'imaginait déjà, en train de prendre une bonne douche chaude en essayant d'oublier ce début de journée.

Ils n'étaient plus qu'à quelques mètres de chez lui. Les voitures qui les suivaient jusqu'alors empruntèrent une autre direction en klaxonnant lourdement. Louis choisit ce moment pour parler enfin à Julien.

— J'étais content que tu sois là aujourd'hui.

Julien avala sa salive. À son grand soulagement, la tension qu'il ressentait à l'intérieur s'évanouit.

— J'aimerais bien que tu reviennes avec nous la semaine prochaine. C'était sympa non ?

— Louis, c'est gentil à vous, mais je ne sais pas si je pourrai...

— C'est comme tu veux, je ne te force pas. Je vais amener la bestiole chez Dylan pour qu'il la dépèce. Je vous en apporterai quelques morceaux, à toi et Sophie.

Tu pourras la mettre au congélo sans problème. Vous penserez à moi au moment de la manger.

— Je suggère même qu'on vous invite à la partager avec nous !

— C'est gentil les jeunes, mais je sais bien que ça vous embête d'avoir un gros lourdaud comme moi chaque dimanche.

— Pourquoi est-ce que vous dites ça ? Ça nous fait plaisir et puis on ne reçoit pas tant que ça...

— T'es un bon gars Julien, mais je sais que je dois vous lâcher un peu la grappe !

— Mais je vous assure que...

— Allez ! Déguerpis de mon fourgon avant que je t'embarque toi aussi pour la boucherie !

Ils venaient tout juste d'arriver devant la ferme. Julien remercia son beau-père et regarda la camionnette faire demi-tour. L'échange n'avait pas duré très longtemps, mais il avait confirmé la sensation que le jeune avait eue ; quelque chose s'était transformé dans leur relation. Jamais auparavant, Louis n'avait pas fait part du moindre état d'âme au couple. Ce n'était pas un homme qui se confiait, et encore moins à quelqu'un avec qui il n'avait aucun point commun. Julien avait parfois le sentiment d'être un intrus dans cette famille même s'il avait toujours fait de son mieux pour faire bonne figure.

Sans doute, Louis était avant tout attaché à ce lieu où il avait grandi et vécu une importante partie de sa vie. Les repas du dimanche ressemblaient davantage à un pèlerinage ou un retour aux sources qu'à une véritable envie d'échanger des banalités avec sa fille et son gendre. Il faut dire que malgré son départ de la ferme deux ans auparavant, peu de choses avaient changé. Les pièces restaient chargées de souvenirs des générations passées et du temps partagé avec sa femme.

La mère de Sophie était décédée alors que cette

dernière était encore étudiante en agroalimentaire à Nancy. Un accident vasculaire cérébral l'avait soudainement emportée et Louis s'était retrouvé brutalement séparé de son épouse avec qui il partageait tout et qu'il aimait profondément. Le choc fut difficile à surmonter et Sophie avait fait de son mieux pour l'aider à refaire surface. Julien, avait vécu de près cet épisode, car le couple était déjà ensemble. Il avait vu son beau-père sombrer dans l'alcool et Sophie se démener pour l'en sortir. Proche de la retraite, Louis avait finalement abandonné toutes les activités de la ferme et avait vendu ses champs pour une bouchée de pain. Il vivait de quelques aides sociales et de l'argent de l'assurance vie que sa femme avait contractée. Après ses études, Sophie avait obtenu un poste de chercheur à l'INRA[1] de Nancy, métier qu'elle avait toujours souhaité exercer. Mais elle passait la plupart de ses week-ends auprès de son père et avait fini par se lasser de ces allers-retours entre la capitale des Ducs de Lorraine et le village de son paternel, séparés par une soixantaine de kilomètres. Julien, qui voyait le moral de sa compagne se dégrader, avait finalement accepté de venir vivre à la ferme, malgré son inaptitude certaine à la vie à la campagne. Sophie avait alors quitté son poste, sans l'intention immédiate d'en retrouver un pour s'occuper de son père. Julien avait été contraint d'abandonner son emploi de consultant auprès d'une association de soutien aux entreprises agroalimentaires de la région et avait trouvé un poste d'assistant qualité dans une usine d'embouteillage d'eau minérale à Vittel, situé à quelques kilomètres d'Offroicourt. Une fulgurante rétrogradation, mais un petit miracle quand on sait le peu d'offres

---

1    *INRA : Institut National de la Recherche Agronomique*

d'emploi dans le secteur. Leur niveau de vie avait considérablement baissé, mais pour Julien, le plus important était que Sophie se sente apaisée.

Le couple avait vécu deux ans avec Louis, le temps de le convaincre qu'il avait encore de l'avenir et que sa vie ne s'était pas arrêtée en même temps que celle de sa femme. Julien avait alors émis l'idée de vendre la ferme afin que tout le monde puisse repartir du bon pied, mais pour Sophie, c'était inenvisageable. Tous ses souvenirs, à elle aussi, se trouvaient dans ce lieu. Pour que Louis puisse tourner un peu mieux la page, il avait loué une petite maison dans le village à quelques rues de la ferme. Ainsi, il ne vivait plus quotidiennement avec le fantôme de sa femme, mais aucun étranger ne viendrait souiller les lieux où avait baigné son amour. Peu à peu, un équilibre s'était installé en même temps que les traditionnels « repas de famille du dimanche ». Les finances du couple n'étant pas glorieuses, Sophie avait démarré une activité de confection de poupées « reborn ». Julien détestait se retrouver face à ces faux bébés qui ressemblaient beaucoup trop à des vrais. Mais cela permettait, lorsqu'elle en vendait, d'apporter un petit complément à la fin du mois. Toutes ces dernières années, sa priorité avait été de faire le bonheur de sa femme, quel qu'en soit le prix. Mais le fait est qu'il avait quitté sa vie citadine et confortable pour elle, perdu toute forme d'ambition et le comble de tout, s'était même mis à la chasse.

## 4

Julien et Sophie Langlois habitaient une maison-ferme de manœuvre traditionnelle en pierre et mitoyenne à l'une de ses extrémités comme on en trouvait beaucoup dans les villages-rues de la plaine vosgienne. La façade avait été rafraîchie, mais sa structure d'origine avait été conservée ; une porte d'entrée principale au-dessus de laquelle reposait une statuette de la Sainte-Vierge et dont la fenêtre adjacente donnait sur une ancienne chambre transformée en salon, et une porte charretière en bois permettant d'accéder directement à la grange, surplombée par une petite ouverture destinée à l'éclairage du grenier. Les encadrements des menuiseries avaient été rénovés avec soin, et les boutisses, conservées. Un trappon, dont les portes en métal avaient été repeintes en bleu ciel, menait à la cave enterrée sous la ferme. L'usoir, entre la route et le bâtiment n'avait pas été clôturé et avait fait l'objet d'un aménagement coquet de la part de Sophie, qui y avait placé de jolis parterres de fleurs et une petite fontaine de jardin à énergie solaire. Quelques lanternes suspendues au poirier venaient achever la décoration extérieure.

La maison donnait l'apparence d'un lieu charmant et soigné. Mais lorsque l'on y pénétrait, c'était une autre ambiance qui se découvrait. L'intérieur était resté « dans son jus » et le couple n'avait fait aucun effort d'aménagement depuis son arrivée. La porte d'entrée s'ouvrait sur un couloir en pierre sombre et froid menant tout droit au jardin et au potager à l'arrière de la maison. Il séparait l'ancienne partie agricole avec la grange et les écuries de la partie habitation. Louis avait commencé des travaux de rénovation dans l'espace auparavant réservé au bétail et aux récoltes, car ceux-ci avaient été déportés dans des extensions plus récentes de la ferme. Il voulait y faire de nouvelles chambres et une salle à manger plus grande. Mais ces travaux étaient restés à l'état embryonnaire puisque mis à part quelques plaques de plâtre, on n'y trouvait encore que de la paille et un tas de bric et de broc abandonné. La cuisine était auparavant une pièce borgne, uniquement éclairée par la flamande qui s'ouvrait sur le toit, mais Louis avait fait percer une fenêtre à la demande de sa femme pour y apporter davantage de lumière. Des meubles de la même époque que ceux du cabanon de chasse emplissaient la pièce où s'entassaient de la vieille vaisselle et des décorations hétéroclites. L'endroit n'était pas sale, mais il était d'une profonde tristesse. Aucune couleur ne venait y donner vie. Deux portes offraient un peu d'espace. L'une d'elles donnait sur le salon où une ancestrale télévision à tube cathodique faisait face à un canapé délavé. Un fauteuil recouvert de velours rouge et sur le dossier duquel un napperon de dentelle trônait venait compléter le mobilier de la pièce. Un pêle-mêle accroché au mur avec des photos de Julien et Sophie apportait un peu de vie. L'autre porte donnait sur l'ancienne chambre de Louis, aménagée désormais en bureau où s'élevait une bibliothèque bourrée à craquer de livres divers et variés. Elle regroupait aussi bien les ouvrages destinés aux recherches en agronomie de Sophie que les lectures obligatoires des années de collégien de Julien. Un escalier menait à l'étage vers la salle de bain et la chambre du couple ainsi qu'une pièce spécialement aménagée pour les activités de reborneuse de Sophie.

Sans doute devait-elle justement s'y trouver, car Julien n'entendit pas un seul bruit en entrant dans la maison.

Il avait peiné à comprendre cette soudaine envie de se lancer dans la confection de bébés reborn. Il y avait vu une obsession malsaine pour des enfants qui n'en étaient pas vraiment. Les acheteurs de ces créations étaient des collectionneurs ou parfois des femmes en mal d'enfants qui partageaient leur mal-être avec Sophie. Julien avait tout d'abord pensé que c'était pour cette raison aussi qu'elle s'était investie dans cette activité. À presque trente-cinq ans, ils n'avaient toujours pas d'enfants et Julien ne manifestait aucune envie d'en avoir. Ils n'en avaient que très rarement parlé et il se doutait que l'horloge biologique de sa femme devait sonner en elle. Mais elle n'insistait pas outre mesure alors il évitait soigneusement la discussion. Puis face aux termes très techniques qu'elle utilisait et à l'attention qu'elle apportait à chacun des détails de ses poupées, Julien avait fini par comprendre qu'il s'agissait d'une véritable activité artistique et pour laquelle il fallait faire preuve d'une précision d'orfèvre. Il prenait tout de même soin de se tenir à l'écart de sa nurserie dans laquelle il se sentait terriblement mal à l'aise.

Il posa son panier près de la porte de la cuisine et s'assit à la table. La tête entre les mains, il repensa à cette matinée étrange où l'angoisse et l'inquiétude liées à l'exercice de la chasse s'étaient mélangées à la plénitude de la forêt.

— Tu es rentré depuis longtemps ?

Julien sursauta. La silhouette de Sophie venait d'apparaître à contre-jour dans l'embrasure de la porte.

— Je ne t'avais pas entendue descendre... Je suis là depuis quelques minutes seulement.

— J'étais dans le potager, je récoltais les carottes... Elles ne sont pas bien folichonnes, j'ai à peine de quoi faire une dizaine de conserves...

Sophie posa sur la table une cagette pleine de carottes rabougries fraîchement déterrées.

— Mon père est déjà reparti ? C'est bizarre qu'il ne soit pas resté prendre un verre...

— Il devait amener le sanglier chez les Gouillat pour le faire dépecer.

— Un sanglier ? Pas mal, il devait être content !

— C'est moi qui l'ai tué...

— C'est pas vrai ? Pour ta première partie de chasse, tu as abattu un sanglier ! Tu dois être super fier de toi ?

— Ôter la vie à un animal sans défense n'a jamais été une source de fierté pour moi...

— Je sais ce que tu penses de tout ça, dit Sophie en s'asseyant aux côtés de son mari. Mais je suis contente que tu aies fait cet effort... Mon père te bassine depuis des semaines pour que tu l'accompagnes, alors vraiment, merci.

— Pourquoi est-ce que cela te fait tant plaisir ? Je n'ai pas besoin de me prêter à ce jeu pour qu'il m'apprécie, non ?

— Tu sais que ça représente beaucoup pour lui... Et toi aussi tu représentes beaucoup. Tu es le fils qu'il n'a jamais eu. Alors, même si tu n'es pas un campagnard pure souche et que tu n'es pas né avec un fusil entre les mains, je suis sûre qu'il a été très touché que tu viennes avec lui aujourd'hui.

— Mouais... Enfin, je préférerais ne pas avoir à y retourner. Je vais me doucher.

Julien se leva pour prendre la direction de l'étage quand Sophie lui retint le bras.

— Julien ! Je voulais te parler de quelque chose...

— Quoi ?

— Tu sais, je me disais... comme j'aime bien jardiner et qu'on a un grand potager, je me disais que l'on aurait pu... enfin si tu es d'accord... en profiter pour se faire un petit complément de revenu...

Julien fit volte-face et regarda sa femme, toujours assise à la table, la tête baissée comme si elle s'apprêtait à dire une énorme bêtise.

— Sophie, on a aménagé tout un espace spécialement pour tes poupées et tu ne veux plus en faire ?

— Non, pas du tout, je continuerai d'en faire. Mais justement, c'est assez irrégulier comme source de revenus... Je gagne de l'argent quand j'en vends une, mais le temps d'en refaire une autre, je n'ai rien qui rentre. Alors j'ai pensé que l'on pourrait surfer sur quelque chose qui est très à la mode : les paniers bio !

— C'est-à-dire ?

— On pourrait exploiter le jardin pour semer davantage, différentes variétés de légumes, des classiques pour commencer et puis les proposer à la vente directe sous forme de paniers. C'est sain, sans pesticide et ça vient tout droit du producteur, les gens adorent.

— Ceux de la ville oui, mais ici tout le monde a un jardin, alors qui aura besoin te les acheter ?

— Eh bien... certaines personnes ne cultivent pas assez pour avoir de quoi se suffire complètement et je suis sûre que certains se déplaceront de plus loin pour avoir quelque chose de bio dans leur assiette. On pourrait aussi proposer des produits transformés comme des conserves par exemple et même se rendre sur les marchés...

— Et si ça ne fonctionne pas ? On fait quoi des légumes qu'on a sur les bras ? Tu auras perdu ton temps...

— On a un grand congélateur... et puis si je vois que ça ne plaît pas, j'arrêterai...

— Tu as l'air d'avoir pensé à tout on dirait... c'est comme tu le sens... Bon, je vais prendre ma douche maintenant, répondit Julien, sans grande conviction et en se dirigeant à nouveau vers de la salle de bain.

— Julien ! l'appela-t-elle alors qu'il quittait la pièce.

— J'aimerais vraiment me laver, j'ai eu une matinée parmi les plus difficiles à vivre pour moi...

— Excuse-moi, mais... Si je fais ces paniers, je me demandais si je pouvais compter sur toi ? murmura timidement Sophie.

— À quel niveau au juste ?

— Pour m'aider à les préparer, éventuellement faire quelques conserves et un peu de comptabilité... ce n'est pas vraiment mon point fort...

— On n'en est pas encore là ! Tu ne vas pas monter une PME demain... et puis je te rappelle que j'ai un boulot et que j'ai autre chose à faire que d'équeuter les haricots en rentrant...

La réponse froide et abrupte de Julien laissa Sophie sans voix. Son regard qui avait été jusqu'alors si fuyant se planta dans celui de son mari. Elle sentait les sanglots monter vers ses yeux et lutta de toutes ses forces pour les retenir. Mais les larmes commençaient à couler le long de ses joues et Julien réalisa qu'il était allé trop loin.

— Excuse-moi... J'ai été con... lâcha-t-il en prenant les mains de Sophie. Bien sûr que je vais t'aider...

Sophie ravala sa salive de soulagement.

— Tu sais... j'étais contente de revenir vivre ici. Mais maintenant que mon père est parti, je suis seule toute la journée. La solitude commence à me peser et j'aimerais pouvoir renouer un peu de contact...

— Pourquoi ne chercherais-tu pas un travail tout simplement ? Avec tes diplômes, tu n'auras aucun mal à trouver quelque chose qui te stimulerait.

— Tu sais très bien qu'il n'y a rien par ici... et puis je ne suis pas sûre d'avoir envie de reprendre mon ancien boulot... ni même si j'en suis capable...

Sophie avait sacrifié beaucoup de choses en revenant s'occuper de son père. Elle avait mis de côté sa carrière et ses ambitions professionnelles pour le secourir. Mais désormais, elle ne ressentait plus le goût pour ce qui l'avait toujours fait rêver plus jeune ; la recherche, les nouvelles découvertes, faire avancer la science. Elle avait fini par s'enfermer petit à petit dans une vie de solitude et d'isolement sans même s'en rendre compte. Aujourd'hui, elle réalisait qu'elle filait tout droit vers la quarantaine et qu'elle se sentait terriblement seule. Même si son mari était là, une routine s'était inévitablement installée. Elle savait également qu'elle ne pouvait pas trop lui en demander, car il avait lui aussi sacrifié sa carrière pour la suivre ici. Elle se rendait coupable de les avoir enterrés tous les deux dans une vie morne et dénuée d'ambition. Elle se cachait des yeux de son mari pour pleurer et exorciser toute cette déception et ce dégoût qu'elle avait pour elle-même et ce qu'elle avait fait de leurs vies. Sa passion pour les bébés reborn lui permettait de se sentir utile, d'apporter du bonheur aux gens. Ceux qui lui achetaient ses poupons lui renvoyaient toujours des messages agréables et sympathiques. Elle savait qu'elle soulageait certaines âmes et qu'elle faisait la fierté des collectionneurs qui tenaient entre leurs mains ses créations uniques. Cela la consolait dans ses heures les plus tristes. Mais les contacts avec ses acheteurs se faisaient pour la plupart par internet et donc sans relations directes. Aujourd'hui, elle ressentait le besoin de s'ouvrir davantage aux autres et de sortir du vase clos dans lequel elle s'était enfermée. Pour se confier, Sophie n'avait pas mieux que Jenny, la fille de la voisine de son père qui n'avait jamais quitté Offroicourt. Plus jeunes, elles jouaient ensemble dans les rues et les abords du village puis s'étaient perdues de vue avec le temps. Au retour de Sophie, elles avaient renoué comme si elles ne s'étaient jamais quittées. Chaque fois qu'elles se voyaient, c'était une petite bouffée d'oxygène pour Sophie qui retrouvait un semblant de vie sociale et se laissait aller à quelques confidences.

C'était donc devenu une urgence pour Sophie de s'ouvrir sur une nouvelle activité, mais elle avait ce besoin irrépressible de demander la bénédiction de son mari pour s'y lancer. Non pas qu'il lui soit d'une grande nécessité sur cette affaire, elle pouvait sans problème se débrouiller seule les premiers temps, mais savoir qu'il était en parfait accord avec ses choix la rassurait doublement.

La discussion avait justement dévié sur la solitude de Sophie qui n'en avait jusqu'alors jamais parlé, honteuse et coupable de s'être mise elle-même dans cette situation. Julien lui garantit son soutien, d'autant qu'une fois rentré à la maison, il n'était pris par aucune obligation particulière et avait même avoué s'ennuyer parfois. Pourtant, les travaux ici ne manquaient pas, mais Julien, peu habile pour planter deux clous, avait décrété qu'il ne consacrerait pas son temps libre à une activité qui ne l'intéressait pas.

Ce jour-là, Julien et Sophie venaient de se prendre en pleine face le reflet de leur couple ; il était terne, grisâtre et sans aucun brillant, loin, bien loin de l'idée que l'on pouvait se faire d'un ménage de trentenaires.

## 5

Lourdement, Stéphane Gassin laissa tomber sur le sol un cinquième carton portant la mention « LIVRES » écrite au marqueur noir épais.

— Lucie, tu avais vraiment besoin d'emporter tous ces bouquins ? La moitié date du collège et l'autre est plus vieille encore...

— Papa, avoir ces livres avec moi me rassure. Je vais me retrouver seule dans cet appartement... J'ai besoin de me créer un cocon familier et réconfortant !

— Je te rappelle tout de même que c'est toi qui as refusé que l'on t'inscrive dans un foyer avec d'autres étudiants. J'aurais d'ailleurs été plus tranquille de te savoir là-bas, répondit Stéphane.

— Avec les bonnes sœurs et les curés ? Non merci ! J'aime le calme et la vie en communauté, mais tout de même.

— Tu exagères ! Le foyer de l'Assomption ne semblait ni austère ni puritain. Nous ne sommes pas croyants dans la famille, mais tu aurais dû t'enlever cette image vieillotte de la tête... J'ai trouvé la visite charmante et le personnel de la communauté accueillant. J'aurais su que tu étais entre de bonnes mains et que tu n'aurais manqué de rien.

— Je ne manquerai de rien non plus ici papa. J'ai besoin d'être indépendante et de me débrouiller seule. Avoir mon propre appartement n'aurait pas pu me faire plus plaisir pour continuer mon année.

Stéphane regardait sa fille tendrement. Sa petite fille. Elle avait tellement grandi. Il avait du mal à accepter qu'elle prenne son envol et quitte le nid. La voir partir loin de lui l'effrayait, même s'il n'avait pas forcément été le père présent et attentionné qu'il avait rêvé d'être. Il faut dire qu'en tant que commandant au commissariat de police d'Épinal, il avait toujours eu énormément de travail. Aujourd'hui, elle s'installait dans un petit studio du centre-ville de Nancy, à quelques pas du lycée Henri Poincaré où elle avait fait sa rentrée en classe préparatoire pour intégrer une école vétérinaire il y a un mois et demi. Jusqu'alors, elle faisait les allers-retours en train depuis Épinal, à soixante-dix kilomètres environ, là où elle vivait avec sa mère, mais la fatigue s'était vite accumulée et la pression des professeurs n'arrangeait rien.

Avec son ex-femme, ils avaient finalement fait le choix de lui louer un petit meublé afin d'être plus près de l'école et qu'elle puisse étudier confortablement. Il la voyait déjà peu, il savait que les choses seraient désormais encore plus compliquées. Mais cette année était charnière et cruciale pour elle qui souhaitait de devenir vétérinaire depuis toute petite.

— Il doit rester une dizaine de cartons dans la camionnette. On peut faire une pause si tu veux, demanda Stéphane, qui rêvait d'un bon soda bien frais.

— Ça ne t'embête pas si on termine ? J'aimerais ranger au plus vite et me remettre sur mes devoirs... Je n'ai pas réussi à prendre suffisamment d'avance ces derniers jours.

— Pas de problème. Par contre, ta mère ne devait pas

venir te donner un coup de main aussi ?

— Si... mais je ne sais pas ce qu'elle fait...

Alors que Stéphane et sa fille redescendaient les cinq étages de l'immeuble pour rejoindre la camionnette garée en double file, des bruits de talons claquèrent dans la cage d'escalier. Ils se rapprochèrent et Stéphane vit une épaisse chevelure blonde se diriger rapidement vers eux.

— Maman, tu étais où ? Je t'ai laissé un tas de messages ! lança Lucie en direction de sa mère.

— Désolée, ma plaidoirie a duré plus longtemps que prévu et puis tu n'habites pas la porte à côté ! Mais ton père est là pour une fois...

— Salut Alex, moi aussi ça me fait plaisir de te voir, répondit Stéphane.

Alexandra toisa son ex-mari d'un air supérieur. Depuis leur divorce il y a cinq ans, elle était d'une froideur givrante.

En plus d'avoir été un père absent, Stéphane avait été un mari fantomatique. Il avait toujours mis l'accent et l'énergie sur sa carrière, oubliant l'un des piliers les plus importants de sa vie, à savoir sa famille. Fatiguée de l'attendre, Alexandra avait fini par demander le divorce après avoir rencontré le procureur du tribunal de grande instance d'Épinal alors qu'elle exerçait au barreau de la ville. La séparation avait été un coup dur pour Stéphane qui n'avait pas vu les choses se dégrader. Une histoire classique, car la plupart de ses collègues avaient vécu un parcours similaire et ils se retrouvaient régulièrement pour parler de leur désespoir amoureux. Alexandra avait refusé la garde alternée, prétextant que son ex-mari n'aurait pas la capacité de s'occuper correctement de leur fille. Stéphane ne s'était pas non plus battu pour l'obtenir, car elle avait raison. Absent la plupart du temps, il pouvait être appelé à n'importe quel moment du jour comme de la nuit. Il voyait Lucie un week-end sur deux et la moitié des vacances scolaires et lors de ces instants, il mettait un point d'honneur à être le plus présent possible. Pas toujours facile et il savait qu'Alexandra lui reprocherait éternellement son manque d'implication dans leur vie de famille et d'avoir brisé son schéma du couple idéal.

Alexandra était remontée jusqu'au studio et laissa tomber son lourd manteau portefeuille Burberry en cachemire sur une chaise pliante. Stéphane et Lucie l'avaient suivie pour faire le point sur les petites retouches à prévoir dans l'appartement.

— J'apporterai ma caisse à outils la prochaine fois pour fixer ces cadres, dit Stéphane, en pointant du doigt deux grandes photographies, représentant des paysages sous-marins, posées contre le mur.

— Toi ! Poser des cadres ? Tu sais à peine tenir un marteau ! s'esclaffa Alexandra en se déchaussant.

— Maman, tu ne vas pas commencer, s'il te plaît !

— Mais dis-moi, ça rapporte bien le barreau apparemment, rétorqua Stéphane en attrapant la paire de Louboutin qu'Alexandra venait d'abandonner. À moins que ce ne soit ton procureur qui te les ait offertes ?

— Je ne vois pas en quoi cela te regarde et puisque tu en parles, il est certain qu'il a meilleur goût que toi en matière de mode !

Stéphane trouvait son ex-femme toujours incroyablement belle. Grande et longiligne, elle avait gardé son air revêche qui la rendait désagréable au premier abord. Mais il avait su percer sa carapace et dénicher un revers plus tempéré. Sa longue chevelure blonde impeccablement coiffée entourait un visage aux traits à la fois doux et certains. Légèrement maquillée, elle n'avait cependant jamais quitté son rouge à lèvres prune qui marquait délicieusement sa bouche pincée.

Stéphane avait toujours gardé une forme d'admiration pour sa femme, qui, malgré son travail acharné en tant qu'avocate, n'avait pas pour autant négligé sa fille. Elle avait su s'accorder les moments de répit nécessaires à un équilibre, mais Stéphane n'avait pas réussi à les saisir. Aujourd'hui, c'était Nicolas Zeim qui en profitait avec elle. Brillant et attentionné, il avait immanquablement fini par séduire une Alexandra en mal d'affection. Depuis qu'ils étaient ensemble, elle avait développé un goût très prononcé pour le luxe, à en juger par ses vêtements de grandes marques et surtout la belle maison de maître de plus de deux-cents mètres carrés, achetée sur la rive droite d'Épinal, l'un des quartiers les plus huppés et fréquenté par de jeunes et talentueux cadres dynamiques. Stéphane n'en voulait pas à Nicolas de lui avoir pris sa femme, car il considérait que c'était surtout lui qui l'avait laissée filer. D'autant plus que les deux hommes se croisaient régulièrement du fait de leurs fonctions. Stéphane avait jugé préférable de faire preuve d'intelligence et d'entretenir des relations cordiales avec son rival plutôt que d'envenimer les choses. Ce climat serein était d'ailleurs tout aussi profitable à sa fille qui voyait les deux hommes se croiser sans se détester. En revanche, la rancune qu'Alexandra avait gardée à l'égard de son mari était clairement palpable et chacune de leur rencontre provoquait des étincelles. Cette journée de déménagement n'échappait pas à la règle, au grand désespoir de Lucie qui détestait être entre ses deux parents.

— Vous ne pourriez pas juste une fois, arrêter de vous tirer dessus ? lança-t-elle après avoir tapé du pied sur le sol, faisant trembler au passage tous les bibelots mal calés sur les étagères.

— Lucie a raison, Alex, tu devrais te détendre, on a encore du pain sur la planche avant de la laisser prendre ses marques ici.

Alexandra fit mine de ne pas entendre la réflexion de Stéphane et commença à inspecter les moindres recoins du petit studio. Elle semblait rebutée par l'aspect vieillissant du lieu, d'autant plus qu'elle n'avait pas vraiment eu son mot à dire quant au choix de l'appartement. Lucie avait fait la visite seule avec son père et devant le caractère urgent de l'installation, elle n'avait rencontré le propriétaire qu'au moment de la signature du bail. Si elle n'avait pas eu autant de travail en cette période, elle aurait sans doute pu faire jouer ses relations pour trouver un appartement de meilleur standing à sa fille. Les dernières semaines furent relativement prenantes pour Alexandra qui croulait sous les affaires. Il faut dire qu'elle bénéficiait désormais d'une petite notoriété dans la région depuis qu'elle avait accepté de défendre Arsène Jeandin, le maire d'Épinal embourbé dans une sombre histoire de corruption et de trafic d'influence. Il y a deux ans, l'homme public fut accusé d'avoir reçu d'importants pots-de-vin à l'occasion d'un appel d'offres pour l'installation d'un grand complexe hôtelier et gastronomique à la périphérie de la ville. Plusieurs sociétés du bâtiment avaient répondu présentes, mais celle qui semblait vouloir le plus remporter le marché était la Built Society. Avec ses techniques commerciales agressives et ses prix compétitifs, elle avait déjà décroché plusieurs gros appels d'offres dans la région, notamment celui du nouveau stade nancéien, encore en chantier. Mais l'entreprise était surtout très mal vue des associations de défense de l'environnement qui lui reprochaient d'utiliser des matériaux peu ou mal recyclés et de ne pas respecter les normes en matière de traitements des déchets et de rejets. Sans compter les nombreux ouvriers étrangers et non déclarés qui arpentaient les chantiers la nuit comme les week-ends en toute impunité. Elle semblait pour cela bénéficier de l'appui de partenaires politiques et financiers de poids qui fermaient les yeux sur ses agissements, là aussi en échange d'importantes sommes d'argent. Sous l'impulsion de Nicolas, son compagnon, Alexandra avait accepté de défendre le maire de la ville et malgré les preuves accablantes que ses accusateurs avaient contre lui, elle était parvenue à le blanchir totalement aux yeux de la justice. Cette affaire lui avait ainsi permis de voir son nom inscrit dans le répertoire de quelques hommes d'influence de la région qui avaient vu en elle une avocate emplie d'aplomb, résistant admirablement à la pression populaire. Stéphane avait eu du mal à accepter le choix de son ex-femme de défendre un individu visiblement corrompu même si cela avait considérablement mis un coup d'accélérateur à sa carrière.

Entre ses deux parents débordés de travail, Lucie avait pris très tôt son indépendance et même si elle avait fêté ses dix-huit ans durant l'été, elle avait rapidement fait preuve d'une grande maturité. Elle réalisait depuis bien longtemps la plupart des démarches administratives nécessaires et elle ne sollicitait ses parents que lorsqu'elle avait besoin de leur signature ou d'un complément financier. Elle avait bien pensé à prendre un petit boulot pour moins dépendre d'eux, mais avec les sept années, au moins, d'études acharnées qui l'attendaient, elle n'allait pas avoir une seconde à elle. Il lui tardait juste de brandir son diplôme de vétérinaire pour prendre définitivement son indépendance.

Stéphane et Lucie repartirent en direction de la camionnette alors qu'Alexandra commençait à vider les premiers cartons de vaisselle. Le père et sa fille échangèrent quelques banalités sur l'entretien de l'immeuble, puis il poursuivit :

— Et sinon, avec ton copain Hugo, comment ça se passe ?

— Papa !

— Quoi ? Je me renseigne ! C'est interdit ?

— Tu ne te renseignes pas, tu m'interroges ! Tu fais ton flic de base !

— J'ai quand même le droit de savoir si tu fréquentes toujours ce garçon !

— Puisque tu es curieux, ça fait longtemps que l'on ne s'est pas vus... On a tous les deux beaucoup de travail. Lui, avec ses études de médecine et moi en prépa... C'est un peu compliqué, voilà...

— J'espère que tu ne vas pas m'annoncer dans deux mois que tu t'installes avec lui ! Il a bien une chambre à la cité universitaire près de la fac ?

— Bon sang papa ! Si tu penses qu'on a la tête à ça... Et puis arrête avec tes questions...

Stéphane savait qu'il poussait le bouchon un petit peu loin. Mais lorsqu'il s'agissait de sa fille, il avait du mal à garder ses distances et à trouver les limites entre son rôle de père et son métier d'officier de police.

— Finissons de monter ces cartons et après nous irons manger un morceau, reprit Stéphane. J'ai repéré une petite brasserie tout près d'ici avec de sympathiques hamburgers maison à la carte.

Lucie hésita.

— Ne m'en veux pas, papa, mais j'aimerais vraiment finir de ranger. J'ai un devoir de biologie à rendre lundi et je suis très en retard. Je grignoterai vite fait avec ce qu'il me reste d'hier soir.

Stéphane soupira. Décidément, cette journée allait lui paraître bien longue, sous l'égide d'une fille disetteuse et d'une ex-femme dénuée d'amabilité.

## - 6 -

La discussion qu'avait eue le couple le matin même avait remis un peu de baume au cœur à Sophie. Elle allait pouvoir se lancer sereinement dans une nouvelle activité et casser la monotonie de son quotidien. Toutefois, le constat qu'ils avaient fait concernant leur vie actuelle était bien loin d'être enchanteur et vendre des paniers bio ne suffirait pas à la rendre plus magique.

Sophie s'était affairée à élaborer sa future stratégie et à repérer les lieux où elle pourrait proposer ses produits. Julien avait passé la quasi-totalité de sa journée à récurer le poulailler qui en avait grandement besoin. Il avait conscience que son existence était d'une tristesse infinie et commençait à regretter sa vie nancéienne. Il ne se reconnaissait plus et avait basculé en quelques années du statut de jeune cadre dynamique à celui de lugubre employé d'usine. Il avait perdu tout contact avec ses quelques amis et anciens collègues qui avaient peiné à comprendre son choix de vie. Qui aurait eu envie de venir lui rendre visite dans un village à peine connu des GPS ? Les soirées dans les bars branchés de la place Stanislas n'étaient plus que de lointains souvenirs. S'il voulait désormais boire un verre, il fallait se rendre au bar-tabac PMU de la ville la plus proche, Mirecourt, à une dizaine de kilomètres, en compagnie des soûlards du coin, déjà présents devant la porte une heure avant l'ouverture. Il se demandait comment il avait fait pour tenir autant de temps sans s'en plaindre. Son amour pour Sophie l'avait aveuglé et il n'avait pas pris conscience de tout ce qu'il perdait en la suivant ici. Quant à une présence familiale rassurante, il ne fallait pas y compter.

Sophie épluchait une poignée de carottes pour le potage du soir, tandis que Julien feuilletait le journal déposé le matin par une voisine. La télévision était allumée, davantage pour créer un bruit de fond que par véritable intérêt. Cela avait au moins le mérite de mettre un peu de vie dans une maison qui, à l'approche de l'hiver, paraissait morose dès les premières heures de l'après-midi. La chaîne locale diffusait les informations de la journée. Nouvelle hausse du chômage et manifestations contre le prix du carburant étaient les nouvelles récurrentes de ces derniers mois.

— Cela ne va pas faire nos affaires... réagit Sophie sans arrêter le découpage de ses légumes. Si je dois me déplacer pour vendre les paniers et que le prix de l'essence grimpe encore, je ne suis pas près de faire du bénéfice.

Julien répondit à peine à sa femme, aussi peu intéressé par ce qu'elle disait que par les informations.

La télévision continuait de siffler ses nouvelles quand le couple tendit l'oreille en entendant la présentatrice annoncer un flash spécial.

« *Nous venons d'apprendre, il y a quelques minutes, la découverte du corps d'une femme de soixante-quinze ans à Mirecourt. Il s'agit de la pharmacienne de la rue Faubourg, vraisemblablement victime d'un meurtre, selon les premières constatations. Nous vous donnerons plus d'informations dès que notre journaliste aura pu se rendre sur place. »*

— Tu entends ça Julien ? La pharmacienne, c'est bien madame Chanteuil ? Andrée Chanteuil ? Rue Faubourg c'est bien celle où nous allons habituellement ?

— Je crois que oui, répondit Julien qui ne parvenait pas à détacher ses yeux de l'écran. Un meurtre à quelques kilomètres de chez nous ! Il se passe enfin quelque chose par ici !

— Ne plaisante pas avec ça ! Pauvre femme ! Ce n'était peut-être pas la commerçante la plus sympathique de Mirecourt, mais tout de même. Finir comme ça, c'est tragique...

Et Julien se replongea dans la lecture de son journal. Ce fait divers n'allait effectivement pas égayer sa soirée et il repensa à la dernière fois où il avait croisé cette femme. Il lui avait acheté deux boîtes de paracétamol qu'elle avait nonchalamment posé sur le comptoir en lançant un rauque *« deux euros cinquante »*. Elle n'était clairement pas la plus sympathique de la ville, et elle méritait la palme de la froideur pour son manque de considération à l'égard de ses clients, qui lui servaient pourtant de gagne-pain.

Au même moment, le téléphone de Sophie sonna. C'était Louis qui venait lui aussi d'entendre les informations et qui était vraisemblablement très choqué par la nouvelle. Il faut dire que dans ces villages où peu de choses bougent, apprendre qu'un tel fait divers avait eu lieu à quelques kilomètres revenait à vivre un tremblement de terre suivi d'un tsunami. Louis allait très souvent dans la petite ville et il connaissait très bien la plupart des commerçants. Il était, tout comme le couple, un client régulier de la pharmacie.

— Papa, calme-toi ! Pour l'instant on ne sait pas

grand-chose sur ce qui s'est passé, lui répondit Sophie.

Julien n'entendait pas ce que disait Louis, mais il comprenait au ton de Sophie qu'il était très paniqué.

— Non, non, tu ne vas pas là-bas ! La police est très certainement sur place en train de commencer l'enquête ! Tu ne verras rien et ils ne te laisseront pas t'approcher. Tu écouteras les informations demain !

Sophie regarda Julien d'un air dubitatif. Elle semblait surprise par la réaction de son père et ne savait pas comment le calmer.

— Tu veux passer manger à la maison ?

Julien leva les yeux au ciel. Il n'avait aucune envie de recevoir son beau-père maintenant, qui plus est pour parler toute la soirée de la mort d'une pharmacienne. Il comprit rapidement que Louis avait accepté l'invitation et se leva pour rajouter une assiette sur la table. Sophie raccrocha le téléphone et suivit Julien du regard.

— Désolée... Je n'ai pas su quoi lui dire... Je l'ai rarement vu si paniqué. Ça m'est venu tout seul, lui dit-elle, la voix fautive.

— Pas grave, répondit Julien en posant une bouteille de vin rouge sur la table. Je vais prendre une douche. Appelle-moi quand c'est prêt.

***

Julien faisait tournoyer sa soupe dans son bol en regardant les volutes de fumée s'en échapper. Louis était arrivé depuis quinze minutes et il ne cessait de répéter la même chose.

— Comment une telle horreur a-t-elle pu se produire ?

— Papa, calme-toi ! demanda Sophie pour la

cinquième fois à son père. On ne sait rien de ce qui s'est passé pour le moment.

— Mais ils ont parlé de meurtre ! Ça signifie qu'on l'a tuée ! Quelqu'un est venu pour lui donner volontairement la mort !

— Rien n'est encore prouvé ! S'il te plaît, papa, cesse de t'agiter comme ça et assieds-toi.

Louis arrêta de faire les cent pas dans la cuisine pour s'installer face à son bol de soupe. Il en ingurgita bruyamment deux cuillères et recommença son laïus.

— Mais tout de même ! On l'a assassinée !

Sophie était totalement désarmée face à la détresse de son père, qu'elle n'avait jamais vu dans un tel état de nervosité. Ses yeux grands ouverts fixaient son bol fumant sans ciller. Julien finissait par trouver son beau-père étrange également.

— Louis, détendez-vous un instant. Que représentait cette femme pour vous ? Une simple commerçante ou plus que ça ?

Sophie releva la tête de son assiette, jugeant la question aussi curieuse que déplacée. Louis posa à son tour sa cuillère et regarda Julien d'un œil interrogateur. Sentant le malaise, ce dernier poursuivit.

— Je veux dire que vous semblez terriblement choqué par cette nouvelle, alors qu'il y a des meurtres tous les jours dans le pays. Vous vous rendez souvent à Mirecourt, et il n'y aurait rien de surprenant à ce que vous la connaissiez bien. Je me trompe ?

Louis baissa le regard. Il hésitait et ne savait pas ce qu'il devait répondre. Au bout de quelques secondes, il se lança.

— Je suis toujours allé dans sa pharmacie, alors avec le temps, nous avons fini par tisser des liens. On discutait de temps en temps, voilà tout...

— Je comprends mieux pourquoi sa mort t'affecte

autant... continua Sophie en lui prenant la main. Ne t'inquiète pas, je suis sûre que la police va faire son travail et trouver qui a fait ça.

— Et vous vous voyiez souvent ? renchérit Julien, soudain intéressé par le lien qu'avait son beau-père avec la pharmacienne.

— Julien, ça suffit ! le coupa sa femme.

— Laisse Sophie... Julien n'a pas tout à fait tort de me poser la question. En fait avec Andrée, nous étions plutôt proches. Mais cela remonte à quelque temps.

Un silence de plomb s'installa alors brutalement dans la pièce. Le couple fixait attentivement Louis, visiblement sur le point de faire des confidences inattendues.

— Sophie, lorsque ta maman est partie, j'étais vraiment dans un triste état, tu es bien placée pour le savoir. J'allais, comme à mon habitude, souvent à Mirecourt et souvent à la pharmacie, pour chercher de quoi tenir le coup. Andrée, malgré ses airs un peu bruts, avait compris ma détresse et m'avait un soir, invité à prendre un café avec elle au bar. J'imagine qu'elle avait eu pitié de moi à l'époque...

Sophie sentit un nœud se nouer à l'intérieur de son ventre. La suite de l'histoire semblait tellement évidente. Elle ne savait pas si elle devait s'en réjouir ou s'effondrer. Julien était accroché au récit de son beau-père.

— Et puis un soir, après nous être revus plusieurs fois, elle m'a fait des avances... J'étais paumé, je ne savais pas ce que je devais faire. Je pleurais encore la mort de ta mère, mais le réconfort qu'elle m'apportait me faisait un bien fou. Alors j'ai cédé...

Sophie avait les larmes aux yeux. Entendre son père se confier était déjà quelque chose de déroutant, mais apprendre qu'il avait eu une liaison avec la commerçante la moins avenante de la région la déstabilisait encore plus.

— Ça n'a pas duré très longtemps, car je culpabilisais beaucoup... En plus, ça commençait à jazzer autour de nous alors j'ai préféré qu'on arrête. Elle ne m'en a pas voulu et nous sommes restés bons amis voilà... Et puis ce n'était plus de notre âge ces batifolages...

— Je comprends mieux pourquoi son décès vous perturbe... continua Julien.

— Oui... je ne sais pas qui a pu faire ça... Quand on s'est vu ce matin, elle allait très bien et ne semblait pas inquiète...

— Ce matin vous dites ? l'interrompit Julien.

— Oui, sa pharmacie était la seule ouverte et j'avais besoin de mes médicaments pour le diabète alors j'y suis allé en urgence après avoir apporté les bestioles chez les Gouillat...

— C'est très important ce que vous racontez là. Cela signifie que vous êtes peut-être une des dernières personnes à l'avoir vue vivante !

Sophie était toujours abasourdie par ce qu'elle venait d'apprendre. Elle réalisa alors ce que son mari était en train de dire.

— Julien, qu'est-ce que tu fais ? Tu vois bien que mon père est déjà très angoissé ! Pourquoi veux-tu qu'il ait un rapport avec tout ça ?

— Je n'ai pas dit ça. J'anticipe juste un fait que la police ne mettra sans doute pas longtemps à vérifier. Je pense que Louis sera interrogé rapidement, voilà tout.

— Les flics ? Mais j'ai rien à leur dire moi ! Je suis allé chercher mes médocs et puis c'est tout ! J'ai pas envie qu'on m'embête pour ça !

— N'écoute pas Julien, il n'en sait absolument rien. Je vais te réchauffer ton assiette, ta soupe est froide.

Elle se leva en jetant un regard glacial à son mari.

*\*\**

Une heure plus tard, Louis était rentré chez lui.

Julien s'assoupissait tranquillement devant la télévision du salon. Il n'entendit pas Sophie arriver et sursauta lorsqu'elle prit la parole à quelques centimètres de lui.

— Pourquoi as-tu dit des choses pareilles à mon père ?

La tête embrumée, il laissa s'écouler quelques longues secondes, le temps de reprendre ses esprits. Il se doutait que Sophie remettrait ça sur le tapis. Après s'être redressé dans son fauteuil, il lui répondit :

— Je ne comprends pas pourquoi tu t'énerves ! Qu'est-ce que j'ai dit de mal ?

— Déjà, tu forces mon père à nous parler de cette histoire avec la pharmacienne, et ensuite tu fais des allusions douteuses sur son lien avec le meurtre. Je n'ai pas du tout aimé ta façon de faire.

— Reconnais que j'ai eu raison de lui tirer les vers du nez non ? Sinon on n'aurait jamais compris pourquoi la mort de cette femme l'angoissait tant !

— Cela ne nous regardait pas !

— Et puis je ne vois pas ce qu'il y a de mal à dire qu'il est sans doute l'une des dernières personnes à l'avoir croisée ! continua Julien. Il est venu le matin même avec son ordonnance à la pharmacie ! La police ne va pas mettre longtemps avant de l'interroger ! En aucun cas, je ne l'accuse de quoi que ce soit.

— Tu n'étais pas obligé de balancer ça de cette façon ! Imagine un peu le choc que c'est pour lui !

— Au moins, il ne sera pas surpris lorsque les flics le

46

contacteront.

Julien se remit face à la télévision, faisant clairement comprendre à sa femme que le sujet était clos. Elle le regarda, totalement abasourdie par la froideur dont il venait de faire preuve. Cela ne lui ressemblait pas d'être aussi peu compatissant.

Elle se souvint alors à nouveau de la discussion qu'ils avaient eue au sujet des paniers bio et du fait que Julien avait également réagi de manière abrupte. Sans doute devait-il se sentir mal ici. Après tout, sa vie n'était pas plus passionnante que la sienne.

Stéphane avait été appelé par Nicolas Zeim, le procureur, mais aussi le nouveau compagnon de son ex-femme et sommé de se rendre de toute urgence à Mirecourt.

Quelques heures plus tôt, les pompiers avaient forcé l'entrée de l'appartement situé à l'étage de la pharmacie de la ville et avaient découvert le corps d'Andrée Chanteuil. Les conditions dans lesquelles il avait été retrouvé avaient nécessité la présence urgente d'un représentant des forces de l'ordre et c'était le brigadier-chef de la gendarmerie, Simon Legendre, qui s'était rendu en premier sur les lieux.

En arrivant sur place, Stéphane constata qu'une importante cohue régnait autour de la petite pharmacie. Même la presse locale était là. La rubalise jaune installée à la va-vite permettait à peine de retenir la troupe de badauds qui s'était rapidement formée, peu habituée à un tel fait divers dans sa ville. Trois gendarmes surveillaient l'accès à l'entrée de la pharmacie et Stéphane vit un technicien de la police scientifique sortir du bâtiment. S'ils étaient déjà sur place, c'est que l'affaire devait être sérieuse.

Il se fraya un chemin à travers la petite foule qui s'était amassée sur les trottoirs environnants et passa sous la rubalise. Un des gendarmes postés à l'entrée l'arrêta aussitôt et beugla d'une voix désagréable :

— Le ruban ne se voit pas assez ? Vous n'avez pas le droit de franchir cette ligne !

Coutumier des accueils peu chaleureux dans ce genre de situation, Stéphane dégaina sa carte et la plaça bien en vue à quelques centimètres des yeux du gendarme.

— Stéphane Gassin, commandant au commissariat d'Épinal. Je peux passer maintenant ?

L'agent s'écarta en lâchant un « OK » dédaigneux qui cachait surtout un évident moment de solitude.

Deux autres techniciens sortirent du bâtiment, précédés par Simon Legendre qui, en apercevant Stéphane, vint aussitôt à sa rencontre.

— C'est vous le commandant d'Épinal ?

— Oui. Qu'est-ce qu'on a ?

— Brigadier-chef Simon Legendre. C'est moi qui ai découvert le corps après l'arrivée des pompiers. C'était vraiment... enfin, on n'a pas tellement l'habitude de voir ça par ici. Alors j'ai vite appelé à Épinal. Le procureur est venu et il m'a dit que vous étiez en route.

— Nicolas Zeim ? Il est là ?

— Oui, il est avec les techniciens en haut.

Stéphane se dirigea vers l'entrée en même temps que Zeim en sortait.

— C'est seulement maintenant que tu arrives ? Tu sais que ça fait une heure que je t'ai appelé !

— J'étais à Nancy, je te l'ai dit ! Je faisais le déménagement de ma fille ! C'est pas la porte à côté ton trou et j'espère que tu as une bonne raison de m'avoir fait venir alors que je n'étais pas d'astreinte.

Les deux hommes échangèrent tout de même une

poignée de main cordiale. Malgré la nature de leurs liens, ils veillaient à ce que leurs relations personnelles n'empiètent pas sur leur travail. Tous deux se trouvaient réciproquement des qualités indéniables et se considéraient l'un et l'autre comme de très bons professionnels.

Zeim rebroussa chemin, suivi de Stéphane qui songeait à l'assiette de frites qu'il avait abandonnée dans la petite brasserie repérée non loin de l'appartement de sa fille. Il avait aussi, et surtout, laissé Lucie une nouvelle fois en plan après l'avoir convaincue de sortir dîner. Ils grimpèrent jusqu'au premier étage et entrèrent dans l'appartement d'Andrée Chanteuil. À première vue, rien d'anormal. La porte ne semblait pas avoir été fracturée. L'endroit était plutôt propre et décoré d'un goût susceptible d'être celui d'une dame âgée. Napperons, plantes vertes et meubles en merisier régnaient en maître dans les lieux.

Zeim conduisit Stéphane vers la chambre à coucher.

— Entre, c'est ici que se trouve le corps.

Stéphane pénétra dans la pièce. Andrée Chanteuil était allongée sur son lit, complètement nue. Ses bras et ses jambes étaient tendus et reliés aux quatre coins du lit dans une posture d'écartèlement. Un foulard, enfoncé jusqu'à la gorge, dépassait de la bouche de la victime. Pas une seule goutte de sang.

Les techniciens de la police scientifique s'affairaient pour recueillir les derniers indices.

— Pas très joli à voir... même si je dois reconnaître que c'est une scène de crime plutôt... propre, dit Stéphane en inspectant les recoins de la pièce.

— Ici, les pompiers et les gendarmes sont surtout habitués aux règlements de compte avec dents cassées et aux malaises de petits vieux qu'aux mises en scène criminelles. D'ailleurs, le jeune qui a trouvé le corps est toujours sous le choc.

— Tu penses à quoi ?

— Je ne sais pas... C'est pour ça que je t'ai fait venir. Je te charge de l'enquête. Le légiste est en bas, il attend que les techniciens finissent pour emporter le corps, mais d'après ses premières constatations, la victime aurait succombé par asphyxie. Pas de sévices sexuels a priori. J'ai demandé que son rapport soit dans ta boite mail demain midi au plus tard.

— D'accord merci. Je vais interroger rapidement les pompiers et le brigadier-chef pour recueillir leurs premières impressions.

— Je t'accompagne, répondit Zeim.


Stéphane ressentait un certain malaise à la vue de cette dame âgée, ainsi malmenée. Sa peau, ridée et affinée par les années, laissait transparaître le bleu de son sang immobile le long de tous ses membres. Ses cheveux en broussailles formaient un délicat coussin blanc sous sa tête dont le visage était tourné vers le ciel. Qui pouvait en vouloir à une petite vieille de soixante-quinze ans ? Elle ne portait aucune trace de coup et à en juger par son intérieur, elle semblait mener la vie tranquille d'une dame de son âge.


Stéphane descendit à la rencontre des secouristes toujours sur place. L'un d'eux était assis par terre et se tenait la tête entre les mains.

— Commandant Gassin, se présenta Stéphane face aux trois pompiers. Je voudrais vous poser quelques questions concernant la découverte du corps.

Le plus jeune se releva. Il devait avoir seize ans tout au plus.

— C'est Théo qui l'a vue en premier, répondit un de ses collègues en le pointant du doigt. On a été appelés par la voisine de madame Chanteuil parce qu'elles avaient l'habitude de se retrouver tous les jours vers 16 heures 15 pour prendre un thé en regardant « Des chiffres et des lettres ». Elle a attendu un moment devant la porte en frappant et elle savait que madame Chanteuil était là, car elle voyait la lumière à travers la serrure. Comme elle ne répondait pas au bout de dix minutes, elle a pensé qu'elle avait peut-être fait un malaise, ce qui compte tenu de son âge, n'aurait pas été surprenant. Elle avait peur de trouver son amie étendue alors elle a préféré nous appeler directement.

— Quand vous êtes arrivés sur place, vous n'avez rien remarqué de suspect ? interrogea Stéphane.

— Pas vraiment... il faut dire qu'on est habitué à ce genre d'intervention, donc on y va sans trop réfléchir. La porte n'était pas fermée à clé donc on est entré sans problème.

— On n'a rien touché et dès qu'on a vu le corps, on a tout de suite appelé la gendarmerie, enchaîna un autre collègue.

— C'est toi, jeune homme qui l'a découvert en premier ? demanda Stéphane en adressant un signe de tête au garçon.

L'adolescent acquiesça, le teint complètement blafard.

— Le pauvre... on pensait faire une simple intervention de routine. Il est pompier volontaire à la caserne et quand il a vu le corps, il a été sonné... Nous aussi, car on connaissait tous madame Chanteuil. C'était vraiment choquant de la retrouver comme ça.

Stéphane prit congé des trois hommes. Zeim était sur le point de partir également.

— Je te laisse terminer, je rentre, lui dit-il. On se voit demain à 7 heures à ton bureau ? J'aurai quelqu'un à te présenter d'ailleurs.

— Qui ça ?

— Tu verras... Je m'occupe de la presse qui commence déjà à fouiner partout pour savoir de quoi il s'agit. Stéphane, veille à ce que la panique ne gagne pas les habitants. Tout le monde ici connaissait cette dame, il ne faudrait pas que l'on soit contre-productifs.

Zeim laissa Stéphane poursuivre ses interrogatoires seul. Un brouhaha s'éleva alors de la petite foule. Le légiste était en train d'emporter le corps dissimulé sous un drap blanc. On pouvait entendre des « Mon Dieu ! Que s'est-il passé ? », « Ça a l'air grave ! », « Pourquoi lui a-t-on fait du mal ? »

Stéphane se dirigea vers Legendre qui tentait maladroitement de calmer la foule.

— Rentrez chez vous, il n'y a rien à voir. La police va mener l'enquête, ne vous inquiétez pas !

— Alors c'est donc un meurtre ? lança une journaliste aux aguets.

— Pour... pour l'instant, nous ne pouvons pas vous en dire plus, répondit Legendre, en réalisant sa méprise.

— Legendre, je peux vous parler, l'interrompit Stéphane.

Les deux hommes s'écartèrent quelques instants de la foule.

— Qui a prévenu la presse ? continua Stéphane.

— Je ne sais pas... Ici, il n'y a que des curieux. Dès qu'il se passe quelque chose, c'est dans Vosges Matin le lendemain... Alors vous imaginez bien qu'un événement pareil...

— Il va falloir que vous restiez discret sur les

avancées de l'enquête. Je vais sans doute avoir besoin de vous les premiers temps, ne serait-ce que pour... m'imprégner de l'atmosphère de la ville que je ne connais pas beaucoup.

— Pas de problème, je suis à votre disposition.

— Avez-vous une idée de qui pourrait en vouloir à cette pharmacienne ?

— Comme ça de but en blanc, je n'ai pas de nom à vous donner... Mirecourt c'est plutôt tranquille en dehors des dealers et toxicomanes qui arpentent les rues et font régulièrement l'objet de bagarres et d'interpellations.

— J'imagine que madame Chanteuil devait souvent avoir affaire à eux ?

— C'est sûr que dans les pharmacies de la ville, on distribue plus de Subutex[2] que de Doliprane. Vous pensez qu'un toxico en manque aurait pu s'en prendre à elle ?

— Compte tenu de la mise en scène, j'en doute, mais je ne veux rien exclure à ce stade. Je vais faire emporter les ordinateurs afin d'analyser les clients réguliers venant chercher des traitements substitutifs.

Stéphane demanda aux derniers techniciens présents de lui fournir une liste des patients auxquels on a prescrit des substituts aux opiacés pour le lendemain. Il ne croyait pas beaucoup à cette piste car un toxicomane en manque ne se serait pas donné la peine de réaliser une telle mise en scène, qui oriente davantage les investigations vers un crime prémédité. Il aurait sans

---

2 *N.D.A. : Le Subutex est un médicament contenant une substance proche de la morphine. Il est utilisé dans le traitement substitutif aux opiacés pour réduire les symptômes du manque.*

doute cherché à obtenir son médicament par la violence or aucune trace d'effraction n'avait été constatée dans la pharmacie, pas plus qu'un vol. La victime connaissait même possiblement son agresseur et l'aurait donc laissé entrer sans résistance.

Il était minuit et Stéphane avait recueilli les derniers témoignages. La nuit allait être courte avec un rendez-vous prévu aux aurores avec Zeim. Les habitants étaient rentrés chez eux et la rue avait retrouvé un calme relatif malgré la tension naissante. Stéphane allait devoir redoubler de prudence, car même s'il découvrait Mirecourt, il savait que dans une petite ville de cinq-mille âmes, les rumeurs allaient bon train et les habitants se connaissaient tous ou presque.

Avec tout ça, il n'avait pas fait attention au SMS que sa fille lui avait laissé sur son téléphone deux heures plus tôt :

*Je t'avais pris un dessert, au cas où, mais je me doutais que tu ne reviendrais pas. Bonne nuit papa. Lucie.*

## 8

Le lendemain, Stéphane avait débarqué à 6 heures 30 à son bureau du commissariat d'Épinal. Il avait fait un briefing au lieutenant Eliott Schmitt, son coéquipier depuis cinq ans. Eliott avait trente-cinq ans et pouvait sembler parfois immature dans sa manière d'aborder choses et cynique à ses heures, mais Stéphane avait rapidement détecté chez lui des compétences et capacités indispensables pour travailler dans la police. Il avait une vivacité d'esprit et une perception du genre humain très fine. Son jugement des événements et des gens était rarement erroné et cela avait porté ses fruits lors de plusieurs enquêtes sur lesquelles ils avaient travaillé ensemble. Et surtout, il était plus jeune que Stéphane, ce qui, à une ère où la technologie allait trop vite pour lui, permettait de lui faire gagner un temps considérable. Les deux hommes se complétaient bien, car Eliott avait tendance à enfoncer des portes déjà ouvertes. Il ne remarquait pas les dommages collatéraux de ses actions et Stéphane l'obligeait à réfréner ses ardeurs.

— Donc si je comprends bien, on a une pharmacienne de soixante-quinze ans retrouvée nue, les quatre membres attachés aux coins de son lit avec un foulard enfoncé dans la gorge. Pas de trace d'effraction ni de violence.

— C'est ça... répondit Stéphane en consultant sa
boîte mail dans l'attente d'un nouvel élément.

— C'était comment ?

— C'était comment quoi ?

— Ben la vieille ! Je n'ai jamais vu une femme de
soixante-quinze ans nue.

— Bon sang, Eliott, tu es écœurant parfois !

— Ne me fais pas croire que tu as fermé les yeux !
Une vieille !

— Tu n'en as jamais vu à la morgue ?

— Je viens de réaliser que non justement... et j'aurais
bien aimé savoir si je passais à côté de quelque chose.

— Reste avec ta femme assez longtemps et ta
curiosité sera satisfaite. On peut travailler sérieusement
maintenant ?

— Ouep ! Tu attends la liste des toxicos qui
viendraient régulièrement chercher des substituts, mais
tu doutes que l'origine du meurtre soit ici. Tu en es où
au niveau des proches ?

— Zeim a contacté son fils unique qui était en congé
dans le sud de la France pour le week-end. Il doit arriver
ce matin dans nos bureaux. Pas de conjoint connu
d'après les témoignages. Peu de visites d'après la
voisine. En tout cas, elle n'a rien entendu ce jour-là.

— Et au niveau des employés de la pharmacie ?

— Elle avait deux préparatrices que l'on va devoir
aussi interroger et dont on a demandé à ce qu'elles ne
quittent pas leur domicile pour l'instant. J'attends le
rapport du légiste et celui du laboratoire de Nancy
concernant les traces retrouvées. Et Zeim doit passer
d'ici peu de temps, il avait quelqu'un à me présenter.

Stéphane consulta sa montre : 7 h 15. Ce n'était pas
dans les habitudes du procureur d'être en retard.

Lorsqu'il arriva, il était suivi par une jeune femme

que Stéphane ne connaissait pas. Elle devait avoir vingt-cinq ans tout au plus.

— Bonjour lieutenant Schmit. Salut Stéphane. Désolé pour le retard. Voici Candice Pasquier qui va vous accompagner quelque temps.

Elle sourit aux deux hommes qui se questionnaient sur les raisons de sa présence ici.

— Pasquier ? Comme le député ? demanda Stéphane en toisant la jeune femme qui au demeurant, n'en était pas moins jolie pour autant.

— Oui. Mademoiselle Pasquier est la fille du député de la première circonscription des Vosges. Elle sort d'un stage à la section balistique du LPS[3] de Lyon. Elle souhaiterait maintenant être davantage en immersion du côté des enquêteurs pour voir un peu comment se déroulent des investigations.

— Nicolas, je peux te parler deux minutes ? lança Stéphane en se levant et en conduisant Zeim à l'extérieur du bureau.

Ils laissèrent Candice et Eliott seuls et Stéphane s'insurgea.

— Tu n'es pas sérieux ? Tu crois vraiment que j'ai besoin d'avoir une gamine pistonnée dans les pattes ?

— Calme-toi Stéphane, c'est l'affaire de quelques semaines uniquement.

— Combien ? Deux ? Trois ? Je te préviens, je ne vais pas m'encombrer d'explications diverses et variées sur mon métier, je n'ai pas le temps de dérouler la bobine ! Et je ne l'emmène pas sur le terrain. Elle restera au bureau.

— J'ai vu son CV et il n'est pas mauvais, tu devrais pouvoir lui confier quelques tâches. Elle sera sûrement

---

3   *LPS : Laboratoire de Police Scientifique*

capable de t'avancer sur certains dossiers et peut-être même de t'aider sur ta nouvelle enquête.

— Tu fais vraiment chier Nicolas... Comme si je n'avais que ça à faire de chaperonner la fille du député. Tu lui devais un service, c'est ça ?

— Effectivement... elle voulait absolument travailler dans un commissariat au cœur des équipes. Il n'y avait qu'à toi que je pouvais demander ça.

— Tu ne pouvais pas la balancer à Tomass ou Rodier à la juridique ?

— Pas assez terrain Stéphane ! Je dois y aller, je compte sur toi pour t'en occuper au mieux !

— Et on ne fait pas un point sur l'enquête de la pharmacienne ?

— Pas le temps, tu m'appelles quand tu as du nouveau.


Stéphane retourna dans son bureau, exaspéré par les exigences de Zeim. Il fricotait avec la politique depuis quelque temps et sans doute en échange d'appuis bien placés, Zeim rendait service à quelques hommes d'état du coin. L'espoir d'un monde où politique et justice ne seraient pas constamment liées était vain depuis bien longtemps pour Stéphane qui devait maintenant en payer le prix en se retrouvant avec la « fille de » pour travailler.

En attendant, Eliott et Candice avaient pu échanger quelques mots. Quand Stéphane entra à nouveau dans son bureau, un silence pesant s'installa. Ils avaient entendu toute la conversation entre lui et le procureur.

— Piston ne rime pas forcément avec incompétence commandant. J'espère pouvoir vous prouver mon efficacité dans votre enquête, lança la jeune femme qui semblait ne pas manquer d'aplomb.

— Avec ce que vous avez appris à la section

balistique ? C'est dommage, la victime est sans doute morte par asphyxie et pas avec une arme à feu...

— J'ai d'autres connaissances et...

— Bon, j'aimerais faire un point sur les éléments dont je dispose pour démarrer. Eliott, tu l'emmènes chercher un café et faire un tour des locaux, je n'ai pas le temps, la coupa Stéphane, irrité par ses réponses.

Eliott et Candice quittèrent la pièce sans un regard de la part du commandant qui venait de recevoir la liste des toxicomanes fréquentant régulièrement la pharmacie. Lorsqu'il ouvrit le fichier, pas moins d'une quarantaine de noms s'affichèrent devant lui. Il allait lui falloir rapidement d'autres éléments pour se dispenser de tous les interroger.

Eliott entra à nouveau dans le bureau.

— Stéphane, le fils de la victime est là. Je le fais venir ?

— Oui, vas-y !

Romain Chanteuil, la cinquantaine, arriva dans la pièce quelques instants plus tard, suivi d'Eliott et de Candice. En s'installant face à Stéphane, il paraissait fébrile et anxieux. Ses mains étaient moites et il ne cessait de les frotter contre son pantalon.

— Mes condoléances monsieur Chanteuil, commença Stéphane. Merci d'avoir pu venir si rapidement. Vous étiez du côté de Marseille, c'est bien cela ?

— Oui, nous avions loué un bateau pour le week-end avec ma femme et mes enfants. Quand j'ai appris la nouvelle hier soir, nous sommes revenus dans la nuit... Je ne comprends pas ce qui a pu se passer...

— C'est justement pour cela que vous êtes ici, j'aurais besoin de savoir un maximum de choses sur votre mère. Mademoiselle Pasquier, pouvez-vous aller chercher un café à ce monsieur ?

Stéphane ruminait en même temps qu'il parlait à Romain Chanteuil. Il ne supportait pas d'avoir cette fille à proximité. Elle sortit en jetant un regard vers Eliott puis vers Stéphane. Elle savait qu'elle n'était pas la bienvenue, mais il était hors de question qu'elle subisse le courroux d'un phallocrate durant six mois.

Stéphane débuta par les interrogations d'usage puis s'intéressa rapidement à la nature de la relation entre la pharmacienne et son fils.

— Comme je suis son comptable, on se voyait régulièrement. Environ une fois par semaine. Ma mère n'était plus toute jeune et les chiffres, ce n'était plus trop son truc.

— Pas de tensions particulières entre vous ? De sujets de discorde ?

— Non, cela se passait bien... Ce n'était pas la personne la plus agréable du monde, mais à son âge, je n'espérais pas la voir changer.

— Vous vous disputiez ?

— Pas spécialement, mais disons qu'elle n'était pas toujours très cordiale. C'était dans son caractère, je faisais avec.

— Pour une commerçante, c'est ennuyeux... Avez-vous entendu parler de clients qui auraient des griefs contre elle ?

Romain Chanteuil répondit par la négative. Il s'essuyait encore les mains de manière énergique. Candice rentra dans le bureau et posa deux gobelets de café : un pour Romain Chanteuil et un pour Stéphane, surpris par son geste, mais sans néanmoins lui octroyer un merci.

— Est-ce que vous avez une piste, commandant ?

— Nous étudions plusieurs hypothèses et les renseignements que vous me donnerez seront sans doute capitaux. Est-ce vous qui allez hériter de la pharmacie ?

— Oui, je n'ai pas de frères et sœurs. Mais je... je ne pense pas la garder.

— Ce n'est pas un commerce florissant ?

— Du point de vue comptable, ce n'est pas très intéressant. J'ai essayé de convaincre ma mère de la vendre plusieurs fois, mais elle a toujours refusé.

— Pourtant, j'ai vu plusieurs pharmacies dans la ville, il y a sûrement un besoin.

— Oui, mais comme je vous l'ai dit, elle n'était pas... très aimable... Alors j'imagine que pas mal de clients ont préféré aller chez les concurrents.

Stéphane continua l'interrogatoire, silencieusement observé par Candice. Eliott tapait le procès-verbal à l'ordinateur. Une demi-heure plus tard, Romain Chanteuil quitta le commissariat.

— Il avait l'air stressé ton gars... commenta Eliott. Je vais creuser du côté d'un éventuel testament et demander les bilans comptables de la pharmacie. Il s'est précipité un peu trop pour dire qu'il voulait la vendre.

— C'est vrai que dans les affaires de meurtre, ce sont souvent les proches qui sont en cause, mais tout de même... faire ce genre de mise en scène à sa mère... il faudrait être tordu.

Candice venait de prendre la parole sous les yeux interloqués de Stéphane dont l'agacement atteignit alors un niveau supérieur.

— Mademoiselle Pasquier, j'aimerais que vous évitiez d'intervenir sans qu'on vous le suggère. Je sais comment je dois mener mon enquête.

— Vous comptez être désagréable avec moi en permanence ? Cela risque d'être très épuisant pour vous !

La jeune femme ne manquait pas d'aplomb, c'était certain. Commandant ou pas, elle n'hésiterait pas à le remettre à sa place chaque fois que nécessaire.

— Eliott, convoque les préparatrices en pharmacie et interroge-les pour savoir si elles s'entendaient bien avec leur patronne. Je retourne sur Mirecourt pour prendre un peu le pouls, continua Stéphane en préférant ne pas relever la réflexion de Candice.

— Je viens avec vous, dit-elle en attrapant sa veste.

— Certainement pas ! Eliott vous donnera des PV à enregistrer.

— Commandant, le procureur a bien dit que vous deviez m'emmener sur le terrain et je ne vois pas en quoi rester dans un bureau est très « terrain » !

— C'est là où vous vous trompez sur notre métier ! Les actions ici sont toutes aussi importantes que celles que l'on peut faire sur place.

— Je vous conseille vivement de ne pas refuser commandant, lança Candice, le regard certain.

Stéphane hocha la tête sans piper mot. Il avait compris le message et l'attitude de Candice lui plaisait décidément de moins en moins. Cela faisait partie du jeu de chahuter les nouveaux venus, mais en plus d'être pistonnée, elle n'hésitait pas à user de la menace pour parvenir à ses fins. Stéphane était déjà au bord de l'écœurement.

\*\*\*

Sur le trajet qui reliait Épinal à Mirecourt, l'atmosphère dans la voiture était aussi lourde qu'une chape de plomb. Stéphane avait décidé d'échanger le minimum avec Candice, tant qu'elle œuvrerait sur le terrain de la condescendance. Pour lui, le minimum serait donc équivalent au silence complet. Tant pis s'il devait la subir comme un vieux chewing-gum collé à sa chaussure, mais il était hors de question qu'il lui fasse le plaisir du moindre petit échange.

Dans les dernières minutes, Candice décida de briser la glace.

— Vous savez commandant, ne pensez pas que cela m'amuse d'être pistonnée. Je n'ai rien demandé à mon père pour me retrouver dans votre commissariat, mais je suis passionnée de criminologie. C'est un milieu fermé, vous êtes bien placé pour le savoir et si une passionnée comme moi peut entrer dans ce milieu grâce à un petit coup de pouce, ce serait bête de ne pas en profiter non ?

Stéphane continua de regarder la route sans réagir.

— D'accord, je n'aurais pas dû vous dire ça avant de partir, c'était idiot de ma part et je m'en excuse. Mais j'avais vraiment très envie de vous accompagner. Démarrer mon stage avec une enquête comme celle-là, c'est une superbe opportunité, surtout avec un agent comme vous.

*Après la menace, la flatterie*, pensa Stéphane. Cette fille était décidément prête à tout pour parvenir à ses fins.

Stéphane se gara à proximité de la pharmacie. De la rubalise était collée sur la porte de l'officine dont le rideau de fer était resté baissé. Candice en revanche, refusait de baisser les bras.

— Repartons sur de meilleures bases, commandant. Je suis sûre que je ne serai pas de trop pour vous aider dans cette enquête.

Elle lui tendit une main fine et superbement manucurée. L'autre tenait un sac à dos de sport orange et Stéphane nota qu'elle ne portait pas d'alliance. Il la regarda droit dans les yeux et fut quelques secondes surpris par ses jolis traits dont il n'avait pas encore mesuré toute la délicatesse. Il songea qu'elle usait maintenant de ses charmes pour faire en sorte que leur duo d'un temps puisse fonctionner. Il essaya de ne pas sourciller, mais elle arborait désormais un sourire lumineux dessiné par des lèvres colorées d'un doux rose brillant. Ses cheveux bruns tombaient délicatement sur ses frêles épaules et son visage gardait quelque chose d'enfantin. Ses deux yeux noisette transperçaient le regard et Stéphane avait l'impression qu'elle pouvait lire dans les pensées avec.

Naturellement, il craqua.

— Je vais être clair avec vous. Je n'aime pas les pimbêches dans votre genre. Vous profitez de votre statut de fille à papa pour avoir un ascendant sur moi, mais vous n'avez aucune légitimité. Vous pourrez vous confondre en excuse, nous partons sur de très mauvaises bases. J'ai une enquête à mener et pas de temps à perdre en jérémiades et autres simagrées pour que vous soyez dans votre zone de confort. Vous voulez me coller aux fesses ? Très bien, collez-moi aux fesses, mais je vous préviens elles sentent mauvais !

Stéphane sortit de la voiture en claquant la porte. Candice le regarda s'éloigner en esquissant un sourire. Il était en train de céder.

## 9

La discussion de la veille avait laissé un goût amer à Sophie qui n'avait pas dit un mot durant le petit déjeuner. Comme chaque jour, Julien avait mécaniquement bu son café et avalé une tartine de pain-beurre-confiture de groseille, puis écouté les premières informations de la journée qui titraient exceptionnellement sur le meurtre de la pharmacienne. Il avait enfilé son traditionnel jean-chemise et sans une attention pour sa femme, avait quitté la maison.

Aussitôt la porte refermée, Sophie craqua. Un flot continu de larmes ne cessait de sortir de ses yeux. Seule, elle laissa éclater sa colère et sa tristesse.

Lorsqu'elle eut repris un semblant de calme, elle attrapa son téléphone pour appeler Jenny. Une dizaine de minutes plus tard, une grande blonde aux épaules de déménageurs frappa à la porte et Sophie alla lui ouvrir.

— Ma pauvre Sophie ! Qu'est-ce qui se passe ? Je te sens complètement anéantie !

— Je crois... Je crois que je fais une dépression ! répondit Sophie, les yeux encore rougis.

— C'est Julien, c'est ça ?

— Il est odieux depuis quelque temps... J'ai beau tout faire pour ne pas le contrarier, ça finit toujours en dispute... J'ai l'impression qu'il ne m'aime plus.

— Tu sais ce que je pense de lui... continua Jenny en s'installant à la table de la cuisine.

— Je sais oui... mais il n'est pas comme tu le dis... Enfin, quand on s'est connu. C'est sûr qu'aujourd'hui, les choses ne sont plus tout à fait comme au début.

— Il faut que tu arrêtes de te pourrir la vie avec lui, il ne le mérite pas... Depuis que tu es revenue, je ne t'ai pas vu beaucoup sourire et franchement, ça me rend triste.

— Que veux-tu que je fasse ? Je ne peux pas partir d'ici...

— Fous-le dehors ! Ça le fera sûrement réfléchir !

— Jenny... Je ne peux pas faire ça...

Sophie sanglotait à nouveau et Jenny eut tout à coup une vision désagréable.

— Il ne te frappe pas au moins ?

— Non ! Il n'a jamais levé la main sur moi ! s'exclama Sophie.

— Tu me le dirais s'il le faisait, hein ?

Sophie acquiesça silencieusement.

— Regarde ! continua Jenny. Je vais te montrer quelque chose qui devrait te redonner le sourire.

Elle sortit son téléphone de sa poche et lança la galerie de photos. Elle mit l'appareil sous le nez de Sophie qui se retrouva face à trois adorables petits chatons de quelques jours à peine.

— Oh ! Ils sont trop mignons !

— Oui ! Kala a mis bas il y a trois jours ! Je vais garder l'un d'entre eux et ma tante en prend un. Si tu veux, le dernier est à toi ! Les chats sont de bons antidépresseurs, tu sais !

— J'adorerais oui, mais... je ne suis pas sûre que Julien accepte.

— Envoie-le chier bon sang ! Tu as le droit d'avoir

un animal si tu en as envie, tu ne lui demanderas pas de s'en occuper !

— Je lui en parlerai Jenny, je te redis ça.

Jenny savait qu'il serait difficile de remonter le moral de son amie, mais pour une femme qui ne s'était jamais laissée marcher sur les pieds par un homme, il lui paraissait inconcevable de se mettre dans un tel état à cause de l'un d'entre eux.

*** 

Julien se gara sur le parking de l'usine d'Enjoy Waters et salua de loin les quelques collègues qui arrivaient en même temps que lui.

Il partageait son bureau avec Samuel, un des quatre autres assistants qualité comme lui avec qui il entretenait des relations cordiales à défaut d'être amicales. Julien n'avait jamais connu de difficultés particulières dans son travail. Il s'était toujours très bien intégré, exécutant les tâches qu'on lui confiait avec une efficacité et une discrétion à toute épreuve. Il passait même plutôt inaperçu aux yeux de la plupart de ses collègues qui mettaient plusieurs semaines à retenir son nom. Malgré sa surqualification, Julien se sentait bien dans cette entreprise à la renommée mondiale et dont le chiffre d'affaires ne comprenait pas moins de neuf zéros avec plusieurs milliards de bouteilles d'eau minérale vendues à travers le globe chaque année. Il se voyait comme une fourmi dans l'immensité de la galerie multinationale, mais il apportait sa pierre à l'édifice comme tous les autres.

Cependant depuis plusieurs mois, les choses s'étaient compliquées. Un nouveau responsable qualité, supérieur direct de Julien, était arrivé. Ou plutôt, une nouvelle responsable. La cinquantaine bien tassée, Olga Simmons avait repris d'une main de fer les rênes du pôle qualité, laissé en désuétude par la direction de l'usine. Son embauche avait fait l'effet d'une véritable décharge électrique auprès de ses collaborateurs directs et indirects. Mais le moins que l'on pouvait dire, c'était que le courant ne passait pas entre elle et Julien. Pour lui, elle était une perverse vampirisante qui suçait la joie et la bonne humeur de ses subalternes. Et tout comme la créature transylvanienne, elle n'agissait pas en plein jour. Elle prenait soin de bien refermer la porte du bureau pour attaquer ses victimes et les défaire de toute once de confiance qu'il leur restait. Sans qu'aucune raison ne l'explique, Julien était soudain devenu un bouc émissaire et Olga Simmons prenait un plaisir non dissimulé à le rabaisser plus bas que terre. À tel point que depuis plusieurs semaines, Julien n'éprouvait plus aucune satisfaction à venir travailler. Pire, il avait peur. Sur le trajet qui le conduisait jusqu'à l'usine, une boule au ventre s'installait à mesure qu'il se rapprochait. Réunions avec les dirigeants obligent, Olga Simmons n'était pas toujours présente sur place et Julien se sentait alors revivre. Mais le soulagement était de bien courte durée, car ces instants restaient rares. Chaque fois qu'il était convoqué dans son bureau pour parler d'un dossier, il ne savait pas quelle rosserie l'attendait encore. Mais avec Olga, rien n'était direct, jamais. Les coups de bec étaient voilés, mais la blessure bien là. Dans le jargon professionnel, on appellerait cela du harcèlement moral. Mais pour Julien et tous les collègues qui enduraient chaque jour les morsures d'Olga, il était hors de question d'aborder ce sujet, y compris entre eux. Personne ne voulait révéler qu'il subissait le joug d'une femme sans pitié et sans humanité. La dernière attaque remontait à la semaine passée, lorsque Olga avait demandé à Julien de recommencer entièrement un tableau cinq fois uniquement parce que la taille de la police et l'épaisseur des traits de convenaient pas. Il avait bien essayé de lutter, multipliant les heures de travail, mais plus il redoublait d'efforts, plus elle lui jetait la pierre.

*« Vous rentrez tard chez vous Langlois ? C'est peut-être parce que vous n'êtes pas organisé. » « Vous aimeriez passer plus de temps avec votre femme Langlois ? Dans ce cas, commencez par faire le travail pour lequel on vous paie. » « Jetez-moi ce dossier Langlois, je déteste la couleur du papier. »*

Lorsque Julien s'était rendu compte qu'il était totalement sous son emprise, incapable de reprendre le dessus et de s'insurger, il était trop tard. Le mal était fait, la confiance était partie. Désormais convaincu qu'il n'avait plus sa place ici comme dans aucune autre société, il se sentait lentement s'enliser dans un marécage sournois. Plus il se débattait, plus il s'enfonçait. À bout de force, il avait baissé les bras et aujourd'hui, il ne savait plus très bien ce qu'il attendait. Chaque fois qu'il avait montré un signe de faiblesse, Olga adoptait une voix mystérieusement douce et disait « Vous savez Langlois, si je vous bouscule un peu, c'est pour que vous donniez le meilleur de vous-même ! ». Stratégie payante puisque Julien se sentait alors temporairement emporté dans une nouvelle dynamique jusqu'au prochain coup de massue. De véritables montagnes russes émotionnelles qui n'en finissaient pas de rythmer son quotidien depuis des semaines.

Il n'en avait pas parlé à Sophie, qui pensait que la situation s'était améliorée. Il avait passé quelques entretiens d'embauche, mais il n'arrivait plus à se persuader lui-même qu'il valait encore quelque chose. Comment aurait-il pu convaincre un employeur ? Quant à démissionner, il n'y songeait pas. Les finances du couple actuellement permettaient tout juste de payer les factures. Un chômage n'aurait fait qu'aggraver une situation déjà bien bancale.

Alors, chaque jour qui passait ne faisait qu'augmenter l'angoisse de Julien qui était dans l'attente perpétuelle de la prochaine salve de coups. Il était désormais en pilotage automatique.

Ce lundi ne faisait pas exception et lorsque Julien ouvrit sa boîte mail, il découvrit un message plein d'attention de la part d'Olga :

## « Briefing 10 h plan sûreté »

*Bonjour Olga, je vous remercie de me souhaiter une bonne journée, j'espère que vous-même, vous avez passé un excellent week-end, j'ai tellement hâte que nous ayons cette petite entrevue, je suis sûre que nous allons vivre un agréable moment,* pensa Julien en tapant désormais vigoureusement sur son clavier pour supprimer tous les spams qui inondaient sa messagerie.

— Ça va Julien ? lui demanda Samuel. Tu as l'air déjà tendu.

— Impeccable... lui répondit-il en attrapant un dossier estampillé « Plan Sûreté 2018 ».

Cela faisait des semaines qu'il travaillait sur ce dossier et il était sur le point d'être finalisé. Olga exigeait perpétuellement des modifications dont les deux tiers n'avaient de sens que pour elle et dans le but de satisfaire son insatiable soif de domination.

Après avoir exécuté mécaniquement les tâches matinales comme la vérification du bon remplissage des fiches de production par les opérateurs de l'usine ou le contrôle des non-conformités de la veille, Julien réalisa qu'il était l'heure de son rendez-vous avec Olga.

Alors qu'il comptait les pas le séparant du bureau de sa supérieure, il sentit la boule à l'intérieur de son ventre vibrer comme un gong que l'on viendrait de cogner et lui rappelant que l'heure du glas avait sonné.

Le bureau d'Olga était ouvert et Julien manifesta sa présence en frappant tout de même à la porte. Il marqua un arrêt en constatant qu'elle n'était pas seule et se tenait prêt à faire demi-tour.

— Entrez, répondit Olga d'une voix froide et encore embrumée par la cigarette du matin. Vous avez fait les modifications que je vous ai demandées ?

Julien mit plusieurs secondes à réagir. Un homme était posté derrière Olga, les bras croisés. Il la regardait religieusement, presque avec admiration, sans faire le moindre bruit.

— Langlois, la nuit est terminée ! Le dossier est-il prêt ?

Julien sursauta. Il tendit les documents à Olga qui attrapa un stylo et se mit à examiner les feuillets sans dire un mot pendant plusieurs minutes. De temps à autre, elle marquait d'un trait énergique plusieurs endroits des pages et Julien savait que cela signifiait qu'il n'en avait pas encore terminé avec son dossier. Mais ce qui attirait davantage son attention était cet homme qui n'avait pas bougé et qui regardait toujours silencieusement ce que faisait Olga. Elle n'avait pas pris la peine de le lui présenter, même si cela ne l'étonnait guère. Avait-elle embauché un nouvel assistant ? Il ne lui semblait pas que l'un des membres de l'équipe soit parti. À moins que l'un d'entre eux ait fini par claquer la porte ou qu'elle l'ait renvoyé sans en avertir le reste du pôle.

— Langlois, comme je m'y attendais, ce n'est toujours pas bon. Vous savez pourquoi nous mettons en place ce plan Langlois ?

— Euh oui... pour prévenir une attaque de type

terroriste qui consisterait à empoisonner l'eau que nous embouteillons et qui pourrait atteindre des millions de personnes.

— Exact ! Eh bien, on dirait que ça ne vous perturbe pas plus que ça que la Terre entière puisse être contaminée juste parce que vous ne savez pas réaliser un plan correct ! Bon Dieu, il va falloir que je vous convoque combien de fois dans mon bureau pour que vous daigniez me rendre quelque chose de sérieux ? Vous pensez que je n'ai que ça à faire d'avoir des tête-à-tête avec vous ?

*Sûrement que non, mais en tout cas, vous semblez éprouver un certain plaisir à me balancer vos saloperies à 10 heures du matin. J'en viens même à me demander si vous ne développeriez pas des sentiments amoureux à mon égard. Ne dit-on pas que la haine est la préface de l'amour ?* pensa Julien en récupérant son dossier.

— Non Olga, je vais bien sûr le reprendre tout de suite en corrigeant les erreurs.

— On n'a pas l'éternité Langlois ! La direction France veut le plan de sûreté du site d'ici la fin du mois, c'est-à-dire... Oh ! C'est-à-dire demain ! Vous me terminerez ce dossier sans faute pour ce soir et je programme une réunion avec tout le pôle qualité pour que vous en fassiez une présentation. Mettez-vous au travail !

L'homme n'avait toujours pas sourcillé. Cela ne lui faisait donc aucun effet de voir quelqu'un se faire rabaisser de la sorte ? Même si elle n'hésitait pas à humilier ses assistants en public, elle ne semblait pas avoir été gênée le moins du monde par sa présence. Elle n'avait pas davantage mis les formes. Se pourrait-il qu'il s'agisse de son fils ? L'homme devait avoir une vingtaine d'années, mais ses cheveux mi-longs lui en donnaient un peu moins. Cela serait plausible. Une petite formation avec maman pour lui montrer qu'elle manœuvrait bien la barque et comment aboyer pour obtenir ce que l'on veut. Julien n'avait pas osé poser la question et quitta le bureau sans attendre son reste.

Comme d'habitude, la boule au ventre du jour désormais résorbée avait laissé sa place à une petite nouvelle fraîchement née qui ne demandait qu'à grandir jusqu'à la prochaine réunion du lendemain.

## 10

Stéphane observait la façade de la pharmacie qui se trouvait dans la rue principale de la ville. Impossible de grimper et d'entrer par une fenêtre qui serait restée ouverte dans l'appartement, et encore moins sans se faire voir. Le meurtre avait eu lieu en pleine journée et avec un peu de chance, quelqu'un avait pu apercevoir un individu suspect dans les parages.

L'ambiance était plus calme que la veille. Une voiture estampillée « Vosges Matin » était stationnée non loin de la pharmacie et dans laquelle un journaliste était chargé de recueillir les dernières nouvelles concernant l'enquête. Stéphane avait bon espoir que celle-ci se termine vite. Il le souhaitait vivement, car l'atmosphère n'était pas chaleureuse. Il fit quelques pas dans la rue principale et découvrit qu'un grand nombre de commerces étaient fermés ou à vendre. Les seuls rescapés d'une ville en déclin étaient les bureaux de tabac et les bars. Les feuilles mortes et les excréments de chien se mélangeaient sur les trottoirs où l'on ne croisait pas une âme qui vive. La bise automnale achevait de refroidir l'ensemble et s'engouffrait avec plaisir en sifflant dans toutes les ruelles. Cette ville était décidément triste à mourir.

Candice l'avait rejoint, mais prenait bien soin de garder ses distances. Elle n'avait pas l'intention de rester sans rien faire malgré la mauvaise volonté que montrait Stéphane pour l'intégrer à son enquête. Une voix résonna quelques mètres plus loin.

— Commandant Gassin ? héla un petit homme d'une soixantaine d'années au crâne dégarni.

— C'est moi oui, répondit Stéphane en allant à sa rencontre.

— Hervé Sugeot. Je suis le maire de Mirecourt. Je suis navré de ne pas être venu hier soir, mais j'étais en famille du côté de Paris. Je me suis rendu ce matin à la gendarmerie et on m'a dit que vous étiez chargé de l'enquête.

— En effet. Vous connaissiez bien madame Chanteuil ?

— Ma foi oui... C'était une dame bien connue de nous tous, installée depuis toujours ici. Ses parents avant elle tenaient la pharmacie. Quelle tragédie !

— Avez-vous une idée d'une personne qui aurait pu lui en vouloir ? Vous aviez eu vent de conflits avec des habitants ou d'autres commerçants de la ville ?

— Hélas, j'ai bien peur de ne pas pouvoir vous renseigner... Tout ce que je peux vous dire, c'est que je ferai en sorte que vous puissiez mener vos investigations dans les meilleures conditions. Si vous avez besoin de quoi que ce soit, n'hésitez pas.

Stéphane aperçut le journaliste de Vosges Matin qui approchait.

— Évitez d'ébruiter l'enquête dans la presse pour le moment. Tout élément, même insignifiant pour vous ne doit pas fuiter, c'est important.

— Ah ah, on ne parle déjà pas beaucoup de Mirecourt dans les journaux. Un appel à témoins pourrait peut-être vous être utile ?

— Pour l'instant, ce n'est pas nécessaire, l'enquête démarre et je pense que nous allons vite en arriver aux conclusions sans que tout le département ne s'enflamme. Merci monsieur Sugeot.

Alors que le maire faisait mine de chasser le journaliste, Stéphane reçut un appel d'Eliott.

— *Alors, elle est comment ?*

— De quoi parles-tu ?

— *Attends, tu viens de faire le trajet à côté d'une bombe intersidérale et tu n'as pas envie de me raconter ?*

— Bon sang Eliott, tu n'as pas du boulot ?

— *J'ai vu que tu n'étais pas encore bien dans l'ambiance, c'est vrai, mais elle sent super bon ! Tu as une chance de dingue toi !*

Stéphane essayait de ne pas montrer qu'il souriait, même à travers le combiné, Eliott s'en serait rendu compte.

— Si tu n'as rien d'autre à me dire, je raccroche, j'ai du boulot moi !

— *Le légiste a appelé sur ton poste. Il a bossé toute la nuit pour nous donner ses conclusions.*

— Alors ?

— *Elle aurait été tuée aux alentours de 15 heures. Il confirme l'absence de violences, pas de sévices sexuels, la victime ne présente pas d'hématomes. Aucune trace de lutte et aucun fragment de peau n'a été retrouvé sous ses ongles. La mort a été provoquée par asphyxie. La cloison nasale a été légèrement déviée, comme si le meurtrier lui avait bouché le nez en exerçant une pression. Le foulard était bien enfoncé dans sa gorge, ce qui signifie que son but était clairement de l'empêcher de respirer.*

— Pas de marque de strangulation ?

— *Rien. Les analyses toxicologiques ne montrent pas*

la présence de substances tranquillisantes, anesthésiantes ou sédatives. *En gros, elle n'était pas droguée et ne s'est pas défendue. J'attends le rapport complet de la scientifique, mais le responsable du laboratoire m'a déjà dit qu'ils n'avaient rien retrouvé d'autre sur elle.*

— D'accord... J'espère que les relevés dans l'appartement donneront quelque chose. J'aimerais aussi que tu épluches la liste des clients dont la carte vitale a été utilisée hier. On pourra difficilement identifier ceux qui sont venus sans ordonnance, mais je vais interroger le voisinage. Peut-être que quelqu'un a remarqué des allées et venues inhabituelles. Où en es-tu avec les deux préparatrices ?

— *Je les attends sous peu, je te tiens au courant.*

— Merci Eliott, j'ai un double appel, je te laisse.

Stéphane raccrocha et se fut au tour de Zeim de venir aux nouvelles.

— *J'ai eu le rapport du légiste. De ton côté du nouveau ?* demanda le procureur.

— J'arrive tout juste à Mirecourt, laisse-moi le temps...

— *Tu vas pouvoir t'aider de Legendre, le brigadier qui a trouvé le corps et je t'ai obtenu un bureau à la gendarmerie, ce sera plus simple pour toi. En plus, ce sera bien de montrer que policiers et gendarmes peuvent travailler main dans la main pour la bonne marche du pays.*

— Il avait l'air un peu perturbé hier, mais je pense qu'il peut être efficace.

— *Tu prendras une chambre d'hôtel aussi, il vaut mieux que tu restes sur Mirecourt le temps de l'enquête.*

— Attends, je ne m'installe pas ici, c'est glauque au possible !

— *Stéphane, compte tenu de la mise en scène, il faut*

*montrer que l'on est sur le coup. Si tu fais les allers-retours, tu vas perdre un temps fou et tu vas te fatiguer. La fille Pasquier est avec toi ?*

Stéphane soupira.

— Oui, ne t'inquiète pas, je la bichonne... un vrai coq en pâte... répondit-il en regardant Candice qui faisait le pied de grue quelques mètres derrière lui.

Stéphane se dirigea vers elle, prêt à lui annoncer la suite de la journée. Se souvenant de ce qu'il s'était dit, il se ravisa et continua tout droit vers sa voiture. Candice fut contrainte de courir pour le rattraper et monta in extremis dans le véhicule avant qu'il ne démarre.

— Vous savez que vous êtes sexy quand vous boudez ? lui lança-t-elle d'un air amusé.

***

Stéphane et Legendre avaient fait un point sur les éléments dont ils disposaient. Les deux hommes allaient mener l'enquête conjointement et cela réjouissait particulièrement le brigadier. Non pas que la mort d'une pharmacienne l'amusa outre mesure, mais cela le changeait des chiens écrasés et des seringues retrouvées dans les parcs.

— Legendre, j'aimerais que vous fassiez le tour du voisinage. La personne qui s'est introduite chez madame Chanteuil avait probablement prévu son coup et était équipée. Elle devait sûrement être très bien habillée avec un bonnet, un manteau, des gants...

— Ce qui, par ce froid, est le cas de bien nombreuses personnes...

— Certes, mais elle a sans doute voulu qu'on ne la reconnaisse pas. Voyez si quelqu'un peut nous renseigner.

— Je m'en occupe commandant.

— Ah ! Et je vous transfère la liste des clients qui se sont rendus avec certitude hier à la pharmacie ainsi que celle des toxicomanes venant régulièrement chercher leur médicament. Je ne suis pas convaincu de la piste, mais il vaut mieux l'éplucher tout de même. Certains noms vous parleront davantage qu'à moi.

Stéphane prit congé de Legendre qui se mit aussitôt au travail. Candice le suivait toujours, attentive à tout ce qui se disait.

— Un café, mademoiselle Pasquier ? Celui que vous m'avez servi ce matin était infect.

— Je n'y suis pour rien, il venait de la machine, rétorqua-t-elle.

— J'aurais dû vous prévenir que je détestais tout ce qui sortait de cet engin.

Ils se rendirent au café Jeanne d'Arc, nommé ainsi en référence à la majestueuse statue de bronze de près de quatre mètres de haut qui s'élevait juste en face. L'endroit était quasiment désert, à l'exception d'un grand-père qui jouait au PMU, accompagné de son petit-fils d'une dizaine d'années, absorbé par son écran de tablette.

— J'ai le sentiment que votre enquête ne s'annonce pas aussi simple que vous l'imaginiez commandant, non ? lança Candice après qu'ils eurent demandé deux expressos.

— Elle démarre. La scientifique devrait nous apporter rapidement de nouveaux éléments pour la faire avancer. Legendre et Eliott vont récupérer des informations qui vont nous permettre d'en savoir plus sur l'entourage. Cette femme avait sans doute un ennemi, quelqu'un qui lui en voulait pour une raison ou pour une autre.

— Vous écartez définitivement la piste du toxico en manque ?

— Tant que l'on n'a rien d'autre, on ne peut pas complètement la mettre de côté. Mais sans vol et compte tenu de l'absence de violence, difficile de croire que le seul et unique but n'était pas de tuer. Quelqu'un est venu spécialement pour l'assassiner.

Une jeune serveuse d'une vingtaine d'années apporta leurs cafés et encaissa la note. Mais au lieu de repartir à son comptoir, elle resta prostrée à côté de Stéphane et Candice, son plateau à la main.

— Excusez-moi, je me suis trompé en vous réglant ? demanda Stéphane, dérangé par la présence de la jeune femme.

— Non, pas du tout, répondit-elle un peu gênée. C'est juste que je n'ai pas pu m'empêcher de vous écouter. Je m'appelle Élise. Vous êtes le policier qui enquête sur la mort de madame Chanteuil, c'est ça ?

Stéphane se faisait une raison ; il allait devoir supporter cette question partout où il irait.

— Oui, je suis le commandant Gassin, répondit-il en émiettant son sucre au-dessus de sa tasse.

— J'ai quelque chose qui pourrait vous intéresser alors.

Élise attrapa une chaise et s'installa en bout de table.

— Hier matin, je suis allée à la pharmacie chercher du lait infantile pour mon fils et quand je suis arrivée il n'y avait personne dans l'officine. J'ai sonné au niveau du comptoir, mais personne ne venait. Pourtant, il y avait bien quelqu'un, car des bruits provenaient de l'arrière-boutique ou plus exactement des voix.

— Vous avez pu entendre ce qui se disait ? demanda Stéphane, piqué par la curiosité.

— Pas vraiment, mais j'ai bien compris que c'était

tendu. Les deux personnes se disputaient.

— Vous avez pu voir de qui il s'agissait ?

— Oui. Quelques minutes plus tard, elles sont revenues. C'était madame Chanteuil avec un homme.

— Qui était cet homme ? Vous le connaissez ?

— Oui commandant. Il s'agissait de Louis Laurac.

## 11

Louis figurait effectivement sur la liste des clients qui étaient venus à la pharmacie le matin même. Il restait à savoir pour quel motif le ton était monté entre lui et Andrée Chanteuil. Il faisait donc partie des individus à interroger en priorité.

Stéphane décida de se rendre directement chez lui à Offroicourt. Une dizaine de kilomètres séparaient Mirecourt de ce village et Candice en profitait pour faire des commentaires sur le paysage de plaine encore givré.

Lorsqu'ils arrivèrent au domicile de Louis, ils trouvèrent porte close. L'homme n'était visiblement pas chez lui et la cour sale et désordonnée qui accueillait les visiteurs renvoyait l'image de quelqu'un de brouillon et de peu avenant.

Stéphane et Candice commencèrent à faire quelques pas dans le village à la recherche d'un voisin qui pourrait les renseigner.

— Bonjour mademoiselle, je cherche Louis Laurac. Savez-vous où je peux le trouver ?

Jenny, qui allait justement récupérer son courrier, venait de se faire interpeller par Stéphane.

— Vous êtes de la police ? demanda-t-elle, à la fois surprise et curieuse.

— Oui, je suis le commandant Gassin. Est-ce que vous l'avez vu ?

— C'est au sujet du meurtre de la pharmacienne ? Si je pose la question, c'est parce qu'on n'a pas l'habitude croiser la police par ici...

— Répondez au commandant s'il vous plaît ! lança Candice, agacée par les boniments de la jeune femme.

— Ne vous énervez pas ! Je ne sais pas où il est, désolée. Il est peut-être chez sa fille, Sophie. C'est la grande maison un peu plus loin sur la droite.

— Merci mademoiselle, répondit Stéphane en prenant la direction indiquée.

Jenny regarda le duo partir d'un air dédaigneux. *Ces gens de la police se croient tout permis*, pensa-t-elle en refermant la porte de chez elle.

Le village semblait totalement anesthésié par la rigueur du froid, anormalement rude pour la saison. Mis à part Jenny qu'ils avaient croisée par chance, ils ne rencontrèrent qu'un chat de gouttière s'empressant de trouver un abri bien chaud. Arrivés devant la maison, ils sonnèrent à la porte.

\*\*\*

Lorsque Jenny fut partie, Sophie monta à l'étage travailler sur ses poupées, la seule activité qui lui faisait réellement du bien. Elle s'était peut-être un peu emballée avec cette histoire de panier bio, Julien ne semblait pas vraiment prêt à l'aider. Julien ne semblait plus vraiment être là de toute façon.

La discussion avec Jenny l'avait fait réfléchir. Elle devait se montrer moins soumise vis-à-vis de son mari.

Oui, elle culpabilisait de l'avoir emmené avec elle dans la campagne profonde, mais elle ne devait pas pour autant supporter toutes ses humeurs. Elle s'entraînait mentalement à dialoguer avec lui au sujet du chaton que Jenny lui avait proposé et était bien décidée à le faire accepter. Qu'il le veuille ou non, elle prendra ce petit animal qu'elle pourra dorloter, à défaut d'avoir un bébé.

Elle se demanda alors à nouveau pourquoi Julien ne désirait pas avoir d'enfant avec elle. Mais la réponse devenait de plus en plus évidente : Julien ne l'aimait plus. En tout cas plus comme avant. Ils ne faisaient presque plus l'amour. Pour elle, les hommes avaient des besoins sexuels importants, il n'y avait pas de raison que Julien dérogeât à la règle. Elle se demandait comment il faisait pour les assouvir. Il n'allait pas souvent sur l'ordinateur donc l'option des films pornographiques était quasiment exclue. Et s'il allait voir ailleurs ? Cela lui arrivait de rentrer quelques fois plus tard que d'habitude... Elle chassa rapidement cette hypothèse de ses pensées, refusant l'idée d'être possiblement une femme trompée. Elle s'était dit qu'elle devait peut-être faire des efforts pour être plus attrayante, mais Julien n'avait même pas levé les yeux sur elle le jour où elle s'était maquillée et qu'elle avait mis une jolie nuisette en dentelle.

Lorsqu'il s'agissait de son mari, Sophie perdait tous ses moyens, toute sa concentration. Elle n'était pourtant pas idiote, son ancien travail de chercheuse à l'INRA dans lequel elle excellait prouvait qu'elle avait des compétences sérieuses. Mais en matière de relations sociales, elle se trouvait totalement nulle, surtout avec Julien. Ils avaient malgré tout eu des heures joyeuses. Elle se souvenait de leurs débuts, quand ils s'étaient rencontrés il y a dix ans. Ils étaient amoureux, heureux et insouciants. La vie lui paraissait simple et légère. Ils sortaient, avaient quelques amis, pas trop, mais suffisamment pour passer des moments agréables autour d'un bon verre de vin. Elle pouvait presque se remémorer tous les « Je t'aime » qu'il lui murmurait à l'oreille le soir avant de s'endormir. Elle se rappelait leurs balades sur la place Stanislas, le spectacle de sons et lumières qu'ils allaient voir chaque été, lorsque la nuit tombait, sur les façades des majestueux bâtiments à l'architecture grandiose, les promenades dans le parc de la Pépinière à nourrir les animaux. Ils s'étaient même dit que plus tard, ils auraient des chèvres et des poules qui gambaderaient joyeusement dans l'immense jardin arboré qui entourerait leur grande maison blanche aux volets bleus. Sophie réalisa alors que son vœu s'était exaucé. Elle avait bien les chèvres et les poules. Il manquait juste l'immense jardin arboré et la grande maison blanche aux volets bleus. Au lieu de cela, elle avait une cour boueuse où les mauvaises herbes poussaient à peine derrière une vieille ferme défraîchie aux fenêtres simple vitrage qui laissaient passer le froid.

Elle se mit à pleurer.

Elle fut sortie de sa torpeur par la sonnette de l'entrée qui retentit aux alentours de midi.

Elle sécha ses larmes et regarda par la fenêtre de sa chambre. Un homme et une femme plus jeune se tenaient devant la porte. *Si ce sont encore des représentants, je les mets dehors*, pensa-t-elle.

Elle enfila un châle pour éviter de prendre froid en traversant le couloir glacial qui menait à l'entrée.

— Bonjour madame, commandant Gassin du commissariat d'Épinal. Louis Laurac est bien votre père ? amorça Stéphane en présentant sa carte.

Sophie sentit son corps se raidir tout à coup. Julien avait raison, la police venait le chercher.

— Euh oui... Qu'est-ce que vous lui voulez ?

— Est-il chez vous ?

— Non, mais qu'est-ce que vous lui voulez ?

— Une pharmacienne de Mirecourt a été assassinée hier après-midi et il semblerait que votre père ait eu maille à partir avec elle le matin même. Rassurez-vous, il n'est accusé de rien, mais nous aurions aimé lui poser quelques questions. Vous savez où je peux le trouver ?

— Il n'a rien à voir dans cette histoire ! Il est juste venu chercher ses médicaments ! s'exclama Sophie, outrée par ces suspicions.

— Il vous a dit être allé à la pharmacie hier ?

— Euh oui... quand il a su que madame Chanteuil avait été tuée, il était paniqué, il ne comprenait pas ce qui avait pu se passer, il était terriblement choqué.

— Vous l'avez senti fébrile à l'annonce de sa mort, c'est bien ça ?

Sophie venait de prendre conscience qu'en essayant de protéger son père, elle en avait beaucoup trop dit.

— Oui, enfin, je veux dire, comme n'importe qui qui apprendrait la mort d'une connaissance. On était tous sous le choc...

— J'aimerais que votre père se rende au plus vite à la gendarmerie de Mirecourt pour qu'on en sache un peu plus sur tout ça. Voici ma carte avec mes coordonnées. Dès que vous le voyez, dites-lui de venir, c'est important.

— Très bien commissaire... répondit Sophie en prenant le petit carton.

— Commandant, rectifia Stéphane. Bonne journée madame.


Sophie referma la porte et retourna dans la cuisine. Elle était abattue et se sentait terriblement idiote. Elle se laissa tomber sur une chaise et fixa la carte du policier estampillée du logo de la Police nationale.

— Je ne suis vraiment qu'une pauvre conne.

## - 12 -

— La fille avait l'air étrange non ? questionna Candice.

— Elle n'était pas tranquille, c'est sûr... Mais on peut imaginer que notre venue l'a surprise et qu'elle a perdu ses moyens... En tout cas, il faudra s'assurer que son père se rende bien à la gendarmerie.

Stéphane et Candice prirent le chemin du retour vers Mirecourt pour déjeuner.

— J'ai vu ce matin que le café Jeanne d'Arc servait un plat du jour le midi. Vous n'avez rien contre le pot-au-feu ? demanda Stéphane, l'estomac dans les talons.

— Je préfère le tofu aux algues, mais allons-y ! répondit Candice, amusée.

Cette fois, le café était plus animé et Élise, la serveuse, était désormais accompagnée de sa patronne, Maryse. C'était le coup de feu et elle déambulait avec énergie entre les tables pendant que Maryse prenait du bon temps derrière son comptoir en bavassant avec les clients. Lorsqu'elle aperçut Candice et Stéphane, elle leur indiqua deux places libres au fond de la salle. Au passage, Candice attrapa une brochure vantant le patrimoine culturel de la ville.

— J'ai le sentiment que vous vous êtes détendu à mon égard commandant ?

— Ne vous emballez pas, mademoiselle Pasquier, on ne va pas devenir amis tout de suite, riposta Stéphane en consultant sa messagerie.

Candice sourit et se mit à détailler la brochure.

— Vous saviez que Mirecourt était la capitale de la lutherie ? Apparemment, il y a des luthiers depuis le dix-septième siècle. Oh ! Ils font aussi de la dentelle, je pourrais peut-être en rapporter pour ma grand-mère, vous en pensez quoi ?

Totalement hermétique à ses propos, Stéphane continuait de scruter ses messages. Il n'avait toujours pas de retour d'Eliott ni de Legendre.

— Si ça vous dit, on pourrait également aller se détendre en écoutant un petit air au musée de la musique mécanique. Je me suis souvent demandé comment un simple bout de papier pouvait produire des sons, pas vous ?

— Mademoiselle Pasquier, vous m'ennuyez ! Vous pensez sincèrement que je suis là pour faire du tourisme ?

— Je plaisante commandant ! Il faut vraiment vous détendre. Je constate seulement que cette ville semble receler bien des trésors, même si à première vue, cela n'est pas une évidence.

— Et un meurtrier aussi, quelque part, qui pourrait très bien se trouver à côté de vous.

Candice ouvrit des yeux ronds. Elle tourna lentement sa tête de droite à gauche pour observer ses voisins. À gauche, une dame accompagnée de son chariot à provisions mâchouillait la viande de son plat du jour bruyamment. À droite, deux ouvriers de chantier sirotaient une bière en s'esclaffant des blagues vaseuses qu'un troisième collègue racontait entre deux gorgées.

— Là, tout de suite, je ne me sens pas menacée, mais vous avez raison, soyons sérieux.

Stéphane et Candice stoppèrent leur conversation, dérangés par les aboiements de Maryse qui ne cessait pas de houspiller sa jeune serveuse. « Élise, tu es trop molle, va plus vite ! », « Élise, les clients là-bas n'ont pas eu leur vin ! », « Tu traînes Élise, accélère un peu ! ». Ils se demandaient si la jeune femme tiendrait jusqu'à la fin de son service. Elle arriva justement vers eux et déposa leurs deux assiettes de pot-au-feu.

— Dites-moi, c'est une coutume locale d'être désagréable quand on est commerçant ici ? l'interrogea Stéphane.

— Vous voulez parler de ma mère ? Ne vous inquiétez pas, j'ai l'habitude ! répondit Élise en s'essuyant le front du revers de la main.

— Je ne savais pas que votre mère était la patronne des lieux, reprit Stéphane.

— Vous ne devriez tout de même pas vous laisser faire, répliqua Candice, elle ne bouge même pas ses fesses !

Élise eut un sourire gêné et retourna à son service sans répondre.

Stéphane avait à peine avalé une bouchée que son téléphone sonna. C'était Eliott. Il décrocha avant de constater que toute l'assemblée s'était soudainement tue et que tous les regards étaient braqués vers lui.

— Ne quitte pas Eliott, je vis une situation extrêmement embarrassante, chuchota Stéphane dans son combiné en s'éclipsant de la salle en vitesse.

— *C'est pas vrai ! Vous êtes à poil, tous les deux, et vous étiez sur le point de...*

— Eliott, tu as parfois l'air d'oublier que je suis ton supérieur, répondit Stéphane, consterné, mais non moins amusé.

— *Pardon oui ! C'était juste pour te dire que l'interrogatoire des deux employées n'avait rien donné d'intéressant. On a toujours le retour d'une Andrée Chanteuil plutôt désagréable avec son entourage, y compris les clients, mais pas de conflit ouvert significatif. Du côté du fils, rien de suspect non plus. La pharmacienne n'a pas fait de testament donc il est l'héritier légitime de ce qu'elle possédait. J'ai fait envoyer les bilans comptables à un expert pour m'assurer qu'ils n'étaient pas truqués et que le fils Chanteuil n'a pas cherché à minimiser la valeur de la boutique.*

— Parfait, de mon côté, j'ai un Louis Laurac qui se serait disputé avec la victime hier matin. Je l'ai convoqué à la gendarmerie, j'attends son coup de fil. Tu n'as rien de la scientifique pour le moment ?

— *Rien du tout...*

— D'accord, on se rappelle dès qu'on a du nouveau.

Stéphane entra de nouveau dans le café et toutes les têtes se tournèrent simultanément vers lui à nouveau, y compris celle de Candice qui ne put s'empêcher d'éclater de rire.

— Vous au moins, vous ne passez pas inaperçu, lui dit-elle alors qu'il se rasseyait.

— Je ne pensais pas que téléphoner pendant le pot-au-feu du midi était un crime de lèse-majesté.

Candice et Stéphane terminèrent leur repas et quittèrent le café. Juste avant de sortir, Maryse les interpella.

— J'espère que vous n'allez pas mettre le bazar ici !

— Pardon ? demanda Stéphane.

— Je sais comment que c'est les flics ! Ça vient, ça

pose des questions et ça remue la merde !

— Vous avez le droit de ne pas être touchée par le meurtre de la pharmacienne, mais je ferai mon travail pour savoir qui l'a commis !

— Bah ouais, c'est ça ! Venez pas brasser de l'air ici en tout cas ! Moi, les poulets je les mange !

Maryse se mit à rire grassement, tout en reposant une bouteille de whisky derrière le bar.

— Allons-y, elle est complètement éméchée, dit Candice en entraînant Stéphane vers l'extérieur.

— Je crois que nous allons devoir nous trouver un autre quartier général pour prendre le café, répondit-il, consterné.


Ils s'apprêtaient à retourner à la gendarmerie quand le rapport de la scientifique tomba enfin.

— Alors ? Il dit quoi ce rapport ? trépigna Candice.

— Un ADN non identifié, différent de celui de la victime.

— C'est tout ?

— Une trace papillaire identifiée. De doigt apparemment, retrouvée de nombreuses fois dans tout l'appartement.

— Qui ?

— Louis Laurac.


*** 


Sophie était dans tous ses états et complètement paniquée. Si la police arrêtait son père, ce serait parce qu'elle n'avait pas été capable de le protéger correctement. Il n'avait jamais voulu de téléphone portable, cela lui aurait pourtant été bien utile en cet instant précis. Elle n'avait aucune idée de l'endroit où il pouvait être et elle décida d'aller l'attendre chez lui. Elle avait la clé et patienterait à l'intérieur de la maison.

La location était de taille très modeste, bien assez grande pour un homme seul. Sophie fut surprise du capharnaüm qui y régnait. Elle passait de temps en temps faire un brin de ménage, mais il est vrai qu'elle n'y avait pas mis les pieds depuis un moment. L'odeur et l'épaisseur de la couche de poussière sur les meubles ne pouvaient que le confirmer. Si la police venait à entrer dans la maison, ils auraient du fil à retordre tant les objets inutiles et détritus divers s'accumulaient. Sophie se disait qu'en plus de ne pas avoir réussi sa vie, elle avait aussi laissé sombrer son père qui habitait pourtant à quelques pas de chez elle.

Elle commença à mettre un peu d'ordre dans la cuisine où la vaisselle s'était tellement entassée que Louis mangeait depuis au moins un mois avec des assiettes en carton, à en juger par la quantité monstrueuse retrouvée dans la poubelle. En même temps qu'elle frottait les casseroles, Sophie pleurait.

Elle passa ensuite au salon où le courrier s'amoncelait sur la table. Elle fit un premier tri en jetant les prospectus et les publicités et commença à regarder de plus près les factures, qui à son grand soulagement, étaient à jour. En voulant les mettre de côté, elle laissa tomber une carte postale de la pile, qu'elle n'avait pas remarquée durant le tri. Celle-ci avait été envoyée de Cuba, au début du mois d'octobre. Mais ce qui surprit encore plus Sophie, c'était l'expéditeur de cette carte : elle était signée « *Andrée* ». Elle prit une grande inspiration et tenta de rassembler ses idées. Elle revécut soudain la conversation de la veille lorsque son père lui avouait avoir eu une relation avec la pharmacienne. Il leur avait dit aussi que c'était terminé. Le regard de

Sophie fut ensuite attiré par une pochette rouge posée sur la table basse du salon. Elle l'attrapa, mais aucune inscription ne figurait dessus. Elle l'ouvrit. Ce qu'elle découvrit manqua de la faire tomber dans les pommes.

Sophie quitta le domicile de son père, encore plus paniquée qu'à son arrivée. Elle suait à grosses gouttes et ne sentait même plus le froid qui lui raflait le visage. Elle fut soulagée lorsqu'elle vit la voiture de Julien garée devant chez eux. Elle se mit à courir. Il fallait qu'elle lui raconte tout, il saurait quoi faire.

Julien était assis à la cuisine, et buvait un Porto quand Sophie claqua la porte de l'entrée. Il sursauta et lâcha le verre des mains qui éclata sur le carrelage.

— Bon sang, Sophie, tu ne pourrais pas faire doucement ! lança-t-il en se baissant pour ramasser les morceaux.

— Désolée... mais c'est grave, très grave ce qui se passe... La police recherche mon père !

— Quoi ? Au sujet du meurtre de la pharmacienne ?

— Oui ! Un inspecteur est venu tout à l'heure ! Il veut l'interroger ! Julien, c'est une catastrophe !

Sophie faisait les cent pas, exactement au même endroit où les faisait Louis la veille lorsqu'il était venu.

— Inutile de t'inquiéter, je t'avais dit qu'ils voudraient le voir puisqu'il s'est rendu à la pharmacie, souffla Julien qui peinait à rassembler les débris. Tiens, c'est pas vrai, je me suis coupé, rah ! Donne-moi un torchon, vite !

— Tu ne comprends pas ! Quand je leur ai parlé, je leur ai dit que mon père avait paniqué en apprenant la mort de la pharmacienne ! J'ai bien vu que le gendarme avait tiqué ! Et la fille, elle me regardait bizarrement aussi !

— Sophie, tu dois te calmer immédiatement, tu

racontes n'importe quoi ! cria Julien en compressant sa blessure à la main qui saignait abondamment. Tu leur as dit qu'il avait paniqué, et alors ? Ils ne vont pas le mettre en prison pour ça ! Parfois, je me demande si tu réfléchis avant de parler !

— Ne me hurle pas dessus Julien ! Je sais ce que je dis ! En plus, regarde, j'ai trouvé ça chez lui !

Sophie mit sous le nez de Julien la carte de Cuba découverte chez Louis.

— Tu vois ce qui est écrit en bas ? « *Avec tout mon amour* » et c'est signé « *Andrée* » ! Mon père a reçu une carte postale de la pharmacienne, une carte d'amour !

Julien était tellement exaspéré qu'il ne prenait même plus la peine de répondre à sa femme, bien assez occupé par son bandage qui ne tenait pas.

— Et ce n'est pas tout, regarde sur quoi je suis tombée !

Elle tendit la pochette rouge qu'elle avait rapportée chez elle.

— Qu'est-ce que c'est ?

— Ouvre.

— Fais-le, tu vois bien que je ne peux pas ! vociféra Julien en brandissant son doigt ensanglanté.

Sophie détacha les deux élastiques qui retenaient les rabats et en sortit un paquet d'enveloppes.

— Ce sont des lettres d'amour envoyées à mon père par Andrée. Il y en a au moins une cinquantaine et la plus ancienne date d'il y a un an... Un courrier toutes les semaines, dans lesquels elle dit qu'elle ne pense qu'à lui, qu'elle a besoin de sentir sa peau contre la sienne, et j'en passe !

Julien laissa tomber le torchon rouge de sang et regarda les lettres. Il n'aurait jamais imaginé que son beau-père, un bourru de la première heure, puisse entretenir une correspondance enflammée avec une femme. Sophie avait peut-être raison de s'inquiéter finalement.

— Qu'est-ce qu'on fait ? demanda-t-elle après avoir recommencé à faire des allées et venues dans la cuisine.

— On ne fait rien ! Que voudrais-tu faire ?

— Détruire ces lettres et vérifier qu'il n'y en a pas d'autres chez lui ! Tu imagines si la police tombe dessus ! Il va se faire accuser du meurtre, c'est sûr ! Pour crime passionnel ou un truc du genre ! On en voit plein à la télévision des histoires comme ça !

— Mais Sophie, nous ne sommes pas dans un film ! Tu sais où est ton père en ce moment ?

— Non, je l'attendais chez lui justement, quand je suis tombée là-dessus... c'est une catastrophe ! Je vais les brûler !

Julien attrapa le bras de Sophie qui s'apprêtait à les jeter dans la cheminée.

— Tu ne peux pas détruire ses lettres... Après tout, on ne sait pas ce qu'il a fait hier. Il nous a dit qu'il n'était plus avec Andrée, mais tu vois bien qu'il nous a menti, alors pourquoi pas sur le reste ?

— Tu accuses mon père de l'avoir tuée ? Ah, mais oui, je vois clair ! Tu aimerais bien qu'il parte en prison, hein ? Tu ne l'as jamais supporté de toute façon, ça t'arrangerait bien qu'il débarrasse le plancher ! Au moins, il ne t'obligerait plus à aller à la chasse !

Sophie était maintenant dans un état tel d'excitation qu'elle ne raisonnait plus correctement. Elle se débattait violemment et criait. Julien eut alors un geste précipité. Il poussa brutalement sa femme contre le mur et se jeta sur elle en levant la main en direction de son visage. En comprenant que son mari était sur le point de lui donner une gifle, elle écarquilla les yeux avant de les refermer et de rabattre ses bras sur sa tête.

— Ne fais pas ça, pitié !

Julien réalisa alors ce qui se passait. L'espace de quelques instants, il avait été comme emporté dans un état second dans lequel il ne maîtrisait plus rien, où la colère avait pris le contrôle de ses membres. Il laissa retomber sa main et s'écroula par terre en comprenant ce qui avait failli se passer.

— Excuse-moi Sophie... je ne sais pas ce qui m'arrive...

Elle découvrit son visage. La peur avait laissé des traces sur ses yeux et ses joues. Elle se leva et lui adressa une dernière fois la parole avant de quitter la pièce.

— Ne me parle pas... Ne me parle plus.


La cuisine était maintenant complètement silencieuse. Mais quelqu'un d'autre était désormais au courant de l'existence de ces lettres et de la scène qui venait de se dérouler au domicile de Sophie et Julien Langlois. Jenny avait vu son amie passer devant chez elle et était sortie pour aller prendre des nouvelles de son père. En s'approchant de la maison, elle avait entendu les cris et n'avait pas pu s'empêcher d'écouter le couple à travers la fenêtre.

*** 

Du côté de Mirecourt, l'enquête venait de faire un pas en avant. Stéphane se réjouissait de cette avancée, mais restait pragmatique.

— Le rapport mentionne la présence de traces dans l'appartement... Il n'y a rien sur la victime, pas plus que sur les liens et le foulard qui se trouvaient sur elle.

— Ce qui signifie que rien ne relie Louis Laurac au

meurtre dans l'immédiat, enchaîna Candice.

— Exactement, confirma Stéphane. Mais il reste notre seule piste. Avec un peu de chance, il nous fera des aveux, et je pourrai rentrer au bercail sans passer aucune nuit dans cette ville...

— Sans vouloir vous décevoir, je connais Louis et je doute qu'il ait pu faire ça. Il est gentil, mais il n'a pas inventé l'eau tiède si vous voyez ce que je veux dire, répliqua Legendre, sceptique.

— Méfiez-vous Legendre, vous seriez surpris d'apprendre ce dont les gens sont capables parfois, renchérit Stéphane.

— La personne qui a tué Chanteuil savait ce qu'elle faisait, elle ne voulait rien laisser derrière elle et s'était méticuleusement préparée ! Je ne vois vraiment pas Louis Laurac faire ça...

— Nous allons le vérifier bien vite ! Voilà notre homme ! exulta Stéphane en découvrant un bonhomme le nez rougit par le froid, emmitouflé dans une polaire crasseuse et les ongles noirs de terre.

## - 13 -

Sur sa chaise, Louis remuait nerveusement les jambes. Il répondait en balbutiant aux questions de Legendre et Gassin qui se tenaient face à lui.

— Quelle était la nature de vos relations avec Andrée Chanteuil ?

— C'était... c'était ma pharmacienne depuis très longtemps. J'y vais souvent pour récupérer mes médicaments... je suis diabétique.

— Quand vous y êtes-vous rendu pour la dernière fois ?

— Je... hier, je crois. J'ai pris mes cachets et je suis reparti. Elle allait très bien ! Je vous jure que je n'ai rien à voir avec sa mort !

— Nous pensons que vous mentez, monsieur Laurac, enchérit Stéphane.

— Je vous assure que non !

— Comment se fait-il que vous vous soyez disputés lors de votre dernière visite ?

— Mais... pas du tout, nous ne nous sommes pas disputés ! J'ai pris mes médicaments et je suis parti, je vous le répète ! s'offusqua Louis.

— Très bien, alors nous allons vous placer en garde à vue et perquisitionner votre domicile. Cela vous permettra peut-être de retrouver la mémoire, répondit Stéphane en se levant.

Louis s'agita sur sa chaise. Il souffla plusieurs fois pour prendre sa respiration.

— Attendez ! Oui c'est vrai, nous avons eu un petit différend hier, mais je ne l'ai pas tuée !

— À quel sujet ce différend ? poursuivit Stéphane, intéressé.

— Elle refusait de me donner mes médicaments... je n'avais pas mon ordonnance avec moi, alors j'ai un peu insisté, voilà tout. J'en avais vraiment besoin !

— Et cette discussion devait avoir lieu dans l'arrière-boutique ?

— Je l'ai suivie oui... Je voulais juste avoir mes médicaments... continua Louis, fatigué.

— Monsieur Laurac, nous avons de bonnes raisons de penser que vous ne nous dites pas toute la vérité au sujet de vos relations avec madame Chanteuil. Nous vous plaçons tout de même en garde à vue à compter de ce soir et vous allez nous accompagner lors de la perquisition de votre domicile, poursuivit Stéphane.

Louis semblait déjà baisser les bras. Il ne contesta pas et fut emmené avec Legendre et Stéphane.

Les deux hommes discutaient à l'abri des regards.

— Commandant, je sais que les apparences jouent contre lui, mais je ne pense pas qu'il ait pu lui faire du mal, dit Legendre.

— Je me limite aux faits, et les faits ne plaident pas en sa faveur. Les traces dans l'appartement ainsi que cette histoire de dispute. Nous avons quarante-huit heures pour lui faire cracher le morceau.

Legendre s'éloigna pour prendre un appel sur son téléphone. À son retour, il regarda Stéphane et dit :

— J'ai bien peur de m'être trompé commandant. Ce qu'on vient de m'apprendre n'annonce rien de bon pour

Louis Laurac.

***

Après le geste de Julien, Sophie était partie s'isoler chez son père. Elle ne reconnaissait plus son mari et se demandait d'où lui venait cette colère. Avait-il toujours été ainsi et serait-elle passée à côté de sa vraie nature toutes ses années ? Elle n'avait jamais remarqué une once de violence en lui. Alors pourquoi ?

Elle repensa à leur conversation. Peut-être avait-elle été trop loin en voulant cacher les lettres d'Andrée à la police. Mais comment Julien pouvait-il croire un seul instant que son père était coupable ? Heureusement qu'elle avait eu le réflexe de les emporter avec elle. Qui sait ce que Julien aurait pu en faire ?

Elle regarda par la fenêtre. Louis n'était toujours pas rentré et la nuit tombée depuis déjà un bon moment. Elle mit de l'eau à bouillir sur la gazinière et fixa à nouveau la pochette rouge. Son père avait gardé secrète une correspondance de plusieurs mois avec une femme qui était sa maîtresse et Sophie n'en avait jamais rien su. Dans d'autres circonstances, elle aurait trouvé cela amusant et mignon qu'il puisse entretenir une relation amoureuse avec quelqu'un. Des centaines de mots doux qui voyageaient entre l'un et l'autre, des déclarations enflammées à en faire rougir de plaisir.

Elle s'installa sur le canapé, sa tasse de thé bouillante entre les mains. Il faisait un froid de canard dans cette maison. La vapeur d'eau embuait ses lunettes. Repenser à la tristesse de son existence et à la journée horrible qu'elle avait passée suffisait à lui faire couler à nouveau les larmes. Elle s'allongea sur le canapé et s'assoupit.

À peine avait-elle fermé les yeux qu'un bruit la réveilla en sursaut. La porte d'entrée de la maison venait de s'ouvrir brusquement et Sophie vit son père escorté par deux gendarmes. Elle reconnut derrière eux Gassin, venu l'interroger quelques heures plus tôt. La lumière bleue des gyrophares éclairait la façade par intermittence.

— Papa, qu'est-ce qui se passe ? demanda-t-elle en se précipitant aux bras de son père.

— Ne t'inquiète pas ma fille. Tout va bien... répondit Louis, visiblement exténué.

— Pourquoi es-tu menotté ? Allez-vous me dire ce que vous lui reprochez ? cria-t-elle en regardant les fonctionnaires qui commençaient à fouiller la pièce.

— Nous perquisitionnons le domicile de votre père dans le cadre de l'enquête sur la mort d'Andrée Chanteuil, lança Stéphane.

— Vous n'avez pas le droit de le traiter comme un vulgaire criminel ! Il n'y est pour rien !

— Commandant, j'ai trouvé quelque chose ! appela un gendarme en brandissant la pochette rouge ouverte.

Sophie sentit sa gorge se nouer. Pourquoi n'avait-elle pas détruit ces lettres immédiatement ? Elle avait servi sur un plateau la preuve d'un lien entre son père et la pharmacienne.

— L'appel disait donc vrai, monsieur Laurac. Vous entreteniez bien une relation avec Andrée Chanteuil, répondit Stéphane en parcourant rapidement les écrits.

— Non, c'est faux ! C'est elle qui m'envoyait des lettres, mais je ne donnais pas suite ! Il n'y avait rien entre elle et moi ! Elle était amoureuse, mais je ne voulais plus rien avoir affaire avec elle !

Un autre gendarme apporta deux nouvelles pochettes contenant elles aussi des courriers de la pharmacienne. Des envois qui datent des années précédentes et qui étaient rangés dans le buffet du salon.

Louis s'effondra. Il sentait les charges s'accumuler contre lui et se voyait déjà passer le reste de sa vie en prison.

— C'est vrai, je ne suis pas uniquement allé chercher mes médicaments hier. Je suis allé lui dire d'arrêter de m'écrire, que j'en pouvais plus de ses lettres qu'elle m'envoyait sans cesse...

Sophie le regardait, désemparée.

— Ce n'est pas un crime d'avoir reçu des lettres d'amour si ? lança-t-elle à Gassin. Vous n'allez pas le mettre en prison pour ça !

— Madame, votre père nous a menti sur sa visite à la pharmacie. Ses empreintes ont été retrouvées chez la victime, sans compter ces lettres qui prouvent son lien avec elle. J'espère que votre avocat sera à la hauteur, lui répondit-il en sortant son téléphone.

Il appela Zeim afin de lui donner les dernières nouvelles de l'enquête.

La perquisition continua, sous les yeux ébahis de Sophie qui avait l'impression d'être en plein cauchemar. Elle regarda son père, assis, la tête baissée. Elle ne pouvait pas croire une seule seconde qu'il ait pu assassiner quelqu'un.

Après de longues minutes de perquisition, les gendarmes apportèrent des fusils de chasse et un rouleau de corde en chanvre à Gassin.

— On les emmène pour analyse, dit-il en s'adressant à Louis.

Louis ne cherchait même plus à se défendre. Le système judiciaire et ses rouages le dépassaient complètement.

— Ne t'inquiète pas papa, je vais trouver un bon avocat et il va te sortir de là ! dit Sophie en lui relevant la tête. Aujourd'hui, ce flic te prend de haut, mais demain il se sentira bien ridicule lorsqu'il se rendra compte qu'il s'est trompé !

— Madame, nous faisons notre travail, et si votre père est innocent, il s'en sortira, répondit Stéphane qui n'avait rien loupé de sa tirade.

— Regardez-le ! cria-t-elle. Vous trouvez qu'il a l'air d'un meurtrier ?

— Notre métier ne consiste pas à se baser sur les apparences heureusement. Sinon, nous serions passés à côté d'un tas de criminels.

Stéphane fit signe à son équipe de partir et Louis fut raccompagné dans la fourgonnette. Sophie le regarda quitter la maison en serrant les poings. Elle avait promis un bon avocat à son père, mais n'avait absolument aucune idée de la façon dont elle allait le payer. Elle restait obnubilée par une phrase que Gassin avait prononcée.

Il avait parlé d'un appel.

Un appel qui disait vrai.

La peur et la tristesse venaient d'être balayées par une colère attisée par une certitude : Julien avait parlé des lettres à la police. Si son père croupissait en prison ce soir, c'était par sa faute.

## - 14 -

L'interrogatoire de Louis s'était poursuivi jusque tard dans la soirée. Il avait maintenu sa version dans laquelle il disait être venu à la pharmacie pour qu'Andrée Chanteuil cesse de lui envoyer des lettres. La présence des empreintes dans l'appartement s'expliquait par le fait qu'elle lui demandait souvent de venir à son domicile pour réparer des choses et il y était allé régulièrement ces derniers mois.

Zeim avait rejoint Gassin et ils observaient tous les deux Louis derrière la vitre sans tain de la salle d'interrogatoire.

— Tu es conscient que c'est un peu mince pour inculper ton homme. Son avocat le fera sortir rapidement si tu n'as pas plus de preuves d'ici la fin de sa garde à vue, lança le procureur.

— Je sais.

— Tu penses que ce type peut être coupable ?

— Non.

— Alors tu fais quoi exactement ? Tu as vu son état psychologique ! Il serait capable d'avouer n'importe quel crime pourvu que tu le laisses tranquille !

Stéphane savait que Zeim avait raison. Louis faisait figure de suspect idéal, mais il n'arrivait pas à voir un coupable en lui. Sauf qu'en cet instant précis, il n'avait pas d'autre piste.

— J'ai fait envoyer la corde récupérée chez Laurac au labo pour analyse. Je voudrais m'assurer que ce n'était pas celle qui avait servi à attacher la pharmacienne à son lit, continua le commandant.

— Et à part les lettres, rien d'autre ?

— Non.

— Tu devrais aller te reposer. Candice Pasquier, où est-elle ?

Stéphane l'avait complètement oubliée depuis que Laurac avait été interpellé. Ils la retrouvèrent en pleine conversation avec les gendarmes de garde ce soir-là, dans la salle de pause.

— Voici mon commandant préféré, dit-elle en tendant une canette de soda vers Stéphane en arborant un large sourire.

— Eh bien, je vois que vous avez fait connaissance, c'est une super nouvelle ça, s'amusa Zeim.

— Je vais chercher une chambre d'hôtel. Demain, je reviens interroger Laurac de bonne heure, continua Stéphane sans réagir aux propos de ces derniers.

Il prit congé de l'équipe et retourna à sa voiture. Candice le talonnait.

— Vous faites quoi ? lui dit-il en se retournant.

— Vous allez bien à l'hôtel ?

— Oui...

— Donc je viens ! Je ne vais pas dormir ici !

— Et rentrer chez papa, vous n'y avez pas pensé ?

— À pied, à cette heure-ci... à vrai dire, pas du tout !

Dépité, Stéphane regarda Candice s'installer à nouveau sur le siège passager de sa voiture.

Quelques minutes plus tard, ils se garèrent sur le parking du seul hôtel de la ville, « Le Luthier », situé à l'entrée de Mirecourt. Un calme religieux régnait dans le hall où on entendait juste le bourdonnement électrique du néon qui éclairait le réceptionniste derrière son comptoir.

— Bonsoir, il vous reste une chambre ? demanda Stéphane.

Le réceptionniste regarda Candice.

— Double ?

— Non, non, simple, répondit Stéphane en souriant.

Candice roula les yeux.

— Deux chambres simples, dit-elle alors.

— Désolé, je n'ai plus qu'une chambre avec deux lits simples, continua le réceptionniste en tapotant sur son ordinateur.

— Je crois que nous allons devoir la partager, commandant ! s'amusa Candice.

— Pas question, mademoiselle Pasquier, ce n'est pas dans mes habitudes. Nous trouverons un autre hôtel.

— Arrêtez de m'appeler « mademoiselle Pasquier » s'il vous plaît ! Ça fait vieux qui se tape une petite jeune. « Candice », c'est mieux.

Le réceptionniste détacha son regard du couple et fit semblant de ne pas les écouter. Le culot et la gouaille de Candice plaisaient beaucoup à Stéphane, mais il préférait garder une attitude professionnelle. La perspective de se retrouver dans la même chambre que la fille d'un député ne l'enchantait pas particulièrement.

— Est-ce que vous prenez la chambre ou pas ? osa demander le réceptionniste.

— Bien sûr ! J'avais bien fait de prévoir une petite culotte propre au cas où, répondit-elle en brandissant son sac à dos orange qu'elle n'avait pas quitté de la journée.

Stéphane récupéra la clé et ils trouvèrent sans difficulté leur chambre située sur le palier du premier étage de l'hôtel.

Destiné à des clients de passage, l'établissement

affichait des couleurs ternes qui ne donnaient guère envie de s'y installer pour des vacances. Les lieux n'avaient pas été rafraîchis depuis une dizaine d'années et un mélange d'odeurs de poussière et de produits d'entretien embaumait la pièce.

— J'ai vu qu'il y avait un restaurant dans l'hôtel. Je mangerais bien un morceau avant d'aller me coucher ! proposa Candice en lançant sa veste sur l'un des deux lits aux dessus parme.

— Pourquoi pas, répondit Stéphane qui commençait aussi à sentir son estomac le tirailler.

Quelques clients dînaient encore dans la salle de restaurant, face à la télévision qui diffusait un match de football. Candice et Stéphane s'installèrent à table et parcoururent rapidement le menu.

— Votre enquête avance comme vous le voulez ? demanda-t-elle en passant sa tête par-dessus la carte.

— Ça suit son cours.

— Votre Laurac, il n'y est pour rien, je pense, et...

— J'aimerais que vous soyez plus discrète en évoquant cette enquête, coupa Stéphane en balayant la salle du regard. Et d'ailleurs, je ne suis pas tenu de vous faire un rapport à ce sujet.

Un serveur approcha et nota leur commande. Lorsqu'il fut parti, Candice reprit sa conversation de plus belle.

— Pourquoi continuez-vous à jouer ce personnage ronchon que vous n'êtes pas ?

— Et vous, pourquoi vouloir absolument passer pour une fille détendue et à l'aise partout où elle se trouve ?

— Parce que je le suis ! Et si je lance quelques blagues, c'est pour qu'enfin, vous daignez me faire grâce d'un peu de sympathie !

Stéphane baissa la garde et accorda un demi-sourire à

la jeune femme. Elle l'amusait sincèrement, mais il refusait de le montrer.

— Vous avez des enfants ? demanda-t-elle en reprenant un air sérieux.

— Une fille de dix-huit ans, Lucie.

En même temps qu'il répondait, il songea qu'il ne l'avait pas rappelée après son message d'hier. Elle allait sûrement être furieuse la prochaine fois qu'il l'aurait au téléphone.

— En couple ? continua Candice.

— C'est un interrogatoire ?

— Non, on fait connaissance. Je peux vous raconter ma vie aussi. J'ai vingt-six ans, pas de petit ami, pas d'enfant. Je ne suis pas pressée d'entrer dans le monde professionnel alors j'explore, je découvre avec intérêt le milieu fermé de la police et ses recoins cachés. Je ne vis plus chez mes parents, mais dans un appartement dont ils assurent entièrement la charge. Pourquoi devrais-je prendre mon indépendance alors qu'ils me paient tout ?

— Je vois... répondit Stéphane. Vous m'en voulez pour ce que je vous ai dit ce matin, c'est ça ?

— Pas du tout, je ne suis pas rancunière. En plus, ce n'est pas tout à fait faux. Je profite du statut de mon père pour aller là où je ne pourrais pas si j'étais la fille d'un simple employé d'usine. Où est le mal ? Notre société n'est faite que de pistons et passe-droits. J'aurais tort de ne pas en profiter.

— Peut-être. Personnellement, je préfère que l'on s'en sorte par ses propres moyens et que l'on mérite ce que l'on a.

— Cela ne gâche en rien mes qualités professionnelles. J'ai vu et appris beaucoup de choses, beaucoup plus que si j'avais suivi la voie classique. Je ne serais pas là en face de vous aujourd'hui si j'avais dû trouver un travail pour me nourrir. Et en étant avec vous, j'apprends. J'apprends encore et toujours.

— Il me tarde de savoir ce que vous aurez retenu lorsque nos chemins se sépareront, poursuivit Stéphane, troublé par tant d'aplomb.

— Je vous dirai cela le moment venu. Alors, vous vivez seul ?

— Oui... Avec le métier que je fais, c'est compliqué de trouver chaussure à son pied.

— Votre femme vous a quitté ?

— Il y a cinq ans. Elle est avec Nicolas Zeim, le procureur.

— Vous plaisantez ?

— Hélas non... Mais pas de malaise, on s'entend plutôt bien lui et moi.

— Elle doit préférer le costard au gilet pare-balle. En tout cas, si j'avais été à sa place, j'aurais préféré le gilet pare-balle...

Stéphane ne voulait pas voir les réflexions de Candice comme des appels du pied. Elle avait vingt-six ans et lui quarante-cinq. C'était ridicule.

Ils continuèrent à échanger durant le repas sur leurs vies respectives avec légèreté. Une parenthèse agréable dans le quotidien de Stéphane, plus habitué aux soirées paperasse avec Eliott qu'aux tête-à-tête.

— Merci pour ce sympathique moment commandant, lança Candice une fois que chacun fut couché dans son lit.

Stéphane n'osa pas répondre et il éteignit la lumière, aussi enchanté qu'elle par cette soirée.

Le lendemain, Stéphane était attendu par Eliott dans le hall de l'hôtel. Les deux hommes s'installèrent pour prendre le petit-déjeuner dans la salle de restaurant.

— Je suis venu te tenir un peu compagnie et aussi te donner de nouvelles informations, commença Eliott en se versant un café.

— Je t'écoute, répondit Stéphane, une tartine à la main.

— La corde... c'est bien la même qui a servi à attacher les membres de la vieille.

— C'est sûr ?

— Certain. Les fibres et l'usure des deux échantillons coïncident. J'ai prévenu Zeim qui va demander la mise en examen de Laurac.

Stéphane ne savait plus quoi en penser. Cela ferait un élément supplémentaire contre Louis Laurac qu'il peinait à croire coupable. Mais comme il l'avait très justement dit à sa fille, il ne fallait pas se fier aux apparences.

Candice entra dans la salle et s'installa à la table des deux hommes. Eliott l'avait complètement oubliée et son côté grivois refit aussitôt surface.

— J'aurais dû venir dès hier en fait ! Comment vas-tu

Candice ? Tu ne t'es pas trop fait mordre par Stéphane ?

— Non ! Il est doux comme un agneau sous ses airs d'ours mal léché, dit-elle en riant. En revanche, pour les ronflements, il tient bien de l'ours, je te le confirme !

Eliott esquissa un léger mouvement de tête et n'osa pas interroger davantage la jeune femme. Elle se leva pour chercher de quoi déjeuner et il en profita pour assouvir sa curiosité.

— Ne me dis pas que...

— Je t'arrête tout de suite Eliott, je n'ai pas couché avec.

— Mais alors, pourquoi est-ce que... ?

— Il n'y avait qu'une seule chambre libre et on l'a partagée, voilà tout.

— Dans le même...

— Non, pas dans le même lit, Eliott, continua Stéphane en finissant sa tasse de café.

— Eh ben... mon salaud, on peut dire que tu es bien tombé !

— C'est sûr que si tu m'avais accompagné, c'est moi qui aurais dû supporter tes ronflements !

\*\*\*

Le trio se rendit ensuite à la gendarmerie où Louis était de nouveau installé dans la salle d'interrogatoire. Legendre lui avait fait part des derniers éléments retenus contre lui, mais il continuait de nier les faits.

— Je ne sais pas comment cette corde a pu se retrouver chez elle, je vous assure, répéta Louis à Stéphane qui avait repris l'interrogatoire.

— Vous réalisez que cela fait beaucoup, monsieur Laurac. Vous allez être mis en examen. Vous allez passer devant un tribunal.

Louis pleurait. Malgré sa grande expérience de l'exercice, la détresse que Stéphane lisait dans les yeux de cet homme le bouleversa. Son intime conviction lui disait qu'il n'était pas coupable et pourtant, plus le temps passait, plus les charges s'accumulaient.

— Je voudrais voir ma fille s'il vous plaît, demanda-t-il en reniflant bruyamment.

— Ça ne sera pas possible pour le moment. En revanche, un avocat commis d'office ne devrait pas tarder à arriver.

— Pour quoi faire ? Je sais bien que tout le monde ici pense que j'ai tué Andrée !

— Nous ne sommes pas là pour penser quoi que ce soit, nous essayons de savoir ce qu'il s'est réellement passé.

Au moment où Stéphane se leva pour sortir de la salle, il tomba nez à nez avec l'avocat de Louis qui se mit à clamer haut et fort que l'interrogatoire que subissait son client depuis hier était abusif et qu'il n'allait pas tarder à le faire libérer pour vice de procédure. Blasé par les grandes phrases des avocats en mal de sensations fortes, Stéphane sortit et rejoignit Candice qui avait assisté à la scène derrière la vitre sans tain.

— Cet homme me fait vraiment de la peine... Pourquoi gâcher sa vie à cet âge ? C'est trop triste... dit-elle en observant Louis et son avocat. Ce dernier agitait ses bras dans tous les sens en soulevant des dossiers et des papiers pendant que son client ne cessait de regarder le rebord de la table, immobile.

— J'ai appris à ne plus chercher les raisons qui poussent les hommes à se tuer les uns les autres.

— Non, je parlais de nous.

— Je ne comprends pas...

— Si l'enquête se termine, cela signifie que nous n'allons plus pouvoir partager la même chambre... et cela me rend triste, dit-elle en feignant le désespoir.

— Vous n'arrêtez jamais vous ?

— Jamais ! Je m'ennuie sinon !

\*\*\*

Sophie n'avait pas quitté la maison de son père. Toute la nuit, elle avait cherché une solution pour le sortir de cette impasse. Mais elle n'avait pas cessé de penser à Julien et au fait qu'il avait osé le dénoncer à la police. Pour elle, cette trahison faisait bien plus mal que la gifle qu'il avait failli lui donner. Pouvait-elle encore rester avec lui après ça ? Et si son père croupissait en prison, qu'allait-elle devenir une fois qu'elle aurait demandé le divorce ? En deux jours, elle venait de voir sa vie basculer dans un gouffre sans fond et se rendit compte de son exceptionnelle solitude.

Néanmoins, elle regagna un peu d'espoir lorsqu'un peu plus tôt dans la matinée, elle avait reçu un appel de l'avocat de son père. Il lui avait garanti qu'il serait rapidement dehors, car la police n'avait pas de preuves solides contre lui. Sans un ADN formel ou un aveu, ils ne pourraient pas le garder très longtemps. Sophie se raccrochait donc à cette idée. Elle surveillait les aiguilles de l'horloge, attendant que Julien parte travailler. Elle n'était pas prête à le confronter et voulait récupérer quelques affaires afin de s'installer temporairement chez son père. Elle souhaitait être là au moment où il rentrerait.

Une fois qu'elle savait le champ libre, elle quitta la maison et se rendit chez elle. Elle croisa alors Jenny qui vint à sa rencontre, visiblement inquiète.

— Comment vas-tu Sophie ? J'ai vu les voitures de la gendarmerie hier devant chez ton père...

— Il est en garde à vue... C'est au sujet de la...

— Pharmacienne, je suis au courant, répliqua aussitôt Jenny. C'était aux informations ce matin.

— Quoi ? Comment c'est possible ?

— Je ne sais pas... Mais en tout cas, ils ont parlé de lui... Ils ont dit qu'ils avaient des preuves contre lui et qu'il allait être mis en examen.

— Ils n'ont rien du tout ! Son avocat m'a assuré qu'il allait bientôt sortir ! N'écoute pas tous ces ragots !

— Moi je te fais confiance Sophie... Mais tu sais ici, les nouvelles vont vite et les gens ne croient que ce qu'ils veulent.

— Je me fiche pas mal de ce qu'ils pensent. Si je dois être seule à le défendre, je serai seule...

— Tu as dormi ici ?

— Oui... Je n'ai pas pu rester à la maison... C'est à cause de Julien si mon père se retrouve enfermé.

— Pourquoi ? Qu'a-t-il à voir là-dedans ?

— Je ne peux pas t'en dire plus, Jenny. Mais je ne peux pas rester avec lui après ce qui s'est passé.

— Tu veux divorcer ?

— Je ne sais pas encore mais...

— À ce point ? Tu es sûre que...

— Jenny, ne me pose pas plus de questions s'il te plaît. Je dois partir, mais on se revoit très vite.

Sophie laissa Jenny à ses interrogations et rentra chez elle. Lorsqu'elle aperçut la bouteille de Porto sur la table de la cuisine, elle repensa à la scène de la veille. Les débris du verre que Julien avait lâché jonchaient encore le carrelage. Elle essuya les larmes qui recommençaient à couler et monta récupérer quelques vêtements. Après avoir fermé son sac sac, elle attrapa son téléphone dans la poche et rappela le dernier numéro de sa liste d'appels.

— Allô, maître ? J'aimerais connaître la procédure pour divorcer.

\*\*\*

Julien était prostré devant son ordinateur. Il n'avait pas osé rejoindre Sophie chez son père hier soir, ni même l'appeler. Il culpabilisait d'avoir levé la main sur elle, alors qu'elle était la seule personne sur qui il pouvait compter.

Le café que lui avait déposé Samuel quelques minutes plus tôt était maintenant froid. Il le but machinalement en espérant que cela lui éclaircisse les idées. Mais elles restèrent aussi noires que sa boisson et il fut soudainement pris d'un haut-le-cœur.

— Tu n'as vraiment pas l'air bien, lui lança son collègue en se précipitant pour l'empêcher de tomber.

— Ça va aller, répondit Julien en se retenant à son bras. J'ai juste un peu la tête qui tourne.

— C'est Olga, c'est ça ? Elle t'a mis la pression encore une fois ?

— Oui, c'est ça.

Olga.

À l'évocation de son prénom, il se rappela l'échéance minimaliste qu'elle lui avait donnée pour terminer son dossier et le présenter à tout le pôle qualité ce matin même. Il n'avait pas eu le temps de le retravailler et il sentit à nouveau son estomac se lacérer en pensant au torrent d'insultes et d'humiliation qu'il allait recevoir devant la quinzaine de personnes conviées à la réunion.

Il ne lui restait qu'une vingtaine de minutes pour s'y préparer.

Il alla se passer un peu d'eau dans les toilettes et en profita pour regarder son visage cerné et fatigué. En se voyant, il eut l'impression d'avoir vingt ans de plus. Une barbe de plusieurs jours se hérissait, ses traits étaient tirés et son teint aussi terne qu'une chemise délavée. Il passa la main dans ses cheveux en bataille pour les remettre en ordre et essayer de garder le peu de dignité qu'il lui restait lorsqu'il ferait face au vampire et à ses sbires.

Il quitta les toilettes, prêt à affronter l'orage. Olga venait justement à sa rencontre, elle n'était pas en retard.

Elle s'arrêta à sa hauteur et, sans même un bonjour, lui décocha un « Le directeur France a un empêchement, la réunion est reportée à la semaine prochaine Langlois, c'est votre jour de chance ! ». Elle poursuivit sa route sans même attendre sa réaction. Julien n'en eut d'ailleurs aucune et son regard fut à nouveau attiré par l'homme mystérieux qui était dans son bureau hier et qui se tenait quelques pas derrière elle. Il fixa Julien, en affichant le même sourire fin et discret que la veille et continua de suivre Olga jusqu'au bout du couloir, pour disparaître quelques secondes après elle.

Sans comprendre pourquoi, ce type mettait Julien très mal à l'aise et il retourna chancelant à son bureau.

— Julien, Olga est venue nous dire que la réunion était reportée, c'est une bonne nouvelle non ? lança Samuel aussi soulagé que devrait l'être Julien.

Ce dernier ne répondit pas et se posta à nouveau devant son écran. Il se mit à parcourir le trombinoscope de l'entreprise à la recherche de « l'homme souriant aux cheveux mi-longs », mais il n'en trouva aucune trace nulle part.

— Samuel, tu as vu le type qui était avec Olga ? Tu le

connais ? finit par demander Julien, en brisant un silence long de plusieurs minutes.

— De qui parles-tu ?

— Quand Olga est venue tout à l'heure, tu n'as pas remarqué le jeune homme qui l'accompagnait ?

— Non, désolé je n'ai pas fait attention. Mais tu devrais plutôt te concentrer sur le dossier qu'Olga t'a demandé... Elle ne te fera pas de cadeau si tu as un délai supplémentaire et qu'il n'est pas parfait.

*Comme si elle me faisait des cadeaux de toute façon*, pensa Julien en continuant de faire défiler la liste des collaborateurs de l'entreprise. Mais il fit chou blanc. L'homme ne faisait ni partie des cadres ni des employés administratifs, restant une fois de plus une énigme pour Julien.

## - 16 -

Julien n'avait pas eu le courage de rentrer chez lui tout de suite. Si Sophie y était, il avait peur des mots qu'ils devraient se dire. Si elle n'y était pas, c'était encore pire. Cela signifierait qu'elle lui en voulait toujours et que leur couple traversait sans doute la plus grave crise de son existence. Peut-être la première et dernière.

Bien que le village d'Offroicourt n'ait pas de symbolique particulière pour lui, il y avait un endroit dans lequel il ne se sentait pas étranger. Un lieu qui le ressourçait et lui permettait d'oublier la morosité de son existence. Il avait pris l'habitude de s'y rendre seul, ne voulant pas partager avec quiconque ce havre de paix dans lequel il se retrouvait et se sentait libre. La solitude d'un quotidien pesant était alors troquée contre une solitude nécessaire, revivifiante et salvatrice. Il savait qu'après avoir passé quelques heures dans cet endroit, il pourrait rentrer chez lui l'esprit serein et aujourd'hui, il l'espérait plus que tout.

Il stationna sa voiture à l'entrée du village pour continuer sa route à pied. Cette dernière démarrait timidement en rebord de sous-bois pour s'élargir ensuite en plein champ. Bloqué entre deux longues clôtures en fil barbelé, un chemin de cailloux menait tout droit au sommet d'une colline surplombant le village. Après un petit kilomètre de marche, Julien s'installa au pied d'un marronnier esseulé, tout comme lui l'était depuis qu'il était arrivé ici. Comme un intrus au milieu d'un paysage champêtre, l'arbre donnait l'impression de dominer les habitations en étendant ses longues branches de plusieurs mètres de part et d'autre d'un tronc enlacé de lierre. En cette période de l'année, les feuilles avaient quitté les airs pour se tapir au pied du grand maître en compagnie des bogues et des marrons qui n'avaient pas été emportés par les oiseaux de passage. Tout comme cet arbre, Julien avait l'impression d'être un intrus au milieu d'individus qu'il ne comprenait pas. Ses yeux balayèrent lentement le village où l'on ne distinguait pas un signe de vie. Les habitations s'étendaient au fond d'une vallée de collines basses recouvertes de prés et de champs organisés comme un patchwork géant. L'été, la couleur dorée et ensoleillée des blés et du colza tranchait avec la verdure des prairies mouchetées de prim'holsteins, et des vergers des mirabelliers. Le ruisseau de la Blanche qui accueillait le village sur sa rive gauche connaissait un regain d'énergie avec les récentes pluies et l'on devinait le trajet sinueux qu'il empruntait à travers les saules et les aulnes qui occupaient ses berges. Le petit cours d'eau n'avait d'ailleurs jamais aussi bien porté son nom qu'en ce jour où les températures négatives avaient paré le paysage d'un fin manteau de givre. Le sommet de l'église se distinguait par ses tuiles d'ardoise noires et sa girouette tournée vers le nord. Le coq en fer-blanc qui la surplombait et paradait fièrement au milieu des habitations ne faisait pas le poids face au grand marronnier de la colline, car la légère brume annonçant la nuit le dissimulait déjà presque totalement tandis que l'arbre, lui, resterait visible, quels que soient le temps et les saisons. Ici, Julien savait qu'il ne serait pas dérangé par un véhicule ni même par un promeneur égaré. Il avait le sentiment que cet endroit n'appartenait qu'à lui et qu'il tirait sa force de cet arbre séculaire. Lorsqu'il était assis au pied de son tronc robuste, il ne pensait plus et ne réfléchissait plus. Il plantait son regard dans le paysage comme pour l'imprimer à l'intérieur de lui, fermait les yeux et attendait. Il attendait que des forces mystérieuses et telluriques le submergent et lui redonnent le courage d'affronter à nouveau son quotidien.

Lorsqu'il ouvrit les yeux, il faisait presque complètement noir. Il était frigorifié et sans le cri perçant d'une chouette hulotte en pleine partie de chasse, il serait peut-être resté la nuit entière sans se rendre compte que le froid était en train de prendre possession de lui. Il se releva avec la désagréable sensation que le grand marronnier n'avait pas eu sur lui l'effet escompté. Ses tourments étaient aujourd'hui bien trop importants et il devrait y faire face seul.

Il prit le chemin de cailloux en sens inverse pour retourner à sa voiture. La nuit l'empêchait de voir où il mettait les pieds, mais il connaissait la route par cœur. Il s'offrit même la liberté d'accélérer le pas. Puisque le grand marronnier ne l'avait pas apaisé, un ou deux verres de vin pourraient peut-être le faire.

***

Sophie avait pris son courage à deux mains et décidé d'affronter Julien. Elle l'attendait depuis maintenant deux heures, attablée à la cuisine, une tasse de thé froid posée devant elle. Elle était déterminée à parler plus fort que lui pour une fois et pour s'encourager, elle avait versé en plus dans sa tasse, un peu de rhum déniché au fond d'un placard délaissé du salon, dont la bouteille fut probablement rangée par ses parents deux ou trois décennies plus tôt. Elle détestait tellement l'alcool qu'elle avait à peine pu tremper ses lèvres dans le breuvage. Pour le courage, il faudra repasser, mais elle devait lui faire face, quoi qu'il arrive.

Ses paupières commençaient à être pesantes. Elle avait trop peu dormi la nuit dernière et luttait pour que son mari ne la découvre pas avachie sur la table de la cuisine, sans quoi, elle perdrait toute crédibilité. Elle avait répété toute la journée les mots qu'elle lui dirait.

C'est alors qu'on tambourina à la porte. Elle sursauta, et habitée par un réflexe de survie, elle attrapa un couteau qu'elle cacha derrière elle avant de se diriger vers l'entrée. Sans même ouvrir, elle reconnut les voix braillardes des frères Gouillat et du Tondu, les fidèles amis de son père et se sentit ridicule avec la lame entre ses mains. Elle la reposa puis déverrouilla la porte.

— Bonsoir Sophie, on est désolé de te déranger, commença le Tondu. On se demandait si tu avais des nouvelles de Louis ?

— Ouais, on a entendu ce que les flics lui avaient fait ! C'est dégueulasse ! continua Mickaël.

— On est allé à la gendarmerie, mais ces fumiers n'ont rien voulu nous dire ! finit Dylan.

— C'est gentil de vous inquiéter pour lui, répondit Sophie. Mais il ne devrait pas tarder à sortir d'après son avocat. C'est l'affaire de quelques heures.

— Tu es sûre que ça va aller ? demanda le Tondu, soucieux du bien-être de la fille de son meilleur ami.

— Oui, oui, vous pouvez rentrer chez vous. Je vous préviendrai lorsqu'il sera de retour !

— Si jamais ils ne veulent pas le lâcher, on ira

balancer du purin devant la gendarmerie, on jettera des bottes de foin et des carcasses de bestioles ! On verra bien s'ils ne le relâchent pas après ça ! railla Dylan.

— Je ne pense pas qu'il sera nécessaire d'en arriver là, sourit Sophie. Mais je suis sûre que mon père aurait apprécié le geste !

Après lui avoir assuré une nouvelle fois de leur soutien, les trois hommes laissèrent Sophie de nouveau seule.

Même s'il arrivait à Julien de traîner après son travail, il ne rentrait jamais aussi tard.

Elle venait tout juste d'allumer le poste de télévision afin de ne pas s'assoupir lorsqu'elle entendit claquer une portière de voiture devant la maison. C'était lui.

Elle se leva et posa bien en évidence son sac de voyage rempli de vêtements sur la table. Quand Julien entra dans la cuisine, on ne savait pas lequel des deux était le plus crispé. Elle avait répété son discours des dizaines de fois, mais au moment de le sortir, plus un mot ne vint à sa bouche. Julien, quant à lui, n'espérait plus tomber sur sa femme ce soir et n'avait, au contraire, songé à aucun discours de pardon.

— Sophie, je suis désolé... lança-t-il, affligé par la banalité de la formule.

— D'avoir voulu me frapper ou d'avoir dénoncé mon père à la police ?

— Je... Non ! Je n'ai jamais fait ça ! Pourquoi dis-tu cela ?

— Arrête s'il te plaît ! N'aggrave pas ton cas, c'est déjà assez difficile comme ça ! J'en ai assez d'être trop gentille !

— Sophie, je te demande pardon ! Je n'aurais jamais dû lever la main sur toi ! C'était une énorme connerie et tu n'imagines pas à quel point je m'en veux !

— Ça oui, tu peux...

Elle esquissa un mouvement de recul au moment où il s'approcha d'elle pour lui prendre la main. Il jeta un regard sur le sac posé sur la table.

— Je suis à cran en ce moment. Je ne voulais pas t'en parler, mais ça se passe très mal au boulot... continua-t-il en reculant de quelques pas.

Sophie baissa la garde et fut alors envahie à nouveau par un sentiment de culpabilité.

— Comment ça ?

— Olga, ma responsable... Je te passe les détails, mais elle me met une pression énorme...

— Depuis combien de temps est-ce que ça dure ?

— Plusieurs mois. Je pensais que les choses s'arrangeraient naturellement, mais il s'avère que non... Je sais que ça n'excuse rien, mais j'étais à bout hier et... j'ai pété un plomb ! Pardonne-moi s'il te plaît !

Sophie se sentait responsable de la détresse de son mari. Elle l'avait emmené ici et elle avait maintenant la confirmation que rien ne l'avait jamais rendu heureux. Elle découvrait que contrairement à ce qu'elle avait toujours pensé, son travail n'était pas un endroit où il s'épanouissait. Il n'était pourtant pas question de faiblir. Ce qu'il avait fait restait impardonnable.

— Pourquoi est-ce que tu ne m'as rien dit avant ? J'aurais pu t'aider et éviter tout ce gâchis !

— Je n'avais pas envie que tu me voies comme un lâche... J'ai déjà eu tellement de mal à trouver ce travail, je voulais m'accrocher seul.

— Même si ça explique certaines choses, cela n'efface pas ce que tu as fait. Et si je peux peut-être te pardonner ton geste, je ne pourrai pas oublier ce que tu as fait à mon père...

— Sophie, je te jure que je n'y suis pour rien !

— Arrête ! La police était au courant pour les lettres d'Andrée ! Ils sont venus les chercher, ils savaient où les trouver !

— Je t'assure que je...

— Nous étions les deux seuls au courant et ce n'est certainement pas moi qui serais allée leur dire ! En revanche, toi, tu voulais que je leur en parle !

Julien n'avait plus la force de se défendre. Il savait que sa femme ne le croirait pas, malgré tout ce qu'il pourrait dire pour la convaincre. Son père avait été arrêté et elle avait besoin de trouver un responsable. Il regarda à nouveau le sac sur la table.

— Tu ne restes pas ici ce soir ? lui demanda-t-il d'une voix chancelante.

— Je crois que l'on doit prendre du recul toi et moi. Je ne me sens pas prête à revenir pour l'instant...

— On ne va pas se quitter ? Dis-moi qu'on ne va pas se quitter Sophie ?

— Je ne sais pas... répondit-elle en évitant son regard plein de larmes.

Elle attrapa la lanière du sac et le lança sur son épaule. Julien comprit qu'il ne pourrait pas la retenir et s'écarta pour la laisser passer.

Alors c'était comme ça que finissaient les histoires d'amour ? Avec une valise remplie de vêtements ? Dans une cuisine, tard le soir ? Julien ne se retourna pas et attendit que la porte d'entrée claque pour enfin autoriser ses larmes à couler.

\*\*\*

La nuit avait été courte pour Sophie comme pour Julien. Aucun des deux n'avait trouvé le sommeil et si Sophie avait multiplié les allers-retours entre le canapé et son lit de petite fille, Julien avait quant à lui, avalé plusieurs litres de café, s'empêchant littéralement de trouver refuge dans les bras de Morphée.

Il s'était fait porter pâle à l'usine aujourd'hui, prétextant une gastro-entérite qui le clouait au lit depuis la veille. Il n'avait pas le courage d'y mettre les pieds.

Il se décida à aller prendre une douche et à enfiler des vêtements propres, choses qu'il n'avait pas faites depuis que Sophie avait quitté la maison. Mais son élan fut coupé court lorsqu'il aperçut Jenny qui frappait à la fenêtre de la cuisine. Depuis quand était-elle là ?

Il ouvrit et lui dit que si elle cherchait Sophie, elle ferait mieux de se rendre chez Louis.

— C'est toi que je venais voir, lui répondit-elle, un large et inhabituel sourire aux lèvres.

— Ah... J'allais prendre une douche, mais entre, continua Julien en lui faisant signe de se diriger vers la porte.

Il n'était pas sûr, mais avait l'impression qu'elle s'était particulièrement apprêtée ce matin. Elle avait mis une petite jupe rose, qui lui arrivait juste au-dessus des genoux, et qu'il jugeait trop légère pour la saison. Son perfecto noir la boudinait un peu et elle n'avait pas réussi à monter la fermeture Éclair plus haut que son nombril. Mais ce qui le surprenait le plus, c'était cette épaisse couche de maquillage qui lui recouvrait le visage et lui donnait l'apparence d'une poupée de cire sur laquelle on avait tenté par tous les moyens de masquer les défauts de fabrication.

Il l'invita à se faire une tasse de thé, trop peu enjoué à l'idée de la lui faire lui-même. Sans hésiter, elle fit chauffer de l'eau dans une tasse au micro-ondes et prit place face à lui. Il avait renoncé à aller se doucher tout de suite, par politesse.

— J'ai appris que ça n'allait pas fort entre Sophie et toi, lança-t-elle en faisant tremper énergiquement son sachet de thé dans sa tasse.

— C'est elle qui t'envoie ?

— Ah non, pas du tout... Mais elle m'a dit que vous alliez vous séparer et je voulais savoir comment tu te sentais...

— On n'en est pas encore là...

— Pourtant elle m'a parlé de divorcer, pas plus tard qu'hier...

Jenny avait balancé sa phrase en même temps qu'elle jetait le sachet de thé sur la table, avec plaisir. Sonné, Julien mit plusieurs secondes à réagir.

— Je suis désolée, je pensais qu'elle t'en avait parlé... continua Jenny en se déplaçant à côté de lui.

— Tu as peut-être mal compris, Sophie n'est pas en forme en ce moment, elle a pu dire des mots qui la dépassaient...

— Elle avait l'air décidée... Mais c'est peut-être une bonne chose pour toi. Tu vas pouvoir repartir sur de nouvelles bases. Des bases plus solides et refaire ta vie avec quelqu'un qui te correspond mieux, non ?

— Sophie me correspond très bien... répondit Julien, les yeux fixés sur la table et n'apercevant pas le manège de Jenny.

— Je sais que nous n'avons jamais été très proches toi et moi, mais j'ai toujours vu que tu me regardais différemment.

Jenny avait maintenant posé sa main sur la sienne. Trop hagard pour réagir, Julien ne bougeait pas.

— J'ai donné un petit coup de pouce au destin, afin que nous ayons une chance de nous trouver, toi et moi.

Quand il réalisa que Jenny était à quelques centimètres de lui, il se leva d'un bond de sa chaise et lui fit répéter ses derniers mots.

— Qu'est-ce que tu veux dire Jenny ?

— Julien, ne me fais pas croire que je te laisse

indifférente ! Il se passe quelque chose entre nous ! Je le sens et tu le sens aussi !

— Mais tu es folle de penser une chose pareille !

— Si je n'avais pas parlé des lettres d'amour d'Andrée à la police, nous n'aurions pas cette possibilité d'être réunis. Julien, tu dois te rendre compte que Sophie n'est pas une femme pour toi et que je saurai faire de toi un homme heureux !

Abasourdi par ce qu'il venait d'entendre, Julien avait l'impression d'être en plein cœur d'une mauvaise série Z.

Il attrapa vigoureusement la main de Jenny qui fut contrainte de se lever, renversant au passage sa tasse de thé sur sa jupe rose.

— Tu vas aller voir Sophie tout de suite et lui dire ce que tu as fait ! Elle pense que c'est moi qui ai dénoncé Louis !

— C'est une excellente chose Julien, je t'assure ! Tu ne le réalises pas encore c'est tout !

— Jenny, pour moi tu n'es rien d'autre que l'amie pathétique, bonne à rien, idiote et dépressive de Sophie. Je te savais également manipulatrice, mais quant à l'être parce que tu envisageais d'être avec moi, c'est juste à pleurer de rire !

Stoppée net dans ses déclarations frénétiques, Jenny fut sonnée par la réaction brutale de Julien. Lorsqu'elle avait commencé à côtoyer Sophie, c'était en tant qu'ancienne copine d'enfance. Elle l'appréciait, passait de bons moments avec elle, mais sans fioriture ni plaisir démesuré. Le temps faisant, elle avait recueilli quelques confidences sur le couple de son amie et avait fini par découvrir et aimer l'homme que Sophie lui décrivait.

Force est de constater que Julien ne la regardait pas du tout avec les yeux d'un homme amoureux, elle essora machinalement sa robe pleine de thé tiède et ravala la grosse boule qui montait dans sa gorge.

— Jenny, tu vas aller voir Sophie tout de suite, et lui dire ce que tu as fait !

— Pourquoi est-ce que je ferais ça, hein ? Pour que vous retourniez tous les deux à votre petite vie minable, dans votre maison minable avec votre décoration minable et vos parties de baises minables ? Ah non, ce n'est pas possible, vous ne baisez même plus !

Julien bouillonnait. Il aurait dû se douter que Sophie racontait tout à sa meilleure amie, jusque dans les moindres recoins inavouables de leur couple. Malgré la colère qui l'habitait, il n'en voulait pas à Jenny, car c'était une femme blessée dans son amour propre qui se tenait devant lui. Elle fondit alors en larmes et sortit de la maison en courant, honteuse de s'être ainsi donnée en spectacle.

## - 17 -

Après le départ de Jenny, Julien n'avait eu qu'une envie : voir Sophie et lui expliquer l'incroyable malentendu. Mais il s'était ravisé en pensant qu'il allait certainement passer pour un affabulateur si ce n'était Jenny elle-même qui avouait son geste. Il avait finalement pris la route pour aller boire un verre à Mirecourt. Au café Jeanne d'Arc, il ne rejoignait personne en particulier, mais il venait de temps en temps changer d'air en compagnie d'un ballon de chardonnay bien frais.

— Toujours votre petit blanc ? lui demanda Élise, le sourire aux lèvres.

Il acquiesça et pour la première fois depuis longtemps, il sentit une chaleur humaine pure et sincère. À fréquenter des gens différents de lui, il avait appris à faire semblant de tout. Semblant d'accepter, semblant de rire, semblant d'être d'accord. Mais aujourd'hui, en regardant Élise, il vit que l'on pouvait encore sourire honnêtement et par gentillesse.

Il voulut lui rendre la pareille lorsqu'elle lui apporta son verre, mais sa voix se serra au moment où entra à l'intérieur du café l'homme mystérieux collé aux baskets d'Olga. Il baissa rapidement la tête, craignant d'être reconnu par cet homme, qui jusque-là, ne lui avait pas adressé le moindre mot. Il s'installa au comptoir entre deux clients dont l'état de rougeur du visage indiquait que le verre de bière posé devant eux n'était pas le premier de la journée. Julien espérait qu'il parlerait à quelqu'un, mais pas une seule fois, il ne put entendre le son de sa voix.

Au bout d'une demi-heure, l'homme se leva de son siège et quitta le café. Julien avait gardé le dos courbé et pu enfin relever la tête. Il ne l'avait jamais vu avant et voilà qu'il le croisait quotidiennement désormais.

À tout hasard, il décida d'aller demander aux deux hommes qui l'avaient encadré s'ils connaissaient quelque chose de lui.

— Rah non, je ne vois pas non, lâcha l'un des deux en soufflant une haleine à rendre fou n'importe quel éthylotest.

L'autre type ne le renseigna pas davantage.

— Désolée, je n'ai pas fait attention, lui répondit également Élise qui commençait déjà à courir partout pour préparer les tables du déjeuner.

Une fois de plus, Julien n'en savait pas plus sur cet homme. Mais un détail l'avait tout de même dérangé ; il s'était installé au comptoir et était reparti sans rien commander. Quel genre d'individu entre dans un bar et ressort sans même avoir demandé un verre d'eau ?

Julien ouvrit la porte et prit en pleine face une bise mordante malgré les rayons du soleil qui faisaient briller de mille feux la statue sur la place.

— Dis donc toi, tu crois que je vais payer mes impôts comment si tous les clients se barrent sans régler la note ?

Complètement absorbé par ses pensées, Julien en avait oublié de payer son verre et Maryse venait aimablement de le lui rappeler. Ce n'était certainement pas pour les beaux yeux de la patronne qu'il venait ici et à chacun de ses passages, il pouvait constater à quel point celle-ci était méprisante et supérieure envers ceux qui lui permettaient pourtant de gagner sa vie. Ce genre de femme l'horripilait et il se demandait comment sa fille supportait encore de travailler chaque jour avec elle. Une mère pareille, il aurait tout fait pour s'en débarrasser.

*** 

Sophie avait décidé qu'elle regagnerait la maison le jour même. Après tout, elle avait appartenu à ses parents et elle demanderait à Julien d'aller à l'hôtel le temps qu'il faudrait. Une manière, selon elle, de montrer qu'elle ne se laisserait plus marcher sur les pieds. Elle aimait toujours Julien malgré ce qu'il avait fait, mais il devait reconnaître sa responsabilité dans l'arrestation de Louis. Sans cela, il serait impossible pour elle de passer l'éponge sur tout le reste.

Elle attendait des nouvelles de l'avocat de son père, mais son appel se faisait désirer. Il lui avait garanti qu'il sortirait aujourd'hui et Sophie apprêtait déjà la maison pour l'accueillir en grande pompe. Après la perquisition, toutes les pièces étaient sens dessus dessous. Elle en avait profité pour faire un grand tri et se débarrasser de vieilleries qui ne servaient qu'à prendre la poussière et encombrer les placards trop petits. Elle avait dressé une jolie table et envisageait même d'organiser une soirée de bienvenue en compagnie des frères Gouillat et du Tondu. Elle devrait s'expliquer quant à l'absence de Julien, mais elle trouverait bien une excuse.

Elle sortit dehors pour cueillir quelques immortelles

qui avaient résisté au gel et vit Jenny, assise sur le perron de sa maison.

— Ça n'a pas l'air d'aller fort. Qu'est-ce qui t'arrive ? lui demanda Sophie, le sécateur à la main.

— C'est Kala ! Elle est morte ce matin ! répondit Jenny en s'essuyant le nez avec le revers de son gant.

— Celle qui venait d'avoir des petits ?

— Oui ! Et maintenant, ils n'ont plus de mère pour les nourrir !

Sophie repensa alors qu'elle n'avait même pas eu le temps de parler à Julien de son envie d'adopter un chaton.

— Je suis d'accord pour prendre un de ses bébés ! Et je suis prête à lui donner le biberon s'il le faut !

— Mais Julien ? demanda Jenny, les yeux rougis.

— Je m'en fiche ! C'est toi qui avais raison, je n'ai pas besoin de son accord. Si j'ai envie de prendre soin d'une petite boule de poils, je le fais !

— Tu vas revenir vivre avec lui ?

— Il reste mon mari... J'ai bon espoir que les choses s'arrangent entre nous, même s'il faudra du temps.

— Sophie, il faut que je te dise quelque chose...

Jenny reprenait des couleurs et se releva en attrapant les mains de son amie.

— Ne t'inquiète pas, je prendrai bien soin du petit chaton !

— Non, non, ce n'est pas de ça que je voulais te parler...

— Alors, dis-moi, je t'écoute ?

Jenny regardait Sophie droit dans les yeux. Sa gaieté tranchait avec la douleur qu'elle ressentait au fond d'elle-même. En cet instant, elle n'avait qu'une envie ; lui faire aussi mal qu'elle avait mal.

— Non rien... Tu pourras venir chercher le petit chat tout à l'heure ?

*** 

— J'ai reçu un appel de Romain Chanteuil. Il voudrait savoir pourquoi Laurac n'est toujours pas en prison.

— Peut-être parce qu'on n'est pas sûr qu'il soit bien coupable, répondit Stéphane qui avait accompagné Zeim, sorti pour vapoter.

— Ce n'est pas à nous de trancher. Nous devons apporter des preuves de son implication, et nous en avons. Je ne comprends pas pourquoi le juge n'ordonne pas sa détention provisoire.

— Il est peut-être comme moi, pas convaincu.

— C'est marrant, on dirait que tu n'es pas pressé de rentrer à Épinal toi ! Il n'y a pourtant rien d'agréable dans cette ville.

— Je fais mon boulot, c'est tout, répondit Stéphane. Et j'ai l'impression qu'il n'est pas terminé.

— Le maire de Mirecourt ne me lâche pas non plus. J'ai le sentiment que tout ce tapage dans sa ville le distrait plus que ça ne l'inquiète.

— Tu m'excuses, j'ai un coup de téléphone à passer.

Stéphane s'éloigna et appela immédiatement sa fille. Elle lui avait laissé trois messages et il n'avait encore pas pris le temps de lui répondre.

— Désolé Lucie, mais je suis sur une affaire compliquée et je n'ai pas eu une minute à moi, s'excusa-t-il lorsqu'il l'eut au bout du fil.

— *J'ai l'habitude que tu sois occupé par ton boulot, mais en général, tu me réponds plus vite !* enchaîna-t-elle, agacée.

— Mille pardons. On peut manger ensemble dans la

139

semaine si tu veux. Vendredi soir, cela te convient ? proposa Stéphane sans être certain de sa disponibilité.

— *Oui, ça me ferait plaisir, même si je croule sous le travail.*

— Parfait, à vendredi ma chérie.

Satisfait d'avoir calmé les ardeurs de sa fille pour quelques jours, il eut soudain l'impression de recourir aux mêmes procédés qu'avec son ex-femme : faire des promesses sans être certain de pouvoir les tenir. L'histoire prouvait pourtant que cela ne lui avait pas porté bonheur.

— Vous ne m'aviez pas dit que vous aviez une nouvelle femme dans votre vie !

Stéphane se retourna et vit Candice lui apporter sa troisième tasse de café depuis le matin.

— C'était ma fille puisque vous voulez tout savoir !

— Je préfère ça ! Je n'aurais pas aimé apprendre que vous m'aviez menti ! dit-elle en mâchouillant la touillette.

— C'est une nécessité de tout connaître de ma vie privée ?

— Absolument !

Stéphane et Candice furent interrompus par Zeim qui venait de recevoir un appel.

— Le juge des libertés prolonge la garde à vue de Laurac. Stéphane, tu dois lui faire cracher le morceau, sans quoi, il ressortira.

— Et ça ne te vient toujours pas à l'esprit qu'il puisse être innocent ?

— Alors donne-moi quelqu'un d'autre ! Mais bouge-toi un peu ! J'ai l'impression que tu passes tes journées à boire des cafés !

Ils regardèrent Zeim s'éloigner et Candice afficha un rictus amusé.

— Moi je ne me laisserais pas marcher sur les pieds

par le mec qui a piqué ma femme.

— Il a raison. Il faut qu'on se bouge pour trouver le vrai coupable du meurtre.

## 18

Toujours perturbé par sa rencontre avec l'homme-mystère, Julien ne fit pas attention que la porte de la maison n'était pas verrouillée. Il entra machinalement chez lui et fut surpris de voir Sophie installée à la cuisine, un chaton dans les bras, en train de lui donner un biberon de lait tiède. Ce dernier ronronnait et les vibrations détendaient considérablement Sophie, dont le stress n'avait fait que grandir à mesure que la confrontation avec son mari approchait.

— Tu... tu ramènes un chat à la maison ?

— Tu veux parler de cette boule de poil à peine plus grosse que mon poing ? répondit Sophie, déterminée à ne laisser paraître aucune faiblesse dans sa voix.

— Tu sais que je suis allergique et que dès qu'une de ces bestioles est en approche, j'éternue sans cesse... continua Julien en prenant bien soin de garder une distance de sécurité entre lui et le félin.

— Cela m'est égal, car tu ne vas pas rester ici.

Julien fut parcouru d'un frisson étrange. La voix de sa femme, d'ordinaire fébrile, quelles que soient les circonstances, s'était durcie et n'annonçait rien de bon pour la suite de la conversation. Il n'osa pas l'interrompre.

— Je pense que nous devons prendre du recul. Ce qui s'est passé avec mon père, je ne peux pas l'accepter. Cette maison est avant tout la mienne et je crois que tu seras mieux ailleurs pour réfléchir à ce que tu as fait.

Julien avait l'impression que le sol se dérobait sous ses pieds. Il ressentait un puissant sentiment d'injustice alors même qu'il connaissait la responsable de l'arrestation de son beau-père. Jenny n'était visiblement pas allée voir Sophie et il ne put retenir sa colère.

— Je te répète que je n'y suis pour rien ! Quand vas-tu te mettre ça dans la tête ?

La tension montait d'un cran, mais Sophie ne se laissa pas impressionner.

— Tu ne tiens pas suffisamment à moi pour reconnaître que tu as fait une erreur ! Je suis prête à te pardonner beaucoup plus que je ne le devrais, mais à la condition que tu admettes avoir mal agi ! Je vois que tu n'es pas encore décidé à le faire, alors je te demande de partir d'ici !

— C'est ta grande amie Jenny qui a balancé ton père aux flics ! Cette garce s'imaginait que j'allais lui tomber dans les bras si elle nous séparait !

Sophie laissa éclater un rire moqueur quelques secondes après avoir planté fixement son regard dans celui de Julien. Le petit chaton sursauta entre ses mains.

— Mais tu délires complètement ! Jenny serait amoureuse de toi ? Tu ne sais plus quoi inventer pour te dédouaner ! Je te donne cinq minutes pour prendre ce dont tu as besoin, pas une de plus.

À court d'arguments, Julien sentit ses poings se serrer. Son esprit l'obligea à se remémorer la dispute et l'erreur qu'il avait faite il y a deux jours lorsque Sophie avait haussé le ton pour la première fois. Mais son corps trahissait une envie irrépressible de réagir de la même manière. Il ne comprenait pas d'où lui venait cette violence et pourtant, il devait l'extérioriser. C'était aussi vital pour lui que de respirer. Sa main droite se leva et frappa lourdement le mur de la cuisine. Un cadre en bois se détacha de son clou pour venir se fracasser sur le sol. Sophie tentait de dissimuler sa peur. Elle maintenait le petit chat, qui ouvrait des yeux bien ronds, fermement dans ses bras. Elle ne baissa pas le regard lorsque Julien fit volte-face et monta à l'étage en courant pour récupérer quelques affaires. Elle avait eu gain de cause malgré la frayeur qu'il venait de lui faire.

*** 

Alors qu'il enfonçait à la hâte pantalons et polos dans un vieux sac de sport, Julien tentait de désembuer son esprit. Il ne comprenait pas pourquoi Sophie s'acharnait à ce point sur lui. Elle n'envisageait pas une seule seconde qu'il puisse être innocent et cela le mettait hors de lui. Comme si les années passées ensemble n'avaient pas établi de confiance qui lui aurait permis de croire qu'il puisse être étranger à l'arrestation de Louis. Il avait fait tant d'efforts pour s'intégrer à l'univers rustre de son beau-père, passé des heures à l'écouter déblatérer sur les bienfaits de la chasse et supporté des centaines de degrés d'alcool dans son estomac pour lui plaire. Tout ça pour que Sophie pense qu'il était capable de le balancer lâchement à la police. Il ne la reconnaissait plus. Et il ne se reconnaissait plus non plus. Il se sentait envahi de sentiments incontrôlables qu'il n'aimait pas. Quelques minutes plus tôt, il était sur le point de lever la main sur sa femme, et cela l'effrayait. Il s'était toujours trouvé trop mou, trop flasque, sans énergie face aux remous du quotidien et voilà qu'il se sentait comme envoûté par une puissance qu'il ne maîtrisait pas, en proie à une rage inexpliquée. Il avait su toutefois la contenir, mais qu'en serait-il les fois suivantes ?

Son sac à la main, il dévala les escaliers et quitta la maison sans un regard pour sa femme. Il ne savait plus s'il lui en voulait ou s'il s'en voulait à lui-même. Elle le mettait dehors, mais il se sentait aussi innocent que coupable de cette situation.

Assis au volant de sa voiture, il jeta un dernier coup d'œil vers cette maison dans laquelle il avait pris ses marques. Il avait même fini par s'y sentir à l'abri et pourtant aujourd'hui, il ne voyait pas d'autre solution que de la fuir.

*** 

Devant la gendarmerie de Mirecourt, une nuée d'habitants grouillait dans un brouhaha incessant. Les officiers tentaient de maintenir le calme alors que les frères Gouillat criaient des slogans inventés à la hâte à la gloire de leur ami Louis, injustement enfermé. Certains passants les accompagnaient, d'autres au contraire, riaient de l'incrédulité de la scène. La ville était divisée en deux camps : ceux qui étaient persuadés de la culpabilité de Louis et ceux qui voyaient là se dessiner la plus grosse erreur judiciaire du siècle. Tout le monde avait un avis sur la question. Tout le monde pensait connaître Louis. Quand certains croyaient déceler chez lui le petit détail qui le rendait évidemment coupable, d'autres au contraire, ressortaient les vieilles anecdotes qui l'innocentaient totalement d'un tel crime. Chacun y allait de son pronostic et l'affaire prenait des proportions qui dépassaient Nicolas Zeim.

Lorsque deux jours plus tôt, on l'avait appelé pour diriger l'enquête, il pensait faire un bref aller-retour dans la cité des luthiers et clore le dossier en un tour de main. Mais c'était sans compter sur la gouaille du maire qui voyait là une occasion unique de faire parler de sa ville autrement que dans la rubrique des chiens écrasés, n'hésitant pas à livrer des détails inventés de toute pièce sur l'affaire. Désormais, c'était la presse nationale qui était sur le point de faire les gros titres avec le meurtre d'Andrée Chanteuil. Ce grossier déballage n'était pas au goût du procureur qui ne manqua pas de menacer l'élu d'entrave à l'enquête s'il continuait à faire sa promotion sur le dos de ce meurtre.

— Tout ce tapage est ridicule et si je ne me retenais pas, j'empalerais le maire sur sa statue de Jeanne d'Arc.

— Calme-toi Nicolas, tu perds ton sang-froid.

Stéphane tentait de faire redescendre la pression. Mais lui aussi n'était pas serein. Une telle agitation n'aidait pas l'enquête et il était persuadé que le meurtrier courait toujours en se délectant de cette excitation.

À force d'insistance et parce qu'ils menaçaient de se menotter aux grilles de la gendarmerie, les amis de Louis avaient été reçus par Stéphane quelques heures avant. Les deux frères avaient tenté de le disculper en bafouillant un alibi à peine préparé. Quelques secondes avaient suffi à Stéphane pour comprendre qu'il était faux et il leur avait gentiment conseillé de ne plus intervenir sous peine d'aggraver la situation. Il avait néanmoins été touché par leur action et se demandait lesquels de ses amis feraient la même chose pour lui. Se rendant compte que la liste était presque vide, il jura de ne plus jamais se poser ce genre de question et réserva une nuit supplémentaire à l'hôtel.

## 19

Stéphane n'arrivait pas à trouver le sommeil.

Quelques chambres s'étaient libérées dans l'hôtel et Candice avait pris ses quartiers dans celle voisine de la sienne depuis la nuit dernière. Il était donc seul pour ressasser les détails de son enquête qui piétinait lamentablement. Son instinct ne cessait de lui répéter que Louis était innocent et pourtant il ne trouvait pas le moindre élément qui puisse l'orienter vers quelqu'un d'autre. Il avait recontacté la scientifique, sans succès.

Vers 3 heures du matin, il attrapa son smartphone et tapa, désespéré, dans la barre de recherche de You Tube « musique pour s'endormir ». Il lança la première vidéo au titre prometteur : « Sommeil express ». Quelques notes de harpe et de flûte plus tard, Stéphane commençait à somnoler. Mais la mélodie prit un tournant inattendu lorsque la voix rauque de Bruce Springsteen et de son *Born in the U.S.A.* résonna dans ses oreilles. Il fit un bond sur son lit et son téléphone tomba au sol, stoppant net la musique au milieu de « *the first kick I took was when I hit the ground* ». Ironique. Mais Stéphane réalisa surtout que c'était sa propre sonnerie et qu'il venait de passer à côté d'un appel. Compte tenu de l'heure tardive ou plutôt matinale, il devait sans doute s'agir d'un appel important. Il tâtonna plusieurs fois le sol avant de se rendre compte que son téléphone était en trois morceaux. Il alluma la lampe et emboita à la hâte la batterie afin de réanimer l'engin. Cinq appels manqués dans les quelques secondes qu'il lui avait fallu pour remettre son appareil en état. C'était Zeim. Stéphane se leva et le contacta immédiatement.

— *Bon sang, Stéphane, ça fait dix fois que j'essaie de te joindre !*

— Bruce m'a fait peur...

— *Quoi ?*

— Non rien...

— *Je ne sais pas quelle connerie tu me racontes, mais tu te doutes bien que si je t'appelle à cette heure-ci, c'est qu'on a du nouveau.*

— Je t'écoute...

— *On a un autre meurtre. La patronne du café Jeanne d'Arc, Maryse Brunet.*

\*\*\*

L'ampoule du réverbère situé juste devant le café Jeanne d'Arc clignotait, agaçant prodigieusement l'un des officiers chargés de protéger les lieux, qui grommelait en déroulant sa rubalise.

En arrivant, Stéphane eut l'impression de se retrouver quelques jours en arrière, lorsqu'il avait débarqué à la pharmacie. Seules exceptions, le nombre de badauds, nettement moins important et l'absence de la police scientifique. Stéphane grimpa jusqu'à l'appartement situé au-dessus du café. Zeim était devant la porte, accompagné d'Élise, toute tremblante et sanglotante, qui venait de l'avertir trente minutes plus tôt.

— Mademoiselle Brunet, pouvez-vous répéter au commandant Gassin ce qui s'est passé ?

La jeune femme prit une grande inspiration avant de lâcher les premiers mots.

— Ma mère m'avait envoyé un SMS pour me dire qu'elle ne viendrait pas travailler au café ce soir. J'ai donc assuré le service toute seule. Je suis remontée vers minuit trente après avoir tout nettoyé et j'étais tellement fatiguée que je me suis effondrée dans mon lit.

*Pauvre Élise*, pensa Stéphane. *Elle qui subissait déjà la désagréable compagnie de sa mère au boulot, devait visiblement la supporter aussi en rentrant chez elle.*

— Continuez, insista Stéphane en voyant que la jeune femme faiblissait.

— Mais quelque chose me tracassait. Je n'arrivais pas à dormir, j'ai mis un moment avant de savoir ce qui me préoccupait.

Stéphane trépignait. Il voulait entrer dans l'appartement.

— La porte de sa chambre était fermée.

— À clé ?

— Non, juste fermée. D'habitude, elle se couche toujours en laissant sa porte ouverte. Je supporte d'ailleurs ses ronflements... Mais si j'avais su qu'hier soir, c'était la dernière fois que je les entendais...

Élise se remit à sangloter. Elle ravala sa salive et reprit son récit.

— Comme je n'avais pas vraiment eu de ses nouvelles durant la soirée, je suis allée m'assurer que tout allait bien. Et c'est là que je l'ai trouvée.

Stéphane la fit patienter dehors et se rendit à l'intérieur de l'appartement. À l'exception de Zeim, personne n'était encore entré en attendant l'arrivée de la scientifique. Il dut arriver jusqu'à la chambre pour découvrir la scène de crime. Ce qu'il vit était loin de le ravir, mais aurait pu fournir un scénario de film ou de polar. Maryse Brunet était étendue, nue sur le lit, les membres reliés aux quatre coins par une corde, un foulard enfoncé dans la gorge.

*** 

Candice débeula dans la salle de réunion de la gendarmerie comme un chien dans un jeu de quilles. Le briefing avec l'ensemble des officiers venait de se terminer et elle était furieuse de ne pas avoir été de la partie en apprenant qu'un nouveau meurtre avait eu lieu.

— Vous auriez quand même pu me réveiller commandant ! dit-elle en remontant le col de sa veste. Je me suis sentie drôlement seule dans la salle du petit déjeuner tout à l'heure.

— Pour faire quoi exactement ? Vous avez apporté la preuve de votre utilité dans cette enquête ?

L'ambiance était pesante et Candice vit que Stéphane n'était pas d'humeur à plaisanter. Cette dernière jeta un œil à Zeim, surveillant sa réaction face à la façon dont il venait de la moucher, mais là encore, l'heure n'était pas à ce genre de considération. Elle se ravisa, préférant s'asseoir dans un coin en attendant que l'orage passe.

— Je pense que tu peux appeler le juge et lui demander de libérer Louis Laurac, continua Stéphane.

— Tout doux, nous ne sommes pas sûrs qu'il n'y soit pour rien dans le meurtre de la pharmacienne, répondit Zeim.

— Tu plaisantes ? On a un deuxième homicide, visiblement réalisé avec le même mode opératoire que le précédent, avec une scène de crime méticuleusement nettoyée à nouveau. Laurac était en cellule pendant qu'il a eu lieu et je ne crois pas beaucoup à la thèse du copycat ! Tu te ridiculiserais si tu le gardais une heure de plus en garde à vue.

— On dirait que ça te fait plaisir qu'il soit innocent !

— Pas particulièrement, mais je sentais qu'il n'y était pour rien...

— En attendant, on est dans la merde. Là, ça va faire un bruit du tonnerre et il va falloir que nous soyons très efficaces. Pour le moment, on n'a toujours aucune trace à entrer dans le FNAEG[4]... Stéphane, tu me reprends tout à zéro, tu interroges un par un chaque habitant de cette putain de ville ! Pendant qu'ils faisaient le pied de grue devant la gendarmerie hier, il y en a un qui s'amusait à étouffer une patronne de bar !

Stéphane sentait que l'affaire mettait Zeim dans un état qu'il n'avait pas connu souvent auparavant. Ils étaient vraisemblablement en face d'un tueur en série qui en voulait aux femmes avec un mode opératoire bien précis et une signification particulière pour lui. De quoi provoquer la panique au sein de toute la communauté féminine de la ville. De quoi mettre en panique toute la ville et même au-delà.

— Est-ce que je peux me permettre une question ?

La voix de Candice venait de résonner dans la pièce. Stéphane et Zeim se retournèrent en même temps vers elle.

— Au risque de ne pas paraître plus utile qu'à l'accoutumée, avez-vous réalisé des prélèvements sur les portes d'entrée des appartements ?

---

4    N.D.A. : le FNAEG est l'acronyme du fichier national automatisé des empreintes génétiques.

153

— Bien sûr ! Pas de trace d'ADN ni papillaire sur les poignées et les montants, répondit Zeim.

— Je pensais plutôt à des traces auriculaires comme celles que laisseraient les cambrioleurs avant de pénétrer chez quelqu'un. Vous ne croyez pas qu'ici, il y a de grandes chances pour que votre tueur ait collé son oreille sur la porte pour vérifier qu'il n'y avait personne ? D'autant plus qu'il semble commettre ses meurtres en pleine journée à une heure où n'importe qui pourrait vouloir rendre visite à ses victimes...

Zeim était dans l'incapacité totale de répondre à la question, mais il essaya de faire bonne figure.

— J'ose espérer que l'équipe y a pensé, mais effectivement, je n'ai pas vu passer de trace auriculaire dans le dossier. J'appelle tout de suite pour me renseigner.

Le procureur quitta la pièce, laissant Candice face à la paire d'yeux interrogateurs de Stéphane.

— Et qu'allez-vous en faire de cette trace d'oreille ? C'est comme une empreinte digitale, si on ne peut l'associer à personne, elle n'est qu'un élément supplémentaire au dossier, rien d'autre, tenta-t-il de la déstabiliser.

— Quand j'étais à Lyon, ils travaillaient beaucoup sur le sujet et de nombreux agents se formaient à l'étude sur ce genre de traces. Aujourd'hui, on est en mesure de dire que chaque oreille est unique, autant que peut l'être une empreinte digitale. Le tueur peut présenter une pavillon avec une caractéristique particulière comme un piercing, un lobe plus court, plus long que la moyenne ou que sais-je encore.

Stéphane resta sans voix. Quelques instants plus tôt, il lui avait clairement fait comprendre qu'elle n'avait rien à faire ici et la voilà qui dégainait un élément potentiellement intéressant auquel personne n'avait pensé jusque là.

Zeim refit irruption dans la salle de réunion.

— Une équipe revient prélever sur les portes des deux appartements ! Vous aviez raison, mademoiselle Pasquier, rien n'avait été fait. Il faut espérer que les traces, si elles existent, ne soient pas trop dégradées.

— Pas la peine de s'emballer non plus... On ne va pas résoudre l'affaire avec ça ! répliqua Stéphane, pragmatique.

— Et pourquoi pas ? continua Zeim.

— Parce que cela ne constituera pas une preuve et tu le sais ! Maintenant si tu veux bien, je vais aller interroger un par un tous les habitants comme tu me l'as demandé.

Vexé, Stéphane quitta la salle de réunion, suivie de Candice, déterminée à faire une mise au point définitive avec le commandant.

\*\*\*

— Vous ne trouvez pas votre attitude puérile, commandant ?

Candice marchait au pas de course derrière Stéphane qui regrettait déjà de s'être enfui aussi rapidement. Mais il n'était pas question pour lui de perdre la face devant la jeune femme.

— Pardon ?

— Votre réaction à l'instant ! Nous sommes une équipe n'est-ce pas ?

— Vous essayez de nous faire croire que nous ne savons pas faire notre métier, et cela m'exaspère à un point que vous n'imaginez même pas !

— C'est vous, qui de bon matin, m'avez agressée en

me reprochant d'être inutile ! Voilà que je tente d'apporter ma pierre à l'édifice et cela ne vous convient pas non plus ! L'autre soir lorsque nous avons discuté, j'avais l'impression que vous n'étiez pas le stéréotype du flic macho et imbu de sa personne. Mais je me suis trompée on dirait !

Stéphane savait qu'il n'était pas sur un ring de boxe. Candice lui avait pourtant asséné un bel uppercut du droit, suivi maintenant d'un crochet du gauche qui le laissait K.O.. Il préféra fuir la conversation, convaincu qu'il ne parviendrait pas à se montrer digne après ça.

Il arriva en ville où les voitures de presse s'étaient multipliées à une vitesse incroyable. Vosges Matin côtoyait désormais BFM TV et France 24. Quelques journalistes reconnurent Stéphane et accoururent vers lui en l'inondant de questions. Il prit soin de toutes les éluder et trouva refuge dans un autre bar de la ville, le Jeanne d'Arc étant encore mis sous scellé pour les besoins de l'enquête.

Le calme de l'endroit tranchait avec l'effervescence de la rue. Un poste de télévision était allumé sur une grande chaîne d'information et diffusait en boucle les portraits d'Andrée Chanteuil et de Maryse Brunet. Apparaissait également par intermittence, celui de Louis, qui selon les dires des journalistes, allait être libéré d'une minute à l'autre. Stéphane dodelina de la tête ; ces gratte-papiers en savaient déjà plus que lui sur l'enquête. Il s'installa au comptoir et commanda un café. Il ne remarqua pas tout de suite Élise, enfoncée dans un canapé au fond de la salle, juste en dessous de la télévision. Lorsqu'il la vit, il lui proposa de la rejoindre. Elle accepta.

— Vous ne devriez pas rester seule ici, mademoiselle. Vous n'avez pas de la famille ou des amis qui pourraient vous soutenir ?

— Oh ! Vous savez, ma mère n'était pas la bienvenue dans le cercle familial... Elle avait son caractère, vous l'aurez sans doute remarqué. Quant à moi, je travaille beaucoup, alors pour ce qui est d'avoir des amis...

Stéphane était touché par la fragilité non dissimulée de la jeune fille. Elle apportait une note de fraîcheur au café Jeanne d'Arc et c'était une des raisons qui convainquaient les clients d'y revenir, Stéphane y compris. La mauvaise humeur de sa mère n'avait pas d'emprise sur sa joie de vivre et malgré les circonstances, elle gardait une marque d'espoir sur son visage à travers son petit sourire carminé et ses pommettes rosées.

— Commandant, est-ce que vous savez qui a pu faire une chose pareille ?

— Je m'emploie à le trouver... même si ici, face à ma tasse de café, je n'en donne pas l'impression, répondit Stéphane en tenant une note d'humour.

Élise sourit. De légères fossettes se dessinaient sur ses joues, plissant doucement ses yeux bleus pailletés.

— Ma mère était... spéciale, mais elle n'avait pas d'ennemis. Elle ouvrait son établissement tous les matins et le fermait tous les soirs. Rares étaient les fois où elle ne venait pas. Hier, je ne me suis pas inquiétée, car elle m'avait dit se sentir un peu fatiguée et n'était plus toute jeune. J'aurais dû aller m'assurer que tout allait bien... J'aurais peut-être pu la sauver...

Elle soupira en retenant les larmes qui montaient vers ses yeux.

— C'est très important de tenter de vous souvenir du moindre détail qui pourrait nous aiguiller vers quelqu'un. Même si c'est insignifiant pour vous.

— Je vais essayer commandant, promit Élise.

Stéphane fut soudain déconcentré par la voix criarde

d'un journaliste qui se disait « envoyé spécial » sur Mirecourt pour une chaîne parisienne.

« *Je me trouve ici, à Mirecourt, une petite ville tranquille de près de cinq-mille-cinq-cents habitants en proie à un sordide tueur en série. Les enquêteurs, qui soupçonnaient Louis Laurac du premier crime, se retrouvent dans l'impasse avec un deuxième meurtre commis alors même que leur suspect numéro un se trouvait sous les verrous. De quoi alimenter les peurs les plus vives au sein de cette ville que l'on surnomme "la cité des luthiers".* »

Stéphane pestait. Ce journaliste faisait passer les enquêteurs pour des imbéciles et cela semblait lui faire plaisir.

« *Il est à noter que la ville abrite l'hôpital Vuillaume. Un établissement, connu pour soigner diverses pathologies psychiatriques, des plus courantes aux plus dangereuses. Certains patients bénéficient de sorties et peuvent se promener librement dans les rues, sans surveillance. Les deux meurtres sont-ils l'œuvre d'un habitant sans histoire de la ville ou le délire d'un malade de l'hôpital Vuillaume ? C'était Victor Klein, pour IDF1.* »

Stéphane eut un soubresaut en écoutant les paroles du journaliste. Pourquoi n'avait-il pas pensé à chercher plus tôt de ce côté ? Il entendit alors quelques clients réagir.

— Et voilà, ça m'aurait étonné qu'on ne finisse pas par parler de Vuillaume...

— Je ne vois pas ce qu'il y aurait de surprenant à ce que ce soit un malade de là-bas, il en traîne dans toutes les rues ici !

— C'est un peu facile de tout mettre sur le dos de l'hôpital ! On n'en sort pas comme ça ! Et ma sœur qui y bosse dit que c'est l'endroit le plus surveillé qu'elle connaisse !

Élise frissonna à l'idée qu'un patient puisse s'en être pris à sa mère. Situé au nord de la ville, l'hôpital n'avait pas excellente réputation auprès de la population. Certains en avaient peur, d'autres pensaient qu'il ne servait que de centre de désintoxication. Bien souvent mal renseignés, les habitants étaient coutumiers des raccourcis en tout genre et comprenaient très peu son véritable intérêt. Quoi qu'il en soit, sa présence faisait les choux gras de la presse qui avait trouvé là matière à faire enfler les polémiques concernant cet établissement.

Stéphane remercia Élise et retourna à la gendarmerie pour prendre des informations sur cet hôpital dont il n'avait jamais entendu parler.

— C'est vrai qu'il n'a pas bonne réputation, confirma Legendre. Mais pour connaître certains membres du personnel, je trouve qu'ils font un travail admirable.

— Vous savez s'il héberge des patients dangereux ? Je veux dire, réellement dangereux ? insista Stéphane.

— Vous voulez dire du genre à tuer de vieilles femmes en les attachant aux quatre coins de leur lit et en leur enfonçant un foulard dans la gorge, c'est ça ?

— Par exemple...

— Je n'en sais rien. Vous devriez aller interroger Théodore Bassompierre. C'est le directeur de l'hôpital, il pourra sûrement vous renseigner mieux que moi.

— J'y compte bien, merci Simon.

Stéphane enregistra les coordonnées GPS de l'établissement dans son téléphone et se dirigea vers sa voiture. Assise sur les marches d'escalier de la gendarmerie, Candice réservait un billet de train pour rentrer à Nancy. Mais elle pesta en voyant que le trajet se faisait surtout en autocar.

— Je vais à l'hôpital Vuillaume, vous venez avec moi ? lui demanda-t-il en guise de trêve.

— Merci non, je préfère vous laisser travailler tranquillement. Je ne voudrais pas vous polluer avec mes idées au cas où celles-ci pourraient vous aider, ironisa-t-elle.

Il s'assit près d'elle.

— Je m'excuse pour tout à l'heure. Ma réaction était ridicule, je le conçois. J'ai été vexé par votre intervention qui peut effectivement nous être utile.

— C'est déjà bien de le reconnaître, répondit-elle en rangeant son téléphone dans sa poche. Qu'allons-nous faire à l'hôpital Vuillaume ?

— Je vous en parle en route ?

— Ce n'est pas un peu stéréotypé de croire qu'il y a un lien entre un hôpital psychiatrique et une série de meurtres lorsqu'ils ont lieu dans la même ville ?

— Sans doute oui, mais on doit vérifier.

## 20

Julien avait ouvert les yeux quelques minutes plus tôt, mais les avait refermés aussitôt. Pourtant, les rayons du soleil fendaient les nuages depuis une heure, mais il ne parvenait pas à sortir de sa torpeur malgré le froid givrant qui perçait son couchage et lui piquait les membres.

Une masse chaude déboula et lui mouilla le visage, l'obligeant à s'extraire de son amas de couvertures. Il ouvrit les yeux et se trouva face à la truffe humide d'un beagle excité par sa découverte.

— Ju, qu'est-ce que tu fais là ?

Julien se redressa et reconnut le Tondu accompagné d'Aria, son fidèle chien de chasse. Devant lui, se dégageait peu à peu la vue sur Offroicourt qu'il aimait tant, depuis le pied du grand marronnier. Il pensait pourtant être à l'abri du monde dans cet endroit éloigné de tous les sentiers. Mais c'était sans compter sur le flair aiguisé d'un chien dressé pour renifler la moindre vie animale.

— Salut le Tondu...

Julien peinait à se réveiller. Ses mains étaient glacées et il sentait à peine ses orteils.

— Mais tu as dormi ici ? Avec ce froid ? Tu es

complètement fou !

— Disons que j'ai eu besoin de me rafraîchir les idées...

Julien ne percevait aucune animosité ni aucun jugement dans la voix du Tondu. N'importe qui l'aurait harcelé de questions pour savoir ce qu'il faisait là, mais sans pour autant être diplômé de psychologie, le Tondu avait tout de suite compris.

— Viens boire un café chez moi, tu dois être gelé.

Julien se releva péniblement tandis qu'Aria continuait à tourner autour de lui en jappant.

Il habitait une petite maison à l'écart du village. Julien s'y était arrêté une fois ou deux en compagnie de Louis, mais n'avait pas été au-delà des quelques mètres de pelouse qui précédaient le porche de l'entrée de la maison.

En éternel célibataire, le Tondu ne s'était pas attardé sur la décoration, mais Julien fut surpris de découvrir un intérieur cosy et lumineux. Les murs étaient blancs et la large baie vitrée du salon offrait une ouverture agréable sur l'arrière de la maison et sa terrasse aux pavés couleur sable. Les tableaux dénichés dans les vide-greniers côtoyaient ceux que l'on trouvait dans les grandes enseignes de décoration, mais l'ensemble n'en était pas moins harmonieux. Une alternance de mobilier aux styles rustique et contemporain meublait la pièce et à l'exception de la petite pellicule poussiéreuse qui les recouvrait, la maison était plutôt propre.

Instantanément, Julien se sentit bien dans cet endroit qui lui était pourtant inconnu quelques minutes auparavant. Il songea que dans une telle maison, sa relation avec Sophie se serait nettement moins dégradée. Mais aujourd'hui, l'heure n'était plus à des considérations d'ordre décoratif.

Les deux hommes n'avaient pas échangé un mot depuis leur départ du grand marronnier. Le Tondu invita Julien à s'asseoir à la table de la salle à manger, tandis qu'il préparait de quoi le réchauffer dans une cafetière italienne.

— Tu peux rester ici si tu veux. La maison n'est pas très grande, mais pour deux, ça suffira largement, si tu n'es pas contre le fait de dormir sur un clic-clac, lança le Tondu en indiquant le canapé du salon d'un mouvement de tête tout en versant le café dans deux tasses en porcelaine aux motifs floraux.

— C'est gentil, mais je ne veux pas déranger, continua Julien.

— Ne t'en fais pas. On a tous besoin d'un petit coup de pouce pour repartir du bon pied. Je me doute que tu ne comptes pas t'installer ici définitivement !

Julien esquissa un sourire. Il appréciait la discrétion du Tondu et estima qu'il lui devait tout de même quelques explications.

— C'est vrai que c'est un peu compliqué avec Sophie en ce moment. On s'est beaucoup disputés ces derniers temps et l'arrestation de Louis n'a rien arrangé.

— J'ai entendu dire qu'il devrait bientôt sortir. Cela devrait vous aider à renouer, poursuivit le Tondu.

— J'espère...

Julien but une gorgée de café qui lui brûla l'œsophage. Il grimaça avant de se murer à nouveau dans le silence.

— Tu sais Ju, je n'ai jamais été très doué avec les femmes. Pourtant, je sais ce que c'est d'aimer. Je sais aussi reconnaître les gens qui s'aiment. Toi et Sophie, vous vous aimez, j'en suis sûr.

— Oui, tu dois avoir raison...

— J'ai raison ! J'imagine que ça n'a pas été facile pour toi de débarquer ici. Louis est mon ami, je le connais depuis toujours, mais pour un gars de la ville comme toi, ce devait être un sacré choc que de te retrouver sous le même toit que lui !

Julien souriait franchement. Jamais il n'aurait pensé tenir un jour une telle conversation avec le Tondu. De toute la bande, c'était celui avec lequel il s'était toujours senti le plus à l'aise. Sans aller jusqu'à en faire son confident, il regrettait de ne pas avoir brisé la glace plus tôt entre eux. Même si le Tondu était de vingt-cinq ans son aîné, il aurait sans doute pu passer de bons moments à bavarder. Malgré les rides qui lui creusaient un visage encadré par de longs cheveux noirs, il arborait un air jovial en toutes circonstances.

— Louis n'est pas méchant. C'est juste que nous ne sommes pas du même monde...

— Tu dois te battre pour récupérer Sophie. Je l'ai vu grandir cette petite et c'est une fille bien. Toi aussi, tu es un gars bien Ju. Mais tu dois dépasser tes craintes et prendre confiance en toi. Une femme a besoin d'avoir un homme qui la porte, la transporte.

— Tu as l'air de maîtriser le sujet on dirait, ironisa Julien, ne connaissant aucune conquête au Tondu.

— Ah ah ! Ne te moque pas ! J'en ai eu des femmes dans ma jeunesse ! Et je sais aussi pourquoi elles ne sont pas restées.

— Et pourquoi ?

— Parce que je n'avais pas assez de force pour les porter justement...

— Je ne comprends pas...

— Tu me fais un peu penser à moi quand j'avais trente-cinq ans de moins. À l'époque, ça ne m'intéressait pas de fonder une famille ou de m'installer avec une femme. J'avais des petites copines, mais je ne me souciais pas vraiment d'elles. Je les fréquentais, histoire de tirer un coup de temps en temps si tu vois ce que je veux dire...

— Oui, je pense...

— Jusqu'à ce que je rencontre une femme. LA femme. Pour une fois, je ne m'intéressais pas qu'à la taille de sa poitrine ou à l'harmonie de ses courbes. Elle n'était d'ailleurs pas très jolie si je devais être très objectif. Mais moi, je la trouvais magnifique. Quand je la regardais, mes tripes frissonnaient. Elle était une source de fascination permanente pour moi. Elle avait des yeux qui m'attrapaient instantanément et ne me lâchaient plus. Je ne comprenais pas ce qui l'attirait chez moi et cela me paralysait. Les premières semaines furent douces et je baignais dans un océan de bonheur.

Le Tondu interrompit son récit. Il se leva et se dirigea vers un des tiroirs du buffet du salon pour en ressortir une toute petite enveloppe carrée. Elle contenait une photographie prise avec un appareil instantané. Elle représentait une femme accompagnée d'un homme qui était vraisemblablement le Tondu, reconnaissable à ses longs cheveux noirs qu'il arborait déjà à l'époque. Il était semblable à lui-même, à l'exception des rides nettement moins marquées. Derrière, l'inscription « Côte d'Azur, 2000 » indiquait que la photographie avait été prise probablement lors d'un week-end ou de vacances qu'il avait passées avec celle qu'il considérait comme la femme de sa vie. Julien découvrit le visage qui avait tant fait chavirer le cœur du Tondu. Malgré des traits fins, elle n'était pas d'une beauté redoutable. Mais elle avait des yeux d'un bleu éclatant, entourés de longs cils qui attiraient immédiatement le regard. Un carré plongeant impeccablement coiffé encadrait des joues à la peau blanche comme le lait et parsemée d'une multitude de taches de rousseur. Ses épaules dénudées laissaient entrevoir un physique un peu rond. Le Tondu et elle étaient très proches sur cette photo et leurs sourires ne trompaient pas : ils étaient sincèrement heureux.

— Que s'est-il passé ensuite ? interrogea Julien.

— Au bout de quelques semaines, j'ai senti qu'elle attendait beaucoup de moi. Elle ne me le disait pas directement, mais elle laissait échapper ses projets de famille, de maison, au détour des conversations que l'on avait. J'avais l'habitude d'être volage, mais depuis que je la connaissais, je n'avais jamais eu envie d'aller voir ailleurs. Je me sentais vraiment bien avec elle. Elle était douce, compréhensive. Elle m'avait percé à jour comme personne. Pourtant, je n'étais pas capable de lui donner ce qu'elle attendait. Cela m'a fait peur. Alors j'ai recommencé à déconner...

— À déconner ?

— Je l'ai trompée... Plusieurs fois et volontairement. En fait, je ne voulais pas qu'elle me voie comme l'homme de sa vie, car je n'étais pas prêt à l'assumer. M'installer avec une femme me terrorisait. Avoir des enfants, n'en parlons pas.

— Pourquoi ne l'as-tu pas quittée ?

— J'en étais incapable... Je ne voulais pas être celui qui briserait ce lien magique qui nous unissait. Et puis ce qui devait arriver arriva... J'étais anéanti. Pourtant tout était de ma faute, je le savais. Mais je n'ai compris qu'après son départ que j'étais passé à côté de la femme la plus merveilleuse qu'il soit. Je n'avais pas pris la pleine mesure de ce qu'elle représentait. Et quand pour la première fois, j'ai ressenti la douleur d'être quitté par quelqu'un que l'on aime vraiment, j'ai su que j'avais fait la plus grosse connerie de mon existence.

— Tu n'as pas cherché à la revoir ?

— Elle est partie sans laisser d'adresse. J'ai essayé de la joindre plusieurs fois, mais son numéro était aux abonnés absents. Elle m'avait rayé de sa vie sans me donner aucun espoir de la retrouver.

Julien percevait l'émotion dans la voix du Tondu. Il n'avait certainement pas dû raconter souvent cet épisode sentimental, mais le souvenir de cette femme était éternellement gravé dans sa mémoire.

— Je pensais pouvoir ressentir ces mêmes sensations, mais ce n'est jamais plus arrivé. Je crois que le véritable amour, on ne le rencontre qu'une fois. Elle est terriblement banale mon histoire, mais regarde-moi aujourd'hui ! Je n'ai pas de femme qui se soucie de moi lorsqu'elle se lève le matin, personne qui s'inquiète quand je ne vais pas bien, personne qui prend de mes nouvelles si je m'éternise pour rentrer. Je suis seul comme un con et c'est de ma faute.

— Tu peux encore rencontrer quelqu'un...

— Tu es gentil Julien, mais tout de même... J'ai bientôt soixante balais, je n'aurai jamais d'enfants. C'est cuit pour moi. J'ai tout fait pour que les femmes ne s'attachent pas et voilà le résultat. Je suis et resterai seul jusqu'au cercueil.

Julien était touché par les confidences de cet homme qui venait de se livrer sans détour pour lui faire passer un message : celui de ne pas laisser partir la femme que l'on aime, sous peine de le regretter jusqu'à la fin de ses jours.

— La suite t'appartient, Ju. Si Sophie est celle qui fait frissonner tes tripes et t'attrape avec le regard, alors ne la laisse pas s'échapper.

Le Tondu se releva et partit remettre l'enveloppe et sa photo dans le tiroir. Puis il quitta la pièce, abandonnant Julien face à ses réflexions.

Sophie était-elle celle qui le faisait frissonner ? En se remémorant leurs débuts, il se souvint à quel point il était bien. Son passé avait été tourmenté et il avait retrouvé une forme de plénitude avec elle. Mais aujourd'hui, la situation avait bien changé. À quel moment les choses avaient-elles chaviré ? N'était-il pas maintenant trop tard pour recoller les morceaux ? La dernière page de leur histoire ne serait-elle pas déjà écrite ?

*** 

Julien se réveilla en sursaut. Il avait toujours l'impression d'avoir les membres engourdis par sa nuit passée dans le froid et il était pourtant trempé de sueur. Il regarda autour de lui, complètement désorienté. Il s'était assoupi sur le canapé du Tondu qui s'affairait à couper du bois à l'extérieur.

Après leur échange inattendu, Julien avait décidé de se reposer un moment. La nuit avait été de courte durée, car il avait passé plus de temps à essayer de se réchauffer qu'à dormir. Les températures presque hivernales avaient rapidement envahi son couchage et les trois épaisseurs de vêtements ainsi que les deux couvertures n'y avaient rien changé. Mais il n'était pas question pour lui d'aller à l'hôtel. Fermer les yeux dans un lieu inconnu était une source d'angoisse pour Julien qui avait préféré de loin grelotter au pied du grand marronnier. Là-bas au moins, il se sentait à l'abri.

Étrangement, il se sentait également en sécurité chez le Tondu. Julien se leva et regarda par la baie vitrée du salon. Le Tondu était au fond du jardin et fendait des bûches à coups de hache, pendant qu'Aria batifolait en formant de grands cercles autour de son maître.

Julien avait accepté sa proposition de rester dormir chez lui le temps que la situation s'améliore avec Sophie. Il se demandait pourquoi le Tondu n'avait pas retrouvé quelqu'un. Malgré les apparences, c'était un homme sensible et la photographie qu'il avait vue révélait une personnalité plutôt charmante. En l'attendant, Julien alluma la télévision. Sur presque toutes les chaînes était diffusé un flash spécial traitant des deux meurtres qui avaient eu lieu à Mirecourt à quelques jours d'intervalle. Toute la ville semblait secouée et pourtant Julien ne ressentait aucune émotion en écoutant les récits exagérément dramatiques des journalistes qui se succédaient derrière les micros. Sur les plateaux des chaînes d'information continue, différents spécialistes avançaient leurs théories sur l'identité présumée du tueur, sa psychologie et même son passé. Psychiatres, pseudo-profileurs, criminologues, victimologues... Tous exposaient des hypothèses aussi fantaisistes qu'alarmistes pour parler de celui ou celle qui s'en prenait aux vieilles dames et qui courait toujours dans la nature. À l'écoute de tels propos, les habitants de Mirecourt et de ses environs ne pouvaient être que paniqués.

Brièvement, la libération de Louis fut évoquée. Il était sorti quelques heures plus tôt sous les flashs des journalistes et les applaudissements de quelques soutiens anonymes qui l'avaient toujours cru innocent. Sur toutes les images, son beau-père semblait mal à l'aise. Ses traits étaient tirés, plus que d'ordinaire, et il était visiblement très fatigué. On voyait Louis descendre les marches de la gendarmerie. On voyait Louis mettre sa main devant son visage. On voyait Louis monter dans un taxi. On voyait l'avocat de Louis lever les bras au ciel en scandant que la justice triomphait toujours. On voyait le taxi de Louis s'éloigner. Et tout le monde s'extasiait de ces images montrant la détresse d'un homme qui venait de passer plusieurs jours sous le feu des questions des enquêteurs.

Julien éteignit la télévision et lentement, se rallongea

sur le canapé avant de s'assoupir à nouveau.

## - 21 -

— Qu'espérez-vous trouver à l'hôpital Vuillaume ? interrogea Candice, les yeux rivés sur son smartphone qui bipait régulièrement depuis plusieurs minutes.

— Je veux faire connaissance avec cet endroit dont je n'avais jamais entendu parler depuis le début de cette enquête. Pourquoi diable ne m'a-t-on pas dit que cet hôpital existait ? grogna Stéphane.

Candice ne répondit pas, l'esprit absorbé par le flot de SMS qu'elle recevait. Stéphane jeta un œil curieux sur son écran, mais il n'aperçut qu'une succession d'icônes aux logos plus ou moins familiers.

— Je disais que je ne comprenais pas pourquoi on m'avait caché l'existence de cet hôpital psychiatrique, insista-t-il.

— On ne vous l'a pas caché, vous ne vous y êtes tout simplement pas intéressé, dit-elle en regardant pour la première fois la route depuis leur départ.

— Et comment pourrais-je m'y intéresser si on ne m'en parle pas ?

— Je ne sais pas, c'est vous l'enquêteur, pas moi.

Candice rebaissa les yeux. Son portable venait de sonner à nouveau. Stéphane se demanda s'il devait lui poser la question de l'expéditeur de tous ces messages.

Mais il avait peur d'être trop intrusif. En même temps, elle ne semblait pas faire beaucoup d'efforts pour les cacher, alors il se lança.

— Des ennuis ?

Elle ne répondit pas, continuant à tapoter frénétiquement sur son téléphone.

— Candice ? Tout va bien ?

— Hein ? Pardon, oui ça va... Ou plutôt pas vraiment, mais ça va passer.

C'était la première fois que Stéphane sentait la jeune femme aussi fébrile. Peut-être que l'image qu'elle consentait à montrer d'elle-même n'était qu'une carapace pour cacher sa sensibilité et ses angoisses. Stéphane avait eu d'autres compagnes avant son mariage, plus ou moins longtemps. Un jour qu'il avait un peu trop levé le coude, il avait fait le bilan de toutes ses conquêtes. Il s'était alors rendu compte que les femmes avec qui cela avait le mieux fonctionné étaient celles qui avaient le plus fort caractère. Non pas qu'il appréciait particulièrement être dominé, mais cela apportait du piquant à leurs échanges. Il trouvait assez plaisant de se fâcher pour une chaussette mal rangée ou un mot de travers, car cela amenait généralement à une réconciliation sous la couette. Son ex-femme ne dérogeait pas à la règle et leurs disputes avaient souvent été aussi brûlantes que leurs nuits. Chaque fois, Stéphane avait pu faire le constat que toutes ces femmes ne demandaient qu'à être protégées, car elles dissimulaient leurs blessures et leurs faiblesses derrière un masque de certitude et de confiance. L'une cachait un passé difficile refoulé, l'autre une sensibilité à fleur de peau qui la faisait fondre en larmes à la moindre contrariété. Que cachait Candice derrière le masque assuré de ses déclarations tranchantes ? Une chose était certaine, Stéphane commençait à le voir se fendiller.

Volontairement ou non, elle était en train de baisser la garde devant lui.

— Est-ce que je peux faire quelque chose pour vous ? insista Stéphane.

— Non, ça va aller, merci. Je vais éteindre mon téléphone, je crois que l'on approche de l'hôpital.

La voix du GPS venait de demander de tourner à gauche et Stéphane s'exécuta.

Jusqu'alors, ils avaient suivi la route qui traversait la ville vers l'ouest et qui menait aux quartiers pavillonnaires les plus aisés. Les maisons, pour la plupart de plain-pied n'étaient pas récentes, mais reflétaient un entretien permanent de la part de leurs propriétaires. Joliment aménagés derrière leurs clôtures, les extérieurs étaient soignés et inspiraient à la détente et à la relaxation. On pouvait facilement imaginer les beaux parterres fleuris l'été avec leurs lots de papillons au vol imprévisible et le gazouillis des moineaux dans les arbres alentour. La grisaille du centre-ville semblait bien loin dans ces quartiers où les enfants s'amusaient innocemment à faire du roller sur les abords de la route. Quand ils ne furent plus qu'à une centaine de mètres de l'hôpital, Stéphane fut surpris de ne pas déjà apercevoir un bâtiment austère et froid. En bifurquant à gauche, ils s'engouffrèrent dans une avenue aux trottoirs gravillonnés et surplombés de frênes. Au bout de celle-ci les attendait une maisonnette à la façade couleur crème et estampillée de la mention « Point information ». De part et d'autre, deux barrières levantes empêchaient tout passage sans y être autorisé. Là commençait la première différence entre un hôpital classique et un hôpital psychiatrique tel que se le représentait Stéphane. Pourtant, loin d'être sombres, les lieux étaient accueillants. Au-delà de la clôture grillagée qui prolongeait les deux barrières, on devinait un jardin à l'allure soignée qui précédait le bâtiment principal de l'hôpital.

Stéphane gara la voiture sur l'une des quatre places de parking situées devant la maisonnette. En sortant, ils sentirent immédiatement le piquant du froid sur leurs joues. Candice releva le col de sa veste et enfila son sac à dos sur ses épaules. Stéphane jeta un regard sur elle pendant qu'il remettait son écharpe autour de son cou. Elle semblait terriblement préoccupée, mais il n'osa pas relancer la conversation.

Ils s'approchèrent de la cahute où logeait le surveillant de l'entrée. En l'apercevant se frotter vigoureusement les mains, Stéphane devina qu'il ne devait pas avoir plus chaud qu'eux, malgré le convecteur électrique posé derrière lui. Emmitouflé dans une parka bleu foncé et coiffé d'une casquette de la même couleur, il parcourait avec attention les différents écrans de surveillance qui occupaient tout l'espace de son bureau. Le meuble lui-même encombrait près des trois quarts de la petite pièce, ce qui laissait assez peu d'amplitude à tous les autres gestes qu'il aurait été susceptible de réaliser. En voyant les deux inconnus, le surveillant d'une soixantaine d'années ôta les lunettes de son nez et ouvrit sa petite fenêtre coulissante, laissant apparaître une mine renfrognée et peu encline au dialogue.

— Bonjour monsieur, nous aimerions parler au directeur s'il vous plaît.

— Vous avez rendez-vous ?

— Non, mais je suis commandant de police et je viens pour les besoins de l'enquête sur le meurtre des deux femmes qui ont eu lieu à Mirecourt.

Stéphane était parti à la hâte et avait à peine anticipé sa visite. Il sortit sa plaque et la montra au surveillant, pas vraiment enthousiaste à l'idée de les laisser passer. Il attrapa son téléphone et tapota lentement sur quelques touches en regardant Candice et Stéphane, qui tremblotaient de l'autre côté de sa vitre, avec un air peu compatissant. Stéphane se demanda même s'il ne faisait pas exprès de mettre autant de temps à composer son numéro, qui devait très certainement être préenregistré, dans l'espoir de les voir se transformer en statut de glace sur place. Après qu'il eut appuyé sur cinq touches en prenant bien soin de les enfoncer correctement, une sonnerie d'attente résonna dans le combiné jusqu'aux oreilles de Stéphane qui commençait à taper du pied sur les graviers du chemin de l'entrée. Il jeta un œil par-dessus la barrière en direction du bâtiment principal de l'hôpital, situé plusieurs dizaines de mètres plus loin. Composé d'un corps et de deux ailes en retour d'équerre de part et d'autre, la bâtisse aux tuiles orangées présentait une façade symétrique avec pour axe central une imposante baie vitrée quadrillée de bois blanc qui s'étirait sur les deux premiers étages du bâtiment. Deux rangées d'une douzaine de grandes ouvertures parfaitement parallèles et alignées se déroulaient de chaque côté de la baie vitrée jusqu'aux extrémités des deux ailes. Un dernier étage beaucoup moins haut et aux fenêtres plus étroites achevait de donner de la prestance à ce bâtiment, probablement construit au début du siècle passé. Stéphane avait hâte d'y pénétrer, mais pas seulement pour les besoins de l'enquête : il faisait un froid de canard et le surveillant n'avait visiblement personne au bout du fil. Le policier montrait de plus en plus de signes de lassitude, notamment lorsque l'homme posa le combiné avant de recomposer toujours aussi lentement les cinq mêmes chiffres du numéro qu'il tentait de joindre. Candice, quant à elle, faisait preuve d'une incroyable patience. Les yeux dans le vague, elle paraissait totalement ailleurs. Finalement, quelqu'un décrocha. Le surveillant expliqua à son interlocuteur la visite, vraisemblablement peu attendue, des deux enquêteurs. Après de brefs murmures d'acquiescement, il reposa le combiné du téléphone sur sa base.

— Le directeur est absent. C'est la directrice des soins, Aline Sandré qui va vous recevoir.

En cachant un soupir de soulagement, Stéphane remercia l'homme qui appuya sur un bouton avant de remettre ses lunettes sur son nez et de reprendre la surveillance de ses écrans. La barrière d'accès au site se leva et Stéphane se dirigea vers l'hôpital sans attendre qu'elle arrive en haut.

— Attendez !

Stéphane se retourna et vit la tête de l'homme passer à nouveau par sa fenêtre.

— Même si vous êtes de la police, vous devez remplir le registre des visiteurs.

Ils s'exécutèrent et pendant que l'un griffonnait sa signature, le surveillant remettait à l'autre un badge « Visiteur ».

— Je peux vous ouvrir la barrière si vous souhaitez prendre votre véhicule, mais il faudra me donner votre plaque d'immatriculation avant.

— Merci, ça ira comme ça, je préfère m'y rendre à pied, répondit Stéphane qui tenait à s'imprégner de l'atmosphère du lieu.

Candice et Stéphane avancèrent sur l'allée qui menait vers l'hôpital. Celle-ci se séparait rapidement en deux artères qui entouraient un jardin à la française de près de soixante-dix mètres de large et d'une longueur deux fois plus grande. À l'image du bâtiment qui se faisait plus imposant à mesure que l'on s'en approchait, la symétrie régnait en maître dans ce petit jardin entouré d'une haie et de nombreux massifs de buis aux formes géométriques travaillées avec soin. Pas une branche ne dépassait l'autre. Pas une feuille même. Le feuillage persistant de ces arbustes permettait au lieu de garder son charme en hiver, là où les parterres de fleurs étaient les plus éteints et ne se devinaient que par les monticules qui reposaient entre chaque massif de buis. Une succession de topiaires en forme de boule et de pyramide s'enchaînaient jusqu'aux deux imposants cyprès qui encadraient de part et d'autre la baie vitrée du bâtiment. Inconsciemment, Stéphane et Candice empruntèrent chacun une artère différente. Ils avançaient au même rythme et malgré la distance et la haie qui ne laissait entrevoir que le haut du corps, Stéphane pouvait lire l'angoisse de Candice sur son visage qui avait le regard baissé sur ses baskets. Il se demandait ce qui pouvait autant la tracasser. La réponse était sûrement dans le téléphone qu'elle n'avait pas lâché des mains durant tout le trajet. Puis il se ressaisit en pensant que sa priorité devait avant tout être son enquête et les questions qu'il allait pouvoir poser à cette Aline Sandré, la seule à même de leur répondre pour le moment.

Avant d'approcher la double porte d'entrée en verre, Stéphane jeta un œil aux sculptures ornementales qui surplombaient la baie vitrée attenante. De gracieux motifs floraux étaient représentés et servaient de support aux lettres en fer forgé qui composaient la mention « HOPITAL VUILLAUME ». Son regard fut également attiré par les caméras qui quadrillaient les accès au bâtiment et il constata que de nombreuses autres étaient installées le long du jardin qu'il avait traversé. L'endroit était sous bonne garde et il ne doutait pas un seul instant que le vaillant gaillard de l'entrée gérait son système d'une main de maître.

Stéphane sonna à l'interphone, mais il n'eut pas le temps d'attendre une réponse que la lourde porte s'ouvrit sur eux.

— Aline Sandré. On m'a dit que vous veniez pour

enquêter sur les meurtres, c'est bien ça ?

Stéphane acquiesça et sortit une nouvelle fois sa plaque qu'il brandit devant le visage de la directrice des soins de l'hôpital. Elle les attendait de pied ferme, visiblement peu déstabilisée par l'enjeu de cette visite.

Le policier fut agréablement surpris d'avoir à échanger avec une femme d'une quarantaine d'années, aux longs cheveux roux et à la peau très claire. Une blouse blanche à manches courtes lui arrivait au milieu des cuisses et laissait entrevoir un tailleur couleur ébène. Elle ne devait que porter cette blouse de manière occasionnelle, à en juger par l'absence totale de plis sur celle-ci. Peut-être même l'avait-elle enfilée uniquement pour accueillir ses hôtes afin de les rassurer sur son implication au sein de la branche médicale de l'hôpital. Autour de son cou pendait une chaîne dorée au bout de laquelle se balançait une paire de lunettes aux verres rectangulaires cerclés d'une monture rouge rubis. Physiquement, elle avait tout d'une femme qui s'entretenait et qui occupait probablement son temps libre au jogging ou à une quelconque activité de fitness. Ses grands yeux verts toisèrent alors Candice et Stéphane qui pénétrèrent à l'intérieur du bâtiment sous son invitation.

La pièce dans laquelle ils entrèrent était immense. Il semblait enfin y avoir un semblant de vie dans cet hôpital alors qu'ils n'avaient croisé personne après avoir dépassé la maisonnette du surveillant. En face d'eux, un comptoir derrière lequel étaient installés deux agents d'accueil servait de point de renseignement et de standard. De part et d'autre de celui-ci démarraient deux escaliers menant chacun à l'étage du bâtiment et leurs marches se voyaient foulées par les allées et venues permanentes des membres du personnel de l'hôpital. Quelques pancartes pointées vers les nombreux couloirs et portes qui s'ouvraient sur la pièce indiquaient la direction à suivre pour aller à la blanchisserie, à la comptabilité, aux cuisines ou encore à la bibliothèque. Plusieurs canapés étaient disposés, toujours accompagnés d'une table basse trop petite pour accueillir la montagne de magazines périmés que comportait toute bonne salle d'attente qui se respectait. Les peintures des murs avaient été récemment refaites dans des teintes pastel, mais cela ne suffisait pas à masquer l'aspect désuet des lieux. À l'exception du mobilier et de la tenue du personnel, le manque de modernité et de fraîcheur se faisait cruellement ressentir. Un plafond démesurément grand servait de support aux nombreuses caméras de surveillance qui là encore, ne laissaient échapper aucun recoin de la pièce.

Au premier abord, Stéphane n'eut pas vraiment le sentiment de rentrer dans un hôpital. Sans les quelques soignants vêtus de leurs reconnaissables blouses blanches ou vertes, il aurait pu se croire à l'accueil d'un vulgaire hôtel.

Aline Sandré se posta droite au milieu de la pièce, au beau milieu du va-et-vient des membres du personnel. Elle manqua de se faire percuter par plusieurs d'entre eux qui avaient l'esprit occupé par les différentes tâches urgentes à réaliser.

— Je vous écoute, que puis-je faire pour vous ?

— Vous êtes sûre qu'on ne peut pas trouver un endroit plus calme pour discuter ? J'ai un peu peur de déranger. Votre bureau peut-être ? tenta Stéphane.

— Vous savez, mon bureau c'est les différentes unités dans lesquelles je travaille quotidiennement pour le bien-être de mes patients. C'est donc ici et partout à la fois.

Visiblement peu disposée à lui faire l'honneur d'un lieu moins animé, Aline Sandré consentit tout de même à se diriger vers l'un des canapés de la pièce, placé entre deux yuccas trop arrosés. Elle réajusta ses lunettes sur son nez et attendit les questions de Stéphane.

— Parlez-moi de cet hôpital. Quels types de pathologies soignez-vous ? commença Stéphane en faisant signe à Candice de prendre quelques notes.

— On y soigne un panel assez large de troubles mentaux comme la dépression, les troubles psychotiques, les états limites, la toxicomanie, les troubles obsessionnels compulsifs et j'en passe.

— Pour ça, vous... internez les patients ?

— Oui. On les enferme tous dans des cellules capitonnées avec camisoles de force. C'est un peu radical, mais terriblement efficace.

Stéphane et Candice levèrent les yeux en même temps en direction de la directrice des soins qui s'amusa du regard circonspect de ses interlocuteurs. Sa bouche jusque-là réduite à son minimum s'ouvrit en grand sur deux rangées de dents impeccablement blanches. Elle voulut rire à gorge déployée, mais se retint en voyant les yeux de quelques infirmiers tournés vers elle.

— Je plaisante évidemment ! Certaines pathologies nécessitent des séjours plus ou moins longs alors que d'autres peuvent être traitées à l'extérieur avec un suivi régulier auprès de nos médecins. Je ne vais pas entrer dans le détail du parcours de soin complet qui est, bien entendu, propre à chacun de nos patients.

Candice poussa un léger soupir de soulagement et reprit ses notes.

— Avez-vous des malades potentiellement dangereux ? continua Stéphane en inspectant du regard l'ensemble de la pièce.

— Vous voulez dire des individus capables de commettre des meurtres ?

— Par exemple.

— Oui bien entendu. Certains en ont d'ailleurs malheureusement à leur actif, mais ne peuvent pas aller en prison, car leur état mental ne leur permettrait pas une prise en charge correcte. Nous les accueillons ici, bien sûr, avec un protocole et un suivi spécial déterminés par une équipe soignante habilitée.

— Et ces patients, j'imagine qu'ils ne sont pas... mélangés aux autres ?

— Effectivement, ils sont hébergés dans une unité de soin qui permet de limiter les rencontres entre eux. Mais n'allez pas penser qu'un patient qui n'a jamais tué est moins dangereux qu'un autre.

— Que voulez-vous dire ?

— Tout le monde peut tuer.

Cette phrase, prononcée sur un ton étonnamment décontracté, glaça le sang de Candice qui voulait tout de même croire à une nouvelle plaisanterie de la part d'Aline Sandré. Mais il n'en était rien, car elle la répéta avec la même décontraction.

— Tout le monde peut tuer. C'est juste une question de contexte, de circonstances, d'enchaînement d'événements. Mademoiselle par exemple, vous êtes dans la police, donc vous ne vous imaginez pas enfreindre la loi. Il vous paraît peut-être impensable de voler un paquet de chewing-gums dans un supermarché ou encore de stationner sur une place réservée aux personnes à mobilité réduite. Cela irait à l'encontre de votre conscience professionnelle, voire personnelle. Alors, tuer quelqu'un, cela est totalement surréaliste à vos yeux, mais vous n'êtes pas pour autant protégée du fait de devenir un jour une meurtrière. Il suffit que des événements s'enchaînent correctement pour vous amener à commettre un geste fatal. Si vous êtes reconnue responsable de vos actes, vous finissez derrière les barreaux, sinon, vous pouvez atterrir dans un hôpital comme celui-ci. Vous n'en sortirez peut-être jamais, mais vous n'aurez pas les mêmes barreaux et de la visite chaque jour, au moins par l'équipe soignante.

Sandré fixait la stagiaire droit dans les yeux. Candice luttait pour ne pas vaciller et Stéphane vola à sa rescousse.

— En effet, dans ma carrière j'ai largement pu constater que derrière monsieur-tout-le-monde se cachait parfois un sanglant assassin.

— Alors pourquoi supposez-vous que votre coupable puisse se trouver parmi mes patients ? rétorqua Sandré en se tournant vers lui.

— Pensez-vous que l'un d'eux pourrait s'évader d'ici ? enchaîna-t-il délibérément.

— Vous ne m'avez pas répondu, commandant, insista-t-elle en soutenant le regard.

— Je préférerais continuer à poser les questions si ça ne vous dérange pas. L'heure n'est pas à un débat d'ordre médico-philosophique, car j'ai un meurtrier qui se promène dans la nature et c'est mon travail que d'étudier toutes les pistes.

— Et le mien consiste à protéger mes patients de toute agression extérieure pouvant perturber le bon déroulement de leurs soins !

Aline Sandré avait haussé le ton sans s'en rendre compte et cette fois, une grande partie des membres du personnel de la pièce avaient ralenti la cadence, surpris de la voir s'emporter.

— Excusez-moi, finit-elle par reprendre. J'ai eu beaucoup de travail ces derniers temps et votre visite m'a un peu... prise de court. Suivez-moi si vous le voulez bien.

Elle se leva et entraîna Candice et Stéphane vers un couloir indiquant « Administration » juste derrière le comptoir d'accueil. Ils le traversèrent complètement, faiblement éclairés par les lueurs qui émanaient des bureaux dont les portes étaient restées entrouvertes et Stéphane réalisa que le bâtiment qu'il pensait initialement être en U était prolongé par une autre aile, de taille beaucoup plus importante. La directrice ouvrit la porte qui se trouvait au fond du couloir et invita les deux enquêteurs à descendre les marches pour quitter le bâtiment. Ils se retrouvèrent à nouveau sur une grande place, là encore très arborée. Un chemin se dessinait devant eux. Celui-ci se séparait en trois voies : deux en arc de cercle de part et d'autre de l'édifice d'où ils arrivaient, et une en face. Tout au fond de cette dernière se trouvait un bâtiment qui servait aux accueils d'urgence. Derrière lui, des champs à perte de vue, et l'horizon, rien que l'horizon.

Les chemins en arc de cercle menaient aux différentes unités de l'hôpital. Stéphane comprit alors pourquoi il n'avait pas encore eu le sentiment d'être dans un milieu médical ; la grande bâtisse où ils étaient jusqu'alors était essentiellement réservée aux administrations et services de l'établissement. Les patients, eux, se trouvaient dans plusieurs bâtiments à deux étages répartis le long des chemins. L'hôpital s'étalait donc sur un immense terrain sous forme de bâtisses distinctes et n'avait pas l'allure d'un vulgaire bloc de béton comme l'avait imaginé le policier une heure plus tôt. Un soin tout particulier était apporté aux plantations qui jouxtaient les chemins, donnant un sentiment de plénitude au lieu. On devinait à nouveau, çà et là, des jardins à la française plus modestes, mais similaires à celui qu'ils avaient traversé en arrivant.

— Nous avons douze bâtiments, six d'un côté et six de l'autre, qui représentent chacun une unité de soin, avec une équipe de soignants attitrés qui se relaient nuit et jour. Je vous fais grâce de l'organigramme complet du site qui serait d'un ennui prodigieux pour vous. Les patients ne sont pas répartis selon leur pathologie contrairement à ce que vous pourriez croire, mais en fonction de leurs symptômes et de la durée des soins. Pour simplifier, un autiste pourrait tout à fait se trouver dans la même unité qu'un schizophrène parce qu'ils présentent tous les deux des troubles nécessitant une attention particulière. En revanche, comme vous l'avez fait remarquer, les patients qui ont les antécédents les plus dangereux feront l'objet d'une surveillance accrue et seront dans des chambres sécurisées si la situation le nécessite.

Aline Sandré semblait s'être détendue et continua plus longuement ses explications en pointant les différents bâtiments visibles devant eux. À travers son discours, elle se révélait être une véritable professionnelle passionnée par son métier.

— Quels sont justement les dispositifs de surveillance ? La surface de l'hôpital a l'air immense et l'espace entre chaque bloc très important. Vous parvenez à tout contrôler ?

— Le site est équipé d'un puissant système de vidéosurveillance, répondit-elle en pointant du doigt les différentes caméras qui étaient à portée de vue. Des agents scrutent les écrans 24 heures sur 24, sept jours sur sept.

— Je me permets donc de vous le demander à nouveau : est-ce qu'un patient s'est déjà évadé de l'hôpital ? continua Stéphane qui n'avait pas oublié que la directrice avait éludé la question quelques minutes plus tôt.

— Je préfère utiliser le terme de « fugue » plutôt que d'évasion. Comme vous pouvez le constater, les patients n'ont pas de raison de se sentir prisonniers. Certains bénéficient d'autorisation pour se promener dans ce parc, d'autres peuvent se rendre en ville. Nous autorisons même des permissions de sortie de courte durée dans le cadre d'une future réinsertion à la vie « normale ».

— Vous ne répondez toujours pas à ma question madame Sandré, insista Stéphane en vérifiant que Candice continuait de prendre correctement des notes.

— J'y viens commandant ! En plus de l'important champ de caméras qui surveillent toutes les entrées, les fenêtres sont équipées de détecteurs anti-fugues et nous avons en permanence deux vigiles le jour, et quatre la nuit qui effectuent des rondes. L'accès à nos unités est très strict et tout le monde ne peut pas aller partout, y compris parmi les équipes. Chaque membre du personnel possède un badge nominatif lui autorisant l'accès à un espace plus ou moins restreint dans l'hôpital. Ils doivent se déplacer en binôme afin d'éviter d'éventuelles mauvaises surprises et ne peuvent pas entrer quelque part sans que la base de données n'enregistre leur passage...

— Mais ?

— Notre personnel fait au mieux pour assurer la sécurité des patients, mais il n'est pas impossible que certains d'entre eux échappent à notre vigilance malgré toutes les précautions que nous prenons.

— C'est donc déjà arrivé que l'un d'eux « fugue » ?

— C'est arrivé, mais uniquement pour des patients qui bénéficiaient d'une autorisation de sortie en ville. La plupart ne voient pas le temps passer et ne reviennent pas à l'heure convenue à l'hôpital. Nous déclenchons alors le dispositif d'urgence pour les retrouver. Ils ne sont pas considérés comme dangereux ni pour autrui, ni pour eux-mêmes donc nous ne paniquons pas et généralement ils reviennent spontanément après leur avoir passé un coup de téléphone.

— Des patients ont-ils fugué récemment ? Ou certains d'entre eux auraient-ils pu bénéficier d'une autorisation de sortie dimanche et mercredi dernier dans l'après-midi ?

— Je vois où vous voulez en venir. Mais hélas, j'ai bien peur que vous ne vous soyez déplacé pour rien, car je n'ai pas entendu parler d'une quelconque absence anormale ces derniers temps. Quant aux autorisations de sortie, elles se comptent sur les doigts d'une main et certainement pas aux horaires qui vous intéressent.

— Vous en êtes sûre ? Les surveillants ne vous ont pas fait de retour sur des allées et venues suspectes ?

— Vous doutez de ce que je vous dis commandant ?

— J'aimerais simplement m'assurer que personne n'est passé à côté de quelque chose. Avec la routine, un élément peut vite nous échapper. Pourrais-je avoir accès à la salle de vidéosurveillance ?

— Je suis navrée, je n'ai pas l'autorisation pour cela. Il faudra attendre le retour du directeur.

— Quand revient-il ?

— Je l'ignore, désolée. Laissez-moi vos coordonnées et je l'informerai de votre visite. Maintenant, vous voudrez bien m'excuser, mais j'ai pris du retard dans mon travail et ici, tout est réglé comme du papier à musique pour que les soins restent parfaitement sous contrôle.

— Merci, madame Sandré, pour votre coopération, remercia Stéphane en lui donnant sa carte de visite.

Candice et lui prirent congé de la directrice et retournèrent à leur véhicule en passant par l'arrière du bâtiment afin d'en admirer davantage l'ampleur.

Cet hôpital était rempli d'un paradoxe qui laissait pensif. Ce lieu abritait des individus aux pathologies mentales parfois complexes voire dangereuses, mais il y flottait une atmosphère douce grâce à l'environnement soigné qui encadrait chaque bâtiment et les champs qui s'étendaient à perte de vue tout autour du domaine.

Ils quittèrent l'enceinte de l'établissement après avoir rendu leurs badges, sous l'œil toujours aussi peu enjoué du surveillant qui leur adressa un au revoir formel.

Malgré l'absence d'élément nouveau concernant l'enquête, Stéphane avait un sentiment d'inachevé et l'impression étrange que ce passage à l'hôpital Vuillaume n'était que le premier.

## - 22 -

Dimitri regardait le plafond de sa chambre. Il était composé de soixante-deux plaques et demie de polystyrène dont la couleur d'origine était, d'après ses suppositions, blanche. Il ne lui avait pas fallu beaucoup de temps pour les comptabiliser, mais quelques heures avaient été nécessaires pour énumérer les chiures de mouches qui les constellaient. À l'heure où certains pouvaient profiter d'un plafond parsemé d'étoiles phosphorescentes dans leur chambre la nuit, Dimitri avait cette chance de pouvoir compter et recompter un nombre incalculable de fois les excréments d'insectes le jour. En ce moment, il y en avait quatre-cent-trente-cinq. Ce nombre variait en fonction de la période de l'année. Parfois, la luminosité ne lui permettait pas de bien toutes les distinguer les unes des autres. Certaines disparaissaient, lessivées par le temps, pendant que de nouvelles étaient déposées par les diptères, surtout en période estivale. Il tenait à savoir à chaque instant combien (à une dizaine près) de points noirs couvraient son plafond presque blanc. Il s'octroyait parfois quelques jours de repos entre deux comptages, surtout lorsqu'il n'avait pas vu de nouvelle mouche hacher l'air de sa chambre. Bien souvent, et surtout l'hiver, c'était par ennui qu'il s'adonnait à cette activité. Cette journée de novembre ne faisait pas exception à la règle et il commença à compter les chiures, une par une.

Il entendit alors une clé se glisser dans la serrure de sa porte.

Romaric.

L'infirmier suivait Dimitri depuis plusieurs années et ne venait pas seul comme l'exigeait le protocole qui imposait aux soignants d'entrer par deux dans les chambres de l'unité. Mais Dimitri ne s'attardait pas sur le collègue qui changeait beaucoup trop souvent à son goût. Il préférait faire comme s'il n'existait pas et accordait toute son attention à son infirmier préféré.

Comme à chaque passage, devenu un véritable rituel, Romaric entra avec son chariot à tiroirs et les petits gobelets vides posés au-dessus s'entrechoquaient avec un léger bruit de frottement. Les roulettes léchaient le linoléum sur deux mètres pour venir cogner contre son lit et Romaric lui adressait un sympathique et convivial « Bonjour ! » avant de refermer la porte à clé.

Dimitri aimait beaucoup Romaric. Ils échangeaient quelques mots, voire plus quand ce dernier avait un peu de temps devant lui. Ils bavardaient de tout et de rien. Mais ils parlaient surtout de courses automobiles et de voitures de sport. Ils s'étaient trouvé ce centre d'intérêt commun lorsque Romaric était entré un matin dans sa chambre et avait vu les nombreux posters représentant des Peugeot 307 Rallye couvertes de boue et des Renault Clio IV RS englués dans des rivières. *Pas les plus belles, mais elles en ont sous le capot si on sait les manœuvrer !* avait lancé Romaric en amateur inconditionnel de rallyes. Ils avaient alors parlé carburateur, échappement, transmission, et cela avait égayé le quotidien routinier de Dimitri. Il lui faisait passer le dernier « Rallyes Magazine » dès qu'il avait terminé de le lire et cela lui permettait de renouveler régulièrement la décoration de sa chambre. Par procuration, Dimitri vivait chaque année le Rallye de la Plaine à travers le récit enjoué de Romaric qui assistait à la course d'aussi près que l'on pouvait l'espérer grâce à son grand frère, responsable de l'organisation. Dimitri avait eu la chance, lorsqu'il était enfant, d'être spectateur à une dizaine d'éditions de cette course qui avait lieu chaque année à la fin du mois de juillet et dont le départ se faisait en plein centre de Mirecourt. Chaque fois, il vivait ce moment comme un événement sacré, bien plus beau que Noël ou son anniversaire. D'ailleurs, il aurait volontiers troqué tous ses Noëls et tous ses anniversaires à venir pour assister chaque année à la course. En juillet dernier s'était déroulée la quarante-et-unième édition, et une nouvelle fois, Dimitri n'avait pas pu y assister. Tout comme il n'avait pas pu se rendre aux vingt éditions précédentes.

Mais depuis quelques jours, ce n'était plus les voitures qui animaient les sujets de conversation entre les deux hommes. Le meurtre de la pharmacienne était sur toutes les lèvres et était venu jusqu'aux oreilles de Dimitri qui ne cachait pas son intérêt pour l'affaire.

— Quétiapine, deux comprimés, Risperidone, un comprimé, récita machinalement Romaric en déblistérant dans l'un des gobelets les médicaments sous les yeux de Dimitri.

Ce dernier attrapa le gobelet que lui tendait l'infirmier et porta les comprimés à sa bouche.

— À la tienne ! lança Dimitri avant d'avaler une grande rasade d'eau.

Puis il découvrit l'intérieur de sa bouche et tira la langue.

— Parfait, répondit Romaric après en avoir inspecté

chaque recoin.

— Tu sais quand sera réparée la télévision de la salle commune ?

— Aucune idée, mais je poserai la question avant de partir tout à l'heure.

L'infirmier cocha ensuite deux cases sur une feuille et rangea les comprimés encore emballés dans le tiroir dédié au traitement de Dimitri.

— Au fait, dit-il en s'apprêtant à nouveau à glisser la clé dans la serrure de la porte, il y a eu un nouveau meurtre hier soir.

— Quoi ? Qui ? s'exclama Dimitri qui ne pouvait compter que sur les mots de Romaric pour suivre l'actualité en ce moment.

— La patronne du café Jeanne d'Arc. Il semblerait que l'on ait affaire à un serial killer, répondit Romaric. À plus tard !

Dimitri s'allongea à nouveau sur son lit. *Maudite télé, pour une fois qu'il se passe quelque chose d'intéressant dans ce trou*, pensa-t-il avant de reprendre le comptage de ses chiures de mouches.

Sur le chemin qui les reconduisait à la gendarmerie, Stéphane était encore embué par l'ambiance étrange qu'il avait ressentie à l'hôpital. Alors quand Candice prit la parole, il ne comprit pas tout de suite.

— C'était mon ex.

— Pardon ?

— C'était mon ex-petit ami, Jordan, qui m'envoyait des messages tout à l'heure.

*Hein ? Oui, d'accord. C'est très bien. Non, ce n'est pas très bien. Je ne sais pas en fait. Il faut dire quoi ?* pensa Stéphane dans la même seconde.

Il lâcha un « mmh » évasif et Candice enchaîna :

— On s'est rencontré il y a trois ans environ à un concert de hard rock. C'était génial au début, l'osmose parfaite. On prenait le temps de vivre, on voyageait, on avait des parties de jambes en l'air ultra-torrides, le nirvana chaque soir et même, plusieurs fois par jour bien souvent.

Stéphane tentait de dissimuler sa gêne en regardant les pavillons par la fenêtre. *Décidément, ce quartier était vraiment sympathique.* La jeune femme continua sans relâche le récit de ses faits de vie aussi fantasques que dérangeants avec son Jordan durant de longues minutes.

Visiblement, il lui avait laissé des souvenirs impérissables et Stéphane eut droit aux moindres détails. Il n'osait pas lui dire qu'ils étaient arrivés devant la gendarmerie depuis un petit moment.

— Et puis avec le temps, il a développé un goût assez prononcé pour l'alcool. Il trouvait que ça le détendait et le rendait vraiment « lui-même ». Pourtant moi, je l'aimais à en crever, tel qu'il était quand je l'avais rencontré. Un soir où il avait trop bu, on s'est disputé de nouveau à ce sujet. J'en avais assez de ramasser ses bouteilles, d'autant plus que, depuis qu'il ne bossait plus, il en vidait trois fois plus.

Pendant l'espace d'un instant, Stéphane imagina sa fille dans les bras d'un type comme lui. Il lui aurait sans doute cassé suffisamment la figure pour qu'elle ne puisse plus jamais le reconnaître.

— Et il a levé la main sur moi. Une première fois, puis une deuxième. Ça a duré presque six mois. Six mois durant lesquels j'avais peur de rentrer chez moi. Six mois durant lesquels je me suis acharnée à masquer les traces de bleus que j'avais sur tout le corps. Moi qui adorais aller nager, j'ai dû mentir à mes amies pour ne plus avoir à les accompagner. Je me suis coupée du monde pour ne plus devoir me justifier sans cesse.

Stéphane était touché par le récit sans concession de la jeune femme alors qu'il ne lui avait rien demandé. Il n'avait pas l'impression qu'elle parlait d'elle, lui qui la connaissait franche et sûre d'elle.

— Vous n'avez pas porté plainte ? Et vos parents, ils n'ont rien vu ?

— Je faisais tout pour que personne ne le remarque. Et personne n'a jamais vu mes traces. Quant à porter, plainte, je n'en avais pas le courage...

— Je suis stupéfait, continua Stéphane. Vous qui dégagez une telle assurance.

— Je sais... Moi-même, je ne me reconnaissais plus. Je n'avais plus la joie de vivre. J'ai même voulu en finir pour que tout ça s'arrête. Et puis, je ne sais pas comment, un jour, je l'ai foutu à la porte. J'ignore d'où m'est venue cette force, mais j'ai mis toutes ses affaires dans un sac et je lui ai dit de dégager.

— Il est parti ?

— À mon grand étonnement oui. Sans faire de scandale. J'osais à peine y croire, je pensais que c'était un rêve et que j'allais forcément me réveiller.

Stéphane était suspendu à ses lèvres. Des récits de femmes violentées, il en avait pourtant déjà entendu des tas.

— J'ai commencé à reprendre une vie normale, mais j'avais des difficultés à me lâcher totalement. J'ai voulu fêter ma renaissance en changeant toute ma garde-robe. J'adorais le shopping et je n'avais pas mis les pieds dans un magasin depuis des mois, de peur que l'on voie des marques sur mes jambes ou mes bras. J'ai dévalisé ma boutique préférée à Nancy, sauf que quand j'ai voulu régler mes achats, ma carte bancaire était bloquée. J'ai d'abord cru à une erreur, mais tous mes autres moyens de paiement l'étaient aussi. J'ai appelé ma banque qui m'a dit que mon compte avait très largement dépassé le seuil du découvert autorisé. J'ai demandé à faire un virement depuis un de mes livrets, car j'avais pas mal d'économies grâce à mes parents. Sauf que le banquier m'a répondu que je n'avais plus rien depuis plusieurs semaines sur mes livrets.

— Jordan ?

— Oui ! Ce connard avait tranquillement pillé mes comptes pendant que je me faisais tabasser ! Il avait raclé jusqu'au dernier centime de mes économies ! J'ai pu retracer certains de ses achats et j'ai compris qu'il s'était barré en Australie avec tout mon argent.

— C'était il y a combien de temps ?

— Il y a un an. J'avais tellement honte que je n'en ai jamais parlé à mes parents. J'ai préféré tirer un trait sur cette histoire et repartir à zéro.

— Je suis navré Candice. Mais aujourd'hui, vous semblez avoir refait surface.

— Sauf que Jordan vient de m'écrire. Il est de retour en France et il veut me revoir pour qu'on s'explique et me rendre une partie de mon argent.

— Qu'est-ce que vous allez faire ?

— Je ne sais pas... Je suis perdue et j'ai tellement peur !

Candice fondit en larmes. Elle avait totalement brisé sa carapace devant Stéphane qui se retrouvait contraint de gérer sa détresse soudaine. Il n'était pas très à l'aise ni très doué lorsqu'il fallait faire de grandes phrases. Il voulut la prendre dans ses bras, mais songea que c'était une très mauvaise option. Que dit-on à une femme de vingt-six ans, terrorisée à l'idée de revoir son ex-copain voleur et cogneur ? Ses réflexes de flic reprirent le dessus.

— Vous devriez aller porter plainte. Il peut y avoir une mesure d'éloignement mise en place...

— Ça va durer des mois ! Je sais qu'il va m'attendre en bas de chez moi, jusqu'à ce que je réapparaisse, dit-elle en essayant de calmer ses larmes.

Zeim était sur le perron de la gendarmerie depuis plusieurs secondes et se demandait pourquoi Stéphane et Candice ne sortaient pas de la voiture. Le commandant lui adressait des signes incompréhensibles à travers le pare-brise et Zeim lui signifia qu'ils avaient plutôt intérêt à venir rapidement.

— Candice, on va trouver une solution, j'en suis sûr. En attendant, nous sommes ici et vous êtes en sécurité.

Candice se ressaisit en voyant Zeim qui les observait

en montrant de sérieux signes d'impatience. Quelques journalistes s'approchaient également du véhicule dans l'espoir d'arracher de nouvelles informations aux enquêteurs. Elle sécha ses larmes d'un revers de la main.

— Je suis désolée, je ne sais pas pourquoi je vous ai dit tout cela.

— Vous aviez besoin d'en parler, je peux comprendre. Un bon flic doit être à l'écoute de tout le monde, y compris de ses coéquipiers, répondit Stéphane pour détendre l'atmosphère.

— Merci. Je n'ai pas trop les yeux bouffis ? lui demanda-t-elle en se regardant dans le miroir de son pare-soleil.

— Vous êtes parfaite. Allons-y, le procureur va s'évaporer sur place si on continue de le laisser bouillonner comme ça !

\*\*\*

Louis avait regagné son domicile dans la matinée. En garde à vue lors du deuxième meurtre, l'absence d'éléments probants de sa culpabilité dans celui d'Andrée Chanteuil avait relégué son statut au rang de témoin et non plus de suspect. Il était revenu sous la tonitruante escorte des frères Gouillat qui accueillaient leur ami en héros, résistant face à la pression policière.

Louis retrouva enfin un calme tant désiré dans sa maison. Il fut surpris de voir que rangement et ménage avaient été réalisés et eut un sourire tendre en songeant à sa fille. Que devait-elle penser de son père maintenant ? Il versa une larme en imaginant que peut-être, il aurait pu finir derrière les barreaux et ne la revoir que lors des visites au parloir. Il ne lui avait pas assez dit qu'il

197

l'aimait et se fit la promesse de le lui montrer davantage désormais.

Sophie, qui était restée à l'affût du moindre remue-ménage dans le village pouvant indiquer le retour de son père, se préparait à aller le voir. Elle était heureuse de le retrouver et que la justice se soit rendue compte de son erreur.

Elle referma la boîte dans laquelle elle avait versé deux parts de tofaille[5] et recouvrit la tarte aux mirabelles encore chaude qu'elle avait sortie du four quelques minutes avant. Son père avait dû être privé durant ces jours passés à la gendarmerie et il n'était pas question pour Sophie de le laisser manger seul ce midi.

Elle embrassa tendrement le chaton pelotonné dans son coussin et quitta la maison en direction de celle de son père. Son panier à la main, elle traversa la rue, emmitouflée dans une longue doudoune bordeaux. En passant devant l'habitation de Jenny, elle jeta un regard par la fenêtre en repensant aux paroles de Julien. *« C'est ta grande amie Jenny qui a balancé ton père aux flics ! Cette garce s'imaginait que j'allais lui tomber dans les bras si elle nous séparait ! »* Comment avait-il pu croire qu'elle avalerait une histoire pareille ?

Elle avait les clés, mais ne voulait pas être trop intrusive après les émotions qu'il avait dû subir : elle sonna à la porte de la maison de son père, heureuse de le retrouver enfin.

Louis ouvrit et Sophie se jeta dans ses bras.

— Papa ! Je suis tellement contente de te revoir !

Surpris, Louis se laissa enlacer et caressa les cheveux

---

5  *N.D.A. : la tofaille est un plat typiquement vosgien composé de pommes de terre, de lard, d'oignon, de beurre et de vin blanc, avec ou sans poireau.*

de sa fille.

— Moi aussi, je suis soulagé d'être rentré. Ne reste pas dehors, viens.

Sophie posa son panier à la cuisine et mit la tofaille à réchauffer. Elle installa le couvert pour elle et son père en lui adressant des sourires affectueux.

— Tu n'as pas une si mauvaise mine que ça, dit-elle. Mais je suis sûre que tu meurs de faim.

— Toute cette histoire m'a un peu coupé l'appétit. J'ai vraiment cru que je ne reviendrais jamais...

— C'est terminé maintenant papa, tout va rentrer dans l'ordre, le rassura Sophie.

— Mon avocat dit que ce n'est pas fini, car tant que le coupable du meurtre d'Andrée n'est pas arrêté, je reste potentiellement un suspect. Compte tenu du nouveau drame, ils ne pouvaient pas me garder davantage, mais je ne dois pas quitter mon domicile.

— Ils vont réussir à le trouver, j'en suis sûre... Comment ont-ils pu croire que tu étais capable d'une chose pareille ?

Ils passèrent à table après que la sonnerie du four eut retenti. Ils mangèrent sans dire un mot, heureux de s'être retrouvés.

— Comment va Julien ? questionna Louis pendant que Sophie lui servait une part de tarte aux mirabelles.

— Je ne sais pas... Nous sommes séparés pour le moment... répondit timidement Sophie.

— Quoi ? Qu'est-ce que c'est que cette histoire ma fille ?

— Papa, je ne pouvais pas rester avec un homme capable de balancer mon père à la police !

— Je n'arrive pas à y croire ! Un si bon gars... Ce n'est pas possible, il doit y avoir une erreur ! continua Louis, sous le choc.

— J'aurais préféré, sois-en sûr. Mais c'est lui qui a

parlé des courriers à la police. Et ce malhonnête a osé accuser Jenny ! Comment aurait-elle pu être au courant ? Ça ne tient pas debout !

Louis ne répondit plus, à la fois triste et déçu. Mais il n'était pas déçu par les agissements de son gendre. Il l'était parce qu'il voyait sa fille profondément malheureuse à cause de tout cela.

— D'ailleurs papa, je tenais à m'excuser... Si je n'avais trouvé ces lettres, tu ne serais pas resté aussi longtemps là-bas...

— Non, j'aurais dû te parler de ma relation avec Andrée. Je ne voulais pas t'embêter avec ça. Ces derniers temps, elle était devenue oppressante, mais jamais je n'aurais souhaité sa mort...

— Et si on parlait de choses plus légères ? Qu'aimerais-tu faire cet après-midi ? demanda Sophie.

— Je pense que je vais faire une bonne sieste, car la cellule de la gendarmerie n'était pas très confortable, répondit Louis en se tordant le dos.

Père et fille continuèrent à bavarder autour d'un thé sur le canapé. Rapidement, Sophie s'assoupit, exténuée par la pression de ces derniers jours. Louis finalement, ne parvint pas à trouver le sommeil, et après avoir posé délicatement une couverture en laine sur sa fille, il quitta la maison pour prendre l'air.

Il décida d'aller là où ses jambes le conduiraient. Peu importait, du moment que cela lui permettait de s'évader un petit peu et de se dégourdir les membres.

Il passa devant chez le Tondu, affairé à couper du bois dans son jardin. Ce dernier vit Louis, qui aurait préféré passer inaperçu en cet instant. Il n'avait pas particulièrement envie de parler.

— Hey Louis ! héla le Tondu. Ça me fait plaisir de te voir ! Comment te sens-tu ?

— Du mieux que l'on peut être après quelques jours

de garde à vue...

— Et Sophie ? Elle devait être soulagée de te retrouver.

— Ça oui ! Et moi aussi...

Louis aurait aimé poursuivre sa balade, mais le Tondu continua :

— Tu sais que Julien est chez moi ?

— Ah oui ? Depuis quand ? répondit Louis, intéressé.

— Ce matin. Je l'ai trouvé qui dormait dehors ! Par ce froid, le bougre, il ne craint pas la mort !

— Est-ce que je pourrais le voir ? Je n'en aurai pas pour longtemps, demanda Louis.

— Bien sûr ! Entre, la porte est ouverte. Par contre, je crois qu'il pionce sur le canapé.

Louis entra dans la maison aussi doucement que sa carrure pataude le lui permettait. Julien somnolait toujours et n'entendit pas son beau-père qui s'approchait de lui. En voulant s'asseoir sur un fauteuil attenant pour patienter, Louis donna un coup de pied dans le canapé et Julien se releva en sursaut.

Quelques minutes plus tard, les deux hommes étaient maintenant installés face à face, mais ni l'un ni l'autre n'était dans un état d'esprit hostile. Louis amorça la conversation.

— Sophie m'a dit ce qui s'était passé entre vous...

— Elle pense que je vous ai dénoncé oui...

— Et c'est faux ?

— Évidemment ! Je n'aurais jamais fait une chose pareille !

— Pourquoi est-ce qu'elle ne te croit pas alors ?

— Je ne sais pas...

— Julien, est-ce que tu aimes ma fille ?

Le jeune homme fut étourdi par la question. Jamais auparavant, ils n'avaient échangé sur un tel sujet. Bien que mal à l'aise, il ne pouvait pas laisser Louis sans réponse.

— Oui... murmura-t-il timidement.

— Elle t'aime aussi, mon grand. Je l'ai vu dans ses yeux tout à l'heure lorsqu'elle me parlait de toi. Vous ne pouvez pas rester comme ça !

— Je ne peux rien faire, elle ne me croit pas...

— Tu n'aurais pas dû accuser sa meilleure amie...

— Pourtant c'est la vérité, c'est bien elle qui a parlé des lettres à la police. J'ignore comment elle l'a su, mais elle l'a avoué devant moi ! Elle a fait cela pour...

Julien hésita. Était-il nécessaire de raconter tous les détails à son beau-père ? Mais qu'avait-il à perdre à présent ?

— Elle a fait cela pour nous séparer, car elle prétend être amoureuse de moi... continua Julien, presque honteux de faire un tel aveu.

— Bon sang ! C'était bien vrai alors ! clama Louis en levant les bras au ciel.

— Pardon ?

— La Jenny ! Son père m'avait dit qu'elle avait des vues sur toi, mais j'ai cru qu'il perdait un peu la boule avec tous les coups qu'il s'était pris sur la tête par sa femme !

— Vous voulez dire que vous étiez au courant ?

— Bouge pas de là mon grand !

Louis se leva brusquement et ressortit de la maison en claquant la porte, ce qui ne manqua pas de faire trembler les tableaux accrochés juste à côté. Julien resta assis, sans oser contredire l'ordre de son beau-père.

*** 

Au sein de la gendarmerie, les effectifs avaient

202

considérablement augmenté. Nicolas Zeim avait demandé à ce qu'une partie des équipes du commissariat d'Épinal vienne en renfort pour réaliser les interrogatoires et recueillir un maximum de témoignages.

Après un rapide compte-rendu sur sa visite à l'hôpital Vuillaume, Stéphane fit un dramatique bilan sur son enquête : elle était au point mort.

— Tout comme chez Andrée Chanteuil, nous n'avons détecté aucune trace. Le type que nous recherchons est un professionnel. Il ne violente pas ses victimes, ce qui signifie qu'elles le laissent probablement entrer sans résistance. Donc soit elles le connaissaient toutes les deux, soit il se faisait passer pour quelqu'un d'inoffensif, comme un commercial ou un réparateur... Les personnes âgées se font souvent avoir... résuma-t-il.

— On a déjà recoupé les fréquentations communes... Étant donné qu'elles étaient toutes deux commerçantes, elles croisaient quotidiennement des tas de gens... Et avec leurs caractères bien trempés, il n'est pas certain qu'elles auraient laissé entrer n'importe qui, répondit Zeim.

— On piétine...

— C'est évident... Putain Stéphane, si on se fait retirer l'enquête, je n'oserai plus me regarder dans une glace. Ma réputation va sérieusement en pâtir...

— C'est tout ce qui t'intéresse à ce moment précis ? Moi ça me gêne davantage de savoir ce criminel dans la nature et capable de recommencer à tout moment.

Candice prit la parole afin d'éviter tout accrochage entre les deux hommes.

— En tout cas, c'est quelqu'un qui ne craint pas de se faire arrêter, il est sûr de lui. Il n'a pas hésité à remettre le couvert alors que nous étions sur le point d'enfermer un innocent à sa place. Si j'étais lui, j'aurais attendu de savoir ce qu'il allait advenir de Louis Laurac.

— Cela montre aussi que son besoin de tuer est plus fort. Il vise peut-être ses victimes totalement par hasard, choisit les plus faibles, celles qui pourraient le moins se défendre. Il doit chercher à soulager quelque chose. Mais il a un protocole très strict avec une mise en scène qui a du sens pour lui. Pourquoi faire adopter cette posture à ses victimes ? questionna Zeim.

— L'écartèlement était une méthode de torture sous l'Ancien Régime que l'on réservait aux crimes extrêmement graves. Peut-être que notre homme ne les choisissait pas par hasard, mais parce qu'il voulait les punir de quelque chose qu'il considérait comme terrible pour lui, proposa Candice.

— Dans ce cas, il faudrait fouiller le passé de ces femmes, en commençant par les éléments les plus récents et voir si un nom en ressort. Mais c'est un peu chercher une aiguille dans une botte de foin, enchaîna Stéphane.

— Je lance une équipe dessus. On a du monde sous la main, il faut en profiter, répondit Zeim.

— Les hommes de Legendre ont trouvé quelque chose qui peut nous faire avancer ? demanda Stéphane.

Zeim rétorqua d'un air agacé :

— Absolument rien, sinon tu en serais le premier informé.

Le procureur quitta la pièce afin d'envoyer une équipe éplucher le passif des deux victimes.

— Pas zen le proc', s'amusa Candice.

— C'est le moins que l'on puisse dire. Et là, il panique, car il a des ambitions politiques. Si cette affaire ne se résout pas rapidement, il va pouvoir faire une croix sur un bon nombre de postes. Mais c'est le dernier de mes soucis pour être honnête.

Candice se mit à rire avant d'afficher une mine plus

grave à nouveau.

— Commandant, je voulais m'excuser pour tout à l'heure. J'ai été ridicule de vous parler de ma vie comme ça et de me donner en spectacle...

— Ne vous en faites pas, tout va bien... Après tout, vous avez eu raison. Si ce Jordan s'approche de vous... enfin, je veux dire... même si vous ne voulez pas porter plainte, je suis au courant.

— C'est gentil, lui répondit Candice, touchée par l'attention que lui portait Stéphane. On s'y remet ?

Ils décidèrent de reprendre les pièces du dossier en commençant par les photographies des deux victimes telles qu'elles avaient été trouvées. Ils les répartirent sur toute la table de la salle de réunion en les regroupant par signes de similitude. Mais ils furent vite interrompus par la sonnerie du téléphone de Stéphane. Ce dernier vit le prénom d'Eliott s'afficher sur l'écran.

— *Salut Stéphane ! Alors, du nouveau ?*

— Pas vraiment. Je suis allé à l'hôpital psychiatrique Vuillaume et je pense que je n'ai pas terminé de tout examiner là-bas. J'attends un appel du directeur d'un moment à l'autre afin de vérifier de plus près les enregistrements de vidéosurveillance.

— *Ah ! Mais ça je m'en fiche ! Je voulais savoir s'il y avait du nouveau avec la jolie Candice ?*

Stéphane ouvrit des yeux ronds en espérant que la jeune femme n'entendait pas son coéquipier dans le combiné. Il poursuivit en baissant légèrement la voix :

— Bon sang, Eliott, tu fais chier à la fin...

— *D'accord, d'accord ! En plus, je me suis dit que je n'allais pas faire cette vanne pourrie, mais quand tu m'as répondu, je n'ai pas pu m'en empêcher.*

— Abstiens-toi à l'avenir s'il te plaît ! Ça me ferait de la peine de me séparer de toi !

— *Pas de problème, boss !* rétorqua Eliott avec ton

ironique.

En regardant les photographies, Stéphane s'interrogea sur un détail qu'il n'avait pas remarqué jusque-là.

— Eliott, que disent les analyses des foulards qui ont été retrouvés dans la bouche des victimes ?

— *Pas de trace d'ADN à l'exception de celui des deux femmes bien sûr.*

— Oui, mais concernant le tissu en lui-même ? On dirait que les foulards sont identiques...

En entendant Stéphane parler, Candice se pencha sur les photographies et acquiesça d'un signe de tête.

— *Laisse-moi un moment, je compare de plus près les rapports*, répondit Eliott au bout du fil.

Quelques instants plus tard, il confirma que les deux foulards étaient tous les deux composés de soie véritable et étaient probablement neufs. Cependant, l'étiquette indiquant une éventuelle provenance avait été soigneusement décousue.

— S'ils sont neufs, cela signifie qu'ils ont sûrement été achetés récemment. Et si on découvre dans quelle boutique le criminel se les est procurés, on pourra peut-être remonter jusqu'à lui.

— *Et qu'est-ce que tu attends de moi exactement ? Je ne vais pas écumer toutes les boutiques du département ! On trouve des foulards partout, même dans le petit bazar du coin !*

— Ces foulards sont faits avec un tissu précieux. Il ne doit pas y avoir beaucoup de magasins dans les environs de Mirecourt qui vendent des pièces de ce genre. D'ailleurs, il n'y en a peut-être aucun alors il faut ratisser large. Commence par regarder sur Internet si on trouve un foulard avec ce motif puis répertorie les boutiques de luxe du département. Rappelle-moi dès que tu as du nouveau.

Stéphane les examina une nouvelle fois. Le tissu était noir avec une bordure rouge vif à l'extérieur. Le fond était délimité en deux triangles composés chacun de motifs bien distincts : l'un était rempli de coquelicots et l'autre, d'une femme assise en tailleur sur un lit de feuilles très fines et longues.

Stéphane reprit son analyse après plusieurs minutes de silence :

— Le foulard n'a donc pas été choisi parce qu'il faisait partie de la garde-robe des victimes. Le tueur les a apportés lui-même et ils ont une signification particulière pour lui.

— Il faudrait trouver laquelle pour mieux le cerner... poursuivit Candice.

— Sans compter qu'ils sont en soie véritable, ils doivent donc valoir une jolie somme. Pourquoi mettre de l'argent dans un bout de tissu qui servira ensuite à étouffer sa victime ?

— Peut-être que notre tueur est riche et qu'il ne compte pas ses sous ?

— On avance... Dès que nous en saurons davantage sur sa provenance, on devrait se rapprocher sérieusement de lui.

# - 24 -

Une demi-heure après son départ de chez le Tondu, Louis revint accompagné de sa fille. Il avait beaucoup parlementé pour la convaincre de venir retrouver Julien, qui attendait toujours sagement sur le canapé du salon.

Lorsqu'il vit Sophie, il se demanda comment réagir. Louis lui avait-il tout raconté ? Avait-elle enfin compris qu'il avait raison pour Jenny ?

Sophie se tenait debout à côté de son père, le visage neutre. Impossible de savoir si elle était heureuse ou non d'être là. Julien se leva et s'approcha d'elle. Dans son ventre, ses tripes frissonnaient. Elle le regarda droit dans les yeux et il n'arrivait pas à s'en détacher.

Il l'aimait.

Il en était certain désormais.

Pourtant, il était incapable de prononcer le moindre mot, de lui faire ne serait-ce, qu'un tout petit compliment ou une bribe de déclaration. Il attendait, bêtement, face à elle et son visage aux traits fermés.

— Julien, mon grand, commença Louis en regardant le jeune homme dans les yeux, depuis toutes ces années où tu vis près de moi, j'avais le sentiment de ne pas te connaître. Nous sommes différents, c'est vrai, et pour moi qui ne vois pas beaucoup de monde, c'était difficile de comprendre qu'on ne puisse pas penser comme moi. J'ai voulu que tu fasses ce que j'aimais, même si tu n'appréciais pas. J'ai voulu t'emmener dans les endroits que j'aimais, même si tu n'appréciais pas. J'ai voulu te faire manger et boire des choses que j'aimais, même si tu n'appréciais pas. Je ne voulais pas juste que tu fasses, que tu viennes ou que tu goûtes. Je voulais que tu aimes, comme moi. Mais à quoi bon chercher à changer les gens alors que c'est tellement plus simple de les accepter comme ils sont ? Pourquoi ne pas se servir d'eux pour apprendre de nouvelles choses et s'ouvrir au monde ?

Julien restait sans voix après la tirade presque poétique de son beau-père. Il avait l'impression d'être dans une dimension parallèle où Louis le Rustre, un homme bedonnant et inconvenant aurait été transformé en Louis le Sage, un homme réfléchi et plein de bon sens, touché par la grâce.

— Sophie, ma fille, continua-t-il en lui prenant délicatement les mains, je n'ai pas toujours été le père que tu méritais. J'ai plutôt été un poids pour toi, notamment ces derniers jours...

— Papa, ne dis pas...

— Laisse-moi finir s'il te plaît. Depuis la mort de ta mère, j'ai eu du mal à me reconstruire, à me retrouver et je me suis beaucoup reposé sur toi alors qu'une fille doit pouvoir compter sur son père. Tu m'as épaulé, tu m'as supporté, tu m'as aidé quand je n'allais pas bien. À cause de moi, tu as renoncé à tant de choses et jusqu'ici je ne m'en étais pas soucié. Jamais, je ne me suis posé la question de savoir si tu étais heureuse alors que toi, ta seule préoccupation était mon bien-être. Je n'ai jamais rien fait pour te remercier d'avoir pris soin de moi toutes ces années. Je n'ai jamais rien fait pour te montrer à quel point tu es importante pour moi.

Sophie avait les larmes aux yeux. Elle aussi ne

reconnaissait pas son père.

— Alors aujourd'hui, le temps est venu pour moi de me rattraper et de te prouver à quel point je t'aime ma fille, à quel point je vous aime tous les deux. Car toi aussi Julien, tu as renoncé à beaucoup de choses pour suivre Sophie ici et je t'en remercie.

Julien acquiesça d'un timide hochement de tête. Louis s'inquiétait enfin du bonheur de sa fille et de son gendre ce qui n'allait pas manquer d'entraîner une petite révolution au sein de la famille. Il continua son discours :

— Si j'avais su que ta mère nous quitterait si vite, j'aurais savouré chaque instant avec elle, comme si c'était le dernier. J'étais trop aveuglé par les futilités du quotidien pour voir que j'avais un joyau près de moi. Je regrette tellement son absence aujourd'hui...

Une vive émotion se ressentait dans la voix de Louis. Il puisait dans ses sentiments les plus profonds pour prononcer des mots qu'il n'aurait pas pensé dire un jour. Il tremblait de tous ses membres.

— Mes enfants, quand je vous regarde, je vois l'amour. Vous êtes comme deux amants perdus qui n'attendent qu'une chose : se jeter dans les bras l'un de l'autre. Ne faites pas la même erreur que moi et n'avancez pas côte à côte sans vous regarder.

Il se tourna vers sa fille.

— Sophie, tu dois faire confiance à ton mari. Parfois, un homme, c'est con et c'est bête. Mais c'est parce que ça ne sait pas parler avec son cœur. Tu connais Julien mieux que moi et ce qu'il vaut vraiment à l'intérieur. Alors tu dois le croire quand il te dit qu'il est désolé. Tu dois le croire quand il te dit qu'il est innocent. On fait tous des erreurs, moi le premier. J'étais en train de ruiner ta vie sans le voir. Aujourd'hui, je veux que tu saches que je ne souhaite que ton bonheur.

211

Puis il se tourna vers son gendre.

— Julien, je compte sur toi pour prendre soin de ma fille à chaque instant. J'ai fait la promesse de veiller davantage sur elle désormais, mais un jour, je ne serai plus là pour le faire alors je dois pouvoir compter sur toi.

Louis prit les battements de cils de Julien pour un oui. Il recula légèrement, laissant Sophie et son mari face à face. Puis, il quitta la pièce d'un pas délicat, en harmonie avec le discours qu'il avait tenu pendant plusieurs minutes et qui relevait du prodige pour un homme comme Louis. Il s'était livré sans retenue et ses paroles sincères avaient touché le cœur de Julien et Sophie.

Seuls dans le salon, ils continuaient à se regarder sans dire un mot. Personne ne savait ce que pensait l'autre.

Mais Sophie brisa la glace et se jeta dans les bras de son mari.

\*\*\*

Stéphane et Candice déambulaient dans les rues de Mirecourt pour vérifier si les foulards en soie n'avaient pas pu être achetés dans une boutique de la ville. Le commandant n'avait que peu d'espoir, mais il emporta une photographie de l'étoffe afin d'interroger tous les vendeurs qu'il croiserait.

En passant devant le café Jeanne d'Arc, ils furent surpris de constater la présence de clients à l'intérieur. Ils aperçurent Élise qui balayait le fond de la salle, moins vigoureusement qu'à l'accoutumée.

Sur la porte vitrée était placardée une feuille de papier sur laquelle était griffonnée au marqueur noir l'inscription « Interdit aux journalistes ». Quelques heures plus tôt, Élise avait subi les assauts répétés des journalistes venus de tout le pays pour avoir le témoignage « de la fille de la dernière victime du tueur en série ». Elle ne supportait plus d'être un objet de curiosité et leur avait interdit l'accès à son établissement afin d'être tranquille. Pour s'assurer de l'efficacité de sa démarche, elle avait demandé à quelques gaillards bien bâtis, habitués des lieux, de surveiller la zone en échange de quelques bières gratuites. Néanmoins, un journaliste avait trouvé le moyen d'entrer en criant à la discrimination. Le misérable était ressorti délesté d'un appareil photo reflex mais avec la certitude d'avoir quelques bleus sur ses jambes le lendemain.

En voyant les policiers, Élise leur fit un signe. Ils entrèrent dans le café où l'absence de Maryse se faisait sentir ; personne derrière le comptoir n'était là pour lancer des regards assassins aux clients qui poussaient la porte ni pour vociférer des insultes à l'encontre des policiers. Hélas, la disparition du sourire sur le visage d'Élise rendait l'ambiance plus pesante encore.

— Vous avez du nouveau concernant l'enquête ? les questionna-t-elle.

— Pas pour le moment, mais nous avançons bien, exagéra Stéphane qui n'avait pas la moindre ombre d'une piste à lui présenter.

— Vous auriez peut-être dû attendre un peu avant d'ouvrir le café, non ? Les événements sont encore récents, suggéra Candice.

— Je ne peux pas me permettre de fermer plus longtemps. J'ai des charges à payer et même si ma mère faisait parfois beaucoup de figuration, elle était utile derrière le bar. Je n'ai pas les moyens de prendre un salarié alors je vais devoir travailler encore plus pour ne pas mettre la clé sous la porte.

Mirecourt souffrait déjà d'une cruelle désertion de la

part des commerçants. Si le café Jeanne d'Arc venait à fermer, ce serait tout un lieu de vie qui mourrait. Du petit grand-père avec son ballon de vin rouge à 8 heures du matin à l'adolescent prépubère et son diabolo menthe, tous prenaient du plaisir à se rendre dans un des derniers endroits chaleureux de la ville.

Candice et Stéphane étaient touchés par la situation d'Élise à laquelle ils ne pouvaient rien faire pour y remédier. Ils espéraient simplement trouver au plus vite le coupable afin de la libérer du poids de cette attente.

— Mademoiselle Brunet, pouvez-vous regarder ceci ? demanda Stéphane en tendant la photographie du foulard.

Élise l'analysa et répondit rapidement :

— C'est celui qui était dans la bouche de ma mère, c'est ça ?

— Oui. J'aimerais que vous me disiez si ce foulard lui appartenait.

— Non, je ne crois pas. En tout cas, je ne l'ai jamais vu dans ses affaires.

— Vous ne l'auriez jamais aperçu dans un des magasins de la ville ?

— Jamais et si vous voulez mon avis, personne ne vend ce genre de foulard ici. On ne doit le trouver que dans de chics boutiques.

Stéphane remercia la jeune femme qui retourna à son travail. Les deux partenaires quittèrent le café et continuèrent de prospecter les magasins en quête d'une éventuelle piste.

Le tour fut rapide ; à l'exception de trois petites boutiques de prêt-à-porter populaires, il n'y avait aucun autre magasin de vêtements. Une vendeuse avait cru reconnaître le tissu, mais Stéphane et Candice avaient tout de suite flairé la fausse piste lorsqu'elle avait dit que

« sa mère avait acheté le même au chinois du marché le samedi ».

— Il ne nous reste plus qu'à espérer qu'Eliott nous déniche quelque chose. Je vais d'ailleurs l'appeler, attends-moi un instant, dit Stéphane en s'éloignant de plusieurs mètres.

Candice s'assit sur la bordure de la vitrine du dernier magasin visité et sortit, elle aussi, son téléphone. Elle se remit à pianoter vigoureusement sur l'écran pendant que Stéphane contactait son coéquipier.

— Du nouveau au sujet du foulard ? l'interrogea-t-il.

— *Rien pour le moment. J'ai fouillé le net et posté sur les forums, mais ça n'a rien donné pour l'instant. Je vais aller prospecter dans les boutiques d'Épinal, mais je pense que l'on se lance dans quelque chose de laborieux,* continua Eliott. *Et si ce foulard avait été acheté à l'autre bout de la France ?*

— On n'a pas le choix. Quelqu'un finira bien par reconnaître ce bout de tissu !

Stéphane jeta un regard sur Candice qui semblait avoir basculé dans un état d'extrême nervosité. Elle secouait vigoureusement les jambes et rongeait ses ongles avec acharnement. En la voyant, les yeux rivés sur son téléphone, Stéphane comprit que Jordan avait encore frappé.

— Eliott, tu peux me rendre un service ?

— *Tout ce que tu veux boss ! Ça ne te dérange pas que je t'appelle boss au moins ?*

— Ça m'est égal du moment que toi tu bosses !

— *Ah ah, je m'incline ! Qu'est-ce que je peux faire ?*

— J'aimerais que tu regardes si on a des informations sur Jordan Lecrément.

— *Ça a un rapport avec l'enquête ?*

— Pas vraiment, mais c'est pour une autre affaire...

— *Aucun problème, je te tiens au courant !*

En apercevant Stéphane revenir, Candice se hâta de ranger son téléphone. Elle n'avait plus envie de donner une image de petite fille faible devant lui et arrêta net de remuer ses membres inférieurs.

Tous deux reprirent le chemin de la gendarmerie, dépités du peu de résultats que la journée leur avait concédé.

***

Sophie ne cachait pas sa joie d'avoir retrouvé Julien. Après le départ de Louis, ils avaient beaucoup parlé des événements de ces derniers jours. Surtout Sophie qui passait de la trahison de Jenny à sa petite entreprise de paniers bio, sans oublier les biberons du chaton et sa dernière commande de poupée reborn, totalement laissée à l'abandon. Julien parlait peu, mais il se sentait soulagé de ne plus avoir à se soucier de cette histoire. Il allait pouvoir rentrer chez lui dès aujourd'hui.

Le Tondu avait terminé de couper son bois. Il jetait de timides regards à travers la baie vitrée de son salon afin de jauger à quel moment il pouvait être le plus opportun de rentrer chez lui sans risquer de déranger. En attendant, il faisait mine de déterrer les quelques mauvaises herbes qui avaient résisté au gel de ces derniers jours.

Julien s'apprêtait justement à quitter la maison avec Sophie lorsque son téléphone sonna. Numéro inconnu. Il raccrocha. Il détestait ce moment où il fallait supporter l'angoisse de découvrir qui était au bout du fil.

Quelques instants plus tard, le même numéro rappela à nouveau. Il raccrocha.

— C'est peut-être important, tu devrais répondre, lui suggéra Sophie.

— Dans ce cas, on me laissera un message. C'est sûrement une erreur ou un commercial en mal de vente frauduleuse.

Mais à peine eurent-ils quitté la maison que le téléphone sonna de plus belle.

— Décroche, insista Sophie. Tu seras fixé.

Julien s'exécuta et il reconnut la voix de Samuel, son collègue. Il ne se souvenait pas avoir échangé leurs numéros de portable, mais quoi qu'il en soit, Julien n'avait pas enregistré le sien.

— *Salut Julien, je voulais prendre de tes nouvelles comme tu n'es pas venu bosser.*

— Je suis malade, j'ai appelé pour prévenir.

— *Hier oui... Mais aujourd'hui, tu n'as pas averti que tu restais encore chez toi...*

— Ah oui, désolé, je suis tellement fatigué que ça m'est sorti de la tête...

Julien s'agaçait. Ce n'était vraiment pas la peine de le déranger pour si peu.

— *Mais il n'y a pas que ça...* continua Samuel. *Olga est furieuse contre toi.*

— Parce que je n'ai pas signalé mon absence ?

— *Oui... Tu lui donnes du grain à moudre, déjà qu'elle t'avait dans le collimateur.*

Julien sentit ses entrailles se tordre à l'évocation du prénom de sa supérieure.

— *Je préférais te prévenir... elle t'attend au tournant pour le dossier sûreté. Tu ferais mieux d'être là demain.*

Il tenta de faire bonne figure devant Sophie qui était allée remercier le Tondu pour l'accueil qu'il avait réservé à Julien.

Le soulagement qu'il avait ressenti quelques instants

217

plus tôt s'était soudainement envolé. Il avait laissé place à une nouvelle angoisse qui ne le quitterait pas tant qu'il ne se sera pas retrouvé face à Olga.

*\*\*\**

Après avoir détaillé une nouvelle fois l'ensemble des dossiers concernant les meurtres, Stéphane et Candice étaient repartis pour une nuit à l'hôtel « le Luthier ». Après s'être plainte de l'absence de Wi-Fi dans sa chambre, Candice avait réussi à négocier les petits-déjeuners gratuits tant que le réseau ne serait pas rétabli. Après tout, c'était écrit en gros sur le panneau devant l'hôtel « Chambres avec Wi-Fi garanti ».

Stéphane s'effondra sur son lit et ferma les yeux quelques instants. Cette enquête était en train de s'enliser sérieusement. Rarement, il s'était retrouvé avec aussi peu d'éléments à analyser, aussi peu de pistes. Zeim était inquiet de la tournure des événements et tentait de se maintenir la tête hors de l'eau face aux journalistes et à ses supérieurs qui attendaient de lui des résultats rapides désormais. Tout un pays avait les yeux rivés sur les écrans. Certains espéraient même un nouveau meurtre pour relancer un peu cette série qui devenait franchement inintéressante à suivre, malgré les efforts des journalistes pour inventer de toute pièce des détails croustillants.

Stéphane était sur le point de prendre une douche quand Eliott le rappela.

— C'est au sujet du foulard ? Tu as trouvé une boutique ?

— *Non désolé, toujours rien de ce côté-là. En revanche, j'ai trouvé les informations que tu m'as demandées.*

En caleçon, il s'assit sur son lit avec une chaussette dans la main et l'autre encore à son pied.

— Je t'écoute.

— *Ton Jordan, il a un joli pedigree. Il a déjà été condamné pour vol et vol aggravé avec violence. Il a écopé de plusieurs mois de prison, mais toujours avec sursis. Le dernier jugement date d'il y a un an et demi environ pour vol en bande organisée.*

Stéphane souriait. Candice avait été plus élogieuse concernant les performances sexuelles de Jordan que sur ses qualités de bon citoyen. En tout cas, le type n'était visiblement pas un enfant de chœur et elle s'était bien gardée de lui dire qu'il avait un casier judiciaire.

— Tu sais où il vit ? demanda Stéphane.

— *Le fichier me donne une dernière adresse connue à Nancy.*

— Parfait, tu peux me l'envoyer par texto ?

— *C'est pour quelle affaire ? Parce qu'en ce moment, à part l'enquête sur les deux meurtres, le reste est en stand-by...*

— Disons que j'ai encore quelques casseroles sur le feu... répondit Stéphane évasif.

— *C'est perso, c'est ça ?*

Eliott connaissait Stéphane et il n'était pas dupe. Quand il se montrait trop mystérieux sur certaines demandes, il savait que c'était pour régler des détails personnels. Il se souvint de la fois où le commandant avait fait suivre un ami trop proche de sa fille qu'il soupçonnait de se droguer. Sous couvert de vouloir remonter jusqu'au revendeur, Stéphane avait demandé à Eliott de prendre en filature le jeune lycéen de quinze ans. Mais il s'avérait que ses intuitions avaient été totalement biaisées par son manque d'objectivité vis-à-vis des fréquentations de sa fille. Stéphane avait également ordonné à Eliott de faire des recherches sur un certain Dumont qui travaillait au barreau d'Épinal, car il le soupçonnait d'abus de faiblesse envers sa clientèle. Du moins, c'est ce qu'il avait prétendu, jusqu'à ce qu'Eliott se rende compte qu'il s'agissait uniquement d'espionner un type que Stéphane voyait tourner autour de sa femme.

Mais Eliott ne lui en tenait pas rigueur, car Gassin restait un des meilleurs flics avec qui il avait travaillé. Alors il ne posa pas davantage de questions et envoya l'adresse à son chef.

*C'est juste au cas où*, se dit Stéphane en sauvegardant le message.

Il allait reprendre le chemin de la salle de bain quand son téléphone sonna à nouveau. Il avait seulement eu le temps d'enlever la seconde chaussette de son pied et de constater que la température de la chambre n'était pas prévue pour rester aussi longtemps en caleçon.

— *Commandant Gassin ? Je suis Théodore Bassompierre, le directeur de l'hôpital Vuillaume. Aline Sandré m'a parlé de votre visite et m'a dit que vous souhaitiez me rencontrer au plus vite.*

— Merci de m'avoir rappelé. Quand puis-je venir vous voir ?

— *Maintenant si vous voulez.*

Malgré le 22 heures 15 que l'horloge affichait, le directeur de l'hôpital ne semblait pas décontenancé à l'idée de recevoir un commandant de police dans son bureau et sa voix trahissait une bonne dose d'énergie à revendre. Stéphane, dont la journée avait été peu concluante, sauta sur l'occasion de faire avancer son enquête.

Il changea sa paire de chaussettes et se rhabilla avant

de partir en direction de l'hôpital.

En pleine nuit, l'hôpital était beaucoup moins accueillant.

Après avoir fait la connaissance d'un nouveau surveillant à l'entrée, Stéphane se dirigea, en voiture cette fois, jusqu'au parking situé devant le bâtiment principal qui paraissait bien plus imposant à la lumière des projecteurs. De hauts lampadaires éclairaient les différents chemins qui serpentaient entre les bâtisses et les points rouges des caméras de surveillance fixées dessus, apparaissaient et disparaissaient dans une quasi-synchronisation.

La nuit enveloppait les lieux d'un grand voile noir et on distinguait le brouillard qui descendait sur les champs alentour. Stéphane sortit de sa voiture et se hâta de faire le chemin vers l'interphone. Il fut arrêté par un panneau indiquant « URGENCES : se rendre à l'arrière du bâtiment ». Il ne pouvait pas s'empêcher de jeter des coups d'œil de part et d'autre. L'ambiance, calme déjà lorsqu'il était venu ce matin, l'était tout autant, mais dans une version autrement plus angoissante. Il contourna le panneau et sonna à l'interphone. Quelques secondes plus tard, un cliquetis métallique résonna et la porte s'ouvrit automatiquement.

Il entra dans le hall qui était vide. Quelques lumières tamisées éclairaient les canapés et le comptoir où se trouvaient les deux agents d'accueil le matin même. Il y faisait beaucoup plus froid et l'écho soudain d'une porte qui claque fit sursauter Stéphane. Il se sentait ridicule d'être effrayé pour si peu comme si le fait d'être dans un hôpital psychiatrique rendait n'importe quel bruit beaucoup plus angoissant.

Deux employés de ménage surgirent alors d'un des couloirs qui n'était pas plus éclairé que le hall et adressèrent un « bonsoir » collégial à l'attention de Stéphane qui répondit d'un hochement de tête. Ils ne semblaient pas surpris de voir un homme poireauter les mains dans les poches et le nez dans une écharpe ici à cette heure tardive. Ils s'engouffrèrent dans le couloir d'en face, tout aussi mal éclairé.

Il se demandait s'il devait aller à la rencontre du directeur lui-même ou s'il pouvait encore espérer que ce dernier vienne le chercher. Il regarda tout autour de lui, mais il ne vit nulle part la direction à prendre pour le trouver. Il entendit alors des bruits de pas provenir du haut de l'escalier de gauche. Théodore Bassompierre apparut et descendit énergiquement les marches de pierre en faisant claquer les talons de ses derbies noirs.

Il accueillit Stéphane à la manière d'un dirigeant de start-up : décontracté et cool. Le costume trois-pièces en lin bleu rendait la démarche moins crédible, mais Stéphane s'étonna d'être face à un homme du même âge que lui.

— Désolé pour l'attente, s'excusa Bassompierre en proposant une poignée de main à Stéphane. Ma femme me demandait si je préférais que l'on fasse livrer un repas thaïlandais ou chinois pour le dîner avec les élus locaux demain soir ! Comme si je m'en souciais à cette heure-ci !

— Oui en effet... enfin, j'imagine, répondit Stéphane qui fut surpris par la vigueur de la poignée de main.

— Suivez-moi, je vous prie, nous allons aller dans mon bureau, ce sera plus agréable.

Même s'ils ne risquaient pas d'être dérangés par le va-et-vient des employés, la perspective de s'entretenir avec le directeur dans l'un des vieux canapés du hall ne l'enchantait pas particulièrement. L'escalier à quart tournant les emmena jusqu'à l'étage, tout aussi haut de plafond que le rez-de-chaussée. Malgré le peu de lumière, l'atmosphère était moins lugubre avec les reproductions de tableaux accrochées aux murs. Les portraits côtoyaient les paysages. L'art contemporain se mélangeait à l'art baroque. Le cubisme défiait le réalisme. On aurait pu se croire dans un musée s'ils n'étaient pas exposés sur des murs tapissés de fibre de verre à motif chevron. Peint en vert fougère, le papier était arraché par endroit et semblait ne pas avoir subi de rafraîchissement depuis les vingt dernières années. Le sol était recouvert d'un vinyle gris, mais on pouvait deviner qu'il cachait tantôt une pierre froide, tantôt un parquet grinçant.

Sur son passage, une des reproductions accapara le regard de Stéphane. Il s'agissait d'une peinture représentant un port au coucher du soleil. Au premier plan, une série de personnages en habits du XVIIe siècle s'apprêtaient à partir ou venaient d'accoster de l'un des navires marchands aux mâts vertigineux qui se trouvaient à droite du tableau. À gauche, une enfilade de bâtiments à l'antique accompagnait la mer qui disparaissait vers l'horizon. Mais ce qui stupéfia le plus Stéphane, c'était la lumière qui émanait de l'œuvre. Elle était comme un phare au milieu du couloir sombre qu'il parcourait presque à l'aveugle. Au centre du tableau rayonnait un disque d'or aux teintes orange et ocre qui irradiait la mer et l'horizon. Il contrastait avec l'atmosphère plus froide et lugubre dans laquelle étaient enveloppés les personnages et les bateaux. Stéphane se sentait attiré par ce soleil qui était le centre névralgique de l'œuvre. Il n'était pourtant pas un grand amateur d'art, mais il voulut y voir comme un présage ; le couloir dans lequel il se trouvait était comme le brouillard sombre dans lequel était noyée son enquête et ce soleil flamboyant indiquait la direction à prendre avant d'atteindre l'aboutissement. Il mit de longues secondes à détacher ses yeux du tableau et rejoignit Bassompierre qui disparaissait dans le dédale de couloirs qui s'enchevêtraient les uns avec les autres.

Ils arrivèrent enfin dans son bureau situé au-dessus de l'entrée principale du bâtiment. La baie vitrée qui la surplombait était donc l'ouverture qui offrait, lorsqu'il faisait jour, une vue plongeante sur le petit jardin à la française. Mais en cette heure tardive, la pièce était, tout comme le reste de l'hôpital, baignée par une faible lumière tamisée provenant d'un lampadaire posé à proximité d'un grand bureau en bois massif. Devant lui, deux fauteuils en cuir aux accoudoirs usés sur l'un desquels Bassompierre invita Stéphane à s'asseoir. Les murs, recouverts d'une moquette grenat, étaient habillés par de nombreuses photographies de l'hôpital à différentes époques. Un plan de masse trônait en bonne place juste derrière le bureau et permettait de rendre compte de l'étendue des lieux ; on reconnaissait l'entrée suivie de son jardin à la française et du bâtiment principal. Puis une succession de blocs, correspondant aux unités de soins dont avait parlé Aline Sandré, s'étirait de part et d'autre de celui-ci en formant des arcs de cercle. Le plan laissait deviner des bâtiments aux formes diverses faisant penser aux lettres de l'alphabet : en U, en L, en V, en H ou encore en I ou en Y. La symétrie était parfaite et un axe se dessinait très clairement au centre du plan. Il passait exactement au milieu du bureau du directeur, pile entre les deux yeux de Stéphane.

Bassompierre se dirigea vers une petite console aux allures de minibar et tendit une bouteille en direction de Stéphane, un verre dans l'autre main.

— Whisky, cela vous convient ?

— Non merci, je ne bois pas pendant le service.

— Je pensais que vous seriez tenté compte tenu de l'heure tardive, mais je n'insiste pas. Un café peut-être ?

— Oui, allons-y pour un café, ça ne m'empêchera pas de dormir, répondit Stéphane en continuant à regarder les photographies depuis son fauteuil.

Bassompierre jeta deux cuillères de grains dans une tasse et l'arrosa d'eau chaude tout droit sortie d'une bouilloire entartrée. Stéphane regretta alors de ne pas avoir accepté le whisky.

— Je vous ai vu scruter le plan de l'hôpital, dit Bassompierre en tendant la tasse à Stéphane. Impressionnant n'est-ce pas ?

— Effectivement, je n'avais jamais mis les pieds dans un lieu pareil.

— Quand je suis arrivé, j'ai moi-même été subjugué par la prestance de cet endroit. Cet énorme bâtiment au centre qui vous embrasse lorsque vous vous approchez et qui cache une myriade de pavillons aux secrets les plus fous. J'ai vraiment été impressionné.

— Depuis quand travaillez-vous ici ?

— Environ quinze ans. L'hôpital se portait bien, mais il fallait davantage développer la coopération entre les différents pôles du département. Une mission que j'ai acceptée avec grand plaisir pour moi qui venait d'une bien plus petite structure.

Bassompierre avala une rasade de whisky single

malt, sous les yeux de Stéphane qui osait à peine tremper les lèvres dans son breuvage.

— Vous n'êtes pas contre une petite page d'histoire ?

— Pourquoi pas, répondit Stéphane qui avoua être très intrigué par l'endroit.

— L'hôpital a été construit à la fin des années 1920, ce qui explique son charme un peu désuet. Il y avait une nécessité à bâtir un lieu qui aurait pour vocation d'accueillir ceux que l'on appelait « les aliénés ». Les structures des régions voisines débordaient et il faut savoir qu'ils étaient près de huit fois plus peuplés que les prisons à l'époque. Pour désengorger tout cela, l'asile Vuillaume a été construit sur cet immense terrain de plus de trois-cents hectares et a commencé à accueillir des patients de la région parisienne et du nord de la France dès 1930. Il n'était pas tout à fait achevé alors les travaux se poursuivaient sans relâche pour permettre de faire venir toujours plus de malades mentaux. Il pouvait fonctionner en quasi autarcie grâce aux différentes infrastructures construites spécialement : un château d'eau, une centrale électrique, une chapelle, des serres et une ferme attenante à l'hôpital. Tout avait été pensé pour être le plus isolé du reste de la population et garantir aux patients une vie calme et sans pollution extérieure.

Théodore Bassompierre racontait son récit avec une passion non dissimulée. Il parla avec fougue des différents traitements et expériences qui furent développés entre ces murs. Stéphane était emporté et ne voyait pas le temps qui s'écoulait à une vitesse folle.

— Lors de l'occupation du territoire par les Allemands durant la Seconde Guerre mondiale, l'hôpital fut réquisitionné par les soldats nazis et transformé en *Frontstalag*[6], c'est-à-dire en camp de prisonniers. Les

---

6   *N.D.A. : le Fronstalag était des camps de prisonniers de*

malades les moins atteints avaient été envoyés dans d'autres hôpitaux et ceux qui restaient furent massacrés selon les préceptes de l'*Aktion T4*[7], en vigueur en Allemagne. Des milliers de soldats et civils français ont foulé la terre des jardins qui nous entourent dans des conditions horribles. Le camp servait surtout de lieu de transit avant que les prisonniers soient déportés vers l'Allemagne, alors ils ne se préoccupaient pas vraiment du confort. Pour autant, les nazis n'avaient pas oublié la fonction première de ces lieux. Ils utilisèrent l'hôpital afin de réaliser les expériences les plus macabres sur les détenus comme la lobotomie.

Stéphane camoufla une grimace de dégoût. Il s'imagina une pléiade de cerveaux maltraités entre les mains des plus grands tortionnaires du siècle dernier.

— D'éminents médecins étaient venus spécialement de Berlin pour profiter des infrastructures et du matériel de l'hôpital et s'adonner à des expériences aussi glauques que malfaisantes entre ces murs durant près de quatre ans. Le camp abritait de nombreux prisonniers coloniaux et ce sont eux qui ont fait l'objet des pires expérimentations. Malgré tous les efforts déployés par les Allemands pour faire disparaître les traces de ces pratiques après leur départ en 1944, de nombreuses archives ont été retrouvées et les témoignages de prisonniers évadés du camp attestent des horreurs commises par les nazis ici.

---

l'armée allemande, situés à l'extérieur du Reich et principalement en France.

7   N.D.A. : l'Aktion T4 est le nom donné à la campagne d'extermination d'adultes handicapés physiques et mentaux par le régime nazi.

Bassompierre se leva et se resservit un verre de whisky. Il semblait vivre l'histoire comme s'il en avait fait partie.

— Puis, durant la libération, les Américains ont pris possession des lieux. Les combats victorieux, mais acharnés qui se déroulaient dans les Vosges firent beaucoup de victimes parmi les alliés et la nécessité d'installer un hôpital à l'arrière du front s'est rapidement imposée. Alors après le départ des Allemands, l'hôpital Vuillaume a servi de refuge au *21st General Hospital,* l'un des plus grands hôpitaux de troupes de la Seconde Guerre mondiale.

Le directeur pointa du doigt une photographie en noir et blanc sur l'un des murs. Stéphane s'en approcha et il reconnut en arrière-plan la façade du bâtiment principal de l'hôpital. Devant lui se trouvaient trois rangées de militaires en calots et uniformes, de médecins et d'infirmières le sourire aux lèvres.

— Depuis la gare de Mirecourt, les Américains arrivèrent avec une quantité importante de matériel et de personnel afin de faire face aux flots de blessés français et belges qui débarquaient depuis les différents fronts. Ils réalisèrent des forages pour trouver de l'eau potable, firent venir du charbon pour alimenter la centrale. Aux abords de la ferme qui est à proximité de l'hôpital, certaines archives montrent qu'ils avaient installé une morgue pour les soldats américains décédés. Non seulement ils réhabilitèrent les lieux, mais ils y apportèrent des équipements de pointe permettant à cette structure de reprendre une véritable activité de soins. Jusqu'en 1946, date où les derniers blessés ont pu quitter l'hôpital, la cadence était infernale et la capacité d'accueil a été considérablement augmentée. Il y a eu ici plus de quatre-mille lits, installés dans les greniers ou dans les sous-sols des bâtiments. Après le départ des

Américains, l'hôpital redevint tout doucement un hôpital psychiatrique pour être celui dans lequel vous vous trouvez aujourd'hui.

Stéphane était stupéfait de la richesse historique des lieux. Cela ne faisait pas du tout avancer son enquête, mais il était maintenant certain d'avoir mis les pieds dans un endroit pas comme les autres. Il regarda sa montre qui indiquait minuit passé.

— Je vous ennuie avec toutes ces histoires, n'est-ce pas commandant ?

— Absolument pas, répondit Stéphane. Mais l'heure tourne et il est vrai que j'avais quelques question.

Bassompierre posa son verre de whisky vide sur son bureau et se mit face à Stéphane, le regard grave. Il employa alors un ton plus solennel.

— J'ai beaucoup de respect pour cet endroit. Les gens le voient comme un lieu terrible où se côtoient des malades mentaux de tous bords, des débiles, des « mongoles » comme certains les appellent. Mais soyez sûr d'une chose, ce microcosme, dans lequel vous êtes, n'est là que dans un seul but : aider ceux que la société préfère mettre à la marge, étiquette comme inaptes à la vie en communauté. Certes, certains d'entre eux sont dangereux pour les autres ou pour eux-mêmes. Mais ils ne doivent pas pour autant être privés de leurs droits. Ils doivent pouvoir être soutenus et encouragés afin de profiter de tout ce que le monde nous offre de meilleur. La société ne veut pas d'eux, alors je les accepte et je mets en place tous les moyens possibles pour qu'ils se sentent comme chez eux. Cet hôpital, c'est une ville dans la ville et je vous assure que je ferai, quoiqu'il arrive, mon maximum pour ne pas ternir davantage son image parmi les habitants.

Il ne savait pas si cela était dû aux effets de l'alcool ou si Bassompierre était naturellement possédé, mais

Stéphane sentait la place que prenait l'hôpital dans sa vie. Une place importante, au centre de toutes ses préoccupations et sans doute même avant sa famille. Il regarda à nouveau sa montre. Il fallait qu'il obtienne rapidement les informations dont il avait besoin.

— Ce que je veux dire par là, commandant, c'est que si je peux vous aider à prouver qu'aucun de mes patients n'est à l'origine des meurtres sur lesquels vous enquêtez, alors je le ferai avec plaisir.

— Justement, je cherchais à accéder aux enregistrements de vidéosurveillance afin de m'assurer qu'aucune... fugue n'avait eu lieu ces derniers jours.

— J'ai fait ce travail pour vous avant de vous appeler. Je peux vous garantir que personne n'est sorti d'ici sans y être autorisé.

— J'aimerais vérifier moi-même si cela ne vous dérange pas. Pourrais-je avoir une copie des enregistrements ?

— Je me doutais que ma parole ne vous suffirait pas.

Bassompierre tendit une petite clé USB noire à Stéphane.

— Les enregistrements de la dernière semaine se trouvent dessus. Il y a cent-cinquante caméras. J'espère que vous n'êtes pas trop fatigué, car cela risque de vous prendre un peu de temps, ironisa le directeur.

— Ne vous en faites pas pour moi. Pourrais-je aussi avoir la liste des patients autorisés à sortir en ville ? C'est uniquement en cas de besoin.

Bassompierre semblait également avoir anticipé cette demande et tira d'une pochette posée sur son bureau une feuille noircie par quelques noms.

— La voici et vous trouverez même les horaires auxquels ils sont effectivement sortis cette semaine. Certains avaient d'ailleurs des rendez-vous divers, notamment chez le coiffeur, facilement vérifiables.

— Merci pour votre coopération, monsieur Bassompierre.

— Avouez que finalement, le travail de recherche est simplifié ici, continua le directeur en se levant.

— Que voulez-vous dire ?

— Nous avons la chance de pouvoir consigner toutes nos entrées et sorties, ce qui n'est pas le cas pour les habitants de cette ville. Grâce à cela, vous allez éliminer un nombre important de suspects potentiels, mais assez peu au regard de la quantité d'âmes qui peuplent Mirecourt. Car vous pouvez me croire, certains des patients qui séjournent ici valent bien mieux que les rebuts qui traînent dans les rues à cette heure-ci.

Stéphane fut surpris par le ton que le directeur adoptait depuis quelques minutes et qui tranchait avec le discours du passionné. Mais il préféra ne pas lui en tenir rigueur, considérant l'heure tardive et l'alcool comme les responsables de paroles moins maîtrisées.

— Je vous assure que je vais mener mon enquête avec la plus grande objectivité.

— Je n'en doute pas une seconde, lui répondit Bassompierre avec un large sourire. Je vous raccompagne ?

Les deux hommes se dirigèrent vers la porte et Stéphane eut envie de poser une dernière question.

— Pouvez-vous me dire s'il est arrivé qu'un patient échappé n'ait jamais été retrouvé ?

— Depuis que je suis ici, il est certain que non.

— Et avant ?

— Pas à ma connaissance. Vous savez, lorsqu'un patient ne rentre pas à l'heure prévue ou fugue, nous prévenons la gendarmerie qui déploie alors un important dispositif pour le retrouver avec des moyens conséquents. Vous devriez pouvoir trouver ces informations à la gendarmerie de Mirecourt ainsi que les éventuelles enquêtes non résolues. Mais je doute fort que cela donne quelque chose.

Stéphane regretta de ne pas avoir pensé à faire vérifier les dossiers en lien avec l'hôpital plus tôt. Il remercia à nouveau le directeur et quitta les lieux sous son escorte. Ils étaient toujours aussi sinistres et il était ravi de ne pas avoir à déambuler seul dans les couloirs.

Dès demain, son équipe plancherait sur les documents laissés par le directeur afin de trancher si oui ou non, l'hôpital Vuillaume avait effectivement un lien avec son enquête.

## - 26 -

Une tartine beurrée et un café serré dans le ventre, Stéphane était de retour à l'hôpital Vuillaume à l'aube. Bassompierre lui avait laissé un message pour le moins intriguant au sujet d'un point qu'il avait omis de lui dire la veille.

Un soleil éclatant irradiait le ciel et les rayons, étonnamment chaleureux pour la saison, réverbéraient dans l'imposante baie vitrée et la multitude de fenêtres que comptait la façade du bâtiment principal. Stéphane était ébloui et devait se cacher les yeux pour avancer. Ses pupilles le picotaient et il fut soulagé de retrouver la lumière tamisée du bureau de Théodore Bassompierre. De lourds rideaux en velours empêchaient les puissants rayons de traverser la pièce et il regretta de ne toujours pas pouvoir profiter de la vue sur le jardin à la française, en plein jour cette fois.

Après les brèves formalités d'usage tournant autour du temps qu'il faisait et de la qualité du sommeil de la nuit précédente, Bassompierre entraîna Stéphane vers le sous-sol du bâtiment. Ils franchirent plusieurs portes en métal sécurisées qui s'ouvraient sous le bip des badges et se refermaient lourdement derrière eux. Les couloirs étaient beaucoup moins fréquentés que ceux de l'étage et après plusieurs minutes, Stéphane réalisa qu'ils étaient totalement seuls dans ce dédale qui se rafraîchissait à mesure qu'ils avançaient. Des ampoules halogènes distantes de plusieurs mètres distillaient une lumière faiblarde aux reflets orangés, ne permettant pas de voir plus d'une dizaine de pas devant soi. Large au début, Stéphane avait la désagréable sensation que le passage devenait de plus en plus étroit. Il sentait que ses épaules frôlaient les murs glacés et humides sur lesquels ruisselait de l'eau saumâtre. Il réprima un sursaut quand une goutte s'arracha du plafond recouvert de mousse pour venir éclater sur sa joue. Elle était tellement froide qu'elle lui fit l'effet d'une véritable décharge électrique. Il s'essuya du revers de la main et accéléra le pas pour tenir dans ceux de Bassompierre qui marchait à vive allure sans dire le moindre mot. Une forte odeur de moisissure pénétra les narines du policier et l'atmosphère devenait de plus en plus moite, même si les murs de béton continuaient à diffuser une fraîcheur polaire. Stéphane sentait ses poumons se comprimer, comme s'il manquait d'air. Il se mit à respirer à grandes bouffées et l'oxygène qui monta soudainement à son cerveau lui fit tourner la tête. Il s'arrêta quelques instants tout en continuant de suivre Bassompierre du regard qui ne réduisait pas son allure et ne se souciait pas de lui le moins du monde. Ses mains avaient touché les murs et elles étaient maintenant recouvertes d'une substance rougeâtre et visqueuse. Il les frotta contre son manteau pour se débarrasser de cette sensation poisseuse, mais un film gélifié restait toujours en surface. Il les ramena à son nez pour les sentir et fut pris d'un violent retour d'estomac lorsque son cerveau l'alerta sur l'origine inexplicable de cette odeur écœurante. Le message nerveux qu'elle renvoyait avait l'effet d'une boule de flipper qui venait cogner à travers les différentes parties de son crâne. Elle pilonnait dans ses souvenirs les plus enfouis pour en extraire les multiples effluves et recomposer, à la manière d'un parfumeur de l'horreur, le bouquet immonde qui embaumait ses fosses nasales. Des mots, comme des étiquettes, se plaquèrent devant ses yeux : pourriture, boue, vase, chloroforme... sang ! Stéphane sentit alors un voile rouge envelopper son visage. Les murs étaient recouverts de chancissure et d'une croûte noirâtre semblable à du sang séché. Lorsqu'une goutte d'eau venait à la rencontre d'un caillot perdu, les pigments d'hémoglobine retrouvaient leur vigueur et se diffusaient à l'intérieur formant une coulée rosâtre qui continuait de glisser le long du mur jusqu'à s'échouer à son pied. Stéphane remua violemment la tête pour être sûr de ne pas halluciner. Où Bassompierre était-il en train de l'emmener ? Il se souvint alors que les sous-sols de l'hôpital avaient abrité les pires horreurs durant son occupation par les soldats nazis. Se pouvait-il que les murs en portent encore les stigmates plus de soixante-dix ans après ?

Bassompierre avait presque disparu de son champ de vision. Il appela le directeur, mais sa voix semblait absorbée de toute part et l'homme ne ralentit pas d'un pouce.

Un cri déchirant vint alors rompre l'apparente solitude des lieux. Le cri d'un homme. Le cri d'un homme qui sentait que sa dernière heure était arrivée. Comment Stéphane pouvait-il savoir ce qu'était le cri d'un homme qui sentait sa dernière heure arriver ? Il n'en savait rien, mais il était certain d'une chose : ce cri était porté par la mort. Son écho résonna plusieurs secondes dans le couloir, rebondissant de manière sinistre dans tous les recoins du sous-sol. Stéphane était parti rapidement ce matin et n'avait pas pensé à prendre son arme de service. *Quel amateur !*

Bassompierre n'avançait plus. Stéphane s'arrêta lui aussi quelques mètres derrière lui. Il n'apercevait pas son visage et poursuivit lentement jusqu'à voir apparaître un homme à la mine soudainement démoniaque. Il arborait un sourire en coin et ses sourcils relevés semblaient tirer ses paupières vers son front. Stéphane fut pris d'un frisson d'effroi. Il repensa à la dernière porte qui s'était refermée derrière lui et qui avait claqué d'un bruit sourd signifiant qu'un retour en arrière était impossible.

— Bassompierre, ne faites pas le con, je suis armé, bluffa Stéphane.

Un rictus se dessina alors sur le visage du directeur et ses yeux se fermèrent pour accompagner un rire méphistophélique. Les murs vibraient sous ses éclats de voix et Stéphane fit semblant de chercher son arme sous son manteau. Bassompierre s'arrêta immédiatement de rire.

— Détendez-vous commandant. Où pensez-vous être ?

*Dans l'antre de diable.*

— Je n'en sais rien et j'aimerais le savoir assez vite.

— Alors, veuillez me suivre.

Le directeur s'était arrêté devant une porte blindée affublée d'un cadran semblable à ceux que l'on trouve sur les coffres forts. Il tapota sur quelques chiffres et un claquement retentit. Un cône de lumière se dessina sur le sol et s'agrandissait à mesure que la porte s'ouvrait. Bassompierre invita Stéphane à entrer. Le policier scruta l'intérieur de la pièce. Un carrelage d'une blancheur immaculée recouvrait le sol. Le même carrelage recouvrait également les murs et le plafond, rendant invisible la délimitation entre les différents espaces. Stéphane eut l'impression de pénétrer dans une boite tapissée d'un quadrillage monochrome dont le seul but était de tromper les nerfs optiques. Une lumière presque aveuglante jaillissait des néons qui descendaient du plafond et parfaisaient une ambiance aussi aseptisée qu'anesthésiante. Un meuble blanc à tiroir sur roulette garnissait pauvrement un des coins et seul ressortait le gris cuivré des instruments étranges posés dessus. Au milieu de la pièce d'une profondeur indéterminée, une table similaire à celles que l'on peut trouver dans les salles d'opération, surplombée de trois Scialytiques encore éteints. Stéphane avança timidement, tout en gardant un œil sur Bassompierre qui referma la porte derrière eux.

— Que voulez-vous me montrer ? s'inquiéta Stéphane.

— Un peu de patience commandant. Vous allez bientôt comprendre, répondit Bassompierre d'une voix monacale.

Stéphane osa quelques pas en direction du meuble à roulettes. Dessus, un grand plateau en étain sur lequel reposait une série d'outils ressemblant au premier abord à des instruments chirurgicaux. Mais en regardant de plus près, Stéphane constata qu'il ne reconnaissait pas le traditionnel scalpel ou la paire de ciseaux de chirurgie. Ceux qu'il avait sous les yeux ne lui étaient pas particulièrement familiers et le plus imposant ressemblait à un étau avec deux vis de chaque côté. Une scie à main était posée à proximité, avec un manche et des dents crantées à découper un bœuf en trois coups de bras. Plusieurs aiguilles de longueurs et d'épaisseurs différentes étaient alignées les unes à côté des autres, de la plus petite à la plus grande. Certaines étaient courbées à leur extrémité. Stéphane prit entre ses mains un objet qui ressemblait à une cuillère aplatie, plus étroite et plus longue qu'une cuillère classique. La voix du directeur résonna alors dans la pièce :

— Commandant, ne touchez pas s'il vous plaît. Les

règles d'hygiène sont très strictes ici.

Stéphane reposa l'ersatz de cuillère avant que son regard atterrisse sur un second plateau, plus petit et qui ne contenait que deux instruments : un petit marteau et une longue aiguille d'une trentaine de centimètres, surplombée d'un manche, faisant penser aux pics à glace que l'on utilise à la montagne, mais en version miniaturisée. Ces deux instruments étaient à part, écartés du reste du matériel, comme pour signifier leur caractère défendu.

Tout à coup, Stéphane tendit l'oreille. Un bruit sourd venait de retentir à l'extérieur de la pièce. Mais il ne provenait pas de la porte par laquelle il était venu. Il provenait du côté à l'exact opposé. Stéphane figea son regard dans cette direction, convaincu que quelque chose allait se produire. Un rectangle noir se découpa alors du mur et deux hommes entrèrent dans la pièce. Ils étaient vêtus d'une blouse verte, signifiant d'une façon certaine leur appartenance au milieu médical. Ils encadraient une troisième personne qu'ils tenaient par les bras. Ou plutôt qu'ils retenaient, car elle ne semblait pas très encline à les suivre. Elle tentait de ralentir sa course en traînant des pieds, mais ses pantoufles la faisaient simplement glisser sur le sol. Stéphane ne pouvait pas voir son visage, recouvert par un vulgaire sac en toile. Aucun son n'en sortait. Il regarda dans la direction de Bassompierre qui observait la scène d'un air satisfait, les deux mains derrière son dos, attentif au spectacle dont il semblait connaître la fin par avance.

Les deux infirmiers jetèrent violemment leur prise sur la table au milieu de la pièce. Stéphane resta prostré quand l'un d'entre eux s'approcha de lui pour attraper le meuble à roulettes. Les instruments s'entrechoquaient dans un cliquetis interminable. L'autre infirmier alluma les Scialytiques qui projetèrent leur lumière sur celui qui pouvait s'apparenter à un patient.

Stéphane n'arrivait pas à prononcer le moindre mot. Il était tétanisé, bloqué dans son propre corps. Il lui semblait entendre les gémissements de la personne sur la table. C'est alors que les deux infirmiers tirèrent des quatre coins de la table, des cordes métalliques qu'ils relièrent à ses membres. Elles semblaient épaisses et résistantes, mais ils les nouèrent avec une facilité déconcertante. Désormais, l'homme tentait de se débattre, mais en vain. Stéphane eut soudain l'impression de revoir les deux victimes du tueur, retrouvées exactement dans la même posture. Lorsqu'il eut enfin un éclair de lucidité, il comprit qu'il avait en face de lui les prémices d'une scène de torture telle qu'il aurait pu l'imaginer dans ses cauchemars les plus délirants. Il hurla en direction de Bassompierre :

— Qu'est-ce que c'est que cette connerie Bassompierre ? Qui est cet homme ? Un de vos patients ? Qu'allez-vous lui faire ?

— Calmez-vous commandant, lui répondit-il, toujours avec une impressionnante sérénité. Vous allez assister à un acte qui n'existe plus que dans cet hôpital. Un acte interdit en France depuis de nombreuses années, mais qui a pourtant prouvé son efficacité par le passé. Nous avons depuis longtemps banni ici tous les antidépresseurs, neuroleptiques, anxiolytiques, hypnotiques et autres psychotropes complètement inutiles et abrutissants. Sans compter que ces traitements nous coûtent très cher alors qu'une simple leucotomie dure à peine cinq petites minutes. Son efficacité est redoutable et surtout, il n'y a pas besoin de renouveler la prescription.

— Une leucotomie ? Qu'est-ce que c'est que ce baratin Bassompierre ? s'énerva Stéphane, toujours incapable de réagir en voyant sous ses yeux les membres de l'homme allongé s'agiter de plus en plus.

— Leucotomie vient du grec *leukos* qui signifie blanc et de *tôme* qui signifie coupure. En d'autres termes, la leucotomie consiste à sectionner certaines fibres nerveuses de la substance blanche du cerveau afin de les déconnecter d'une partie de la matière grise. Vous allez donc assister en direct à une lobotomie telle qu'elle était pratiquée à l'hôpital dans les années 1940.

L'un des infirmiers attrapa alors le marteau et le pic à glace qui étaient disposés sur le petit plateau pendant que l'autre retira le sac en toile de la tête du futur lobotomisé.

Stéphane écarquilla les yeux et il pouvait sentir ses pupilles se dilater dans ses globes oculaires. Il voulut pousser un cri d'effroi, mais il n'arrivait presque plus à respirer. L'air ne rentrait plus dans ses poumons et il commença à hoqueter péniblement. Il fit quelques pas en direction de la table, mais il peinait à mettre les pieds l'un devant l'autre. Son cerveau voulait accélérer, mais son corps ne répondait pas. Plus il avançait, plus il avait l'impression de ralentir. Les deux infirmiers étaient autour de la tête de l'homme et Stéphane voyait uniquement ses deux jambes se secouer avec l'énergie du désespoir. Il les poussa pour arriver à la hauteur du visage de ce malheureux. Lorsqu'il croisa son regard, il eut l'impression que son cœur allait le lâcher. Toutes ses terminaisons nerveuses étaient ultra stimulées, son sang tambourinait dans toutes les veines et toutes les artères de son corps, jusqu'au plus petit capillaire sanguin.

— Commandant, sauvez-moi !

Celui qui était en train de le supplier de le délivrer de l'acte chirurgical le plus barbare de tous les temps n'était autre que son ami et fidèle coéquipier : Eliott.

Comment se pouvait-il qu'il se retrouve ici ? Par quel moyen était-il arrivé dans l'antre de l'horreur où l'on pensait encore que triturer des cerveaux permettait aux maladies mentales de disparaître ?

Eliott continuait à crier et Stéphane essaya de le délivrer de ses entraves. Tous les deux poussaient des hurlements de terreurs et de rage pendant que les autres protagonistes les regardaient déployer des efforts voués à l'échec.

Un martèlement étouffé, mais bien audible, résonna alors depuis la porte principale. Il tambourinait au même rythme que l'afflux sanguin de Stéphane parcourait les cavités de son cœur. Le martèlement s'accéléra, comme si quelqu'un essayait d'entrer dans la pièce sans y parvenir. Il lui sembla alors entendre une voix féminine provenant de l'extérieur, mais elle était à peine perceptible, étouffée par l'épaisseur des murs et de la porte. Stéphane déployait une énergie folle à tenter de libérer son ami qui continuait de hurler. Ses yeux commençaient à s'embrumer. Il ne voyait déjà plus sur les côtés et il avait beau tourner la tête, le décor se résorbait inexorablement. Sa vue se réduisait, et plus la panique le gagnait, plus son corps vacillait. Il eut soudain le sentiment de tomber dans le vide au moment où le noir complet se découvrait devant lui.

Il n'entendait plus de cris.

Il n'entendait plus que le martèlement qui avait ralenti. Il perçut alors à nouveau cette voix de femme qui devenait de plus en plus distincte.

*Commandant ! Commandant !*

Stéphane ouvrit les yeux. Il n'y avait plus Eliott, pas plus que la table de torture sur laquelle il était allongé. Il n'était plus dans la salle blanche immaculée. Il était dans sa chambre d'hôtel. Il était en sueur.

— Commandant, vous m'entendez ? C'est Candice, il faut vous lever, Zeim nous attend et j'ai l'impression qu'il est furax !

243

Un mal de tête abominable était en train d'ensevelir son cerveau et il peinait à se sortir de l'affreux cauchemar dans lequel il avait pataugé durant plusieurs heures. Le récit de Bassompierre, combiné aux événements de ces derniers jours, avait bouilli dans son esprit jusqu'à donner ce scénario infâme qui avait hanté sa nuit. Il se sentait complètement groggy et un peu perturbé d'avoir vécu aussi intensément cet épisode inventé de toute pièce par son cerveau.

Quand il eut enfilé un tee-shirt sec et un pantalon, il ouvrit la porte à Candice qui trépignait depuis plusieurs minutes devant et qui ne put s'empêcher de s'exclamer en le voyant :

— Ah ben quand même ! Ouhla, vous avez une sale tête ce matin !

## 27

Dans la salle de réunion de la gendarmerie, l'ambiance était pesante. Zeim tournait en rond dans la pièce, pendant que Legendre et son équipe le suivaient du regard mécaniquement dans l'attente d'une explication qui justifierait leur convocation matinale.

Quand Stéphane et Candice poussèrent la porte à leur tour, ils furent accueillis par les pupilles embrasées du procureur qui n'attendait plus qu'eux pour faire son allocution.

— Il serait souhaitable que tu évites de faire perdre du temps à toute l'équipe et de répondre au téléphone quand je t'appelle Gassin !

Stéphane fut surpris et agacé par cet accueil, mais il comprenait au son de sa voix que ce n'était pas le moment d'envenimer les choses. S'il les convoquait d'aussi bonne heure, ce devait être justifié.

— Désolé, mon portable était déchargé, expliqua Stéphane en s'installant à côté de Candice en bout de table.

— Je ne sais pas si vous avez tous eu le temps de lire la presse en vous levant ce matin ? interrogea Zeim en connaissant parfaitement la réponse. Je vois à vos mines déconfites que non... Pour faire court, des éléments confidentiels de l'enquête ont été divulgués et se retrouvent aujourd'hui en première page de tous les journaux.

Pas moins de quatorze paires d'yeux le fixaient sans sourciller. Le procureur fit état des détails qui jusque-là avaient été gardés secrets pour les besoins de l'enquête, comme la position attachée des corps des victimes ou la présence d'un foulard enfoncé dans leurs gorges. Les consignes à ce sujet avaient été très strictes et pour ne pas provoquer un mouvement de panique au sein de la population ni compromettre les investigations, seul le minimum avait été divulgué. Mais désormais, les détails les plus glauques s'étalaient à la une des journaux et faisaient les gros titres de la presse nationale.

— « Le tueur au foulard », « l'écarteleur de la cité des luthiers » et j'en passe ! Un tissu d'absurdités qui va maintenant susciter l'angoisse dans toute la région ! Je dois savoir qui est à l'origine de ces fuites !

Zeim était en ce moment même le plus angoissé de tous. Pire. Il était complètement paniqué. Les investigations n'avançaient pas comme il le souhaitait et plus le temps passait, plus sa capacité à diriger et mener une enquête était remise en jeu. Il voyait son champ des possibles en matière politique se réduire à mesure que les jours défilaient. Mais c'était le dernier des soucis des occupants de la pièce qui se sentaient tous pointés du doigt par les sous-entendus du procureur et qui comprenaient mieux leur présence ici. Cependant, personne ne semblait être en mesure d'éteindre le feu qui brûlait chez Zeim. Certains haussaient les épaules, d'autres détournaient le regard et faisaient mine d'interroger leur voisin.

Stéphane prit finalement la parole :

— Cela devait finir par arriver. Il faut maintenant gérer la crise plutôt que de chercher à savoir d'où elle provient. On ne doit pas se laisser déstabiliser davantage.

Zeim fit semblant de ne pas entendre Stéphane. Candice lui adressa un regard de soutien et d'un geste de la main, lui fit comprendre qu'il valait mieux ne pas insister.

— Dois-je en déduire que personne ici ne sait d'où proviennent ces fuites ? continua Zeim sur un ton impatient.

— J'ai peut-être une idée, lança Legendre d'une voix peu assuré. Hier, le maire est venu me questionner une nouvelle fois sur les avancées de l'enquête. Il a su, par je ne sais quel moyen, que l'on cherchait du côté d'un foulard. Quand je lui ai demandé d'où il tenait cela, il n'a pas voulu me répondre et il est reparti. Je ne l'accuse pas, mais il semblerait qu'il en sache bien plus qu'il le devrait.

— Cet homme est pire qu'une fouine ! vociféra Zeim. Depuis le début, je prends soin de l'écarter de tout nouvel élément, car il ne sait s'en servir que pour son rabattage médiatique ! Je l'appelle tout de suite !

Zeim quitta la pièce en claquant la porte et faisant sursauter toute l'assemblée. Tous se regardaient sans oser dire un mot et décision fut prise de retourner au plus vite à ses tâches avant que le procureur ne déboule à nouveau. Stéphane et Candice se retrouvaient désormais seuls dans la salle de réunion. La jeune femme questionna alors le commandant :

— Vous ne pensez pas que ces fuites soient graves ?

— Je crois que l'on ne doit pas se laisser polluer par les journalistes. Ce n'est pas mon job de les gérer, mais Nicolas est un homme public et cela le touche bien plus que quiconque.

Au même moment, la porte claqua à nouveau et Zeim se remit à faire les cent pas dans la pièce.

— Sugeot arrive. Je ne vais pas le louper, croyez-moi !

Il s'installa finalement à une chaise et foudroya Stéphane du regard tout en s'adressant à lui.

— Quant à toi, j'aimerais maintenant que tu évites de me contredire devant l'équipe. S'il y a une taupe parmi nous, je dois le savoir !

— Tu devrais plutôt faire confiance à ces hommes au lieu de les soupçonner ! rétorqua Stéphane. Et arrête de me prendre de haut quand cela doit arranger tes petites affaires. Je n'ai pas trop aimé ta remarque lorsque je suis arrivé...

— Tu oublies que je suis ton supérieur, pas ton copain de biture ! Tu n'es pas un électron libre contrairement à ce que tu as l'air de penser !

Stéphane était tellement choqué par les propos de Zeim qu'il ne savait désormais plus quoi répondre. Il ne le reconnaissait plus et il était certain que l'enquête le tourmentait plus que de raison. Le procureur regardait maintenant Stéphane en oscillant entre remords et repentir. Mais son orgueil l'empêchait de l'admettre et il préféra quitter la pièce à nouveau.

— L'ambiance s'améliore entre vous on dirait ! lâcha Candice qui observait silencieusement les deux hommes depuis le début. Tendu le proc' !

— J'ai été tiré du lit un peu brusquement. Je vais me chercher un café et on s'y remet ?

— Pas de problème, je vous suis !

Son gobelet à la main, Stéphane sortit sur le perron de la gendarmerie et fut surpris de voir qu'un cordon de sécurité avait été déroulé en bas des marches pour éviter aux journalistes de se précipiter sur le moindre visiteur ou officier qui passerait par là. Les révélations sur l'enquête avaient fait des remous au sein de tous les médias, et le « tueur au foulard » était maintenant dans l'esprit de tous les Français. Quelques journalistes faisaient face à leurs cameramans et, micro à la main, relataient les dernières nouvelles en direct sur les chaînes de télévision. Stéphane entendit pester à sa gauche et aperçut Nicolas dans un recoin qui tapait vigoureusement sa cigarette électronique contre sa paume. Il la lança contre le muret et l'engin se brisa instantanément. Il sortit alors de sa veste de costume un paquet de Winston et alluma une cigarette. Il sursauta en voyant Stéphane venir vers lui.

— On dirait que tu es complètement à cran.

— Le mot est faible, répondit Zeim en soufflant sur la cendre rougeoyante. Cette enquête me met dans un état de nervosité incroyable. Je me reconnais à peine...

— Il y a quelques années, j'aurais jubilé de te voir dans une telle situation, continua Stéphane en s'accoudant au muret.

— Tu penses encore à Alexandra ?

— Avant quand je te regardais, c'était elle que je voyais. Maintenant, le temps a fait son œuvre et je suis passé à autre chose. Notre histoire était finie depuis bien longtemps et tes qualités professionnelles m'ont aussi convaincu que je n'avais pas d'intérêt à ressasser.

— Mes qualités professionnelles ? Tu as vu l'allure que j'ai en ce moment ? Je dors à peine, j'ai l'image de ces femmes dans ma tête en permanence... On dirait un débutant...

— Ce n'est pas le genre de dossier que l'on a tous les matins sur son bureau.

— Depuis que j'ai commencé ma carrière, je ne traite que des petites affaires. Un braquage de bureau de tabac en pleine journée et un mari qui tue sa femme, car il ne supporte pas le divorce. Ce sont peut-être les dossiers les plus sensibles que j'ai eu à mener. Le reste, ce n'est que broutille...

Zeim tira un peu plus fort sur sa cigarette. Le papier brûla et laissa place à une cendre fumante à l'odeur désagréable.

— Je t'admire, continua-t-il.

— Ce n'est pas ce que tu semblais dire tout à l'heure... rétorqua Stéphane en vidant son gobelet de café.

— Tout à l'heure, j'étais con. Tu arrives à garder ton sang-froid, je t'admire.

— C'est mon boulot... Et en ce qui me concerne, je ne fais pas de cette enquête une affaire personnelle.

— C'est vrai que si je n'avais pas l'échéance des élections...

— Tu devrais surtout te reprendre ! le coupa Stéphane, agacé que la politique vienne se mêler à nouveau d'une enquête judiciaire. Si tu ne veux pas que le SRPJ de Nancy récupère l'affaire dans les prochaines heures et te ruine toutes tes ambitions, secoue-toi et booste les équipes pour qu'elles continuent d'auditionner les témoins afin qu'on mette la main sur ce taré !

Stéphane laissa Zeim en plan, conscient que si lui aussi ne dénichait pas une piste sérieuse très rapidement, le dossier serait remis au parquet de Nancy, faisant passer les membres de la brigade d'Épinal pour des incompétents.

Le procureur était tellement absorbé par ses pensées qu'il ne remarqua pas Hervé Sugeot qui arrivait sous les assauts des journalistes avides de lui soutirer les plus fraîches informations. L'homme prenait un plaisir certain à répondre aux questions en feignant de ne pas pouvoir en dire davantage sur l'enquête et en insistant sur le fait qu'il fallait laisser les autorités travailler. Après un chaleureux « merci » à leur attention, le maire quitta les journalistes et passa sous le cordon de sécurité en direction du procureur qui avait fini par l'observer manœuvrer. L'accueil fut glacial.

— J'espère que vous profitez allègrement de ces moments de gloire, monsieur le Maire ! s'exclama Zeim en refusant la poignée de main que lui offrait Sugeot.

— Que me vaut cette convocation matinale ? J'ai d'autres chats à fouetter figurez-vous ! répondit Sugeot en transformant son sourire cordial en grimace dédaigneuse.

— Comme torpiller notre travail en divulguant les éléments les plus confidentiels de l'enquête à la presse ?

— Que voulez-vous dire ? s'insurgea le maire. Je n'apprécie pas beaucoup ces sous-entendus !

— Et moi, j'ai horreur que l'on se moque de moi ! Je sais parfaitement que c'est vous qui avez donné tous ces détails aux journalistes !

Zeim bluffait en partie, mais il était intimement persuadé que Sugeot était responsable des fuites. Il continua de plus belle sa tentative d'intimidation.

— Vous savez que je peux vous poursuivre pour entrave à l'enquête et violation du secret de l'instruction ! Cinq ans d'emprisonnement et soixante-quinze-mille euros d'amende, cela vous tente ?

Hervé Sugeot eut un mouvement de recul en voyant le visage de Zeim, rougi par la colère.

— Calmez-vous, monsieur le Procureur !

— Je suis le seul décisionnaire des informations qui peuvent être livrées à la presse ! Ce que vous avez fait va provoquer un vent de panique au sein de la population et permettre au meurtrier de connaître l'avancée de notre enquête !

— Je ne vois pas en quoi les éléments révélés pourraient nuire !

— Vous vouliez faire parler de Mirecourt, c'est ça ? Vous faire un petit coup de publicité sur le dos de ces pauvres femmes mises à mal par un illuminé ?

— Savez-vous ce que c'est que d'administrer une ville en perdition ? De se lever chaque matin et de voir que les rideaux des commerces se ferment pour ne plus jamais se rouvrir ? De voir chaque année le nombre de ses habitants diminuer ? De voir que dès que Mirecourt est évoquée dans la presse, c'est pour parler de règlements de comptes entre dealers ou condamnation pour trafic de stupéfiants...

Le maire avait relevé la tête et semblait sincèrement meurtri par la situation de sa petite ville.

— Je ne suis pas sûr que mettre en avant Mirecourt par le biais de ces meurtres soit une excellente affiche ! tempéra Zeim.

— J'aurais volontiers préféré qu'elle fasse la une de la presse grâce à la récente rénovation du musée de la musique mécanique, mais étrangement, cela ne déchaîne pas les foules.

— J'aimerais vous comprendre, mais les événements sont trop graves pour que vous puissiez en profiter de la sorte. Je vous demande désormais de vous tenir le plus loin possible des journalistes et par la même occasion des lieux de l'enquête.

***

Julien et Sophie avaient passé une grande partie de la soirée et de la nuit à discuter. Devant sa femme, Julien avait tenté de faire bonne figure, mais son esprit était ailleurs, partagé entre la vision d'Olga Simmons déversant sur lui un torrent de reproches et la présence inexpliquée de cet homme partout où il était et dont tout le monde semblait ignorer l'identité.

Mais depuis qu'il avait parlé à Sophie de ses ennuis au travail, il pouvait compter sur son soutien débordant.

— Ne te laisse pas faire par cette femme, lui dit-elle en lui servant un café au lait. Et si les choses tournent vraiment mal, quitte ton boulot. On trouvera une solution, ne t'inquiète pas.

Julien sentit l'énorme boule dans son estomac. Il avait l'impression que ses tripes allaient éclater sous la douleur. Sophie avait raison ; cela ne pourrait pas durer éternellement. Il faudrait qu'il y mette fin, d'une façon ou d'une autre.

— Ce matin, j'irai dire ma façon de penser à Jenny... Cette garce ne va pas s'en tirer comme ça... continua Sophie en beurrant un bout de baguette tout juste déposée par le boulanger.

— Tu es vraiment certaine que c'est nécessaire ? Le mieux serait de tourner la page maintenant, non ? répondit Julien, sans grande conviction.

— Je n'accepte pas la façon dont elle s'est comportée avec toi, avec moi et avec mon père ! Je tiens à ce qu'elle sache que nous ne sommes pas idiots et qu'il est désormais hors de question qu'elle remette un seul pied chez nous !

— Si tu veux alors...

Julien se leva sans terminer son bol et embrassa Sophie sur le front avant de prendre la voiture pour Enjoy Waters.

Une vingtaine de minutes plus tard, il prenait place à son bureau et fut désemparé par le flot d'e-mails non lus qui surgissait dans sa messagerie. Aucun n'émanait d'Olga. Elle cherchait à le tromper. À lui faire croire qu'elle ne lui en voulait pas pour mieux lui broyer les entrailles ensuite.

Samuel le regardait d'un air inquiet.

— Julien, je te trouve vraiment bizarre en ce moment. Tout va bien ?

— J'ai eu une période un peu difficile, mais ça va s'arranger maintenant, avoua Julien sans donner trop de détails.

— Désolé pour mon coup de fil d'hier... Je sais que c'est déjà compliqué entre toi et Olga, mais j'ai préféré te prévenir.

— Tu as bien fait. D'ailleurs, je vais aller prendre les devants et m'excuser tout de suite.

Samuel suivait son collègue du regard comme s'il allait au bûcher. Dans l'esprit de Julien, c'était tout à fait cela.

Aujourd'hui, le couloir qui séparait son bureau de celui d'Olga lui paraissait incroyablement long. Ses pieds étaient comme englués et il avançait au ralenti. Son corps tout entier luttait contre sa volonté d'en finir au plus vite avec cette confrontation, comme un avertissement.

Il savait qu'Olga était bien là, car il l'entendait discuter au téléphone à travers la porte. Il attendit qu'elle ait terminé sa conversation et frappa en inspirant une grande bouffée d'air.

Quelques secondes plus tard, il était assis face à elle. Et face à l'homme-mystère également. Ses cheveux mi-longs encadrant toujours son visage, les bras croisés, il se tenait derrière Olga en regardant Julien.

— Vos agissements me déplaisent de plus en plus, Langlois... Vous pouvez d'ores et déjà dire adieu à votre prime de fin d'année, lança la responsable qualité avec un calme olympien.

— Qui est-il ?

— Pardon ?

— Qui est cet homme ? continua Julien, en le pointant du doigt et sans prêter attention au visage

254

déconfit de sa supérieure.

— Vous allez bien Langlois ?

Julien haussa le ton.

— Il est à vos côtés en permanence depuis plusieurs jours, j'aimerais maintenant savoir qui il est !

— Sortez immédiatement de mon bureau ! rugit Olga en se levant de son siège et en pointant la porte d'un doigt déformé. Je ne vous autorise pas à me parler de la sorte ! D'ailleurs, j'en ai assez de vous voir polluer ce service ! Vous resterez chez vous jusqu'à nouvel ordre, je me passerai de vos lamentables compétences !

Julien affrontait maintenant Olga du regard. Ils se tenaient debout face à face et celui qui bougerait en premier aurait perdu la bataille. Stoïque, l'homme semblait observer le duel et Julien crut déceler une lueur de soutien dans ses yeux. Néanmoins, cela ne suffit pas à lui donner le courage nécessaire pour gagner le combat et il se précipita vers la porte sans insister davantage.

Étourdie par l'affront que venait de lui faire son assistant, Olga resta debout plusieurs dizaines de secondes avant de se retourner et de regarder la photographie d'un homme en costume de cérémonie militaire accrochée au mur.

— Mon pauvre Jean, lâcha-t-elle dans un soupir, depuis le temps que tu es ici, c'est bien la première fois que quelqu'un songe à me demander qui tu es.

## 28

— Tu es sûr de ce que tu dis ?

Dimitri répéta la question pour la troisième fois à Romaric.

— Oui, c'était dans les journaux ce matin. Nues, les membres écartés et un foulard dans la gorge.

Dimitri avait grogné une fois de plus quand Romaric lui avait dit que la télévision de la salle commune ne serait pas réparée avant quatre ou cinq jours, mais était aussitôt passé à autre chose lorsque l'infirmier lui avait donné les nouvelles fraîches concernant l'enquête. Pour la première fois depuis des années, Dimitri n'avait pas ressenti un tel séisme intérieur. Il faut dire que les antipsychotiques qu'il ingérait quotidiennement inhibaient considérablement ses émotions, mais cela n'affectait pas complètement sa mémoire.

Pourtant, cela lui aurait été bien agréable de pouvoir oublier certains événements. Notamment quand son père entrait dans sa chambre au beau milieu de la nuit pour lui toucher le sexe alors qu'il n'était pas plus haut que trois pommes. Ou encore lorsque sa mère lui enfonçait des bouteilles en verre dans l'anus jusqu'à ce que le sang coule le long du goulot et que ses cris, pourtant étouffés par un drap enroulé autour de sa tête, réveillent les voisins. Il aurait aimé aussi oublier toutes les fois où il avait vu son petit frère subir le même sort. Toutes les fois où leurs parents lui avaient demandé de lui planter des aiguilles de couture dans le gland de son pénis. Les hurlements de son petit frère, il les garderait gravés dans sa mémoire à tout jamais. La liste des sévices était tellement longue que seul un cerveau humain hors norme et insoumis à des substances anti-délirantes pouvait conserver en totalité. En revanche, une chose ne s'effacerait jamais : le bruit des corps de ses parents, s'écrasant sur le bitume, en bas de leur appartement. Une chute du septième étage qui n'avait laissé aucune chance aux tortionnaires et qui lui avait permis de connaître le doux chant d'une boîte crânienne qui explose. Ce souvenir-là, il ne voulait surtout pas l'oublier. C'était aussi celui qui l'avait conduit ici et qui l'avait condamné à errer à perpétuité entre les murs de l'hôpital Vuillaume.

Il pensa alors aux deux meurtres qui venaient d'avoir lieu à Mirecourt. Cette ville dans laquelle il vivait depuis vingt ans, mais dont il n'avait jamais rien vu. Les seules représentations qu'il en avait, c'était grâce aux échanges qu'il avait avec le personnel soignant et les quelques patients qu'il croisait lors de ses promenades dans le parc. Non pas qu'il soit interdit de sortir en ville comme cela était parfois autorisé pour certains malades, mais il avait toujours refusé de reprendre contact avec l'extérieur. Au sein de l'hôpital, il était sûr de se sentir bien. Il s'était construit son propre Mirecourt, avait dessiné des plans selon les informations qu'il glanait à droite et à gauche. Il ne connaissait pas Andrée Chanteuil ni Maryse Brunet, mais savait qu'elles étaient respectivement pharmacienne et patronne de bar. Il situait l'ensemble des commerces de la ville, ses écoles, son collège, son lycée, ses infrastructures sans jamais y avoir mis les pieds une seule fois dans sa vie. Mais cela lui convenait très bien, et jamais, il n'avait eu envie de voir tout cela de ses propres yeux.

Lorsqu'il entendit les paroles de Romaric ce matin, il n'avait pas voulu y croire. Mais il en était certain. Certain que sa mémoire ne pouvait pas lui jouer une farce. Il connaissait celui qui avait tué les deux femmes.

## 29

Candice et Stéphane avaient planché toute la journée sur les procès-verbaux des auditions des différents témoins sans rien en ressortir de pertinent. Les éléments fournis par l'hôpital Vuillaume ne révélaient aucune anomalie dans les allées et venues des patients tout comme le rapport de surveillance qui ne faisait état d'aucune fugue. L'origine du foulard n'était encore pas établie et Stéphane avait, pour la première fois, la sensation que l'affaire lui échappait totalement. Le procureur général avait appelé et l'enquête était sur le point d'être confiée au parquet de Nancy. Stéphane, appuyé par Zeim, avait réussi à obtenir vingt-quatre heures supplémentaires malgré l'urgence de la situation et le peu d'éléments découverts.

— Je suis épuisée, finit par lâcher Candice, les yeux chatouillés par les longues heures de lecture des PV. Il n'y a rien là-dedans...

— Comment ce type a-t-il pu agir sans se faire remarquer ni laisser aucune trace ? demanda Stéphane en espérant que la réponse allait surgir par miracle.

— Un méticuleux ? Un professionnel ?

— Un professionnel... répéta Stéphane. Quelqu'un

qui aurait déjà une certaine expérience en matière de meurtre, qui n'en serait peut-être pas à son coup d'essai...

En même temps qu'il prononçait ces mots, Stéphane se sentit soudainement envahi d'un étrange sentiment mêlant la honte de ne pas avoir pensé à cela plus tôt et la peur de se faire réprimander comme un enfant qui aurait fait une bêtise.

— Je suis vraiment trop con...

— Ce n'est pas tout à fait comme cela que je vous vois, mais...

— Pourtant c'est la vérité ! J'appelle Eliott tout de suite !

Stéphane repensa à Nicolas se comparant à un débutant. En cet instant précis, il avait réellement l'impression d'en être un également.

— Eliott ! s'exclama-t-il lorsque son collègue décrocha. Est-ce qu'on a pensé à consulter le SALVAC[8] après le premier meurtre ?

— *Je ne crois pas, mais étant donné les circonstances, on en aurait entendu parler si ce mode opératoire avait déjà eu lieu quelque part non ?*

— Il faut que tu vérifies tout de suite ! Si le logiciel ressort quelque chose, on va vraiment passer pour des amateurs de ne pas avoir vu ça avant !

Eliott demanda à Stéphane de lui laisser quelques minutes pour rechercher. Candice regardait l'officier de police marmonner tout en ayant l'oreille scotchée à son

---

8   *N.D.A. : Le logiciel Système d'analyse des liens de la violence associée aux crimes, abrégé sous le sigle SALVAC, a été créé dans le cadre du profilage criminel et de l'établissement de liens entre les crimes en série.*

téléphone.

— Calmez-vous commandant ! Comme dit le proverbe, mieux vaut tard que jamais.

— Je ne sais pas pourquoi cette enquête ne se passe pas comme elle le devrait. Nous sommes tous à côté de la plaque et il est certain que notre assassin a plus d'une longueur d'avance avec des officiers comme nous.

Stéphane mit le haut-parleur avant de se rasseoir. La voix d'Eliott résonna alors dans toute la pièce.

— *Bingo !*

— Comment ça « bingo » ? Tu as trouvé quelque chose ?

— *Oui... J'avoue que je ne sais pas comment nous avons pu passer à côté, mais voici ce que j'ai. Il y a quinze ans à Nancy, trois femmes ont été assassinées dans les mêmes circonstances que nos deux commerçantes. Elles ont été retrouvées attachées à leur lit, étouffées avec un foulard dans la gorge. Mais le coupable n'a jamais été identifié.*

— Ne quitte pas le commissariat et commence à éplucher les dossiers. J'arrive dans moins d'une heure.

Stéphane culpabilisait de ne pas avoir fait cette vérification plus tôt, surtout dans le cadre de meurtres avec un mode opératoire particulier. Une première véritable piste s'ouvrait désormais : le tueur n'en était pas à son coup d'essai.

Candice et Stéphane étaient sur le point de quitter la gendarmerie pour se rendre à Épinal lorsque le téléphone du commandant sonna à nouveau. Il vit la photo de sa fille apparaître sur l'écran.

— Merde ! Lucie ! J'avais complètement oublié !

— Votre fille ?

— Oui ! Je devais dîner avec elle !

— Décrochez et expliquez-lui. Je suis sûre qu'elle

263

comprendra.

Stéphane appuya sur la touche verte en préparant mentalement le discours qu'il allait pouvoir faire à sa fille. En entendant sa voix, il sentit son courage diminuer de moitié.

— *Papa, tu es toujours d'accord pour que l'on se retrouve ce soir ?*

— Écoute Lucie...

— *J'en étais sûre ! Quand tu commences tes phrases par « écoute Lucie », je sais que tu vas m'annoncer une nouvelle fois que tu ne peux pas venir ! Tu ne peux pas, c'est ça ?*

— C'est compliqué... Tu as entendu parler du « tueur au foulard » ?

— *Comme tout le monde oui ! Papa, c'est important pour moi, il faut que tu sois là ce soir...*

— L'affaire est très sensible et chaque heure compte... Je n'ai pas le choix, on doit remettre ça à un autre moment...

Candice souriait en constatant les trésors de diplomatie que s'efforçait d'utiliser Stéphane pour convaincre sa fille.

— *J'ai quelque chose à t'annoncer, papa. Je ne veux pas le faire par téléphone. On se retrouve à 19 heures à la brasserie en bas de chez moi. Ça ne sera pas long, après je te laisserai tout à ton enquête.*

Un frisson d'angoisse parcourut alors tout le corps de Stéphane. C'était la première fois que Lucie lui parlait comme ça et une grande question surgit dans sa tête : que peut bien vouloir annoncer une fille de dix-huit ans à son père qui ne pouvait pas être dit au téléphone ?

Stéphane raccrocha, l'air hagard.

— On dirait que vous n'avez pas le choix, rit Candice.

— On dirait oui...

— Vous pouvez y faire un saut et écouter ce qu'elle a à vous dire avant de revenir au commissariat. Je suis sûre qu'Eliott peut commencer sans vous.

— Cette histoire va me faire perdre deux ou trois heures ! Ce n'est vraiment pas le moment !

— Commandant, l'enquête est importante oui. Les indices, s'ils existent dans ces dossiers, ne disparaîtront pas pendant votre dîner. En revanche, si vous n'accordez pas à votre fille l'attention qu'elle réclame, vous risquez de la perdre et il sera trop tard.

Les paroles de Candice laissaient transparaître une nouvelle fois de la fragilité dans sa voix.

— On dirait que vous savez de quoi vous parlez, je me trompe ? questionna Stéphane.

— Je crois que je vous ai déjà bien assez ennuyé avec ma vie. Allez à ce dîner et prévenez Eliott que vous arriverez plus tard que prévu.

Rapidement, Stéphane admit qu'un compromis était possible, d'autant qu'il avait multiplié les faux pas avec sa fille depuis plusieurs années. Il appréciait de plus en plus les mots rassurants et raisonnés de Candice qui lui avaient permis de ne pas réagir trop rapidement cette fois. Malgré son jeune âge, les épreuves qu'elle avait traversées lui avaient forgé une grande maturité et une certaine sagesse.

— Cela vous dirait de m'accompagner ?

— Je ne sais pas trop si c'est ma place... Votre fille a plutôt l'air de vouloir être seule avec vous.

— Je crois que votre présence me rassurerait, avoua Stéphane.

— Donc votre proposition est totalement intéressée ? Ce n'est pas le plaisir de passer quelques heures de plus en ma compagnie qui vous anime ? répondit Candice en souriant.

— J'ai bien l'impression que je vais avoir du mal à me débarrasser de vous de toute façon ! Alors autant que vous soyez utile !

— Je ne sais pas comment je dois le prendre, mais j'accepte ! Prévenez tout de même votre fille, je ne voudrais pas être le boulet qui contrarierait ses plans.

***

Un peu plus tard, Lucie, qui avait accepté la présence de Candice lors du dîner, les attendait sous la terrasse chauffée de la brasserie située en bas de son immeuble. Pour une fois, elle était soulagée que son père soit de nouveau pressé de partir : la nouvelle passerait sans doute mieux et elle n'aurait pas à supporter son regard culpabilisant trop longtemps. Car oui, il serait très certainement furieux en entendant ce qu'elle était sur le point de lui dire.

Lucie fut agréablement surprise de découvrir la jeune collègue de son père. L'idée qu'un rapprochement était possible entre eux lui effleura l'esprit et elle les trouva même plutôt bien assortis malgré la différence d'âge. Elle avait toujours eu l'impression que son père faisait plus jeune et ne lui avait pas connu d'histoire sérieuse depuis son divorce avec sa mère. Mais elle évita de faire une quelconque remarque et commanda un apéritif maison à base de mirabelle pour tout le monde.

— Tu es sûre que c'est raisonnable pour toi l'alcool ? demanda Stéphane à sa fille.

— Ça va me détendre, enchaîna-t-elle rapidement en tentant de masquer sa nervosité.

— J'ai réfléchi tout le trajet et je t'avoue que ce que

tu m'as dit m'inquiète un peu... M'inquiète beaucoup même. D'autant plus qu'avec l'enquête en cours, je ne peux pas vraiment m'attarder...

Stéphane sursauta en comprenant qu'il venait de recevoir un coup de pied dans la jambe. Il leva les yeux et vit que Candice le regardait d'un air désapprobateur.

— Mais je suis prêt à t'écouter, pas de problème. Qu'as-tu à me dire de si important ?

— Si tu veux bien, j'aimerais attendre un peu avant, répondit Lucie qui aurait pourtant préféré en finir dès maintenant.

Le serveur déposa les trois coupes d'apéritif et Lucie en commanda une quatrième.

— Tu ne vas tout de même pas boire deux verres maintenant Lucie, s'insurgea Stéphane en s'inquiétant vraiment de la tournure que prenait la soirée.

Il sentait que l'ambiance était tendue et se demandait quand tout cela allait cesser.

— Ce n'est pas pour moi, le rassura sa fille.

— Pour qui dans ce cas ?

Lucie arbora alors un sourire de soulagement en regardant vers l'entrée de la brasserie et répondit :

— Tu vas le savoir tout de suite !

Stéphane se retourna et vit un manteau de fourrure blanche s'approcher de lui à vive allure. Il mit quelques instants avant de reconnaître son ex-femme à l'intérieur de ce dernier grâce à la longue chevelure blonde qui ondulait au-dessus de ses épaules.

— Tu as aussi fait venir ta mère ?

Candice se sentit alors soudainement mal à l'aise. Se retrouver au milieu d'une réunion de famille ne l'enchantait pas particulièrement. Son regard croisa celui d'Alexandra qui s'interrogeait intérieurement sur la présence d'une inconnue attablée avec son ex-mari et sa fille.

— Je devrais peut-être vous laisser discuter tranquillement, suggéra-t-elle alors en se levant.

— Non, restez, insista Stéphane en lui rattrapant le bras et en l'obligeant à se rasseoir.

— Ne vous inquiétez pas, la rassura Lucie. Ça ne sera pas long.

Alexandra embrassa sa fille, et sans même un regard pour Stéphane, amorça la conversation.

— Je ne savais pas que ton père serait là...

— Moi non plus, je ne savais pas que tu serais là... Je pensais dîner tranquillement avec ma fille figure-toi, continua Stéphane avec un air sarcastique.

— Ta fille et... ? continua Alexandra en levant les yeux vers Candice.

— Candice est une collègue. Elle travaille avec moi sur une grosse enquête en cours. Mais Nicolas a très certainement dû t'en parler. D'ailleurs, tu devrais le détendre un peu plus parce qu'il est très nerveux en ce moment.

— Pas étonnant qu'il soit crispé. J'ai cru comprendre que tu ne brillais pas par tes talents d'enquêteur.

— C'est lui qui t'a dit ça ? rétorqua Stéphane, agacé par la remarque.

— Oh non, il t'a toujours beaucoup respecté. Mais comme toute votre enquête s'étale dans les journaux et qu'il semblerait que vous n'ayez aucune piste, j'en déduis que vous ne devez pas avoir grand-chose dans votre dossier.

— Nicolas serait ravi de voir avec quelle ferveur tu nous soutiens, j'en suis sûr !

— Je pense qu'il apprécierait beaucoup moins de te savoir tranquillement attablé à une terrasse de brasserie pendant qu'un psychopathe court les rues.

— Excuse-moi d'avoir, tout comme toi, répondu à la sollicitation urgente de ma fille !

— De notre fille !

Candice assistait, médusée, au crêpage de chignons entre les deux anciens époux, pendant que Lucie se tenait la tête entre les mains pour éviter de voir la scène qui se déroulait face à elle. Elle attrapa son verre et avala d'un trait tout son contenu ainsi que celui de sa mère, sous les yeux circonspects de ses parents.

— Je ne vais pas faire durer le supplice plus longtemps puisque je vois que vous êtes incapables de rester plus de trente secondes l'un à côté de l'autre sans vous étriper !

Alexandra et Stéphane ne disaient plus un mot et leurs voisins de table avaient même stoppé leur conversation, surpris par la brusque intervention de la jeune fille.

— J'arrête tout !

— Comment ça tu arrêtes tout ? répondit Alexandra.

— L'école, les études. Tout.

— C'est une blague j'espère ? continua sa mère. On vient de te trouver un studio pour que tu sois plus confortable et tu nous annonces que tu laisses tomber.

— Je n'y arrive pas. C'est beaucoup trop difficile. J'ai beau passer mes journées et mes nuits sur ces fichus bouquins, je ne parviens pas à avoir le niveau demandé.

— L'année scolaire commence à peine ! Tu ne vas pas te décourager si vite ! Et toi, tu ne dis rien ? lança Alexandra à l'attention de Stéphane qui réfléchissait à la meilleure réponse à donner à sa fille.

— Que comptes-tu faire alors ? réagit-il enfin.

— Tu ne vas tout de même pas cautionner sa décision ! Après tout le mal que l'on s'est donné pour qu'elle puisse intégrer cette école !

— De quel mal parles-tu ? Elle n'a eu aucun mal à y entrer avec ses excellents résultats au bac !

— Je vais partir avec Hugo quelques mois en

Australie. Il a trouvé un petit boulot là-bas et je suis sur le point moi aussi de décrocher un job de jeune fille au pair.

Alexandra semblait sur le point de s'évanouir en entendant ces mots.

— Hugo ? Ton petit ami ? Celui qui fait médecine ?

— Oui. Lui aussi est à bout. On veut profiter un peu et voir d'autres pays.

— Tu ne désires plus être vétérinaire ? demanda Stéphane qui tentait de ne pas montrer la panique qui le gagnait.

— Peut-être pas définitivement. Mais pour le moment, je crois que j'ai envie de découvrir autre chose, répondit Lucie, déterminée.

— Tu sais qu'il ne te suffit pas de décider de cela et partir juste parce que ça te chante ! continua Alexandra, hors d'elle. Tu n'iras nulle part et sûrement pas avec ce garçon !

— J'étais certaine que vous réagiriez comme ça. Pendant des années, j'ai été la petite fille sage qui travaillait bien à l'école, qui ne se plaignait jamais. Pourtant au fond de moi, je souffrais ! Et vous savez pourquoi ?

— Lucie, tu n'as jamais manqué de rien ! Qu'est-ce qui te prend ! la coupa sa mère.

— Ah oui ! L'argent ! L'argent ne fait pas le bonheur, mais ça, tu ne t'en rends pas encore compte ! Tu penses qu'il te suffisait de m'acheter le dernier téléphone à la mode ou les fringues que je voulais pour que je sois heureuse ? Oui, j'ai été docile, mais c'est terminé !

Lucie avait les larmes aux yeux. Sa mère et son père l'écoutaient sans plus rien dire.

— Chaque rentrée des classes, j'entendais mes copines me raconter leurs vacances d'été à la mer, à la montagne ou dans des pays que je n'avais vus qu'à la télévision. Je n'allais certainement pas leur dire que moi, j'étais restée enfermée dans ma chambre pendant deux mois parce que mes parents travaillaient sans arrêt et n'étaient pas capables de poser une semaine de vacances en commun. Alors je m'inventais des voyages dans des pays fantastiques et j'imprimais des photographies de monuments trouvées sur internet en leur faisant croire que c'était moi qui les avais prises. Et puis quand vous vous êtes séparés, c'était encore pire ! Tantôt chez l'un, tantôt chez l'autre, mais toujours seule ! Oui seule ! Alors aujourd'hui, j'ai envie d'aller réellement dans tous ces pays au sein desquels j'ai inventé des voyages !

Alexandra ravala sa salive. Elle était bouleversée par les révélations inattendues de sa fille. Mais sa fierté et sa raison de mère l'empêchaient d'accorder le moindre crédit à ce qu'elle disait.

— Tu es dure Lucie ! Si on travaillait tant ton père et moi, c'est pour que tu ne manques de rien. Et c'est comme ça que tu nous remercies ? En envoyant tout balader sur un coup de tête ? Ce que tu peux être ingrate ! dit-elle en tapant du poing et faisant vibrer toute la vaisselle qui s'y trouvait.

C'était maintenant tout le restaurant qui les observait. Certains se levaient même de leur table pour mieux admirer le drame familial qui se jouait près d'eux.

— Alex ! Qu'est-ce qui te prend ? s'exclama Stéphane, choqué.

— De toute façon, tu ne m'interdiras rien du tout, hurla Lucie en fixant sa mère d'un regard noir cerclé de rouge. Je suis majeure et je pars si j'en ai envie !

Lucie se leva d'un bond et courut vers la sortie, bousculant au passage le serveur qui n'osait plus s'approcher d'eux. Stéphane tenta de la rattraper.

— Laissez commandant ! Je vais y aller !

Candice s'était levée plus rapidement que lui et

emboîtait déjà le pas à l'adolescente. Le policier reprit sa place à côté d'Alexandra qui regrettait amèrement ses paroles.

— Dis-moi que c'est une blague et que je suis en train de faire un cauchemar... finit-elle par lâcher.

— J'ai bien peur que non...

— En tout cas, je ne te remercie pas de ton soutien...

— Tu veux vraiment que l'on se dispute encore ? Nous avons autre chose à gérer, je pense !

— Tu as raison... Qu'est-ce qui lui arrive ?

— Elle n'est plus la petite fille que nous avons laissée il y a quelques semaines. Peut-être que nous devrions prendre en compte son avis pour une fois.

— Ce n'est qu'une crise d'adolescente ! Si elle quitte l'école maintenant, elle va le regretter toute sa vie ! On ne peut tout de même pas la laisser faire !

— Je crois que nous devrions attendre que l'orage se calme et avoir une nouvelle discussion avec elle.

Alexandra regarda sa montre.

— J'ai une audience tôt demain matin au palais et des dossiers à terminer. Je file.

— Maintenant ? Et Lucie ? répondit Stéphane, interloqué.

— Tu vas très bien gérer seul et je crois que j'ai fait assez de dégâts pour aujourd'hui. Je préfère en reparler à tête reposée comme tu l'as suggéré. On s'appelle ?

— Je n'ai pas vraiment le choix apparemment...

— Au fait, j'ai eu un petit souci avec mon téléphone et j'ai perdu tous mes numéros. Note-moi le tien là-dessus afin que je puisse te joindre.

Alexandra lui tendit un morceau de serviette en papier. Stéphane déversa le contenu des poches de sa veste sur la table à la recherche d'un stylo.

— Toujours aussi désordonné on dirait, ricana Alexandra en observant le capharnaüm qui s'étalait désormais devant elle.

Ses yeux s'arrêtèrent alors sur la photographie du foulard que Stéphane avait gardée.

— Que fais-tu avec cette photographie dans ta poche ? l'interrogea-t-elle.

— Ah, c'est pour l'enquête. J'ai oublié de la ranger dans le dossier tout à l'heure.

— Tu veux dire que c'est ce foulard que le tueur met dans la bouche de ses victimes ?

— Précisément oui.

— Il a des goûts de luxe ! De la soie véritable !

Les yeux de Stéphane s'illuminèrent soudainement.

— Est-ce que tu as déjà vu ce foulard ?

— Plutôt oui ! C'est la vedette de la maison Chartel. Un peu comme la marinière chez Jean-Paul Gaultier si tu vois ce que je veux dire.

— Et où se trouve cette maison Chartel ?

— Ils ont une boutique à Nancy à quelques pas de la place Stanislas dans la vieille ville. Ils en ont également une sur Paris il me semble, non loin de la place Vendôme. Mais le fondateur de la maison est nancéien donc c'est ici que sont élaborées toutes les collections.

Stéphane se leva et dans un élan d'euphorie, embrassa Alexandra sur le front. Il regarda en direction du ciel qu'il remercia d'avoir donné à son ex-femme une attirance non dissimulée pour le luxe. Alexandra resta quelques secondes sur place avant de lui souhaiter finalement bon courage pour la suite de son enquête. Seul à sa table, Stéphane se hâta d'appeler Eliott pour lui annoncer sa trouvaille.

— *Super nouvelle*, lui répondit Eliott. *Par contre, de mon côté, rien.*

— Rien ?

— *Aucune trace n'a été laissée par le meurtrier il y a quinze ans. J'arrive à peine à y croire ! Cette enquête est comme un labyrinthe ; chaque fois que l'on pense s'approcher la sortie, on se retrouve finalement dans un cul-de-sac...*

— Si tu n'as pas besoin de moi, je vais rester ici cette nuit pour être chez Chartel demain à l'ouverture. Envoie-moi les dossiers par mail, je vais tout de même les éplucher. Ce type n'est pourtant pas un fantôme !

Stéphane recouvra ses esprits et regarda autour de lui en espérant apercevoir sa fille accompagnée de Candice. Les clients du restaurant avaient repris leurs conversations et dînaient comme s'il ne s'était rien passé. Il décida de partir à leur recherche et en voulant prévenir Candice qu'il quittait le restaurant, un SMS de la jeune femme, indiquant qu'elle revenait, s'afficha sur son téléphone.

Quelques minutes plus tard, Candice arriva seule à sa rencontre.

— Je l'ai raccompagnée chez elle, elle avait besoin de se reposer.

— Que vous a-t-elle dit ? l'interrogea Stéphane.

— Secret de filles ! Mais ne vous inquiétez pas, tout devrait rentrer dans l'ordre rapidement. Laissez-vous juste un peu de temps.

— C'est plutôt à mon ex-femme que vous devriez dire ça !

— À ce sujet d'ailleurs, vous êtes un antidote contre le mariage quand on voit à quel point vous vous détestez ! Mais j'ai envie de faire confiance au proverbe « qui aime bien, châtie bien » n'est pas qu'une belle parole...

— Qu'est-ce que vous insinuez ?

— Que vous vous appréciez bien plus que vous voulez le faire croire.

— Vous vous trompez. C'est bel et bien terminé avec

Alexandra. Mais je dois reconnaître que ce soir, je lui dois une fière chandelle.

Stéphane expliqua l'origine probable du foulard et Candice se réjouit de voir que l'enquête progressait enfin.

— Je vais rester à Nancy cette nuit, Eliott n'a pas besoin de moi ce soir.

— Où allez-vous dormir ?

— Je pensais pouvoir demander le gîte chez ma fille, mais étant donné les circonstances, je vais chercher une chambre d'hôtel.

— Je peux venir avec vous ?

Stéphane fut surpris par sa question. Il savait qu'elle possédait un appartement en ville.

— Vous n'en profitez pas pour rentrer chez vous ?

— C'est-à-dire que... J'ai peur de ne pas m'y sentir en sécurité...

Stéphane repensa aux confidences de Candice au sujet de son ancien petit-ami.

— Vous craignez que ce Jordan débarque ?

— Oui...

Candice paraissait à nouveau frêle et fragile.

— Vous pourriez peut-être venir dormir chez moi ? Cela me rassurerait de vous savoir à proximité, proposa la jeune femme. Et puis, cela vous éviterait de chercher une chambre d'hôtel.

— Vous êtes sûre que c'est une bonne idée ?

— S'il n'y a pas de problème pour vous, il n'y en a pas pour moi.

Stéphane ne se posa pas davantage de questions et accepta la proposition de Candice. Après tout, il ne s'agissait que de partager l'appartement d'une collègue de travail, le temps d'une nuit et pour les besoins d'une enquête. Si en plus, cela pouvait permettre à son hôtesse de dormir sur ses deux oreilles, il n'avait aucune raison de refuser.

***

Ils parcoururent le trajet qui séparait l'appartement de Candice du restaurant à pied. Une vingtaine de minutes plus tard, ils se trouvaient au bas d'un vieil immeuble de quatre étages et mal entretenu de style renaissance, aux abords d'une place peu animée. Les quelques établissements ouverts n'affichaient pas complet et les serveurs jetaient de temps à autre un œil dehors pour surveiller l'arrivée d'éventuels clients. Les pavés blancs de la place n'étaient foulés que par quelques passants, pressés d'échapper au froid mordant de la nuit tombée.

— C'est là, dit Candice en hésitant à sortir de sa poche la clé avec laquelle elle avait joué tout au long du trajet.

Stéphane sentait l'inquiétude dans sa voix. Il tenta de la rassurer.

— Ne vous en faites pas, ce type ne fera rien. On passe la nuit ici et demain à la première heure, on file. Ça vous va ?

Candice acquiesça et enfonça la clé dans la serrure de la lourde porte en bois qui fermait l'immeuble. Une odeur âcre d'humidité arriva jusqu'aux narines de Stéphane qui ne voyait pas à un mètre.

— L'ampoule n'a encore pas été changée, pesta Candice.

Elle alluma la lampe-torche de son téléphone et Stéphane la suivit de près dans les escaliers en colimaçon qui grimpaient jusqu'aux étages. Le bruit grinçant des marches sous leurs pas créait une atmosphère angoissante et le petit faisceau apporté par la lampe accentuait cette sensation. Le rayonnement sur les murs révélait une tapisserie défraîchie et sur le point de tomber. La jeune femme s'arrêta face à une porte rouge sur le deuxième palier. Quand ils entrèrent, la lumière jaillit si soudainement que Stéphane dut mettre la main devant ses yeux pour ne pas être ébloui.

Il fut alors surpris de voir un appartement fraîchement rénové. Une odeur de peinture était encore perceptible et Candice alla ouvrir un peu la fenêtre pour aérer la pièce. Un vent froid s'engouffra brusquement dans la pièce et Stéphane attendit quelques instants avant d'enlever son manteau.

— Servez-vous un café si vous voulez, je vais chercher une couverture pour que vous puissiez vous installer sur le canapé pour cette nuit.

Candice lui indiqua la direction de la cuisine avant de disparaître dans une pièce voisine. L'appartement comportait un grand salon avec une cuisine ouverte très moderne. Une chambre et son imposant dressing jouxtaient la pièce principale ainsi qu'une salle de bain de taille très correcte. La décoration était sobre et même s'il était meublé avec goût et tranchait énormément avec l'esprit lugubre de l'immeuble, Stéphane trouvait que l'appartement manquait cruellement de vie. Candice ne devait pas s'y rendre souvent.

Elle réapparut quelques minutes plus tard, les bras chargés d'une couette et d'un oreiller encore enfermés dans leur emballage en plastique.

— On dirait que vous allez inaugurer mon linge de maison ! Il faut reconnaître que je reçois très peu.

Elle déposa son paquetage sur la méridienne située à côté du long canapé en tissu jaune.

— Vous pouvez m'aider à le déplier ? demanda-t-elle à Stéphane qui n'avait pas encore trouvé les dosettes à café dans l'enfilade de meubles de cuisine.

En quelques secondes, le canapé était devenu un confortable lit d'appoint.

— J'espère que vous passerez une meilleure nuit qu'à l'hôtel, sinon je m'en voudrai.

— Ce sera parfait, ne vous inquiétez pas.

Tous deux se regardaient désormais sans savoir quoi se dire et une certaine gêne s'était installée depuis qu'ils avaient franchi le seuil de l'appartement.

— Vous vous êtes servi un café ? finit-elle par demander.

— Pas encore, mais j'allais m'y atteler.

— Ne bougez pas, j'arrive.

Stéphane s'assit sur le bout de la méridienne et entendit que Candice faisait du remue-ménage dans la cuisine. Quand le bruit stoppa, elle revint avec une bouteille de vin et deux verres dans les mains.

— Je n'ai plus de café, mais j'ai trouvé ceci.

— Pommard Premier cru « les Epenots » 2014, répondit-il en lisant l'étiquette. Vous ne préférez pas garder cette bouteille pour les grandes occasions ?

— Pourquoi ne pourrions-nous pas dire que ce moment est une grande occasion ?

— Parce que vous êtes en compagnie d'un flic de quarante-cinq piges, embourbé dans une enquête qui sera peut-être la dernière de sa vie s'il ne dégage pas rapidement l'ombre d'une piste.

— C'est tout ?

— Parce que vous êtes jeune et que vous aurez très certainement mille autres occasions d'ouvrir cette bouteille, avec vos amis ou votre petit ami.

— Je n'ai plus d'amis ici et encore moins de petit ami.

— Parce qu'il est tard et que boire à cette heure n'est jamais très raisonnable, surtout si on veut éviter la gueule de bois le lendemain.

— Je supporte très bien l'alcool et les effluves de vin me font oublier tous mes soucis. Ne seriez-vous pas un tantinet rabat-joie commandant ?

— Je vois que je n'aurai pas gain de cause pour aujourd'hui. Je capitule !

Il attrapa le verre que Candice lui tendait et elle s'installa sur le fauteuil en face de lui.

— À notre rencontre et au succès de votre enquête ! lança-t-elle en levant son verre.

— Il est encore un peu tôt pour trinquer, mais qui sait, cela nous portera peut-être bonheur !

Il leva son verre à son tour et chacun savoura silencieusement l'explosion d'arômes que leur procurait le vin. Cette fois, Stéphane brisa le silence.

— Je ne vous ai même pas remercié pour ma fille. Avec Alexandra, nous avons été tellement maladroits que nous avons sûrement fait n'importe quoi.

— Mes dix-huit ans ne sont pas si loin. Et je crois que j'ai compris ce qu'elle ressentait...

— Une autre blessure que vous essayez de cacher ?

— Je n'ai pas vraiment sommeil, dit-elle pour couper court. Vous m'avez dit qu'Eliott devait vous envoyer les documents concernant la série de meurtres similaires. Je peux aller chercher mon ordinateur et on peut travailler dessus si vous voulez.

— Pourquoi pas, j'avais l'intention de les étudier ce soir, répondit Stéphane sans insister.

Ils s'installèrent côte à côte et épluchèrent les dizaines de documents que contenaient les dossiers sur les meurtres. Trois femmes, entre quarante et cinquante ans avaient été retrouvées il y a quinze ans à leur domicile, pieds et poings liés aux quatre coins de leur lit par une corde, un foulard dans la bouche. Aucun lien n'avait été établi entre elles et les rapports des services techniques et scientifiques n'ont recueilli aucune trace permettant d'identifier un suspect. Les photographies des victimes ressemblaient à s'y méprendre à celles qui avaient été faites quelques jours plus tôt à Mirecourt. Mais ce qui ravissait le plus Stéphane, c'était de constater que le foulard enfoncé dans leur bouche était identique à celui des commerçantes de Mirecourt. Pour lui, ce bout de tissu était une piste sérieuse et il s'étonnait de ne pas voir de traces des recherches autour de ce foulard dans les dossiers. D'ailleurs, il trouvait les éléments de l'enquête assez peu nombreux au regard de l'ampleur des crimes commis. À l'époque, ce fait divers avait forcément dû faire du bruit tout comme c'était le cas aujourd'hui, et pourtant, il n'en avait jamais entendu parler. Il se rappela qu'il n'exerçait pas encore dans la région à cette période, mais les services de la police judiciaire de Nancy devaient très certainement être en ébullition et sous pression pour mettre la main sur ce tueur en série. Les dossiers lui paraissaient étrangement minces. Il releva alors le nom de l'enquêteur chargé de l'affaire à l'époque : un certain Edmond Tisserand.

Vers 2 heures du matin, Candice avoua tomber de sommeil et Stéphane décida de continuer seul l'étude des documents. Mais il n'en apprit pas davantage et le mystère demeurait autour d'un éventuel suspect potentiel : hier comme aujourd'hui, celui ou celle qu'ils recherchaient demeurait une véritable énigme.

Trente minutes plus tard, l'appartement baignait dans un silence religieux.

## - 30 -

Stéphane fut réveillé par un bruit de vaisselle cognant contre le plan de travail. Il se leva du canapé et vit Candice en train de préparer le petit-déjeuner sous la lumière des spots de la cuisine. Il faisait encore sombre dans le reste de l'appartement et sa montre indiquait 5 heures 30.

— Désolée, je ne voulais pas vous réveiller. Je n'arrivais plus à dormir, dit-elle.

— Je ne vous pensais pas si matinale, mais ça tombe bien. Nous avons pas mal de choses à faire aujourd'hui. Mal dormi ?

— Pas très bien... Jordan m'a envoyé des messages toute la nuit.

Elle avança le téléphone sur le bar de la cuisine et Stéphane se leva pour l'attraper. Des dizaines de textos dans lesquels se succédaient des insultes et menaces à l'encontre de la jeune femme.

— Je suis sûre qu'il m'espionne et que s'il n'est pas venu pour l'instant, c'est parce qu'il a vu que je n'étais pas seule.

— Je ne sais pas, mais vous ne devriez pas vous laisser faire ! Allez porter plainte ou déposer une main courante ! l'encouragea Stéphane.

Devant son absence de réponse, il comprit qu'elle ne pousserait toujours pas davantage la porte d'un commissariat aujourd'hui.

— Je vais chercher des croissants, dit-il en enfilant sa veste. Je reviens dans quelques minutes.

Avant de s'arrêter chez le boulanger, Stéphane tenait à faire un détour chez celui qui occupait bien trop les pensées de sa jeune collègue.

***

Grâce à l'adresse que lui avait envoyée Eliott, Stéphane trouva sans difficulté le domicile de Jordan Lecrément situé à quelques rues de celui de Candice : une charmante maison de ville à l'allure coquette et qui s'avérait être en réalité celle de sa mère. Le jour n'était pas encore levé et seuls les réverbères éclairaient la maison dont les volets étaient clos.

Dès que sa montre afficha 6 heures, il tambourina à la porte afin d'être certain de réveiller l'ensemble des occupants. Il ne savait même pas combien de personnes y habitaient, ni si Jordan y était. Il frappa tellement fort qu'un chien se mit à aboyer dans la maison voisine ; si personne ne lui ouvrait pas rapidement, c'était tout le quartier qui allait être réveillé.

Une voix rauque masculine retentit alors derrière la porte ; vraisemblablement, le visiteur matinal n'allait pas être bien reçu. La porte s'ouvrit violemment et Stéphane fut surpris de se retrouver face à un homme dont la stature n'avait aucune commune mesure avec ce qu'il avait imaginé. Dans son esprit et sans raison apparente, Jordan était un grand gaillard musclé et chauve. Le vrai

Jordan était très maigre, le crâne surplombé de dreadlocks sales et la peau maculée de tatouages aux origines douteuses. Stéphane avait du mal à lui donner un âge, tant son physique était abîmé par des années de consommation d'alcool et de drogue. Son haleine parvenait déjà au nez de Stéphane qui devinait que la soirée de la veille avait été très alcoolisée. Un brouillard de fumée odorante, pas uniquement de cigarette, envahissait la maison jusque dans le couloir de l'entrée et si le policier n'était pas venu de manière officieuse, il aurait été tenté de réaliser une petite fouille des lieux. Immédiatement agressif, Jordan donna le ton de la conversation :

— T'es qui ? Qu'est-ce que tu viens foutre chez moi à cette heure-ci ?

— J'aimerais que vous laissiez Candice tranquille.

Jordan se mit à ricaner d'une voix puissante et le chien des voisins recommença à aboyer de plus belle. Stéphane n'arrivait pas à imaginer Candice dans les bras de ce type à l'allure débraillée. Avec son tee-shirt taché et son short rapiécé, il avait l'impression d'être en face d'un des squatteurs qu'il délogeait avec ses équipes, dans les immeubles désaffectés des quais d'Épinal.

— C'est pas vrai ! Elle envoie un bonhomme pour que je lui foute la paix !

— Elle ne souhaite plus avoir affaire à vous. Donc à partir de maintenant, vous cesserez de l'appeler et de lui écrire à longueur de journée.

Jordan se dandinait sur le pas de sa porte. Il ne semblait pas impressionné le moins du monde par la présence de Stéphane, ce qui commençait sérieusement à l'agacer.

— De quoi tu te mêles papi ? Candice c'est une grosse chaudasse ! Elle me veut encore, mais elle me fait tourner en rond pour que ce soit meilleur après ! C'est un jeu entre elle et moi ! Mais c'est sûr qu'à ton âge, tu ne dois plus savoir ce que c'est de s'amuser avec ta teub ! Même avec la pilule bleue, ça ne doit plus beaucoup se dresser !

Stéphane attrapa Jordan par le col de son tee-shirt et s'engouffra dans la maison pour le plaquer contre le mur du couloir.

— Écoute-moi bien connard ! Puisque tu n'as pas l'air de comprendre, je vais te le répéter une troisième fois de plus près : tu ne t'approches plus de Candice, tu ne l'appelles plus, tu ne la contactes plus jamais. C'est clair ?

— Putain t'es qui toi ? Bouge vite de là sinon je te défonce la gueule !

Stéphane retenait fermement Jordan par la gorge avec son bras. Il essayait de se débattre, mais l'emprise du policier restait trop importante pour qu'il puisse se dégager d'un petit centimètre. Il s'arrêta net de bouger lorsqu'il sentit le bout froid du canon de Stéphane contre sa tempe.

— Ne joue pas au malin avec moi Lecrément. Avec ton casier long comme le bras et ce que je pense trouver dans ta baraque si je fais une descente, tu devrais sans problème te retrouver au trou pour quelques années.

— T'es keuf, c'est ça ? Elle est allée se plaindre aux flics cette salope !

— Tu vas répéter après moi Lecrément : je ne m'approcherai plus jamais de Candice Pasquier.

— Va te faire foutre !

Stéphane appuya plus fort son arme contre la tempe de Jordan. Ce dernier commençait à suer, accentuant davantage les relents d'alcool qui transperçaient tous les pores de sa peau. Il était tenace, Candice avait de vraies raisons d'en avoir peur.

— Tu peux me croire, s'il le faut, je m'arrangerai

pour que tu puisses voir la teub de papis toute la journée quand tu seras en taule ! Répète Lecrément !

— Lâche-moi c'est bon ! Je lui foutrai la paix !

Stéphane sentait la tension sur son bras faiblir : Jordan capitulait.

— Si tu te tiens tranquille, c'est la première et dernière fois que l'on se voit. Par contre, si j'entends encore parler de toi, crois-moi, ma visite sera moins courtoise...

Stéphane relâcha son étreinte et Jordan toussa en se frottant la gorge. Loin d'avoir des scrupules d'outrepasser ses droits, cette empoignade avait eu le mérite de donner un coup de fouet au policier. Il rangea son arme et quitta la maison sans pour autant tourner le dos à Jordan qui évitait soigneusement de le regarder.

Il fut tout de même soulagé que cette visite surprise ne se soit pas mal terminée : Candice s'était gardée de lui dire qu'en plus d'être un homme violent, Jordan était un toxicomane avéré. Il aurait également parié que compte tenu de son pedigree, la maison de sa mère abritait aussi un trafic de stupéfiants et il aurait peut-être pu se retrouver en face d'un homme armé.

Il ne prêta pas attention au « enculé de flic » que Jordan scanda derrière lui avant de claquer la porte, et reprit la direction de la boulangerie qu'il avait repérée sur le chemin, sous la lumière des réverbères et des phares des premières voitures qui bravaient les toutes premières lueurs du jour.

***

— Vous vous étiez perdu commandant ? Je commençais à m'inquiéter, lança Candice en se levant du canapé qui avait été replié et où elle s'était visiblement assoupie.

— Le boulanger était en train de sortir les croissants du four, j'ai dû attendre un peu.

Stéphane posa le petit sachet sur le bar de la cuisine où patientait une tasse de café qui ne fumait plus depuis longtemps.

— J'ai retrouvé un pot de chicorée dans un placard. Je ne sais pas si vous aimez...

— Ça ira très bien, répondit Stéphane qui repensa, écœuré, au café soluble que lui avait servi Bassompierre lors de sa visite.

Candice mit sa tasse à réchauffer au micro-ondes et se versa à son tour une dose de chicorée dans un bol arborant deux proéminentes oreilles de Mickey. Stéphane devina à la lenteur de ses gestes et à son regard qu'elle était tourmentée. Il aurait aimé lui dire que ses soucis étaient terminés et qu'elle n'avait plus rien à craindre de Jordan. Mais il préférait rester dans l'ombre pour le moment et se contenta d'une phrase toute convenue :

— Je sens que cette journée va nous porter chance !

Candice esquissa un léger sourire qui fit remonter gracieusement ses pommettes et plissa ses yeux en amande.

Deux croissants et une gorgée de chicorée plus tard, Stéphane était en route vers la maison Chartel, située dans une petite rue marchande du vieux Nancy. Le soleil distillait de faibles rayons et Candice soufflait régulièrement sur ses mains pour les réchauffer en marchant dans ses pas. Ils espéraient pouvoir interroger la direction du magasin bien avant l'ouverture. Mais en arrivant devant l'enseigne de luxe, ils trouvèrent porte close.

— Je vous avais dit que c'était un peu trop tôt. Regardez, c'est écrit qu'il ouvre à 9 heures, dit Candice en montrant du doigt la petite plaque dorée fixée au mur.

— J'imagine que les employés doivent arriver en avance. Le magasin fait l'angle de la rue, je vais aller voir s'il n'y a pas une porte de l'autre côté.

Stéphane fit le tour et trouva une entrée dérobée qui menait vers l'arrière-boutique. Il tourna la poignée et la porte s'ouvrit sans résistance. Une jeune femme très maquillée et trop parfumée portant un blazer bleu-marine à carreaux et un fin pantalon du même motif était en train de ranger des cartons et sursauta en voyant deux inconnus entrer dans sa boutique. Ses longs cheveux bruns glissèrent devant ses yeux lorsqu'elle se releva et elle redressa la paire de lunettes rondes qui tombaient sur le bout de son nez. Juchée sur des bottines blanches en cuir, elle se crispa et faillit se tordre la cheville en se précipitant vers eux pour les faire sortir.

— Le magasin est fermé, vous n'avez pas le droit d'entrer.

Dans un geste routinier, Stéphane lui montra sa carte et la vendeuse stoppa sa lancée. Candice souriait intérieurement, de plus en plus amusée par l'effet magique que provoquait le rectangle bleu-blanc-rouge sur ceux qui la voyaient.

— La police ? Vous êtes vraiment de la police ?

— En chair et en os ! confirma Stéphane. Pouvons-nous aller dans la boutique, s'il vous plaît ?

La jeune femme semblait rester méfiante, mais elle les accompagna, tout en sortant son téléphone portable.

— Je dois prévenir ma patronne que vous êtes là. Il paraît que des cambrioleurs se font passer pour des policiers pour braquer des magasins. Mais la caisse est vide pour le moment... Je dis ça dans le cas où vous feriez partie d'une de ces bandes de voyous...

— Pas de problème, c'est encore mieux si je peux m'entretenir avec elle.

Stéphane entra dans la vaste boutique dont le sol et les murs étaient aussi blancs que la salle de torture de l'hôpital dont il avait rêvé. Des carrés de tissu aux multiples couleurs se détachaient du décor, éclairés chacun par des lampes de style industriel. Certains étaient posés sur des présentoirs plaqués or, sous une cloche de verre fermée à clé. Rapidement, Stéphane repéra celui qui l'intéressait : le foulard noir bordé de rouge et plié en carré ressortait magnifiquement bien sur le bloc de marbre blanc aux veines violacées. Il trônait en évidence, contre l'un des murs de la boutique et était également protégé par une cloche en verre et un petit écriteau doré indiquait son prix : 399 euros.

Stéphane fronça les sourcils en se demandant comment un aussi petit bout de tissu pouvait coûter si cher, mais surtout, pourquoi un tueur irait mettre un objet d'une telle valeur dans la gorge de ses victimes.

— Que pouvez-vous me dire au sujet de ce foulard ? demanda-t-il à la vendeuse après l'avoir informé que sa patronne arrivait.

— Il vous intéresse ? C'est la meilleure vente de notre boutique depuis sa création.

— Je ne suis pas là pour faire du shopping mademoiselle, mais pour une enquête. Pouvez-vous me confirmer que le foulard sur cette photographie est bien le même ?

La vendeuse examina attentivement l'image que lui tendait Stéphane en tenant sa paire de lunettes, comme si elle allait tomber sous le poids de son regard exagérément maquillé. Elle fronça plusieurs fois les sourcils puis lui confirma que le motif était identique.

— Sous réserve que celui qui est sur la photographie ne soit pas un faux, il semblerait que ce foulard provienne bien de chez nous.

— Êtes-vous en mesure de nous dire si quelqu'un est venu vous acheter ce modèle récemment et peut-être de nous le décrire ?

La jeune femme leva les yeux au ciel comme pour signifier que la question du policier était stupide.

— Il sort de manière très aléatoire. Parfois, nous en vendons deux dans la même journée et d'autres fois, nous n'en vendons pas pendant une semaine. Je ne suis pas du tout en mesure de vous décrire les clients, pas plus que ma collègue, je pense, qui n'est pas encore arrivée.

Stéphane réalisa que la tâche serait ardue : le tueur pouvait acheter les foulards un par un ou même envoyer quelqu'un à sa place.

— Est-ce qu'il vous est déjà arrivé que quelqu'un en prenne plusieurs d'un coup ? Ou un client récurrent qui reviendrait pour se le procurer spécialement ?

— Pas à ma connaissance. C'est un modèle de collection que l'on porte dans les grandes occasions. Rares sont ceux qui ont besoin d'en posséder plusieurs.

— Votre maison propose-t-elle de la vente en ligne ? C'est-à-dire qu'il serait possible de se procurer ce foulard sans mettre les pieds ici ?

— Non pas encore. Je sais que c'est à l'étude en ce moment, mais pour l'instant, tous nos acheteurs doivent se rendre en boutique.

Stéphane remarqua que plusieurs caméras étaient fixées dans les recoins de la boutique.

— J'aimerais avoir les enregistrements vidéos de ces dernières semaines, dit-il en pointant du doigt celle qui filmait la caisse.

— Il faudra voir avec ma patronne. C'est elle qui gère ça. Justement, la voilà !

Une vieille femme, elle aussi très maquillée et trop parfumée, arriva par l'arrière de la boutique. Elle faisait moins d'un mètre cinquante et portait un grand châle qui lui tombait jusqu'aux chevilles. Autour de son cou, elle arborait le foulard noir et rouge qui avait rendu célèbre sa maison. Elle tordit son cou qui craqua pour pouvoir regarder Stéphane dans les yeux. L'épaisse couche de fond de teint ne suffisait pas à cacher les larges rides qui zébraient son visage et ses boucles grises étaient maintenues par une fine pince à cheveux recouverte de diamants qui scintillaient sous la lumière des lampes de la boutique. De longues boucles d'oreilles en or tiraient lourdement sur ses lobes et cliquetaient à chacun de ses pas. La patronne de la maison était fière de sa réussite et aimait le montrer à travers ses tenues. Mais malgré tous ses efforts, elle ne parvenait pas à duper son entourage et à dissimuler son âge avancé.

— Eugénie Chartel, dit-elle en lui tendant ses longs doigts flanqués de plusieurs bagues.

— Commandant Gassin. Je m'interrogeais justement sur la vente du foulard que vous portez et qui semble être une pièce importante de notre enquête.

— Le tueur au foulard ? répondit-elle en triturant celui qui habillait cou.

— Oui. Il semblerait que notre homme soit un admirateur de votre maison...

— Grand Dieu, j'ignorais qu'il s'agissait de ce modèle ! Je ne suis pas sûre que cela soit une bonne publicité, continua Eugénie Chartel en regardant son employée qui secouait la tête en signe de négation.

Stéphane prit le temps d'interroger la patronne à son tour qui n'avait pas davantage d'informations à lui communiquer. Elle l'accompagna à nouveau dans l'arrière-boutique pour lui fournir les enregistrements vidéos qu'il demandait. Mais une fois devant l'ordinateur censé recueillir les données, elle réalisa que celui-ci était coupé.

— Mais qui donc a éteint cet ordinateur ? Personne ne doit y toucher ! s'énerva-t-elle en regardant à nouveau son employée qui niait l'avoir manipulé.

Candice s'approcha de la machine et tenta de l'allumer ; l'écran restait noir. Malgré la vérification des branchements, il semblerait que l'ordinateur ne soit plus en état de marche et que les enregistrements vidéos n'aient pas été faits depuis plusieurs jours voire plusieurs semaines.

— Je suis vraiment navrée commandant... C'est très fâcheux que le système soit hors d'usage, car en cas de vol, je ne suis même plus protégée !

— Je vais tout de même emporter le disque dur de votre ordinateur et j'aimerais que vous fassiez le nécessaire rapidement pour rebrancher vos caméras. On ne sait jamais, quelqu'un pourrait avoir besoin de racheter le foulard prochainement.

La vendeuse écarquilla des yeux ronds en comprenant le sous-entendu du policier.

— Pas de problème commandant. Je peux également demander à Hermès de passer au commissariat.

— Qui est Hermès ?

— Notre vigile. Cela fait un an que je l'ai embauché pour surveiller l'entrée de la boutique. Nous avons eu une recrudescence de tentative de braquages il y a deux ans et je reconnais que depuis qu'il est là, nous sommes plus sereines et les caméras sont passées au second plan.

Stéphane remercia Eugénie Chartel pour sa coopération, qui lui assura de consigner les détails sur les futurs clients du foulard noir bordé de rouge.

Candice et lui quittèrent la boutique, déçus à nouveau

de ne pas avoir mis la main sur un début de piste.

— Le disque dur de l'ordinateur parlera peut-être... tenta de le rassurer la jeune femme.

— J'aimerais y croire, mais on dirait vraiment que les éléments jouent contre nous dans cette enquête, répondit Stéphane, dépité.

Ils rejoignirent leur véhicule et prirent la direction du boulevard Lobau en bordure sud de la ville où se situait le commissariat de Nancy.

Les locaux n'avaient aucune commune mesure avec ceux d'Épinal : bien plus grands, ils abritaient le siège du SRPJ. Stéphane continuait de s'interroger sur la façon dont avait été menée l'enquête sur les meurtres il y a quinze ans et espérait pouvoir rencontrer Edmond Tisserand qui fut chargé de superviser l'affaire à l'époque.

Bien qu'il ait toujours été affecté au commissariat d'Épinal, Stéphane avait eu plusieurs fois l'occasion de s'y rendre dans le cadre de ses enquêtes ou parce qu'il abritait le laboratoire de police scientifique de la région. Mais cela faisait quelques mois qu'il n'y avait pas mis les pieds et il fut ravi de tomber rapidement sur une vieille connaissance.

— Gassin ! Qu'est-ce que vous faites ici ?

Basile Atangana était le fils d'un homme d'affaires congolais et d'une pianiste suisse de renom. Un quarantenaire qui semblait réussir avec une facilité déconcertante, aussi bien dans sa vie professionnelle que privée. Après avoir commencé des études de droit, il a finalement décidé de passer le concours de commissaire qu'il a obtenu haut la main. Major de sa promotion lors de son passage à l'École nationale supérieure de police, Stéphane l'avait rencontré au cours de l'un de ses stages en service actif au commissariat d'Épinal. Il l'avait trouvé très ambitieux et avait pu constater qu'il n'hésitait pas à écraser les autres pour avancer. Dans un milieu difficile comme celui de la police, cela pouvait permettre d'évoluer rapidement, mais Stéphane n'approuvait pas toujours ses méthodes. Il dirigeait avec brio son équipe depuis cinq ans et loin de se satisfaire d'un futur poste de commissaire divisionnaire, il rêvait d'intégrer le 36 quai des Orfèvres à Paris. Avec une assurance naturelle, Atangana ne bouda pas son plaisir en apercevant Candice aux côtés de Stéphane, mais se retint de tout commentaire lorsqu'elle détourna le regard.

Il les invita dans son bureau et aborda immédiatement le sujet de l'enquête qui secouait tout le pays.

— Sale affaire votre type au foulard ! Vous avancez ?

— Tout doucement. C'est justement à ce sujet que je suis ici. Vous allez peut-être pouvoir m'aider Basile.

— Je vous le souhaite ! Car le parquet est sur le point de nous refiler l'affaire si vous ne mettez rien sur la table rapidement.

— Ce n'est pas encore fait, nous avons de la ressource, tenta de se convaincre Stéphane.

— Je n'en doute pas. Pour être déjà passé par vos services, je sais que vous êtes quelqu'un de pugnace. Et même si je déplore que l'enquête ne nous ait pas été confiée directement, je vous souhaite de mettre la main sur ce type avant qu'il fasse une nouvelle victime.

— Vous déplorez, mais il semblerait que les équipes de Nancy l'aient laissé filer il y a quinze ans.

— Que voulez-vous dire ?

— Nous savons qu'une série de meurtres similaires a déjà eu lieu ici. Vous n'étiez pas au courant ?

— Je n'étais pas là il y a quinze ans, mais je suis étonné de ne pas en avoir entendu parler.

Atangana semblait contrarié d'être passé à côté de

293

cette information qui lui aurait évité d'avoir cette longueur de retard sur Gassin.

Stéphane lui exposa les éléments qu'il avait en sa possession et demanda s'il pouvait rencontrer Edmond Tisserand.

— Aïe ! Vous allez être déçu... répondit Atangana, gêné.

— Pourquoi ?

— Edmond Tisserand est mort. Il s'est pendu chez lui il y a deux jours.

## 31

Cela faisait deux jours que Dimitri ne cessait de ressasser cette idée : un tueur sévissait dans la ville et il était le seul à savoir de qui il s'agissait.

Pourtant, il était loin de s'imaginer qu'il était toujours en vie. La dernière fois qu'il l'avait vu, c'était dans le parc de l'hôpital. Il lui avait dit qu'il ne resterait pas ici, qu'il ne supportait plus d'être enfermé et qu'il prendrait bientôt la poudre d'escampette. Il n'avait pas menti. Le soir même, il avait quitté l'hôpital et personne ne l'avait jamais revu. Une fugue préméditée et préparée avec soin. Il lui avait raconté tous les détails de son évasion et donné le nom de tous ceux qui allaient l'aider à s'enfuir.

*Un fou... Ce type est un fou...* pensait Dimitri alors qu'il lui avouait que même le directeur de l'hôpital serait de mèche. Les fous, ce n'était pas ce qui manquait ici. Des histoires tordues, il en avait entendu des tas. D'autant plus que la sienne faisait partie du palmarès et aurait mérité un trophée sur le podium de l'abomination absolue, dans la catégorie « Parents Sadiques ». Si on la lui avait racontée, il n'y aurait pas cru lui-même.

Quand un jeune homme aux cheveux mi-longs était venu s'asseoir près de lui par un bel après-midi de printemps et lui avait raconté comment il était arrivé ici, il s'était dit qu'il avait affaire à un affabulateur. Comment croire à une histoire pareille ? D'autant plus qu'une fois enfermé ici, tout était permis. Mensonges, inventions, exagérations de toutes sortes étaient possibles. Qui prendrait la peine d'aller vérifier quoi que ce soit ? Personne n'en avait les moyens et surtout pas Dimitri, qui à l'époque, était lui aussi un jeune homme du même âge, arrivé quelques années avant lui. Mais ils ne s'étaient croisés que pour la première fois ce jour-là, où les rayons du soleil enlevaient leur couverture d'hiver pour venir réchauffer la plaine vosgienne. Leurs rencontres, d'abord occasionnelles, étaient devenues un véritable rituel et chacune d'elles, Dimitri en apprenait davantage sur lui et son histoire. Il s'avérait, si elle était vraie, qu'elle ressemblait en certains points à la sienne. Peu à peu, il s'était laissé convaincre que tout ne pouvait pas être qu'invention, surtout lorsqu'il évoquait sa douleur. La douleur d'être rejeté. La douleur d'être torturé. Il la connaissait mieux que quiconque cette souffrance et seul quelqu'un qui l'avait véritablement côtoyée pouvait la raconter de la sorte. La douleur puis la libération. Ce sentiment puissant de renaissance lorsque l'on se dégage de ses entraves et que l'on goûte pour la première fois à sa liberté. Dimitri avait vécu ce moment comme le premier jour du reste de sa vie. Qu'elle se termine dans un hôpital était la meilleure chose qui puisse lui arriver, lui qui pensait la finir en prison.

Quand il avait raconté à Dimitri comment il avait supprimé son bourreau en l'étouffant avec un foulard après l'avoir allongé, nu sur son lit et relié ses bras et ses jambes aux quatre coins, il l'avait tout de suite cru. Parce que pour lui aussi, la vie avait démarré à partir de cet instant. Enfin, c'était ce qu'il avait pensé sur le moment. Mais après s'être retrouvé enclavé au sein d'une des bâtisses maussades de l'hôpital, il avait eu le sentiment que sa liberté lui était à nouveau volée. Contrairement à Dimitri, il ne supportait pas de voir les jours s'écouler sans pouvoir profiter de tout ce que le monde avait de meilleur à lui offrir après lui avoir fait vivre le pire. Dimitri savait que c'était déraisonnable de penser sortir d'ici sans y être reconduit de force, mais il l'avait tout de même écouté déblatérer son plan, jour après jour.

*Un fou... Ce type est fou...* répétait Dimitri alors qu'il lui expliquait comment tout le monde regarderait à gauche tandis que lui serait en train de partir à droite.

Mais il n'avait pas menti. Il était parti. Et plus personne à l'hôpital n'avait eu de ses nouvelles. Jusqu'à ces jours derniers où il venait de donner la preuve qu'il était bien vivant. Mais ici, seul Dimitri le savait. Les enquêteurs n'étaient sûrement pas au courant de son existence. Combien de victimes allait-il faire ? Ses gestes meurtriers, il les avait réalisés pour mettre fin à ses souffrances. Mais aujourd'hui ? Que voulait-il en s'en prenant à ces femmes ? Souffrait-il encore ?

Dimitri cherchait une issue à ce dilemme qui le traversait de part en part. Il avait d'abord pensé apporter sa pierre à l'édifice en mettant les enquêteurs sur sa piste et puis s'était ravisé en imaginant le mal que cela lui ferait s'ils le trouvaient. Il finirait sa vie entre quatre murs, derrière des barreaux infranchissables, sans jamais revoir la lumière du jour. C'était précisément cette idée qui l'avait conduit à s'échapper. Et il y avait ce lien entre eux. Celui de la souffrance commune, cette lame de la violence qu'ils avaient tous les deux connue très jeunes, trop jeunes et qui leur avait laissé cette cicatrice irréparable dans le corps et dans l'âme. Il ne voulait pas le condamner une nouvelle fois.

Finalement ce matin, il avait demandé à Romaric de l'aider. Mais cela ne s'était pas passé comme il l'espérait. Il souhaitait transmettre un message au policier en charge de l'enquête.

— Non Dimitri, je ne peux pas faire ça, répondit Romaric en jetant un coup d'œil furtif à son collègue resté en retrait. Je t'apprécie beaucoup, mais ce que tu me demandes sort du cadre de mon travail.

— Puisque je te dis que c'est en rapport avec les meurtres qui ont lieu en ville ! Tu n'as pas envie que celui qui a fait ça cesse ces horreurs ?

L'infirmier, qui était d'ordinaire jovial et énergique, s'était soudainement tendu et renfermé. Ses réflexes de professionnels avaient pris le dessus. Il s'était beaucoup trop rapproché de Dimitri et aujourd'hui, ce dernier lui demandait d'intervenir dans l'enquête sur les meurtres, parce qu'il croyait connaître le coupable. On l'avait pourtant prévenu de ne pas se lier avec des patients, car cela altérait naturellement le jugement de leurs paroles et de leurs actes. Mais il n'avait pas vu le mal lorsqu'il s'agissait d'échanger leurs connaissances des belles voitures et donner quelques nouvelles de l'actualité locale. Dimitri n'en restait pas moins un patient avec de lourds antécédents et un traitement qui ne lui permettait pas d'être maître de son esprit à toute heure.

— Alors tu ne veux pas m'aider ? demanda une dernière fois Dimitri.

— Je ne peux pas. Avale tes médicaments s'il te plaît.

Dimitri s'exécuta et jeta un regard noir à Romaric avant de s'intéresser pour la première fois au second infirmier qui l'accompagnait. Il n'en était pas certain mais cela devait faire quelque temps qu'il l'accompagnait car son visage ne lui était pas étranger. Mais il n'avait aucune confiance en lui. C'était à

Romaric qu'il voulait confier son message et celui-ci s'entêtait. Le temps était pourtant compté. Il devrait donc trouver un autre moyen d'empêcher un nouveau drame.

## 32

Stéphane tomba des nues en apprenant la nouvelle de la mort de Tisserand. Atangana l'informa que l'officier était en arrêt maladie depuis plusieurs années pour dépression et qu'il ne se sentait plus capable d'assurer ses missions au sein de la police. Son entourage pensait que son mal-être était dû à ce qu'il avait enduré dans l'exercice de ses fonctions et malgré les longues séances chez le psychologue, il n'avait jamais réussi à reprendre une vie normale.

— Sa femme m'avait avoué qu'elle le sentait capable de mettre fin à ses jours à tout moment. Elle l'entourait de tout l'amour qu'elle pouvait et l'avait convaincu plusieurs fois d'aller se reposer à l'hôpital.

— Il n'a rien laissé derrière lui qui pourrait expliquer qu'il soit passé à l'acte maintenant ?

— Pas que je sache. Ça a fichu un coup ici, car même si on ne le voyait pas souvent, certains collègues le connaissaient bien.

Bien que touché par le sort de cet homme, Stéphane ne pouvait s'empêcher de penser que son suicide avait un lien avec la nouvelle série de meurtres qui avait eu lieu à Mirecourt.

— La seule personne capable de me donner des

informations sur ce qui s'est passé il y a quinze ans n'est plus là. Je ne crois pas beaucoup aux coïncidences...

— Vous pensez que c'est lié ? Pour quelle raison ?

— Je l'ignore... Mais les portes se referment dès qu'on les touche du doigt et cela commence furieusement à m'agacer.

— Même si je ne suis pas censé intervenir dans votre enquête, je peux me renseigner pour savoir si des collègues sont au courant de quelque chose. Jusque là, nous n'avions pas de raison de douter, il était tellement mal...

— Merci commissaire. J'ai un autre service à vous demander.

— Je vous écoute.

— J'ai récupéré ce disque dur où pourrait se trouver le visage du tueur, j'aurais besoin que votre laboratoire l'analyse rapidement, répondit Stéphane en lui remettant le boîtier poussiéreux.

— Donnez-le-moi maintenant et évitons le tas de paperasse qui devrait normalement l'accompagner.

Stéphane remercia une nouvelle fois le commissaire, satisfait de trouver enfin une main tendue.

— Vous voulez retourner à Mirecourt ? On continue de disséquer les PV d'audition, je dois reconnaître que ça me manque, plaisanta Candice alors qu'ils sortaient du commissariat.

— Pas tout de suite. J'ai quelque chose à régler.

\*\*\*

Stéphane appuyait pour la troisième fois sur le

bouton de l'interphone à côté de l'étiquette où était inscrit le nom de sa fille.

— Bon sang, mais où est-elle ?

— Elle dort peut-être encore, tenta de le rassurer Candice.

— C'est une lève-tôt d'habitude.

Finalement, un crépitement résonna dans le haut-parleur et la voix fatiguée de Lucie siffla aux oreilles de Stéphane.

Il souhaitait apaiser les tensions de la veille et renouer le dialogue avec elle avant de repartir.

Quelques secondes plus tard, il entra seul dans l'appartement, Candice ayant préféré laisser le père et sa fille s'expliquer tranquillement. Stéphane fut surpris de trouver la pièce principale en désordre, tout comme la cuisine dont l'évier débordait de vaisselle. Certains cartons étaient au même endroit que là où il les avait posés quelques jours plus tôt. Il avait toujours connu sa fille soigneuse et organisée et réalisa qu'elle devait probablement être dans un état qu'il ne soupçonnait pas jusqu'alors.

Il poussa la pile de livres et d'habits qui remplissait le siège d'une chaise et s'installa en attendant que Lucie enfile une tenue. Affublée d'un jogging difforme et grimaçant sous la fatigue, elle s'assit face à lui, après avoir, elle aussi, fait le ménage sur sa chaise.

— Je t'écoute, lui dit Stéphane.

— Quoi ?

— Je t'écoute, dis-moi ce que tu as à me dire. Je promets de ne pas t'interrompre.

Lucie passa la main dans ses cheveux décoiffés et prit une grande inspiration comme pour se donner du courage. Elle expliqua à nouveau à son père qu'elle souhaitait partir pour réfléchir à ce qu'elle voulait vraiment faire, car elle sentait que la voie qu'elle prenait ne la menait pas dans la bonne direction. La pression de l'école lui rendait la vie impossible et elle se voyait dépérir de jour en jour.

Stéphane ne put que constater l'état de déprime dans lequel était sa fille et ne pouvait pas nier qu'il fallait réagir vite. Devant l'engouement que montrait Lucie à l'idée de quitter le pays et la liste des préparatifs qu'elle avait dressée, Stéphane commençait à capituler. Il observa à nouveau le capharnaüm qui régnait dans le studio.

— Combien de temps souhaiterais-tu partir ?

— Je ne sais pas... Un an peut-être... Histoire de profiter et de réfléchir à ce qui me plairait vraiment. Ce n'est pas un caprice, j'en ai besoin papa...

L'idée de voir partir loin sa fille lui serra le cœur et il regretta une nouvelle fois de ne pas avoir davantage profité d'elle lorsqu'elle était sous son toit.

— Je vais en parler avec ta mère et la convaincre, mais à une condition.

Un sourire illumina le visage de Lucie qui n'espérait visiblement pas une telle réponse de son père.

— Tout ce que tu veux !

— J'aimerais que tu ne partes pas plus d'un an et savoir exactement où tu es chaque jour. Si ta mère accepte, je t'aiderai à planifier ton voyage.

Lucie se jeta au cou de son père qui fut soulagé de la voir aussi heureuse.

— Merci papa ! Je te promets que je ne prendrai aucun risque et que tu pourras me laisser partir tranquille.

— Tu as plutôt intérêt ! Et si jamais le contrat n'est pas respecté, c'est moi qui viens te chercher par le premier avion !

L'adolescente remercia une nouvelle fois son père,

touchée par la confiance qu'il lui accordait enfin.

— Il faut encore convaincre ta mère et tu sais comment elle est...

— Tu vas trouver les mots, j'en suis sûre !

Après que son rôle de père l'obligea à sommer sa fille de remettre de l'ordre dans ses affaires, Stéphane quitta Lucie, satisfait de ne pas avoir laissé un conflit s'envenimer entre eux. Il est vrai que depuis toute petite, il n'avait jamais rien eu à lui reprocher. Elle était une petite fille sage et réservée, qui, il le reconnaît, n'avait pas beaucoup eu l'occasion d'explorer le monde. Il entretenait l'espoir que ce séjour à l'étranger lui ouvrirait l'esprit et lui permettrait d'éclaircir son avenir.

***

Julien n'avait pas quitté son lit depuis qu'il était rentré en catastrophe de l'usine. Il n'avait pas voulu expliquer ce qui s'était passé à Sophie et elle s'inquiétait de voir son mari dans un tel état d'abattement. Elle avait appelé Samuel qui, lui aussi, ignorait pourquoi il était parti précipitamment. Il lui avait seulement dit qu'il sortait du bureau d'Olga et que leur échange avait probablement dû mal se passer.

La veille, Sophie était allée s'expliquer avec Jenny pour comprendre comment elle avait pu dénoncer un homme qui l'avait vue grandir et l'avait accueillie sous son toit lorsqu'elle était plus jeune. Jenny s'était confondue en excuses et se sentait honteuse d'avoir agi de la sorte. Elle justifiait son geste par le seul fait d'être tombée sous le charme de Julien qui, et elle l'assurait, n'avait jamais montré le moindre signe d'intérêt pour elle.

Quoi qu'il en soit, Sophie avait décidé de couper les ponts avec elle et faisait l'amère conclusion qu'elle se retrouvait à nouveau bien seule face à elle-même. Son père n'osait plus sortir de chez lui et Julien restait enfermé toute la journée dans sa chambre. L'euphorie de leurs récentes retrouvailles était bien vite retombée et elle pleura en constatant que son mariage était bien loin d'être sauvé.

Elle trouva refuge auprès de ses poupées qu'elle s'affaira à bichonner. Une nouvelle commande était arrivée des États-Unis et elle se plongea corps et âme dans sa préparation pour oublier la tristesse de son existence.

Cela faisait maintenant trois heures qu'elle n'était pas sortie de son atelier lorsqu'elle entendit le parquet de la chambre voisine craquer. Julien s'était levé et était en train de prendre une douche. Elle poussa un soupir de soulagement et se hâta de descendre préparer le dîner.

Tout en surveillant l'eau dans la casserole qui commençait à bouillir, elle regarda Julien entrer dans la cuisine, la tête baissée et la mine abattue.

— Je fais des pâtes, tenta-t-elle timidement en guise d'approche. Tu les préfères avec de la crème ou de la sauce tomate ?

— Fais ce que tu veux... marmonna-t-il en s'installant à sa place habituelle en bout de table.

Sophie sortit un bocal de sauce tomate qu'elle avait réalisée elle-même durant l'été. En regardant son mari, l'air avachi, elle vit son projet de paniers bio s'éloigner à grands pas.

Elle ouvrit le bocal et versa son contenu dans la casserole d'eau bouillante.

— Et merde... lança-t-elle. Je me suis plantée...

Julien ne réagit pas et se contenta d'allumer le poste de télévision pendant que Sophie vidait la casserole dans l'évier. Ce ne fut que lorsqu'il entendit les sanglots de sa femme qu'il leva la tête vers elle.

— Qu'est-ce que tu as ?

— Rien... Tout va magnifiquement bien, répondit-elle en reniflant et en sortant un vieux mouchoir en papier de sa poche.

— Je ne comprends pas pourquoi tu pleures... De nous deux, tu n'es quand même pas la plus à plaindre en ce moment ! lâcha-t-il sans le moindre tact.

— Pardon ? Entre mon père qui a failli finir en prison et toi qui est mutique à longueur de journée, quand tu n'es pas au fond de ton lit, je ne vois pas en quoi je devrais me réjouir ! s'exclama-t-elle les yeux rougis et pleins de larmes.

— Et si je te dis que je suis viré, tu vas pouvoir avoir une bonne raison de pleurer !

— Tu es viré ? Olga Simmons t'a mis dehors ?

— Oui... ça devait finir par arriver...

— Pourquoi tu ne me l'as pas dit tout de suite ? Je suis capable de comprendre !

— Si tu crois que c'est facile à admettre, surtout pour une raison aussi stupide...

— Que s'est-il passé ?

Julien se renferma aussitôt, n'osant pas révéler l'événement qui avait déclenché sa fuite précipitée de la veille.

— Julien, dit Sophie en s'asseyant en face de lui. Raconte-moi... Nous sommes mariés pour le meilleur et pour le pire non ? Il n'y a rien que je ne puisse entendre.

Elle lui prit tendrement les mains, mais il les retira aussitôt. Sophie ne le lâcha pas du regard et après plusieurs secondes, il sortit de son silence.

— Je voulais juste savoir qui était ce type qui restait

307

sans cesse avec elle...

— Comment ça ? Quel type ?

— Un gars étrange qui était dans son bureau avec elle, qui la suivait en permanence à l'usine et que j'ai même aperçu une fois en ville. Je ne sais pas qui il est et il me mettait très mal à l'aise. J'ai juste voulu en savoir davantage sur lui.

— C'est tout ?

— Quoi c'est tout ?

— Elle t'a viré parce que tu as posé une simple question ?

— Oui...

— C'est une folle ! s'insurgea Sophie.

— De toute façon, si elle ne me renvoyait pas, j'aurais fini par partir...

Sophie repensa à la difficulté qu'il avait eue à lui avouer son mal-être au travail. Même si elle savait que les prochaines semaines allaient être fastidieuses, elle entrevoyait tout de même l'espoir que Julien aille mieux s'il ne croisait plus cette Olga.

— Le bon côté, c'est que tu n'auras plus à travailler avec cette femme.

— Oui, mais on va avoir de sérieux problèmes d'argent... dit-il en passant ses ongles dans les veines du bois de la table.

— Ce sera temporaire. Tu vas vite retrouver quelque chose, j'en suis sûre.

Julien semblait moins certain. Il releva la tête en direction du poste de télévision où était diffusé le journal du soir et qui titrait sur les meurtres de Mirecourt. Le tueur au foulard était dans tous les esprits, sauf dans celui de Julien qui ne songeait qu'à retourner au fond de son lit.

***

Grâce à Basile Atangana, le disque dur de l'ordinateur de la maison Chartel avait vite révélé ce qu'il avait dans le ventre. Le logiciel d'enregistrement ne gardait que deux semaines de données et l'ordinateur semblait avoir rendu l'âme il y a plus de sept jours. Il ne restait donc qu'une semaine de données exploitables à l'heure actuelle, mais les équipes du laboratoire tentaient encore de récupérer celles qui s'étaient effacées. Grâce à cela, ils pourraient sortir les portraits des derniers acheteurs du foulard. Mais cela représentait une bien maigre consolation pour Stéphane qui ne voyait pas là de quoi faire avancer son enquête et ruminait toujours sur le récent suicide d'Edmond Tisserand.

Candice et lui avaient dîné rapidement et repris leurs quartiers au Luthier. La nuit de la veille avait été courte et Zeim les attendait demain à la première heure pour leur annoncer officiellement ce qui devait arriver : le procureur général allait confier l'enquête au SRPJ de Nancy et aux hommes de Basile Atangana.

Stéphane se sentait minable devant le peu de résultats qu'il avait obtenus après presque une semaine d'enquête. Les équipes de Nancy feraient-elles vraiment mieux que lui ? Sur quels éléments allaient-elles travailler pour faire avancer les investigations ? S'il trouvait rapidement cette réponse, il pourrait demander un sursis au procureur général et éviter au commissariat d'Épinal d'être la risée de la région. Il avait envie d'offrir cette victoire à ses hommes et à toute l'équipe qui se démenaient depuis le début. Le tueur au foulard, c'était lui qui devait le coincer.

Il se mit à réfléchir à une piste encore inexploitée tout

309

en regardant par la fenêtre de sa chambre. À travers les cônes de lumières qui émanaient des lampadaires de l'hôtel, on voyait tomber un mélange de pluie et de neige qui produirait, après la gelée de la nuit, une dangereuse couche de verglas. La vue donnait sur le parking où une demi-douzaine de véhicules sommeillaient en commençant à se recouvrir d'une fine pellicule blanche.

Il aperçut alors une ombre en mouvement qui naviguait entre les voitures. La pénombre l'empêchait de distinguer s'il s'agissait d'un homme ou d'une femme, mais la personne semblait être en quête de son véhicule. Avec ce temps, toutes les voitures allaient rapidement se ressembler, songea Stéphane, qui ne pouvait résister à l'envie de savoir elle allait finir par la trouver. Il plissa les yeux pour mieux observer la scène, lorsqu'il constata que l'individu s'était arrêté devant sa propre voiture. Ce dernier leva la tête vers lui. Ses yeux et tout son visage restaient indiscernables. Savait-il que Stéphane était en train de le regarder ou vérifiait-il justement qu'il n'était pas observé ? Il souleva alors l'un des essuie-glaces et y coinça ce qui ressemblait fort à une enveloppe emballée dans une pochette en plastique.

Stéphane fut pris d'un frisson d'effroi et essaya d'ouvrir la fenêtre pour crier à l'inconnu de rester là où il était. Mais elle était bloquée et il tambourina contre la vitre pour tenter de le retenir. Recouvert d'un long manteau et d'une large capuche qui l'empêchait de découvrir le moindre détail, l'individu se mit à s'enfuir en direction de la rue.

Stéphane se rua dans les escaliers de l'hôtel et descendit jusqu'au parking pour tenter de la rattraper. Il courut sur le trottoir et manqua de glisser par terre sous l'effet du givre en train de se former. Il regarda des deux côtés de la rue, mais il était trop tard ; l'homme était parti.

Stéphane déversa un flot d'insultes au milieu de la nuit noire avant de réaliser qu'il était déjà trempé par le crachin qui tombait encore plus fort. Il se dirigea vers sa voiture et récupéra l'enveloppe : elle était bien à son attention.

Il remonta dans sa chambre et s'installa sur son lit avant de l'ouvrir. La pochette plastique avait été scotchée avec soin pour éviter que son contenu ne soit mouillé et il mit plusieurs secondes pour la libérer. Quand il ouvrit enfin l'enveloppe, il en sortit un mot non signé, griffonné à la main sur une feuille blanche.

*Demandez à Philippe Bartelli de vous parler d'Antoine Chenay.*

*Bon courage.*

Quelqu'un qui souhaitait rester anonyme tenait à lui faire passer ce message, sans doute pour le guider dans son enquête. Devait-il pour autant le prendre au sérieux ?

Stéphane se jeta sur son moteur de recherche pour savoir qui étaient Philippe Bartelli et Antoine Chenay. Mais son navigateur internet lui renvoyait sans cesse la mention « Cette page ne fonctionne pas ». Il déversa un nouveau flot d'insultes à l'attention de son téléphone et il constata que le Wi-Fi de l'hôtel n'était toujours pas opérationnel. Il regretta alors de ne pas avoir accepté que Lucie lui change son forfait pour lui donner accès à internet. Ces trucs-là, jusqu'à aujourd'hui, ne l'intéressaient pas.

Il descendit à la réception où l'employé s'apprêtait justement à rentrer chez lui. Stéphane l'arrêta à temps.

— J'ai besoin d'une connexion internet et le Wi-Fi ne fonctionne pas.

— Je suis désolé monsieur, mais l'opérateur doit me rappeler demain. Il ne sait pas pourquoi la box n'émet plus de réseau, répondit le réceptionniste, confus.

— Votre ordinateur là, il est en état de marche ? demanda Stéphane en montrant de la tête l'écran derrière le comptoir.

— Oui, mais je ne crois pas que je peux vous laisser vous en servir.

Lassé, Stéphane montra sa carte tricolore et lui indiqua qu'il réquisitionnait son ordinateur. Sans piper mot, il céda sa place à Stéphane qui s'installa derrière le comptoir.

— Vous l'éteindrez quand vous aurez fini ? Mon patron n'aime pas que l'ordinateur fonctionne pour rien.

Stéphane acquiesça et regarda l'employé s'emmitoufler dans une épaisse doudoune jaune canari et enrouler trois fois son écharpe autour du cou avant de quitter l'hôtel pour se jeter sous la neige qui tombait désormais à gros flocons.

Stéphane commença à tapoter sur le clavier de l'ordinateur et trouva rapidement l'identité de Philippe Bartelli. Il s'agissait du prédécesseur de Théodore Bassompierre et avait dirigé l'hôpital Vuillaume pendant plus de dix ans avant lui. Un pic d'adrénaline lui traversa tout le corps ; il avait eu raison de croire que l'hôpital psychiatrique pouvait être lié, de près ou de loin, à son enquête. Bartelli habitait dans un petit village entre Mirecourt et Épinal et Stéphane avait bien l'intention d'aller le questionner dès demain.

En revanche, il fit chou blanc au sujet d'Antoine Chenay. Il ne trouva rien de significatif et décida d'arrêter ses investigations pour ce soir. Il envoya un

SMS à Eliott pour lui demander de chercher dans les fichiers d'autres éléments sur les deux nouveaux protagonistes qui surgissaient dans son enquête.

Comme convenu, Stéphane prit soin d'éteindre l'ordinateur et retourna à sa chambre. Cette piste, qui apparaissait comme providentielle, pouvait parfaitement l'entraîner dans une mauvaise direction. Pendant qu'il creusait du côté de ces deux hommes, il ne cherchait plus de nouveaux indices et laissait le champ libre au tueur pour faire d'autres victimes. En admettant que le coupable ait été suffisamment renseigné sur les avancées de l'enquête, il savait parfaitement que les recherches piétinaient et qu'il n'était pas en danger à l'heure actuelle. Alors, pourquoi prendre le risque de se montrer pour déposer un message malintentionné ?

Mais Stéphane ne pouvait pas croire aux coïncidences. Depuis qu'il y avait mis les pieds, son instinct le poussait à franchir à nouveau les portes de l'hôpital Vuillaume. Ce message, aussi mystérieux soit-il, était là une bonne occasion de le faire.

# - 33 -

Nicolas Zeim avait convié l'ensemble de l'équipe chargée de l'enquête depuis le début. Le brigadier-chef Legendre et ses hommes, peu habitués à traiter une affaire d'une si grande ampleur, commençaient à montrer quelques signes de fatigue après les centaines d'interrogatoires, d'appels à témoins et enquêtes de voisinage qu'ils avaient menés sur Mirecourt et ses alentours. Plusieurs membres de l'équipe de Stéphane avaient également fait le déplacement depuis Épinal, y compris Eliott qui avait signifié au procureur qu'il aurait certainement été plus utile au commissariat à étudier les pièces du dossier qu'à venir entendre une nouvelle qu'il connaissait déjà.

Zeim avait fait son maximum, mais il fallait se rendre à l'évidence : les moyens déployés pour cette enquête n'étaient pas suffisants et il était maintenant plus sage de remettre le dossier entre les mains des services nancéiens. Basile Atangana avait justement été dépêché par le procureur général pour mener l'affaire. Stéphane s'attendait à ce qu'il se délecte de l'humiliation qu'étaient en train de subir ses hommes, mais ce ne fut pas le cas ; il semblait même gêné de voir des collègues être mis en échec devant toute la France.

— Voilà maintenant une semaine que le meurtre de Andrée Chanteuil a eu lieu. Trois jours plus tard, c'était au tour de Maryse Brunet de subir le même sort. Aujourd'hui, les pistes sont minces. Bien trop minces pour que nous puissions continuer à perdre du temps, car un tueur au rituel bien organisé, puisqu'aucun indice n'est laissé derrière lui, se promène tranquillement dans la nature, à la vue de tous.

Eliott profita du discours de Zeim pour interpeller Stéphane à voix basse.

— Je crois que ce n'est pas la peine que j'amorce les recherches sur tes deux gars. Le beau black va s'en charger pour nous.

— Zeim n'est pas au courant de ce que j'ai reçu hier et je compte bien aller au bout de mon enquête, répondit Stéphane en chuchotant.

— Laisse tomber, c'est mort pour nous. Le SRPJ de Nancy, ça fait toujours plus classe que la section de recherches d'Épinal devant les caméras !

Zeim surprit les deux hommes en pleine conversation et haussa le ton pour les faire taire :

— C'est Stéphane Gassin qui sera chargé de réunir les éléments et de les transmettre au commissaire Atangana. Le parquet nous octroie une belle opportunité de montrer l'étendue de nos compétences, mais une enquête d'une telle ampleur se doit d'être menée par une équipe conséquente et dotée de moyens à la hauteur de l'enjeu.

Tous les regards étaient rivés sur Stéphane qui se voyait là réduit à l'état de moins que rien. Atangana se leva et vola à son secours :

— Merci monsieur le Procureur. Je suis certain que vous tous ici avez fait le maximum. Habituellement, il est vrai qu'une enquête de ce type nous est directement confiée, mais je suis convaincu qu'avec le travail que vous avez abattu depuis une semaine, les choses sont loin d'être perdues. Je dirais même que tous les éléments dont vous disposez sont essentiels et indispensables à la réussite de cette enquête qui sera le fruit d'une solide collaboration entre les équipes de nos trois villes. Je suis heureux de retrouver le commandant Gassin que j'ai déjà eu la chance de rencontrer et je sais son implication sans faille lors de ses investigations.

Stéphane fut touché par le tact dont venait de faire preuve le commissaire, à l'inverse de Zeim qui profitait de l'occasion pour suivre le sens du vent.

Atangana enchaîna avec un rapide récapitulatif des éléments qui étaient en leur possession et Stéphane décida d'intervenir.

— Messieurs le Procureur et Commissaire, je n'ai pas l'habitude des discours pompeux, surtout lorsqu'il s'agit de me dessaisir d'une enquête, mais j'ai un élément qui pourrait peut-être aider le parquet à reconsidérer sa décision.

Atangana quitta des yeux le tableau blanc devant lequel il s'agitait pour y inscrire mots et flèches aux quatre coins et comme le reste de l'assemblée, se tourna vers Stéphane.

— J'ai reçu hier soir une lettre anonyme qui pourrait bien être une piste sérieuse.

Zeim, dont l'esprit ne suivait déjà plus les événements qui se déroulaient autour de lui, demanda :

— De qui provient cette lettre ?

— Comme je l'ai dit, elle est anonyme... répondit Stéphane suffisamment fort pour couvrir les rires étouffés et ricanements de ses collègues. Mais j'aimerais, si vous le permettez, exploiter cette piste avant de remettre définitivement l'affaire entre les mains du commissaire Atangana.

— Cette enquête n'est pas destinée à flatter ton ego

Stéphane. En bon professionnel que tu es, tu devrais savoir que la priorité est d'arrêter le tueur et non pas de l'inscrire sur le tableau de chasse d'Épinal, répondit Zeim, agacé.

— Quel est cet élément Gassin ? demanda Atangana.

— On me suggère de chercher du côté d'un ancien directeur de l'hôpital Vuillaume et d'un certain Antoine Chenay. Je pense qu'il s'agit de la première vraie piste sérieuse que nous avons et j'aimerais que l'on donne une chance à mon équipe de l'exploiter.

— Qu'est-ce qui nous empêche de collaborer dès maintenant ? continua Atangana. Nous avons toujours travaillé de concert lorsque cela le nécessitait et avec succès d'ailleurs.

— J'entends bien, mais contrairement à ce que vous semblez prendre pour une forme d'égocentrisme, je vois surtout un moyen de montrer que les équipes départementales ont aussi quelque chose dans le ventre et cela prouverait à la population qu'elle peut avoir confiance en sa police de proximité.

Stéphane constatait que la plupart de ses collègues hochaient la tête en signe d'acquiescement. Les polices et gendarmeries locales étaient souvent cantonnées à des enquêtes de voisinage ou des missions de faible enjeu.

— La population se moque de savoir qui résout les enquêtes. De plus, le procureur général a déjà donné un sursis que tu n'as pas réussi à mettre à profit ! s'exclama Zeim qui ne souhaitait pas perdre davantage la face.

Face à sa réaction, Stéphane se dit qu'il n'était désormais plus question de le considérer dans son camp. Servir l'intérêt général en même temps que ceux du procureur, pourquoi pas, mais devenir un bouc émissaire quand les choses tournaient mal, il n'en était pas question.

Atangana, qui avait eu l'occasion d'exercer dans

plusieurs commissariats comprenait la position de Stéphane et le sentiment qui pouvait parfois accompagner des hommes réduits au rang de « sous-policiers ».

— Monsieur le Procureur, je connais l'abnégation de Gassin et je peux interférer auprès du parquet pour qu'il reste chargé principalement de l'enquête. Je peux mettre à sa disposition les effectifs nécessaires pour faire accélérer les investigations notamment du côté du laboratoire.

Stéphane n'en croyait pas ses oreilles : aucun officier n'aurait refusé de récolter les lauriers d'une telle enquête. Il avait très mal jugé cet homme, qui venait de lui offrir l'opportunité de résoudre ce qui s'annonçait comme l'une des plus grandes affaires de sa vie.

$$***$$

Dehors, Atangana enchaînait les poignées de main. Tous le félicitaient de la confiance qu'il accordait à la section d'Épinal et il renouvelait à chacun, sa plus vive certitude que chaque homme et chaque femme comptait, quel que soit son lieu d'exercice.

Stéphane attendit que chacun retourne à son travail puis s'adressa à son tour au commissaire.

— J'ai été agréablement surpris par votre proposition. Je vous en remercie sincèrement.

— Ne me remerciez pas trop vite. Si vous vous plantez Gassin, c'est vous qui prendrez le mur en pleine face, pas moi, répondit Atangana sur un ton presque plaisantin.

— Je suis convaincu que ce travail d'équipe ne pourra qu'aboutir.

— Faites bon usage de ce dont vous disposez désormais. Mes hommes sont coopératifs, mais ils ne se laisseront pas facilement manœuvrer. Je vais les briefer avant de vous les envoyer !

Stéphane salua à nouveau le geste d'Atangana et repartit avec Eliott vers son véhicule. Il évita soigneusement de regarder Zeim qui se dirigeait vers lui en courant. Sa veste volait derrière lui à la manière d'une cape, mais Stéphane se dit que ce type était loin d'avoir la prestance et l'envergure d'un superhéros. Il réalisait à travers lui à quel point l'ambition d'un seul homme pouvait mettre à mal toute valeur humaine. Dénigrer ses subordonnés pour mieux servir son avenir, voilà tout ce que savait faire Zeim et Stéphane regrettait amèrement ce constat.

À ses côtés, Eliott voyait le procureur s'éloigner à mesure que le véhicule reculait dans le parking de la gendarmerie.

— Tu viens de lui mettre un sacré vent ! lança Eliott, amusé.

— Je n'ai rien à lui dire pour le moment. On se reparlera quand on aura coffré ce psychopathe. En attendant, au boulot.

Stéphane avait déposé Eliott à Épinal pour qu'il puisse démarrer les recherches sur Philippe Bartelli et Antoine Chenay. Il avait également remis l'enveloppe reçue la veille à Atangana afin que son laboratoire l'analyse rapidement. La chance pour lui de mener son enquête au bout lui était officiellement offerte : il ne fallait pas la gâcher.

Lorsqu'il arriva devant le domicile de Bartelli, il devina sans peine l'aisance dans laquelle l'homme devait vivre. Derrière l'imposant mur qui entourait la vaste propriété, une maison de maître en pierres apparentes se trouvait au fond d'une allée bordée de cyprès et de topiaires. Stéphane poussa la grande grille, mais elle était verrouillée. Un interphone était fixé sur un pilier attenant, surplombé d'une caméra clignotant d'un point rouge. L'ancien directeur aimait visiblement savoir à quoi ressemblaient ses visiteurs avant de leur autoriser l'accès. Il sonna et la réponse se fit entendre presque immédiatement. Une femme lui demanda de se présenter et après avoir expliqué vaguement l'objet de sa venue, la grille blanche s'ouvrit dans un claquement sec. Il avança alors sur l'allée de graviers roses qui crissaient sous ses pas. Les restes de l'averse de neige de la nuit n'avaient pas encore fondu sous l'effet des rayons du soleil qui transperçaient les nuages et la pelouse était entièrement recouverte d'un fin manteau blanc où pas un seul brin d'herbe ne dépassait. Certains flocons avaient cristallisé sur les pointes du saule pleureur qui cachait à l'intérieur de son imposant rideau de branchages une petite mare où barbotaient quelques colverts, empêchant la surface de l'eau de se figer. En s'approchant de la maison, Stéphane aperçut le filet d'un terrain de tennis situé à l'arrière de celle-ci et le toit d'un abri de piscine télescopique. Philippe Bartelli avait dû sans doute bien gagner sa vie au sein de l'hôpital pour pouvoir s'offrir une maison avec de tels aménagements. Mais il devait aussi être quelqu'un de très méfiant à en juger par l'abondance de caméras de surveillance qui se trouvaient dans tous les recoins de la propriété.

Il monta les quelques marches qui le séparaient du perron et était sur le point de sonner à la porte lorsque Stéphane reçut un SMS de Candice. Elle était fâchée d'avoir à nouveau été laissée sur la touche ce matin et lui demandait où il était. Il lui conseilla de se reposer et lui raconterait tout à son retour. Il en profita pour lui demander si Jordan l'avait contactée. Elle répondit que non, mais elle n'était pas pour autant rassurée. Au contraire, elle voyait ce silence comme le signe d'un mauvais présage.

Stéphane n'eut pas le temps d'appuyer sur la sonnette que la porte d'entrée en chêne recouverte de boiseries sculptées s'ouvrit devant lui. Une septuagénaire à l'allure bourgeoise apparut dans l'embrasure. Habillée d'un fin pantalon en lin beige et d'une veste en velours kaki, elle arborait un épais collier aussi coûteux qu'extravagant : serti d'une multitude de pierres précieuses clinquantes, la femme semblait plier sous le poids de son bijou. Un timide sourire se dessinait sur son visage en même temps que des rides se formaient au coin de ses yeux. Un antique serre-tête retenait ses cheveux coupés au carré et teints en brun pour masquer le poivre et sel naturel qui se devinait au niveau des racines.

— Je suis Adèle Bartelli. Mon mari est sous la douche, il sera à vous dans quelques minutes. Je peux vous faire attendre dans la véranda si vous le souhaitez.

Stéphane suivit alors Adèle Bartelli et contempla l'intérieur soigné qui allait de pair avec la tenue des extérieurs : tout était impeccablement rangé et coordonné dans un style bourgeois du XIXe siècle. Le policier n'eut qu'un bref aperçu des pièces de la maison, car Adèle Bartelli l'entraîna rapidement vers la véranda qui dominait le parc et offrait une vue imprenable sur la piscine et le terrain de tennis qu'il avait remarqué un peu plus tôt. La pièce ne comportait qu'un nombre restreint de meubles : une table basse, un canapé et deux fauteuils constituaient le seul et unique mobilier d'un vaste espace baigné par l'éclatante lumière de ce matin de novembre. Tout le reste de la pièce était habillé par l'abondance d'orchidées qui étaient disposées tantôt sur des étagères, tantôt suspendues par des chaînettes rattachées au squelette métallique de la véranda et laissant apparaître un impressionnant réseau de racines aériennes. Un feu d'artifice de couleurs attrapait immédiatement le regard lorsque l'on découvrait l'endroit. Des panaches de violet, de blanc, de rouge, d'orange ou encore de jaune éclataient dans chaque recoin et les fleurs en forme de papillon paraissaient s'envoler à travers la pièce tant les yeux s'imprégnaient de leurs silhouettes. Sublimées par la lumière, les fleurs révélaient un éclat enivrant, mais aussi la main incroyablement verte d'Adèle Bartelli qui ne cachait pas sa fierté en conviant ses hôtes dans cette pièce. Elle semblait même attendre une réaction de la part de Stéphane, qui, bien que conscient du travail que cela représentait, n'y connaissait absolument rien en matière de botanique. Devant l'insistance du regard que la bourgeoise posait sur lui, il osa finalement réagir :

— C'est splendide, vraiment. J'ai déjà vu des orchidées bleues une fois dans un magasin. Je les ai trouvées magnifiques !

Adèle Bartelli ouvrit de grands yeux en écoutant le policier.

— Sacrilège ! Ces orchidées-là n'ont aucune commune mesure avec celles que vous avez là et qui sont de véritables Phalaenopsis. Celles dont vous parlez ont subi les assauts sans scrupules des hommes qui veulent toujours transformer le naturel pourtant déjà magnifique.

Un premier faux-pas pour Stéphane, qui commençait à s'impatienter de ne pas voir arriver l'ancien directeur. Discuter plantes en pots avec une vieille bourgeoise ne l'enchantait pas particulièrement.

— Approchez, commandant... hum, pardon, j'ai oublié votre nom...

— Gassin ! Stéphane Gassin, répondit-il en se dirigeant lentement vers elle.

— Celle-ci est pour moi la plus splendide de toutes, dit-elle en prenant délicatement dans sa main, l'une des nombreuses fleurs que comptait la hampe. Son doux nom est *Phalaenopsis Mini Mark « Lemon »*.

— Charmant, répondit Stéphane en feignant s'intéresser au sujet.

— C'est l'une des variétés du *Phalaenopsis maculata*, originaire de Malaisie. Regardez comme ses fleurs blanches sont impeccablement piquetées de rouge. Et on l'appelle *lemon*, car son labelle est d'un jaune vif semblable à celui d'un citron. Je suis allée chercher moi-même les graines de cette plante en Malaisie. Je voulais que son origine soit la plus pure possible !

Adèle Bartelli vénérait ses fleurs et Stéphane peinait à réagir en conséquence.

— Laisse donc ce brave homme tranquille Adèle. Fais-nous un café plutôt que de l'ennuyer avec tes plantes.

Philippe Bartelli avait surgi dans la pièce sans que Stéphane ne l'entende. Vêtu d'une ample robe de chambre en tartan, celui qui le regardait était projeté tout droit dans les confins de l'Écosse. On devinait pourtant l'homme élégant et athlétique qui se dessinait en dessous malgré ses soixante-dix printemps. Les cheveux encore mouillés, ses longues mèches blanches étaient plaquées vers l'arrière du crâne et laissaient transparaître une calvitie naissante. Il tentait d'essuyer ses mains humides sur sa robe de chambre.

— Veuillez excuser ma tenue commandant, mais j'avais hâte de connaître la raison de votre visite.

— Ne vous embêtez pas pour moi, ça ne devrait pas être très long, répondit Stéphane en espérant néanmoins dégripper sérieusement son enquête.

Adèle s'était éclipsée dans sa cuisine et le tintement de la vaisselle qu'elle sortait des placards résonnait jusque dans la véranda. Bartelli s'installa sur l'un des fauteuils laissant apparaître de longues jambes fuselées presque imberbes. Il invita Stéphane à s'asseoir également.

— Dites-moi tout commandant, je vous écoute.

— Je viens voir l'ancien directeur de l'hôpital Vuillaume que vous étiez. Que pouvez-vous me dire sur vos années passées là-bas ?

— Ah, répondit Bartelli avec une pointe de déception dans la voix. Je pensais que vous étiez ici pour me donner les conclusions de l'enquête sur la tentative de cambriolage dont j'ai été victime le mois dernier.

— Navré, mais en effet, ce n'est pas ce qui m'amène...

— Ces voyous ont fracturé un portail situé à l'arrière de la propriété. Le seul endroit où je n'ai pas encore pu faire installer de caméras à cause du système électrique qui n'est pas assez long. Ils n'ont pas réussi à entrer dans la maison, car l'alarme a sonné, nous réveillant en sursaut au beau milieu de la nuit ma femme et moi. Les assurances ne veulent pas m'indemniser malgré les fortunes que je leur donne chaque mois... Mais ce n'est pas le sujet, pardonnez-moi. Que souhaitez-vous savoir sur l'hôpital Vuillaume ?

— Parlez-moi de votre parcours, de votre arrivée à l'hôpital, dans les grandes lignes bien entendu...

— Oh, c'est un parcours très banal. J'ai fait mes études de médecine à Paris et je me suis spécialisé en psychiatrie pour exercer pendant près de vingt ans à l'hôpital Sainte-Anne. Puis j'ai rencontré ma femme alors je suis parti au centre hospitalier de Nancy avant que l'on me propose, une dizaine d'années avant la retraite, de prendre la direction de l'hôpital Vuillaume.

Une époque où l'on considérait encore que des médecins étaient plus à même de diriger ce genre d'établissement que des gestionnaires...

Adèle Bartelli venait d'arriver dans la véranda, peinant à tenir le large plateau sur lequel reposaient deux grandes tasses de café fumant, un pot à sucre, une petite carafe avec du lait et une assiette de petits gâteaux secs.

— Je ne savais pas comment vous aimiez votre café, alors j'ai tout mis ! dit-elle d'un air ravi.

— Merci madame, répondit Stéphane en l'aidant à poser le plateau sur la table basse.

Chacun attrapa sa tasse et Stéphane savoura enfin le plaisir de boire un vrai café. Adèle était retournée auprès de ses orchidées, qu'elle vaporisait avec entrain.

— Monsieur Bartelli, parlez-moi d'Antoine Chenay.

Un bruit sourd retentit alors dans la véranda. Adèle Bartelli avait lâché son vaporisateur qui s'était ouvert sous le choc et répandait son contenu à ses pieds. Son mari se retourna en fronçant les sourcils avant de répondre :

— Pardonnez-moi, je n'ai pas bien compris son nom.

— Antoine Chenay.

Stéphane sentait que l'ancien directeur feignait de réfléchir. Adèle épongeait la flaque d'eau qui s'élargissait sur le sol tout en jetant des regards inquiets sur son mari. Ce dernier montra soudainement des signes de nervosité qui n'échappèrent pas à Stéphane. Il frottait vigoureusement son pouce contre son index.

— Hum... C'est un ancien patient de l'hôpital Vuillaume.

— Vous le connaissiez bien ? demanda Stéphane qui sentait la tension naissante dans la pièce.

— Pas particulièrement... En tant que directeur d'un établissement de cinq-cents lits, il m'est difficile d'avoir une mémoire de tous les patients.

— Pourtant ce nom semble vous évoquer quelque chose... Que pouvez-vous me dire sur lui ?

— Il est arrivé lorsqu'il était adolescent, il devait avoir quatorze ou quinze ans. Son père, avait demandé son hospitalisation, car il souffrait d'une profonde dépression depuis la mort tragique de sa mère et avait tenté plusieurs fois de mettre fin à ses jours.

— J'imagine que des patients suicidaires, vous en aviez plusieurs autres ?

— Tout à fait. Il avait été suivi dans l'une des unités les mieux surveillées de l'hôpital afin qu'il ne puisse plus attenter à sa vie. C'était un garçon morose, très renfermé. Et puis le temps et les soins lui ont permis de refaire surface. Nous avons pu le mettre dans une unité où la surveillance était moins omniprésente, il avait le droit de sortir dans le parc de l'hôpital. L'équipe soignante avait jugé qu'il ne représentait plus un danger pour lui-même.

— Il a donc pu quitter l'hôpital ?

Bartelli leva la main. Sa femme le regardait toujours.

— Pour ses dix-huit ans, son père nous avait demandé l'autorisation d'organiser une petite fête au sein de l'unité, avec les membres de l'équipe soignante et quelques connaissances avec qui il avait sympathisé. J'avais même été convié et nous avons accepté. Mais lorsque nous sommes allés le chercher dans sa chambre, il n'y était pas. Nous avons fait le tour des locaux, du parc, mais aucune trace d'Antoine.

— Il s'était enfui ?

— Nous nous sommes dit que sa récente majorité lui avait peut-être donné l'envie de prendre l'air, alors nous avons patienté l'après-midi entière, pensant qu'il serait de retour le soir même. Mais il n'est jamais revenu.

— Qu'ont dit les caméras de surveillance ?

— Le système était un peu bancal à l'époque, mais

sur l'une des vidéos, on pouvait effectivement voir Antoine partir vers l'une des clôtures du parc. Comme le grillage n'avait pas été endommagé, nous avions supposé qu'il l'avait escaladé.

— Est-ce qu'un dispositif de recherche a été lancé ensuite ?

— Oui, car c'est la procédure. Les gendarmes ont ratissé la ville durant plusieurs jours. Le père d'Antoine était mort d'inquiétude, mais, lui non plus, n'avait aucune nouvelle de son fils. Sans argent et sans aucune affaire personnelle, Antoine n'avait pas pu aller bien loin.

— Est-ce qu'il a finalement été retrouvé ?

— Jamais. Plus personne n'a jamais entendu parler de lui.

— Quel est votre avis sur sa disparition ?

— À l'époque, j'ai pensé comme tout le monde qu'il avait sans doute voulu voir du pays. Même si le bien-être des patients était une priorité pour nous, il avait été privé de beaucoup de choses qu'un adolescent de son âge aurait dû connaître. Et puis plus le temps passait, plus je m'interrogeais sur son état mental : allait-il réellement mieux ? J'ai fini par me dire qu'il avait sans doute mis fin à ses jours quelque part en pleine nature, mais que son corps n'avait jamais été retrouvé.

— Son père était de votre avis ?

— Le pauvre homme était dévasté. Il avait perdu sa femme puis, quelques années après, son fils unique. Je ne l'ai jamais revu après cet épisode tragique.

— Philippe, n'oublie pas que nous sommes attendus ce midi pour déjeuner. Tu devrais peut-être aller t'habiller... intervint Adèle qui avait fini d'essorer le sol.

— Oui ! Tu as raison ! Commandant, si vous n'avez plus de questions, je vais écouter ma femme pour une fois ! lança-t-il sur un ton nettement moins solennel.

— J'en ai terminé en effet.

— Parfait, je vous raccompagne.

Bartelli reconduisit Stéphane jusqu'à l'entrée sans rajouter un mot. Avant que la porte ne se referme, le commandant posa tout de même une dernière question.

— Vous souvenez-vous du nom du père d'Antoine ?

Le directeur réfléchit un instant.

— Je crois me rappeler qu'il s'agit de Thierry Chenay. Mais je ne saurais pas vous dire s'il habite encore dans la région.

— Cela ne fait rien, je vous remercie.

Stéphane tourna les talons et reprit le chemin de sa voiture. Le givre disparaissait peu à peu laissant apparaître le vert de l'impeccable pelouse. Il entendit alors les graviers crisser derrière lui ; Philippe Bartelli, toujours vêtu de sa robe de chambre, lui courait après, des pantoufles trop grandes aux pieds.

— Commandant Gassin ! héla l'homme alors que Stéphane revenait vers lui. Est-ce bien vous qui menez l'enquête sur les meurtres qui ont eu lieu à Mirecourt ?

— Tout à fait oui.

— Pourquoi ne pas me l'avoir dit tout de suite ? Enfin, je veux dire... Toutes ces questions sur Antoine Chenay... C'est en rapport avec ça ?

— C'est possible. J'évite désormais d'en dire trop au cas où certains auraient des atomes un peu trop crochus avec la presse.

— Alors je suis navré de ne pas avoir pu vous aider davantage. Je pense sincèrement que ce garçon n'est plus de ce monde et j'ai bien peur que vous cherchiez dans une mauvaise direction.

— C'est à moi seul d'en juger, répondit Stéphane. Je vous souhaite une bonne journée, monsieur Bartelli.

Les deux hommes s'éloignèrent et Stéphane retourna à sa voiture. Il tourna le bouton du chauffage au maximum et la soufflerie vrombit bruyamment dans l'habitacle. Il n'eut aucun mal à trouver l'adresse de Thierry Chenay et s'apprêta à prendre la route pour l'interroger. À l'époque, Antoine était à peine plus jeune que Lucie et il essaya d'imaginer comment il réagirait si sa fille disparaissait de cette façon. Peu importaient les convictions de l'ancien directeur, il fallait qu'il ait la version du père sur cet événement.

Il mit le contact au moment même où Eliott l'appelait.

— *J'ai tes informations sur Bartelli. A priori, l'homme est propre, pas de casier. Directeur de l'hôpital Vuillaume pendant environ dix ans jusqu'en 2003 où il a, semble-t-il, pris sa retraite assez précipitamment. Sa femme fait partie d'une famille de nobles lorrains, les de Gourcy. En l'épousant, il a fait une bonne affaire puisqu'il habite l'une des propriétés de la famille, offerte suite à leur mariage. Il profite aussi de toute la fortune de celle-ci, même s'il bénéficie d'une retraite confortable.*

— Parfois, je me demande si tes informations sont issues d'une source fiable ou si tu apportes une touche d'interprétation personnelle ? répondit Stéphane en riant.

— *C'est mon secret !*

— Et sur Antoine Chenay ?

— *La gendarmerie de Mirecourt avait un dossier à son nom. Une disparition inquiétante signalée en 2003, mais il n'y a presque rien dedans. Il semblerait que le type n'ait jamais été retrouvé.*

Cela confirmait les déclarations de Bartelli. Pourtant, Stéphane avait eu un sentiment étrange en quittant la maison. Son sixième sens venait de se réveiller et il avait l'impression qu'on lui cachait une partie de la vérité. L'expéditeur anonyme avait vu juste ; cet Antoine semblait soulever un mystère qui méritait de s'y attarder davantage.

***

Stéphane roulait depuis maintenant une bonne demi-heure et il n'avait pas cessé de regarder dans son rétroviseur : une Peugeot le suivait depuis qu'il avait quitté le domicile des Bartelli. La couleur rouge vif de sa carrosserie ne passait pas inaperçue.

Il l'avait vue garée sur le bas-côté en face de la maison, mais n'avait remarqué personne à l'intérieur. Ce n'était qu'au bout de quelques minutes qu'il se rendit compte que cette même voiture le suivait sans grande discrétion. Elle maintenait une distance suffisante pour qu'il ne puisse pas apercevoir le visage du conducteur qu'il supposait être celui d'un homme malgré les larges lunettes de soleil qu'il portait. Il augmenta un peu son allure, mais ce dernier s'arrangeait pour que la distance entre eux ne s'accentue pas davantage. La route était jalonnée de creux et de bosses qui secouaient sa voiture en permanence, l'empêchant de deviner le moindre chiffre de la plaque d'immatriculation.

Il roulait maintenant bien au-delà de la vitesse autorisée, sur une voie à peine assez large pour deux véhicules. Les virages s'enchaînaient et l'épaisse forêt située de part et d'autre de la route ne permettait pas d'anticiper les sinuosités. Stéphane était surpris à chaque épingle qu'il amorçait et manqua plusieurs fois de se retrouver sur le bas-côté. Ses yeux oscillaient dangereusement entre son rétroviseur et la route et il perdait de plus en plus le contrôle de son véhicule à mesure que la chaussée se déroulait face à lui. La Peugeot rouge ne réduisait pas son allure, le conducteur maîtrisant bien mieux sa voiture. Il aperçut alors un chemin forestier qui s'engouffrait dans le bois, une centaine de mètres plus loin. Il accéléra encore, mais au moment de bifurquer, un engin agricole aux roues aussi hautes que sa voiture surgit du virage situé juste devant lui. Il était si large qu'il occupait toute la chaussée et ne laissait même pas la place pour un piéton.

Le cerveau humain était suffisamment bien fait pour pouvoir, dans certains cas, prédire des événements à très court terme. Celui de Stéphane venait, en combinant les informations provenant de ses nerfs optiques et de son cortex cérébral, de lui faire passer le message que sa voiture allait entrer en collision avec l'énorme engin. Le hasard avait voulu qu'ils se percutent juste à ce moment, juste à cet endroit. Stéphane ne pouvait pas croire qu'il allait mourir de manière aussi effroyable. Désormais, il espérait seulement ne rien sentir. Dans quelques instants, les roues du tracteur allaient broyer sa voiture comme une vulgaire canette de soda.

Babeth Legrand était assise sur le perron de la maison, la tête entre les mains en se balançant d'avant en arrière. Elle n'arrivait pas à croire ce qu'elle avait eu sous les yeux, quelques minutes plus tôt.

Des choses horribles, elle en avait vu beaucoup chez les clients pour qui elle avait travaillé toute sa carrière : des slips remplis d'urine flanqués à même le sol, des cabinets de toilette tapissés d'excréments, des vomissures déposées dans les endroits les plus improbables comme une télévision ou à l'intérieur d'un congélateur, et même des préservatifs usagés dissimulés dans les pantoufles d'un enfant de cinq ans, le tout chez des personnes d'apparence respectable et qui se permettaient de donner des leçons de vie aux petites gens comme elle.

Cela faisait trois ans et demi qu'elle travaillait pour elle et n'avait jamais eu à s'en plaindre. C'était une patronne polie qu'elle soupçonnait même parfois de faire un peu de ménage avant son arrivée. Elle était toujours payée à l'heure et recevait de généreuses étrennes lors des fêtes de fin d'année. Cela lui permettait de faire un cadeau supplémentaire à ses deux enfants qui lorgnaient systématiquement le jouet le plus inabordable du catalogue.

Ce qu'elle avait vu aujourd'hui, elle n'aurait jamais osé l'imaginer. Bien sûr, comme tout le monde, elle avait entendu parler du tueur au foulard et dû écouter maintes fois les récits des journalistes décrivant les scènes de crime. Mais l'avoir sous les yeux, cela relevait pour Babeth d'une autre dimension.

Elle n'avait pas pensé qu'elle avait alors perdu son travail, qu'elle allait se retrouver à nouveau au chômage et qu'elle ne pourrait sûrement plus offrir le nouveau jouet à la mode à ses enfants à Noël. Elle avait pensé à cette femme et aux sentiments qu'elle avait pu ressentir avant de mourir. Elle avait pensé aux derniers mots qu'elle avait pu prononcer. Elle avait pensé à la dernière chose qu'elle avait vue : le visage du tueur au foulard dont tout le monde parlait tant, mais qu'aucun policier ne parvenait encore à attraper.

Il venait de faire une nouvelle victime et Babeth Legrand avait découvert le corps de sa patronne en arrivant à la maison ce dimanche après-midi pour faire quelques heures supplémentaires. Elle avait cru s'évanouir en la voyant ainsi attachée à son lit, totalement nue. Un foulard dépassait de sa bouche, mais ce qui l'avait le plus choqué, c'était ses yeux. Ses grands yeux bleus étaient restés ouverts, les globes exorbités fixant interminablement le plafond. Quand ses jambes avaient cessé de flageoler, elle s'était précipitée dehors pour appeler les secours.

Les effectifs ayant été renforcés, la police était arrivée très rapidement jusqu'à la maison située dans l'un des quartiers résidentiels les plus calmes de Mirecourt, en bordure du Madon, la rivière qui traversait la ville. Nicolas Zeim avait débarqué parmi les premiers sur les lieux et sa nervosité, déjà à un niveau qui atteignait des sommets, augmentait chaque fois qu'il tombait sur la messagerie de Stéphane.

— Bon sang, qu'est-ce qu'il fout ? On a un nouveau cadavre sur les bras et il disparaît ! Il fait chier !

— Je suis sûr qu'il a une bonne raison de ne pas répondre, rassura Atangana en s'exaspérant du manque de sang-froid du procureur.

Zeim tenta une énième fois d'appeler Stéphane. Messagerie. Il fit mine de vouloir lancer son téléphone avant de se raviser.

— Je vais aller faire les premières constatations en attendant, dit Atangana en se dirigeant vers la porte.

— Une chance que vous soyez encore là, répondit Zeim. Les équipes techniques sont en route.

Le procureur et le commissaire entrèrent dans la maison tandis que Legendre tentait de trouver les mots pour réconforter la femme de ménage, toujours sous le choc de sa découverte.

— Pouvons-nous espérer cette fois qu'il ait laissé des traces ? chuchota Zeim en signe de recueillement.

— Et que ce meurtre était le dernier... On ne sait pas jusqu'où va aller ce malade, répondit le commissaire, effaré par la scène qui se trouvait devant lui. Qui est la victime ?

— Olga Simmons. Une cadre qui travaillait chez Enjoy Waters. Elle n'a pas vraiment le même profil que les autres. Plus jeune. Ce n'est pas une commerçante de la ville donc on ne peut plus faire ce lien entre les victimes.

— Elle reste une femme avec les attributs propres à son genre et que semble vénérer... ou détester notre homme.

Les deux hommes regardaient avec une désolation certaine le corps d'Olga Simmons, dénudé et dont l'intimité était révélée à la vue de tous. Sa grande taille avait contraint le tueur à plier ses membres au niveau des chevilles et des poignets pour pouvoir l'attacher sans craindre qu'elle ne se débatte trop. Le foulard noir et rouge ne dépassait que très légèrement de sa bouche et sa tête, relevée vers l'arrière, exposait une gorge renflée et remplie du tissu de soie.

— Le flot de journalistes ne devrait pas tarder à arriver. De quoi faire couler beaucoup d'encre et alimenter les débats durant les prochains jours... ou semaines, étant donné l'ampleur que tout cela prend.

— Ces vautours qui se délectent du malheur des autres me dégoûtent. Je pense que je manquerais de tact envers eux. Je n'aimerais pas être à votre place, monsieur le Procureur.

Stéphane ne répondait toujours pas au téléphone et Zeim en profita pour tenter de convaincre Atangana de reprendre officiellement l'enquête.

— Je suis sûr que le parquet comprendra sans aucun problème ce revirement. Qu'en pensez-vous commissaire ?

— Je suis un homme de parole et j'ai choisi de faire confiance à Gassin. Si vous n'êtes pas capable d'en faire de même, c'est bien regrettable, car vous verrez qu'il mènera cette enquête jusqu'au bout, rétorqua Atangana qui n'osait pas s'insurger davantage face au culot du procureur.

— Heureusement que vous êtes proche du procureur général, commissaire, car tout autre que lui vous aurait déjà remis l'affaire entre les mains, et ce, depuis bien longtemps.

Atangana ne répondit pas et retourna vers l'entrée de la maison devant laquelle les voitures de journalistes commençaient à s'arrêter. Les portières claquaient de toute part et une nuée de caméras, perches et fils entremêlés se bousculaient en limite du périmètre de sécurité. Le commissaire rejoignit Babeth Legrand afin de prendre son témoignage, tandis que Zeim faisait son apparition à son tour et se préparait à affronter la horde enragée de journalistes, euphorisés par la nouvelle qui n'avait pas mis longtemps à se répandre.

Mais alors qu'il était sur le point de franchir le cordon, il fut stoppé net par Candice qui déboula devant lui, totalement en sueur et essoufflée.

— Mademoiselle Pasquier, que faites-vous ici ? s'étonna Zeim qui l'éloigna des oreilles indiscrètes.

— Je viens d'avoir des nouvelles de Stéphane ! Il a eu un accident et les pompiers l'amènent à l'hôpital !

\*\*\*

Le procureur avait laissé le soin à Basile Atangana d'accueillir le médecin légiste et les techniciens pour se ruer au chevet de Stéphane. Ils avaient beau avoir eu quelques griefs d'ordre professionnel ces jours-ci, Nicolas Zeim n'en appréciait pas moins l'homme qu'il était. Il songea rapidement à Alexandra à qui il devrait annoncer la terrible nouvelle. Il pensa alors avec émotion à Lucie, qu'il voyait régulièrement et qu'il avait toujours considérée comme une fille exemplaire. Cela n'avait fait que renforcer son idée que Stéphane était non seulement un bon flic, mais aussi un très bon père alors qu'il n'avait pas cessé de le remettre en question depuis une semaine.

Candice l'avait accompagné. Rongée par l'angoisse, elle n'avait pas dit un mot de tout le trajet.

En arrivant aux urgences d'Épinal, Zeim profita de son statut pour obtenir rapidement des nouvelles de

Stéphane. Un médecin, que l'on avait extirpé presque de force de sa salle de consultation, leur donna des informations.

— On peut dire qu'il a eu beaucoup de chance. Il a été désincarcéré alors que sa voiture avait plongé dans un fossé. Les pompiers m'ont dit que le capot s'était retrouvé au niveau de l'appui-tête... Je ne sais pas par quel miracle il s'en est sorti, mais vous pouvez aller le voir dans la 201.

Le médecin retourna à sa consultation sans attendre les remerciements de Zeim et Candice, qui se précipitèrent dans le dédale de couloirs jusqu'à la chambre de Stéphane.

La jeune femme frappa à la porte et lorsqu'elle entendit la voix de Stéphane à travers, elle poussa un soupir de soulagement. Ils entrèrent et virent le policier, assis sur son lit, le bras droit en écharpe. Deux pansements recouvraient totalement sa joue gauche et des hématomes lui tapissaient l'autre partie visible de son visage. Son torse abritait une côte cassée et était lui aussi enroulé dans un épais bandage blanc.

— Tu nous as fait une de ces frayeurs ! lança Zeim en s'élançant vers lui.

— Ça va, je n'ai rien. Mais je vous mentirais si je disais que je n'avais pas eu peur aussi, répondit Stéphane en frottant son bras endolori.

Candice n'osait pas dire un mot, perturbée par le visage tuméfié du policier.

— Vous êtes moins loquace que d'habitude, lança Stéphane en la voyant. Je n'ai même pas droit à une petite vanne bien sentie ?

— Bof, je n'ai pas tellement envie de plaisanter... Quand j'ai eu les pompiers au téléphone, j'ai vraiment cru que...

— Que j'étais mort ? J'ai bien failli, mais ça ne sera

pas pour cette fois ! s'amusa Stéphane.

Chaque mot lui arrachait une grimace de douleur et rire lui faisait horriblement mal au thorax.

— En tout cas, repos pour toi maintenant. D'autant plus qu'avec la nouvelle victime qu'on a retrouvée cet après-midi, il va falloir mettre les bouchées doubles pour dénicher ce salopard qui...

— Quoi ? le coupa Stéphane en se relevant brusquement.

Candice s'approcha pour caler un oreiller derrière son dos.

— Tu plaisantes là ? insista Stéphane.

— J'aimerais mieux, mais hélas, non. Olga Simmons, une cinquantenaire qui travaillait chez Enjoy Waters à Contrexéville. Les équipes sont sur place en ce moment pour faire les relevés, mais ne t'inquiète pas, Basile Atangana s'occupe de tout.

— Comment ça il s'occupe de tout ?

— Tu ne peux pas continuer dans cet état, répondit Zeim avec un air exagérément compatissant. Je vais prévenir tout le monde que c'est lui qui reprend les investigations.

— Pas question ! lâcha Stéphane en faisant fi de la douleur qui lui tiraillait le corps. J'ai commencé cette enquête et je la terminerai !

Candice tenta de le calmer.

— Commandant, vous...

— Et c'est justement parce qu'on essaye de me mettre des bâtons dans les roues en ce moment que j'irai jusqu'au bout !

— Stéphane, tu n'es pas sérieux... continua Zeim en le voyant s'agiter de plus en plus sur son lit. En plus, je suis sûr que ton corps est rempli d'antidouleurs et autres substances qui ne te permettraient pas de réfléchir convenablement.

Stéphane fixa Zeim dans les yeux alors que ce dernier tentait d'éviter son regard.

— Ah ! Tu l'attendais ce moment où tu pourrais m'évincer pour de bon de l'enquête ! s'exclama Stéphane, un rictus se dessinant entre ses deux joues gonflées.

— Ne dis pas n'importe quoi... Tu sais très bien que je te considère comme l'un des meilleurs flics que je connaisse...

— Mais pas assez pour me laisser sur cette enquête ! Que tu le veuilles ou non, je continue.

— Les médecins vont t'arrêter de toute façon, et on ne peut pas se permettre de perdre la moindre minute supplémentaire, s'agaça Zeim. Regarde-toi, tu arrives à peine à t'asseoir.

Le procureur quitta la chambre, laissant Stéphane face à sa colère.

— Pourquoi avez-vous dit que l'on essayait de vous mettre des bâtons dans les roues ? l'interrogea Candice.

— Au moins, vous avez entendu... Il est tellement centré sur lui-même qu'il ne m'a même pas demandé ce qui s'était passé, répondit Stéphane en se reposant sur l'oreiller qu'elle lui avait installé.

Il tenta de masquer la grimace de douleur qui s'imprimait sur son visage et raconta la poursuite qui avait eu lieu en quittant le domicile de Philippe Bartelli. Lorsqu'il avait vu le tracteur devant lui, il avait préféré s'élancer dans le fossé plutôt que de se retrouver aplati par ses immenses roues. Ce réflexe lui avait valu d'avoir la vie sauve aujourd'hui.

— Vous pensez donc que quelqu'un cherchait à vous faire peur ? conclut Candice qui s'était installée près de lui.

— J'en suis certain ! Cela signifie qu'en me rendant chez Bartelli, je risquais de déterrer une piste sérieuse que l'on veut m'empêcher d'explorer. Ce ne sont pas quelques bobos qui vont me faire baisser les bras maintenant !

— Et si jamais cette personne s'en prend de nouveau à vous ? Et que cette fois, vous n'en réchappiez pas ?

— Cela vous ennuierait tant que ça ?

Un silence s'installa dans la chambre et Candice esquissa un sourire. Elle lui prit alors délicatement la main et Stéphane se sentit soudainement embaumé par une douce chaleur. Il lui semblait encore mieux apprécier ce parfum discret qu'elle laissait derrière elle. Son cœur tambourinait tellement qu'il craignait qu'elle ne s'en rende compte.

— Disons que j'aimerais qu'il n'arrive rien à celui qui me permet de me sentir enfin en sécurité... finit-elle par répondre en caressant doucement sa main.

— Que voulez-vous dire ?

— Je ne suis pas idiote... Je sais que vous êtes allé voir Jordan l'autre jour... Un bon flic comme vous n'aurait pas mis autant de temps à aller chercher deux malheureux croissants.

— Je vous ai dit que j'avais dû attendre la fin de la cuisson... continua Stéphane dont le mensonge ne prenait visiblement pas.

— Ils étaient froids vos croissants...

Candice approcha alors son visage de celui de Stéphane et ses lèvres se posèrent délicatement sur les siennes. Un délicieux goût de vanille lui arriva jusqu'au nez et son corps tout entier fut envahi d'un fourmillement qu'il n'avait plus connu depuis longtemps. La seule présence de la jeune femme avait suffi à calmer sa colère et il se laissa aller à ce tendre baiser qu'il n'avait jamais osé imaginer.

\*\*\*

Quelques instants plus tard, Candice avait quitté la chambre pour rapporter un café à Stéphane qui souffrait de ne pas avoir eu une dose depuis longtemps. Malgré les recommandations des infirmières qui lui avaient formellement interdit d'en boire, il avait insisté pour qu'elle aille tout de même lui en chercher un.

Son esprit voguait depuis que ses lèvres avaient touché celles de Candice. Il savait pourtant que ce n'était qu'un simple baiser de remerciement, donné par une femme qui était soulagée d'être débarrassée de son fou furieux d'ancien petit-ami. Un baiser donné par une jeune femme. Une trop jeune femme pour lui. Chaque fois que son cerveau se délectait d'imaginer des scènes interdites avec elle, Stéphane avait beaucoup de mal à les chasser. Elles restaient imprimées des heures durant, comme un message inaltérable.

Zeim apparut à nouveau dans l'encadrement de la porte.

— À quoi tu joues ? lui dit-il d'un ton sermonneur.

— Pardon ? répondit Stéphane qui reprenait péniblement ses esprits.

— Hier, tu ne la voulais pas dans tes pattes et aujourd'hui, je te vois l'embrasser !

*Et merde !*

— Je ne crois pas que cela te regarde... continua Stéphane qui n'avait aucune envie d'engager un débat.

— Bien sûr que cela me regarde ! Je te l'ai confiée dans le cadre d'un stage professionnel ! Pas pour en faire ton quatre heures si tu vois ce que je veux dire... D'ailleurs, il n'y a plus aucune raison pour qu'elle reste avec toi, tu n'es plus en service...

342

— Je reste avec lui.

La phrase de Candice était tombée comme un couperet et Zeim sursauta en même temps qu'il se tournait vers elle. Il tenta de garder la tête froide.

— Je suis navré, mais votre père m'a demandé de vous faire découvrir les différentes fonctions d'un commissariat. Avec le commandant Gassin, vous n'allez plus pouvoir apprendre grand-chose.

— Au contraire, j'apprends beaucoup à son contact. Notamment à voir le vrai visage de ceux qui sont censés défendre l'intérêt général. N'est-ce pas votre rôle d'ailleurs monsieur le Procureur ?

Zeim fut surpris par l'aplomb dont faisait preuve la jeune femme. Aplomb que Stéphane, quant à lui, commençait à bien connaître. Il sourit en voyant la mine embarrassée de Zeim.

— Tout à fait et c'est justement pour cela que...

— C'est justement pour ça que vous allez laisser le commandant enquêter. Je serai son chauffeur désormais. Je l'emmènerai où il voudra. J'appellerai qui il voudra et poserai même les questions à sa place s'il le faut. Si toutefois vous étiez tenté de l'évincer à nouveau, je pourrais à mon tour être tentée d'en toucher un mot à mon père. C'est bien sur lui que vous fondez vos plus vives ambitions politiques ?

Zeim se pinçait les lèvres. Il venait de se faire prendre à son propre jeu et se retrouvait sous la coupe d'une stagiaire qui avait vécu toute son existence dans les draps en soie de maman et papa. Il acquiesça silencieusement, honteux de la situation dans laquelle il se trouvait.

— Sincèrement, je te souhaite d'y arriver Stéphane, dit-il sur le pas de la porte. Cette fois, le procureur général suit l'affaire plus près que jamais.

Lorsqu'il fut parti, Candice desserra les poings et

343

s'exclama :

— Jamais je n'aurais cru que ça marcherait !

— Tu as une force de persuasion impressionnante, répondit Stéphane, aussi amusé qu'épaté par ce qu'avait osé faire Candice. Dommage que tu ne sois pas flic.

— Peut-être que cette expérience va me donner envie, qui sait ? dit-elle en riant.

— Tu étais sérieuse pour le chauffeur ? Parce que je ne voulais pas perdre la face devant Zeim, mais il est clair que ça va être compliqué pendant quelques jours...

— Évidemment, j'étais très sérieuse. Moi aussi je souhaite que l'on mette la main sur ce gros pourri.

— Tu n'as pas peur que l'on veuille encore s'en prendre à moi ? Ça peut réellement être dangereux pour toi, je n'ai pas le droit de te faire courir ce risque.

— Pour la première fois de ma vie, j'ai l'impression de vivre une expérience forte, d'être utile. Te voir sur le terrain à n'importe quelle heure du jour et de la nuit, ça me redonne foi en l'espèce humaine. Tu te bats pour tes convictions, pour ta passion. J'ai envie de connaître la même chose que toi, car je sais qu'après cela, je ne serai plus jamais la même.

Stéphane buvait ses paroles et la sentait réellement sincère. Mais il culpabilisait. Ne le voyait-elle pas plus grand qu'il ne l'était ? Elle le mettait sur un piédestal, mais était-ce vraiment légitime ? Et si malgré toute sa bonne volonté, il ne parvenait pas à démasquer le tueur au foulard ?

Stéphane peinait à faire le tri dans ses idées mais accepta de continuer l'enquête à ses côtés. Il n'avait, de toute façon, aucune envie d'être loin d'elle désormais.

# - 35 -

Le week-end avait été morose pour Sophie. Julien ne lui avait quasiment pas adressé la parole et ses espoirs de retrouvailles enflammées s'étaient définitivement volatilisés. Elle ne reconnaissait plus son mari et se sentait totalement impuissante devant l'évidente déprime qu'il affichait. La perte de son travail allait avoir des conséquences sur leur quotidien, mais elle considérait que rien n'était insurmontable et que c'était justement dans un tel moment que les époux devaient se serrer les coudes. Elle avait bien tenté d'amorcer un dialogue, mais Julien s'enferrait un peu plus dans son mutisme.

Elle s'efforçait de préparer toujours le repas pour deux, même si elle savait que Julien n'allait pas venir goûter son plat.

Ce midi, la table était mise pour deux, comme tous les jours. Sophie avait cuisiné un pot-au-feu de sanglier avec la viande rapportée de la chasse la semaine dernière. À ce moment-là, elle était bien loin de s'imaginer les événements qui allaient bouleverser leur vie. En quelques jours, les malheurs avaient surgi à la manière d'une boule dans un jeu de quilles et avaient tout renversé sur leur passage. Pourtant, l'espoir qu'ils pourraient se redresser malgré cela ne la quittait pas, et elle s'accrochait au souvenir de leur dernière étreinte comme une bouée de sauvetage.

Elle alluma le poste de télévision et comme d'habitude tous les journaux titraient sur les meurtres, ce qui commençait à l'horripiler. Elle attrapa la télécommande afin de changer de chaîne, mais la voix agitée des intervenants attira son attention et ses yeux se figèrent lorsqu'elle lut le bandeau défilant sous l'écran :

*Olga Simmons, une cadre de cinquante ans et travaillant chez Enjoy Waters, a été retrouvée assassinée son domicile, victime du « tueur au foulard ».*

Son sang ne fit qu'un tour. Elle vit alors apparaître le visage d'Olga qu'elle connaissait pour avoir déjà participé à un repas organisé par le comité d'entreprise de Julien. Elle se souvenait d'une grande femme, élégante et souriante. Sa tenue, impeccablement chic, avait fait des envieuses parmi les épouses des employés qui s'étaient senties toutes petites à côté d'elle. Elle dégageait une évidente prestance naturelle qui la rendait respectable et elle avait été surprise d'apprendre ce qu'elle faisait subir à son mari. À cause de cette femme faussement cordiale, Julien avait perdu toute confiance en lui et se retrouvait dans un état de détresse telle qu'il avait été capable de lever la main sur elle.

Un mélange de sentiments étranges l'envahit alors : elle ne savait pas si elle devait se réjouir de cette nouvelle. Personne ne méritait une mort aussi atroce. Mais une chose était certaine : elle ne ferait plus de mal à Julien. Toujours parcourue par l'envie de sauver son couple, elle se rua dans l'escalier et appela son mari.

— Julien ! cria-t-elle en s'accrochant à la rambarde. Julien, descends vite ! Il faut que tu viennes voir la télévision !

***

Les jours n'étaient plus des jours. Les nuits n'étaient plus des nuits. Julien ne vivait plus. Il survivait. Il avait perdu toute notion du temps. Matin. Midi. Soir. Peu importait le moment de la journée, aucun d'entre eux ne lui apportait le répit.

Lorsque Sophie tirait les rideaux, l'envie de se lever n'était pas là. Lorsqu'elle l'appelait pour déjeuner, l'envie de manger n'était pas là non plus. Lorsqu'elle se couchait à ses côtés, l'envie de la prendre dans ses bras n'y était pas davantage. Il faisait même semblant de dormir afin qu'elle ne soit pas tentée de s'approcher de lui. Mais en réalité, il avait peur. Il avait peur de fermer les yeux et de le voir. Pourtant, fermer les yeux pour ne plus se réveiller, cela l'aurait sans douter soulagé. Mais chaque fois que son esprit basculait dans le monde des songes, il revoyait son visage. Le visage figé de cet homme qui tourmentait ses pensées au point de devenir une idée fixe. Il n'arrivait pas à se dégager de sa présence. Pourquoi ? Pourquoi ce type qui ne lui avait jamais adressé la parole se rappelait-il si souvent à lui ? Il n'était sans doute qu'un pantin parmi les pantins d'Olga pourtant, l'expression qu'il affichait lorsqu'il se tenait derrière elle n'avait rien d'un faciès de soumission. Il semblait même prendre du plaisir à contempler ce qu'il considérait comme la représentation parfaite de la perverse manipulatrice. Avant qu'il quitte le bureau, il avait vu sur le visage de cet homme se dessiner un large sourire en constatant la panique qui le gagnait. Peut-être était-ce lui finalement qui tirait les ficelles ? Olga avait refusé de lui dire qui il était. Il ne voulait pas être démasqué. Se pouvait-il que la cruauté de cette femme puisse être supplantée par un esprit plus machiavélique encore ? Cet acharnement dont il faisait l'objet depuis des semaines était peut-être le plan d'un autre pour le faire sombrer. Pourquoi ? Qu'avait-il fait pour mériter les assauts d'un inconnu ? L'homme n'avait pas de poils drus, ni de sabots et encore moins de cornes ou de langue fourchue. Olga était l'incarnation de l'esprit diabolique qu'il était. Elle ne lui avait servi que d'enveloppe charnelle pour répandre le mal et s'en prendre aux plus faibles. Julien avait été capable de voir au-delà de ce qu'elle était et reconnaître le Malin qui se cachait véritablement derrière elle.

Julien avait vomi une nouvelle fois. La fatigue et l'angoisse ne le lâchaient plus. Ses rêves s'étaient transformés en cauchemars et personne, non personne, n'était en mesure de comprendre ce qu'il endurait.

Parfois, il lui semblait que son esprit s'ouvrait à davantage de pragmatisme et il se disait tout simplement qu'Olga avait embauché cet homme pour l'assister, en se servant de lui comme objet de torture supplémentaire : elle avait remarqué la curiosité qu'il suscitait chez Julien et prenait un malin plaisir à ne surtout pas la satisfaire.

Il fouilla l'armoire à pharmacie, à la recherche d'un calmant ou d'un anxiolytique que Sophie aurait égaré. Mais rien. Il était condamné à voir s'écouler chaque seconde de chaque minute avec l'image de cet homme imprimé sur sa rétine.

Il était assis sur son lit lorsque la voix de Sophie résonna depuis le rez-de-chaussée. Il l'entendait, mais ne l'écoutait pas. Elle était pourtant son seul lien avec la réalité, mais il n'avait pas le courage de se tenir face à elle. Que lui voulait-elle ?

— Julien ! Julien, descends vite ! Il faut que tu viennes voir la télévision !

Il s'arracha péniblement de son lit. Se lever lui demandait un effort surhumain. La pièce n'avait pas été aérée depuis plusieurs jours et une moiteur nauséabonde y régnait. Lorsqu'il se redressa pour attraper son pull, il réalisa que lui-même était embaumé d'une répugnante puanteur. Il ne se souvenait pas de quand datait sa dernière douche.

— Julien ! Viens vite ! insistait Sophie avec un ton proche de la panique.

Il ouvrit la porte de sa chambre et une bouffée d'air lui emplit soudainement les poumons. Un léger regain d'énergie apporté par de l'oxygène frais lui donna la force de descendre les escaliers où l'attendait sa femme.

— Qu'est-ce qui se passe ? lui demanda-t-il.

Elle courut vers la cuisine d'où on venait le son du poste de télévision. Elle augmenta le volume et Julien entra dans la pièce. Il observa la fumée qui sortait de la cocotte-minute et sentit une odeur de gibier cuit lui monter au nez. Sa nausée le reprit, mais il s'efforça de regarder en direction de l'écran que Sophie lui montrait du doigt. Il vit une maison blanche de laquelle allaient et venaient des hommes vêtus de blouses encore plus blanches. Un ruban jaune et noir était déroulé autour du jardin où une petite tente avait été installée. Des policiers s'agitaient de toute part et un journaliste surgit soudainement juste devant la caméra, micro à la main. Son cerveau, toujours engourdi par ses tourments, ne parvenait pas à associer le son et l'image. Ce n'était que lorsqu'il vit apparaître une photo d'Olga, sourire aux lèvres, en plein milieu de l'écran qu'un violent frisson le parcourut. La simple vision de son visage provoquait chez lui l'effet d'une décharge électrique. Pourquoi sa supérieure se retrouvait-elle en une du journal télévisé ?

— Tu te rends compte ? Ce malade l'a assassinée ! Julien, elle est morte ! s'exclama Sophie comme si elle avait senti l'incompréhension de son mari.

Il écarquilla les yeux. Il n'arrivait pas à croire ce qu'elle lui disait. Morte. Olga était morte. Ce mot résonnait comme un interminable écho. Son sang se mit à cogner contre ses tempes. Il vit alors le visage d'Olga se dédoubler devant lui, puis disparaître de son champ de vision. Sophie eut à peine le temps de le retenir, qu'il s'écroula contre la table. Son cri lui permit de ne pas sombrer, mais un épais voile noir recouvrait ses yeux. Il sentit sa tête cogner contre le sol et le froid du carrelage agressa la peau de sa joue. Ses bras bougeaient, mais ce n'était pas lui qui les contrôlait. Ses jambes bougeaient également. Une douleur lancinante provenant de son autre joue l'obligea à ouvrir ses yeux. La flamande était juste au-dessus de lui et l'éclaboussait de sa lumière comme un projecteur. Il ramena son bras devant son visage pour se protéger pendant que Sophie tentait de le redresser.

— Tu m'as fait peur... lui dit-elle alors qu'il était toujours assis sur le sol. Tu ne manges rien depuis des jours, tu n'as même pas pris un bol d'air. Je vais appeler un médecin, tu ne peux pas rester comme ça.

— Ça va aller... promit-il.

Les médecins. Il les avait en horreur. Il ne supportait pas ces hommes qui se penchaient sur lui pour lui dire pourquoi il avait mal. Ils se trompaient toujours. Aucun d'entre eux n'avait su soulager ses douleurs.

Rapidement, la vision d'Olga décédée lui revint à l'esprit. Il ne parvenait pas à y croire. Pourtant, c'était bien vrai et la télévision répétait l'information comme un refrain : Olga Simmons avait été étouffée par le tueur au foulard.

— Comment tu te sens ? demanda Sophie en lui tendant un verre d'eau.

*Bonne question.*

Il ne le savait pas lui-même. Pendant des mois, la voix d'Olga avait retenti en lui, s'invitant dans ses pensées nuit et jour, coulant dans ses veines pour atteindre chaque cellule de chaque organe. Il réalisa alors qu'il ne la verrait plus, qu'il ne l'entendrait plus. Un incommensurable vide s'installa soudain en lui. Ni joie ni soulagement. Ni haine ni ressentiment. Sans Olga, il n'éprouvait plus rien.

\*\*\*

Contre l'avis des médecins, Stéphane avait quitté l'hôpital avec l'aide de Candice. Ils avaient pris la direction du commissariat d'Épinal pour y retrouver Eliott qui avait convoqué Thierry Chenay sur ses ordres. Il avait également demandé à la veuve d'Edmond Tisserand de venir afin de la questionner sur le suicide de son mari.

Les rayons du soleil frappaient de plein fouet la façade vitrée du commissariat. Lorsque Stéphane sortit de la voiture, il fut enveloppé d'une chaleur réconfortante. Mais il ne savait pas bien si cela était dû à Phébus ou à Candice. Avec une attention débordante, elle aida Stéphane à se mettre debout.

— Je ne vais pas avoir l'air glorieux dans cet accoutrement, plaisanta Stéphane. Ils vont tous se foutre de moi !

— À moins qu'ils ne vous admirent encore davantage. Même avec un genou à terre, vous ne lâchez rien.

Stéphane la remercia une nouvelle fois pour son soutien. Il ne pouvait ignorer le fait qu'elle lui était indispensable pour continuer de mener l'enquête.

En passant dans les couloirs, il ramassa les nombreux messages d'encouragement de ses collègues, entremêlés de blagues grivoises, mais bienveillantes. Stéphane était content de revenir ici et de retrouver la partie de son équipe qui n'avait pas été envoyée à Mirecourt.

En le voyant, Eliott fondit sur lui, mais se retint de lui donner une tape sur l'épaule en constatant son visage boursouflé et son bras maintenu par une attelle.

— Tu ne t'es pas loupé mon vieux ! J'ai voulu venir te voir, mais avec ce qui s'est passé, Zeim et Atangana ne m'ont pas lâché une minute !

— La priorité reste l'enquête, alors ne perdons pas de temps et raconte-moi ce qu'ils ont trouvé chez Olga Simmons.

Eliott donna les derniers détails sur l'affaire. Les TPS étaient toujours sur place et les premiers résultats tomberaient la nuit prochaine. Mais le processus criminel était le même que pour les précédentes victimes et tout le monde se demandait si une quatrième femme ferait encore les frais de ce psychopathe. Désormais, il était demandé aux femmes de ne pas sortir seules et le moins possible, de s'enfermer et de ne pas ouvrir à un inconnu.

— Thierry Chenay ne devrait pas tarder. Quant à l'épouse d'Edmond Tisserand, elle ne pourra être là que demain, car elle est encore chez sa fille qui habite en Alsace.

— Parfait.

Candice profita d'un moment de silence pour intervenir et s'adressa à Stéphane.

— Quand comptes-tu lui annoncer que ton accident n'est pas dû au hasard ?

Eliott se retourna vers son supérieur, l'air surpris.

— Quoi ? Qu'est-ce qu'elle veut dire par là ?

Stéphane hésita puis raconta à nouveau son histoire.

— Pourquoi tu ne l'as pas dit tout de suite ?

— Parce que je n'ai pas pu noter sa plaque et qu'il sera impossible à retrouver...

— Et le conducteur du tracteur ? Il a peut-être vu quelque chose !

— Peut-être...

— Bordel Stéphane ! Si tu penses que c'est lié à l'enquête, tu aurais dû nous le dire plus tôt !

Eliott attrapa son téléphone et appela la brigade qui avait été dépêchée sur le lieu de l'accident.

Stéphane grimaça. Les antidouleurs perdaient de leur effet et il peina pour se relever de sa chaise. Candice le soutint à nouveau, mais il se sentait ridicule dans la posture de l'assisté. Il n'avait cependant pas les moyens de refuser son aide et ils prirent la direction de la machine à café.

— Tu aurais dû me le demander, j'y serais allée, lui dit-elle en lui maintenant le bras.

— J'aimerais changer au minimum mes habitudes. Je ne supporte déjà plus mon état...

— Tu as pris un risque, mais tu iras mieux de jour en jour et dans peu de temps, on n'y verra que du feu, dit-elle avec une bonne humeur revigorante.

Ils avalèrent chacun une gorgée de café brûlant avant de retourner dans le bureau.

— Tu as remarqué que nous avions cessé de nous vouvoyer ? lui dit-elle en profitant de l'absence d'Eliott.

— Tiens, c'est exact, répondit Stéphane, amusé. Cela te gêne ?

— Non, c'était une simple constatation. Ça me donne l'impression de faire un peu partie de la maison !

Stéphane acquiesça avant de lever la tête vers Eliott

qui revenait accompagné de Thierry Chenay et à qui il demanda de patienter. Il ferma la porte devant lui.

— Bon, mauvaise nouvelle. Le conducteur du tracteur n'a pas remarqué la Peugeot rouge derrière toi. Il ne s'en souvient plus, car dès qu'il a vu ton véhicule plonger, il s'est arrêté pour te porter secours.

— Ça ne fait rien... Je m'y attendais.

— Fais gaffe quand même, il pourrait de nouveau s'en prendre à toi, lui recommanda Eliott, véritablement inquiet, en ouvrant à nouveau la porte à Thierry Chenay.

L'homme avait une petite soixantaine d'années, mais son visage portait les stigmates d'une vie douloureuse. Ses paupières étaient basses et masquaient la moitié de ses yeux qui regardaient ostensiblement le sol. Des taches brunes parsemaient son front et son crâne dégarni entouré par une mince couronne de cheveux gris. Ses mains en étaient également recouvertes et la peau fine qui les habillait laissait deviner le bleu des veines qui se scindaient entre ses phalanges. Son nez aquilin et sa bouche abaissée vers le menton lui donnaient un air grave naturel.

Thierry Chenay remercia Eliott et s'avança vers Stéphane qui l'invita à s'asseoir. Candice lui fit signe qu'elle rejoignait Eliott dans le bureau voisin.

Stéphane croisa le regard de l'homme et il lui sembla voir une forme de supplication dans celui-ci, avant de réaliser qu'il était tout simplement surpris de faire face à un officier dont le visage était recouvert de pansements et d'hématomes.

— Navré de vous recevoir dans cette... tenue, mais j'ai eu un léger accident, expliqua Stéphane.

Chenay hocha de la tête avant de demander :

— Je n'ai pas très bien saisi l'objet de votre convocation.

— Je souhaitais vous parler de votre fils, Antoine.

L'homme, qui ne s'attendait visiblement pas à cela, ramena le poing jusqu'à sa bouche. Stéphane sentit qu'il devrait redoubler de tact pour ne pas bouleverser davantage ce père encore meurtri.

— Pardonnez-moi, mais je n'ai pas l'habitude de parler de lui.

— J'ai eu l'occasion de rencontrer Philippe Bartelli qui m'a dit l'avoir eu comme patient à l'hôpital Vuillaume il y a une quinzaine d'années. Voulez-vous bien m'expliquer ce qui l'a conduit là-bas ?

Thierry Chenay se racla la gorge comme pour la préparer à un long récit. Il se pinça les lèvres avant de se lancer.

— Tout a commencé à la mort de ma femme, Suzie. Elle nous a quittés brutalement d'un cancer foudroyant lorsqu'Antoine avait treize ans. Moi je voyageais beaucoup pour mon travail et j'ai dû gérer un jeune adolescent, élevé presque uniquement par sa mère. J'ai mis quelque temps à trouver mes marques et je suis honteux de dire que je n'ai pas bien su m'y prendre avec lui. Il était pourtant tout ce qui me restait de ma femme, mais j'étais maladroit. J'ai vu mon fils s'éloigner dangereusement au point que moins d'un an plus tard, j'avais sous mon toit un parfait inconnu. Il enchaînait les bêtises. D'abord petites, sans conséquence. Puis de plus en plus grosses, alors que nous l'avions toujours élevé dans le respect des choses et des personnes.

— Quel genre de « bêtises » ? questionna Stéphane en prenant des notes.

— Au début, il taguait des murs en ville. Puis il a commencé à voler avec une bande de voyous qu'il s'était mis à fréquenter. Il faisait aussi des rodéos nocturnes avec eux sur l'autoroute. Des gamins qui n'avaient même pas le permis et qui conduisaient des bolides de trois-cents chevaux. J'en étais malade... Je ne dormais plus. J'avais peur sans cesse pour lui. Par une chance incroyable, il ne lui était jamais rien arrivé. Sans doute qu'une bonne étoile veillait sur lui, d'en haut...

Chenay s'interrompit pour regarder en direction du plafond. Il reprit sa respiration avant de poursuivre.

— Mais j'ai fini par comprendre que tout cela ne servait qu'à cacher son mal-être. Un mal-être qu'il avait essayé en vain d'enfouir, mais que j'ai vu surgir lorsqu'il a fait sa première... tentative de suicide.

Les larmes effleuraient le bord de ses yeux. Stéphane compatissait à la détresse de cet homme qu'il obligeait à faire remonter de douloureux souvenirs. Mais il devait en savoir davantage.

— Comment s'y est-il pris ?

— Il s'était ouvert les veines avec un cutter. Heureusement, je suis arrivé à temps et il n'avait pas perdu trop de sang. C'est là que j'ai décidé d'arrêter mon travail pour m'occuper exclusivement de lui.

— A-t-il essayé de recommencer après cela ?

— Oui, une nouvelle fois. Je m'étais absenté pour faire quelques courses. Lorsque je suis revenu, je l'ai trouvé inconscient sur le sol, l'autre bras ouvert, baignant dans une mare de sang. Je me souviens avoir eu le réflexe inné de lui faire un garrot avec l'embrasse des rideaux du salon. Je ne sais pas comment j'ai fait, mais cela lui a sans doute sauvé la vie.

Stéphane continuait de noircir son carnet de notes. Thierry Chenay extirpa fébrilement un mouchoir en tissu à carreaux de sa poche de pantalon avant de vider son nez bruyamment.

— Il s'en est sorti. Ensuite ?

— La raison est venue à moi pour me faire comprendre que je ne parviendrais pas à l'aider seul. J'ai donc pris la décision de le faire hospitaliser. Il serait alors sous bonne garde et avec des personnes compétentes.

— C'est à ce moment-là qu'il est arrivé à l'hôpital Vuillaume... continua Stéphane.

— Oui... un an environ après le décès de sa mère.

— Comment était-il là-bas ?

— Tout se passait très bien. J'allais le voir régulièrement et je veillais à ce qu'il ne manque de rien. Le personnel était également très attentionné envers lui.

— On m'a dit qu'il y était resté trois ans, c'est bien cela ?

— Oui et il allait beaucoup mieux. Ses envies de suicide avaient totalement disparu. Il avait sympathisé avec d'autres patients. J'étais heureux de le voir sourire à nouveau. Les choses avaient pris du temps, mais je savais que j'allais bientôt pouvoir récupérer mon fils. J'avais même totalement refait sa chambre pour l'accueillir et effacer les mauvais souvenirs.

Stéphane connaissait la suite de l'histoire et Thierry Chenay lui confirma l'épisode de l'anniversaire.

— Il avait l'air content que l'on fête ses dix-huit ans. Certes, avoir comme décor la tapisserie usée d'une chambre d'hôpital n'était pas l'idéal pour un jeune de son âge, mais je lui avais promis que nous le fêterions plus dignement à sa sortie. Toute l'équipe soignante s'était pliée en quatre pour en faire un souvenir le plus agréable possible. Sur la route, j'avais été bloqué par une grève des chauffeurs de poids lourds. Je m'annonçais donc déjà avec une heure de retard, mais je leur avais dit de commencer la fête sans moi. Lorsque je suis arrivé, j'ai vu dans le regard du directeur qu'il se passait quelque chose d'anormal. Il tentait de masquer son inquiétude et je sentais qu'il minimisait les choses. Alors j'ai tout de suite pensé qu'Antoine avait de nouveau essayé de mettre fin à ses jours. Mais on m'annonça qu'il n'était plus à l'hôpital.

— Comment avez-vous réagi à ce moment-là ?

— Je me suis rangé à l'avis de l'ensemble de l'équipe : Antoine avait fugué et reviendrait très vite. Mais les heures passaient et Antoine n'était toujours pas là. J'avais déambulé dans la ville en scrutant les vitrines des magasins et entrant dans chaque bar ouvert. Mais personne ne l'avait vu. Il est resté introuvable.

— Quand la gendarmerie a-t-elle été prévenue ?

— Le lendemain, je crois. J'avais fini par convaincre la direction qu'Antoine ne m'aurait pas laissé aussi longtemps sans nouvelles et qu'il lui était peut-être arrivé quelque chose de grave.

— Vous n'avez pas eu envie de l'avertir vous-même dès que vous avez appris sa disparition ?

— On voyait sur les caméras qu'il était parti de son plein gré. J'étais déboussolé et j'ai pensé que le directeur savait ce qu'il faisait. Il m'a parlé de procédure à respecter. Alors je l'ai écouté et j'ai attendu le lendemain pour prévenir les gendarmes.

— Quand vous avez vu que les recherches ne donnaient rien, qu'avez-vous fait ?

— J'étais... totalement sonné. Les événements des derniers jours tournaient en boucle dans ma tête. Je cherchais dans ses paroles quelque chose qui aurait pu m'indiquer où il se trouvait et pourquoi il avait fait ça. Mais rien, absolument rien ne m'avait préparé à sa disparition.

— Vous n'avez pas eu envie de porter plainte contre l'hôpital ? Vous leur aviez confié votre fils...

— À quoi cela aurait-il servi ? Je n'aurais pas eu la force de me lancer dans un procès qui ne me l'aurait pas ramené...

— Qu'avez-vous fait lorsque les recherches se sont arrêtées ? poursuivit Stéphane.

— J'étais anéanti... J'ai continué de mon côté bien

sûr, élargissant toujours plus mon champ d'action, mais sans jamais trouver de pistes sérieuses. Beaucoup ont cru le reconnaître... Mais ils ont sans doute été sensibles à ma détresse et voulaient m'empêcher de perdre espoir... Moi-même, il me semblait le voir partout... J'ai même suivi un jeune homme durant plusieurs heures en étant persuadé qu'il s'agissait d'Antoine... J'étais ridicule...

Stéphane était touché par le récit de cet homme. En tant que père, il pouvait imaginer la détresse que l'on ressentait à l'idée de perdre son seul enfant.

— Vous n'avez donc jamais partagé la conviction du directeur qui pensait que votre fils avait mis fin à ses jours ? continua-t-il sans ciller.

— Vous savez, j'aime à croire qu'il coule des jours heureux, quelque part à l'abri de son passé douloureux, répondit l'homme alors qu'une ébauche de sourire se dessinait sur son visage.

Stéphane esquissa un léger sourire en retour.

— Merci de vous être déplacé monsieur Chenay.

Thierry Chenay se leva en regardant Stéphane droit dans les yeux.

— Commandant, vous allez relancer l'enquête, c'est ça ? demanda-t-il, les yeux illuminés.

Stéphane, pris de court, se dit qu'il ne pouvait pas se permettre de faire croire l'impossible à cet homme.

— Ce n'est pas à l'ordre du jour...

Chenay eut un mouvement de recul. Il venait de passer de l'espoir au désespoir en une fraction de seconde.

— Mais pourquoi ? Pourquoi m'avoir posé toutes ces questions sur lui ? demanda-t-il, abattu.

— Je monte un dossier sur les patients qui se sont évadés de l'hôpital Vuillaume... Je suis navré, répondit Stéphane qui regrettait la désolation dans laquelle il mettait l'homme en face de lui.

Thierry Chenay ravala sa salive et fit bonne figure en quittant le bureau de Stéphane.

Le policier souffla. Touché en plein cœur par les paroles de ce père dont le fils disparu avait laissé une plaie ouverte, il ferma les yeux quelques instants et se revivifia en pensant au doux sourire de Lucie.

\*\*\*

À la nuit tombée, Stéphane avait finalement capitulé et accepté que Candice le raccompagne chez lui. Malgré sa bonne volonté, il concéda qu'il ferait un meilleur travail après une bonne nuit de sommeil.

— Tu es sûr que tu n'as besoin de rien ? lui demanda-t-elle sur le point de partir.

— Ça ira, je t'assure. Où vas-tu aller ?

— Chez une amie. Ça fait longtemps que je ne l'ai pas vue. Mais je serai là demain matin.

L'idée de proposer à Candice de passer la nuit ici lui avait effleuré l'esprit. Elle l'embrassa rapidement sur la commissure des lèvres et disparut avant que Stéphane ait le temps de réagir.

Une large batterie d'émotions l'avait traversé durant les dernières heures et il pouvait enfin faire retomber la pression. Il ouvrit son réfrigérateur et n'y trouva qu'une barquette de lasagnes à la bolognaise périmée depuis deux jours. Il la jeta dans son four micro-ondes et attendit que la sonnerie retentisse en regardant à travers la baie vitrée. Du cinquième étage de son immeuble, Stéphane avait une vue imprenable sur la Moselle. Lors de son divorce et grâce à un ami promoteur immobilier, il avait pu trouver ce petit loft très confortable à deux pas du centre-ville dans un bâtiment situé au milieu d'un parc très verdoyant. Une occasion à ne pas rater qu'il avait saisie afin de pouvoir accueillir Lucie dans les meilleures conditions. D'ailleurs, depuis qu'il y habitait, il réalisa qu'à l'exception de sa fille, peu d'autres personnes y avaient mis les pieds. Il n'avait même pas eu l'occasion d'y inviter une femme, constamment absorbé par son travail. Il pensa alors au désert sentimental qui s'étendait dans sa vie. Son divorce avec Alexandra lui avait mis du plomb dans l'aile ; d'abord réfractaire à toute nouvelle rencontre, il avait décidé de lâcher un peu prise sous les conseils d'Eliott qui l'avait entraîné plusieurs fois dans des soirées à thème organisées dans des bars de la ville. Il avait bien été abordé par quelques femmes, mais n'avait jamais eu envie d'aller plus loin malgré le manque d'affection et de contact charnel qu'il admettait ressentir. Le travail, comme toujours, lui permettait d'oublier ce qui n'allait pas dans sa vie.

Mais depuis sa rencontre avec Candice, il sentait une petite flamme brûler à l'intérieur. Une sensation qu'il n'avait plus connue depuis bien longtemps. Il se surprenait à penser à elle dans des moments totalement incongrus et d'autant plus depuis le baiser qu'elle lui avait donné.

Il fut tiré de ses divagations par le four micro-ondes qui criait et il prépara son assiette. Il s'apprêtait à avaler une première bouchée de lasagnes lorsque quelqu'un frappa à la porte. Il sourit en imaginant que Candice avait fait demi-tour pour finalement lui demander de l'héberger cette nuit. Il lâcha sa fourchette et se dirigea d'un pas motivé vers l'entrée. Mais il fut surpris de tomber nez à nez avec Alexandra qui, elle-même, ouvrit de grands yeux en voyant le visage de son ex-mari. Perchée sur des talons de dix centimètres et habillée d'un trench-coat peu adapté à la saison, elle porta la main dans ses cheveux en le dévisageant.

— Mince ! dit-elle. Je ne te pensais pas si amoché !

— Bonsoir Alexandra, répondit-il, une pointe à peine voilée de déception dans la voix.

— Je suis allée à l'hôpital après mon audience, mais tu t'étais déjà volatilisé. Je peux entrer ?

Stéphane lui ouvrit le passage et referma la porte derrière elle. Elle n'était venue qu'une ou deux fois dans cet appartement.

— Ah, je vois que je te coupe en plein repas. Je t'ai ramené du prosecco, je sais que tu aimes ça, dit-elle brandissant une bouteille du célèbre vin italien. Il se mariera parfaitement avec ton plat justement !

— En effet ! Installe-toi, je vais chercher deux verres.

— Ne bouge pas, j'y vais !

L'enthousiasme et l'attention d'Alexandra le surprenaient. L'effet « accident » sans doute. Il mit son assiette de côté et prit place sur l'un des fauteuils du salon. Alexandra le rejoignit avec deux coupes et sa bouteille à la main. Stéphane adorait ce vin qu'il avait découvert lors de leur voyage de noces en Italie. Un séjour magnifique d'une semaine à Venise, où ils avaient été bercés par les flots langoureux du Grand Canal et émerveillés par les beautés architecturales de la cité des Doges. Il se souvient particulièrement de l'hôtel et des nuits enflammées qu'ils y avaient passées. La voix d'Alexandra le ramena soudainement dans le présent.

— Nicolas m'a raconté... Une voiture t'aurait suivie ?

— Ah il est courant ? Parce qu'il n'avait pas l'air très soucieux de savoir comment j'en étais arrivé là... répondit Stéphane en repensant à leur différend à l'hôpital.

Alexandra avait laissé tomber son manteau et arborait

une robe jaune à manches courtes avec de fins motifs en dentelle. Un sautoir de perles en bois descendait sur sa poitrine qui se devinait légèrement à travers le décolleté. Les perles claquèrent contre la table alors qu'elle servait les deux coupes. Elle lui tendit un verre et alla s'asseoir sur le canapé en face de lui.

— Tu sais, ça m'a toujours un peu perturbée que mon ex-mari et mon compagnon s'entendent aussi bien, dit-elle en rabattant sa chevelure blonde vers l'arrière. Il t'admire beaucoup.

— Pourquoi me dis-tu ça ?

— Il se sent mal en ce moment à cause de l'enquête, mais pas seulement. Il m'a raconté que vous vous étiez beaucoup accrochés ces derniers temps et cela le préoccupe beaucoup.

— On est tous sous tension avec cette affaire. Mais je dois reconnaître qu'il ne me ménage pas beaucoup.

— Les choses iront mieux dès que vous aurez attrapé ce malade. À ce propos, tu es allé chez Chartel ?

— Oui, mais cela n'a pas été très prolifique. Je pense néanmoins que le foulard vient bien de ce magasin, et c'est grâce à toi d'ailleurs !

Alexandra leva son verre en souriant.

— Ravie d'avoir pu t'aider. Alors à la réussite de votre enquête !

Stéphane leva son verre à son tour et avala une gorgée de vin. La fraîcheur et le pétillant vinrent crépiter dans sa gorge et il commença à se détendre. Alexandra et lui échangèrent quelques banalités avant de parler de Lucie et de son projet de voyage. Stéphane lui relata la discussion qu'il avait eue avec elle il y a quelques jours. Malgré la réserve qu'elle manifestait, il finit par la convaincre de laisser leur fille vivre cette expérience.

Le temps s'écoulait au même rythme que la bouteille se vidait. Stéphane appréciait cet instant qu'il n'aurait jamais imaginé vivre il y a quelques jours encore, tant il était habitué à être dans l'animosité et la provocation avec Alexandra. Pas de sous-entendu blessant, pas de reproche. Le policier avait l'impression de passer la soirée en compagnie d'une très bonne amie qu'il n'avait pas vue depuis des années. Il remarqua alors qu'ils se comprenaient finalement toujours autant, notamment en ce qui concernait leur fille. C'était la seule belle réussite de leur couple et ils l'admettaient tous les deux bien volontiers.

— Nous avons tout de même eu de chouettes moments ensemble, continua Alexandra en faisant tournoyer les dernières gouttes de vin dans son verre.

— En quinze ans de mariage, il y en a forcément eu, répondit Stéphane en souriant, grisé par les effluves d'alcool. J'apprécie que tu t'en souviennes...

— Évidemment... Tu restes le père de ma fille et l'homme avec qui j'ai été marié. Aujourd'hui, j'ai une autre vie et je suis contente de savoir que tu te préoccupes de la tienne.

Étonné par la remarque, Stéphane ne répondit pas, pensant avoir mal compris.

— Je suis au courant pour toi et la petite Candice... insista Alexandra.

— Pardon ?

— Ne fais pas l'innocent ! Nicolas m'a tout raconté.

En temps normal, Stéphane aurait bondi et vociféré à Alexandra et son procureur d'aller se faire voir. Mais il était si détendu qu'il en profita pour se laisser aller à quelques confidences.

— Je pense qu'il est encore un peu tôt pour parler d'histoire. Elle est bien plus jeune que moi...

— Elle pourrait être ta fille...

— Je sais... Mais quand je suis avec elle, je me sens... bien. Juste bien. C'est une sensation assez étrange.

Alexandra détourna le regard. Elle ne s'attendait pas à ce que Stéphane se livre aussi facilement et avala d'un trait le fond de son verre.

— Je crois que je vais y aller, il est tard, dit-elle en vérifiant sur sa montre en argent.

— Très bien, répondit Stéphane en se redressant.

— Ne te dérange pas, je connais le chemin, continua Alexandra en prenant son manteau. Passe une bonne nuit.

Stéphane la regarda partir. Cette soirée, tout comme l'avait été sa journée, lui laissait un goût singulier. Ils avaient navigué entre passé et présent avec une émotion non dissimulée, faisant ressurgir des sentiments enfouis en même temps que leurs souvenirs. Stéphane se sentait bien. Il s'assoupit dans son fauteuil, envahit par une plénitude rare et cicatrisante.

## 36

Les rues de Mirecourt étaient sombres. Une faible lumière émanait des réverbères et disparaissait, avalée par la pénombre des murs noirâtres. Le trottoir était étroit et Julien peinait à savoir où il posait les pieds. Le temps semblait s'être ralenti. Quelques flocons épars tombaient timidement. Bousculés par une légère brise, ils ne luttaient pas et se laissaient aller. Julien aussi se laissait emporter. Il ignorait où ses jambes le conduisaient, mais il marcherait jusqu'à ce que la fatigue l'empêche d'avancer.

Il passa devant la majestueuse Jeanne d'Arc, qui brandissait son étendard, dressée fièrement sur son cheval et regardant au loin. Les projecteurs à ses pieds l'entouraient d'un halo de lumière qui faisait reluire le bronze et décuplait sa grandeur. Julien fixait le visage de la sainte en armure, tourné vers l'avenir et plein d'espoir. Il se demanda alors s'il lui était possible d'avoir un jour ce même regard, lui qui ne voyait que de la brume à travers les nuages.

Les rues étaient désertes. Julien n'entendait que le bruit de ses semelles qui frottaient contre le béton à chacun de ses pas et le vent qui murmurait dans les ruelles. La route s'élargit et les bâtiments s'écartèrent pour s'ouvrir sur le pont qui surplombait le Madon. Le cours d'eau était docile malgré les récentes averses. Aucun bruit ne parvenait jusqu'à Julien qui s'appuyait contre la rambarde pour entendre la rivière située dix mètres plus bas. Elle était calme. Elle aussi coulait au ralenti. Il essayait d'apercevoir un remous, mais partout où il regardait, il ne vit que du noir. Un noir sombre. Un noir puissant. Un noir attirant. Il eut envie de plonger pour s'envelopper de cette cape ténébreuse et anesthésiante. À l'intérieur, il savait qu'il ne ressentirait plus rien, qu'il ne souffrirait plus.

Les phares d'une voiture le ramenèrent à lui. Des jeunes rugissants surgirent de chaque fenêtre du véhicule, en brandissant des bouteilles d'alcool déjà bien entamées. Leurs beuglements dégénérés n'étaient même pas couverts par le son du klaxon qui pourtant lui hurlait dans les oreilles. Ils reprirent leur route après que l'un d'eux en ait profité pour se soulager en titubant quelques mètres au-dessus de l'eau.

Julien continua son chemin et quitta le pont. Le noir de la nuit n'était pas assez noir pour le réconforter et il s'enfonça plus encore dans les quartiers résidentiels de la ville. Quelques arbustes qui n'avaient pas totalement perdu leurs feuilles frissonnaient sous les volutes d'air glacé qui s'engouffraient dans leur branchage. Le col du manteau relevé, Julien se laissa absorber par la pénombre d'une rue calme et discrète. Les portails étaient fermés et les volets clos des maisons rendaient les demeures impénétrables aux assauts du froid de novembre. L'une d'elles faisait preuve de résistance, avec son salon de jardin encore installé sur la terrasse. Le blanc de ses murs était un véritable affront à l'obscurité alentour comme une flamme au milieu des eaux. De minces rideaux aux fenêtres empêchaient de distinguer ce qui se passait à l'intérieur malgré la lumière qui en jaillissait. Julien eut alors la sensation qu'une douce et chaleureuse ambiance devait régner dans cette habitation où l'on se moquait des attaques des frimas. Aspiré par la curiosité, il voulut voir ce qu'il considérait comme une forme d'espoir. Le portail était ouvert et il redoubla de précaution pour ne pas glisser sur les pas japonais puis sur les quelques marches qui se succédaient jusqu'au perron de l'entrée. Il n'entendait rien à travers la porte. Pourtant, tout portait à croire que la vie régnait à l'intérieur de ces murs. Il caressa la porte du bout des doigts et elle s'ouvrit doucement sur une pièce éclairée comme en plein jour. Julien fut tellement ébloui qu'il ne distinguait pas ce qui l'entourait. Le silence occupait toujours l'espace qu'aucune âme vivante ne venait rompre. Un imposant escalier invita Julien à le suivre. Une force irrésistible l'entraîna jusqu'au premier étage où un cône de lumière sur le sol émanant d'une porte entrouverte semblable à une flèche semblait lui indiquer la direction. Il poussa la porte mais son espoir de découvrir une forme de renaissance s'anéantit soudainement tant la scène qu'il avait devant lui allait au-delà de ce qu'il pouvait imaginer. Une femme, dont il ne pouvait voir le visage, était allongée sur un lit, les chevilles solidement reliées aux pieds de celui-ci par une épaisse corde. À mesure qu'il avançait, il découvrait un corps dévêtu à la peau claire. Les muscles saillants de ses jambes se contractaient pour tenter de s'arracher à ses entraves qui ne laissaient aucun champ libre. Les deux seins plats pointaient vers le plafond avec une énergie dantesque, soulevés par les frissons de frayeur qui lui parcouraient la peau. Ses bras étaient retenus par les poignets aux deux autres pieds du lit, leur conférant une posture qui défiait le naturel. Le corps de cette femme n'était que souffrance alors même qu'aucune plaie ne semblait l'avoir atteinte.

Apparaissant d'un coin de la pièce, un homme s'approcha d'elle d'un pas lent, mais assuré. Julien peinait à le voir, car un brouillard commençait à embaumer la chambre. Il effleura la poitrine de la femme du bout des ongles lui provoquant un violent spasme de dégoût et l'on pouvait entendre craquer les os de ses membres sous l'impulsion de l'énergie folle qu'elle déployait pour tenter de s'extirper de ce piège. Immobile et impuissant face à la scène, Julien percevait les battements frénétiques du cœur de la prisonnière qui ne poussait pas un cri. L'homme ne l'avait pas remarqué et se déplaça autour d'elle en continuant de la regarder et de laisser glisser ses mains sur elle comme un ultime supplice. Julien devina l'horreur qui allait se produire devant lui. Il se précipita vers le lit et la femme releva alors vers lui un visage plein de détresse. Les yeux rougis par les larmes, la bouche déformée par la peur et la voix raillée par le désespoir, elle lui hurla de le libérer. En reconnaissant Olga Simmons derrière ces traits glaçants, Julien s'arrêta dans son élan. Tous les vaisseaux de son corps frémirent et son estomac se serra en même temps que le sang cognait dans ses tempes. Il ne savait pas si ce qui lui faisait le plus horreur était simplement sa présence ou le triste sort qui allait lui être réservé. Car l'homme était lentement en train de former une boucle avec le bout de tissu qu'il tenait entre les mains. Un tissu noir bordé de rouge. D'où il était, Julien devinait qu'il souriait en regardant sa future victime, en pensant au calvaire qu'elle allait endurer. Il monta alors sur le lit et passa une jambe de chaque côté d'Olga. Il s'assit lourdement sur son ventre, écrasant son abdomen de tout son poids. L'homme paraissait frêle, mais le choc la fit suffoquer et elle peinait à reprendre sa respiration. À présent, Julien ne voyait plus son visage et savait qu'il ne pourrait plus rien faire pour elle. Le lit tremblait, secoué par les mouvements désespérés que tentait Olga pour se débattre, mais le combat était perdu d'avance. D'un geste sec, il enfonça le tissu dans sa bouche avec ses doigts, empêchant le moindre son d'en sortir. Il pressa fortement, insista plusieurs longues secondes pour le faire entrer totalement et bloquer tout passage d'air entre ses poumons et l'extérieur. Julien voyait les membres trembler, lutter pour garder le peu d'oxygène qui arrivait encore jusqu'à eux. Puis les mouvements se firent moins intenses, pour s'arrêter complètement tandis que l'homme fixait toujours Olga sans sourciller. Alors qu'elle avait poussé son dernier souffle, il se redressa au-dessus d'elle, laissant apparaître le visage de sa victime, les yeux exorbités par la mort qui avait surgi brusquement. Il descendit du lit sans un bruit et posément, se dirigea vers la porte de la chambre. Au passage, il regarda Julien qui reconnut instantanément celui qui hantait ses pensées depuis des jours ; les cheveux mi-longs, attachés, les yeux d'un brun perçant, l'homme-mystère aux traits juvéniles se tenait devant lui et ne paraissait pas étonné de voir quelqu'un d'autre ici. Alors qu'il s'apprêtait à disparaître, Julien lui demanda :

— Comment vous appelez-vous ?

Il peina à entendre sa réponse, car l'homme n'était déjà presque plus dans la maison. Mais il était sûr d'avoir bien comprit : il s'appelait Antoine.

\*\*\*

Stéphane avait finalement rejoint son lit vers une heure du matin, courbaturé par son début de nuit sur un fauteuil trop raide pour lui. Mais le mélange d'alcool et de médicaments dans son sang avait eu un effet douteux et il s'était levé trois heures plus tard avec la sensation qu'un marteau-piqueur pilonnait son crâne. Dans son souvenir, la soirée s'était terminée de manière plutôt agréable et pourtant, il était envahi de pensées négatives.

*Elle pourrait être ta fille.*

Cette phrase d'Alexandra à propos de Candice résonnait comme un refrain lancinant et une cruelle vérité. Il réalisa qu'il était en train de tomber dangereusement sous le charme d'une femme qui avait vingt ans de moins que lui et que cette situation était grotesque. Pourtant, il était certain que quelque chose se passait entre eux. L'enquête sur le tueur au foulard devrait occuper tout son esprit, mais l'irruption soudaine de Candice dans son quotidien bouleversait toute sa mécanique de vie et il se surprenait à trop penser à elle.

Une fois la migraine envolée, la réalité qu'aucun avenir n'était possible avec une telle femme lui apparut comme une évidence. Il lui parlerait dès aujourd'hui pour mettre un terme à une relation qui n'avait pas vraiment commencé.

Sa douche matinale ne fut pas sans difficulté, mais il se sentait moins endolori que la veille. Il avait décidé d'abandonner son attelle pour avoir l'air moins martyr et enleva ses pansements au visage, laissant apparaître deux entailles rouge vif. Il semblait davantage avoir réchappé à une rixe que survécu à un accident de voiture, mais au moins, il n'avait plus l'air d'être une moitié de flic. Il eut le temps de prendre son café en regardant depuis sa fenêtre le soleil se lever sous la brume matinale. Le ciel était grisâtre et une bruine obligeait les premiers promeneurs à déplier leur parapluie.

Vers 7 heures, Candice sonna à la porte. Il se prépara à l'accueillir, ayant répété plusieurs fois dans sa tête les mots qu'il allait lui dire. Mais lorsqu'il lui ouvrit, toutes ses bonnes résolutions s'envolèrent, balayées d'un coup de revers par la mine enjouée de Candice qui se tenait, droite comme un i devant lui, en brandissant un sachet de croissants.

— Je n'ai pas eu besoin de patienter chez le boulanger et ils sont tout chauds ! clama-t-elle avec sa bonne humeur caractéristique.

Elle déposa un rapide baiser sur ses lèvres et alla s'installer dans la cuisine.

— Tu ne m'as pas attendue pour le petit-déjeuner on dirait, dit-elle en voyant la tasse avec un fond de café froid.

— Je me suis levé tôt... répondit Stéphane en la rejoignant.

— Tu as bonne mine. Et tu fais plus fringant sans ton attirail de grand blessé. Mais tu es sûr que ce n'était pas un peu trop prématuré de t'en séparer ?

— Je suis un costaud, plaisanta-t-il. Les médecins en rajoutent toujours un peu par précaution, mais tout n'était pas nécessaire.

Ils bavardèrent rapidement, mais Stéphane n'arrivait pas à se détendre. Il devait lui dire.

— Candice, finit-il par se lancer. J'ai peur de paraître vieux jeu, mais je crois qu'il faut que l'on se parle.

Le sourire de la jeune femme s'effaça pour laisser place à une mine étonnamment sérieuse.

— Nous n'avons pas eu le temps de discuter de ce qui s'était passé à l'hôpital... entre nous, continua-t-il en la regardant fixement pour ne pas vaciller.

— Ah... Oui et alors ?

— J'ai pas mal réfléchi la nuit dernière et je crains qu'il ne soit pas possible d'envisager quelque chose entre nous... Enfin... Je ne pense pas, pour toi comme pour moi, qu'il serait très raisonnable, surtout dans un contexte aussi sérieux que celui qui nous réunit, de commencer une histoire. D'autant plus que si on est honnêtes, nous serions terriblement mal assortis... Tu t'imagines au bras d'un vieux truc comme moi...

Candice le regardait très sereinement et elle finit par éclater de rire, laissant Stéphane totalement surpris.

— Mais, Stéphane, dit-elle lorsqu'elle eut repris son souffle. Je n'avais pas l'intention de te demander en mariage ! Je t'ai embrassé oui, mais je ne t'ai pas proposé une grande et belle histoire d'amour.

— Ah... Tant mieux alors, répondit-il, faussement rassuré. Je ne voulais pas qu'il y ait d'ambiguïté entre nous. Je t'apprécie beaucoup, mais je ne crois pas que nous ayons un avenir ensemble.

— J'ai juste pensé que l'on pouvait passer un bon moment entre adultes consentants... Ajouter un peu de légèreté en cette période un peu difficile...

La proposition à peine voilée de Candice blessa Stéphane qui sentait naître en lui de véritables sentiments pour elle. Il avait bêtement cru que les choses étaient réciproques, mais ce n'était visiblement pas le cas. Il tenta de faire bonne figure.

— Il est plus sage de garder des relations professionnelles. D'autant que Nicolas nous a vus et que mon ex-femme est déjà au courant...

— Ah... C'est ça qui te dérange finalement... Si elle te sait avec quelqu'un d'autre, elle risquerait de penser que tu as définitivement fait une croix sur elle, c'est ça ?

— Pas du tout, répondit Stéphane, troublé par le raisonnement. C'est juste que je ne voudrais pas que tout le monde s'imagine à tort qu'il se passe quelque chose entre nous.

— Ça n'aurait pas été si grave, mais ne t'inquiète pas, je ne viendrai pas poser mes valises chez toi si c'est ce que tu crains.

— Parfait, répliqua sèchement Stéphane. On y va ?

Candice acquiesça et ils quittèrent l'appartement pour rejoindre la voiture de Stéphane garée dans le parking souterrain de l'immeuble. Ils n'échangèrent pas un mot pendant ce temps et Stéphane se sentait ridicule d'avoir cru que le baiser qu'elle lui avait donné était dicté par de potentiels sentiments amoureux. Candice était une jeune femme pleine d'énergie, ce qu'elle recherchait était des expériences et des aventures, et peut-être n'avait-elle jamais accroché de vieux flic à son tableau de chasse. Il se sentait idiot et vexé par la réaction qu'elle avait eue et il lui semblait entendre encore son rire alors qu'il montait dans la voiture. Elle l'extirpa soudainement de ses pensées :

— Stéphane, tu es un chouette type.

— Pardon ? dit-il en la regardant mettre la clé dans le contact.

— N'importe qui aurait saisi l'occasion pour me sauter. Je t'ai laissé un boulevard et tu n'en as pas profité.

— Ce n'est pas mon genre, c'est tout.

— C'est bien ce que je dis. Tu es un chouette type.

Elle démarra la voiture sans rien ajouter et ils partirent en direction du commissariat.

*****

Julien s'était réveillé en sursaut, l'oreiller trempé de sueur. La vision d'Olga attachée sur le lit lui avait paru tellement réaliste qu'il en tremblait encore.

Avant d'être allés se coucher, lui et Sophie avaient parlé de sa mort et évoqué à nouveau le spectre de cet homme qui l'avait accompagné ces derniers jours et qui demeurait un parfait inconnu. Sophie lui avait conseillé d'aller voir la police ; un type étrange suivant de près une femme qui se fait assassiner quelque temps plus tard pourrait être une piste potentielle. Mais Julien n'avait aucune envie d'être impliqué dans cette affaire qui avait déjà causé du tort à son beau-père et provoqué bien des troubles entre lui et Sophie.

Pourtant, il restait profondément choqué par ce qui s'était passé dans son rêve : pour la première fois, l'homme lui avait parlé et même donné son nom. Comment cela était-il possible ? Il décida de tout raconter à sa femme.

— Tu es tellement obsédé par ce type que tu as fini par lui créer une identité tout simplement, répondit Sophie en lui servant un café serré.

— Tu crois... ?

— Quoi d'autre sinon ? Je ne pense pas qu'il soit doué de télépathie, et toi encore moins... Et puis, ça n'a pas de sens. En revanche, le fait qu'il puisse être lié à la mort de ta supérieure reste une éventualité certaine, et je continue de penser que tu devrais parler de lui aux gendarmes.

— Je n'ai pas envie de me mêler de tout ça... Et ton père a déjà été impliqué, on devrait éviter d'attirer à nouveau l'attention sur nous.

Sophie haussa les épaules. Il n'avait pas tort. Cette enquête ne les concernait pas après tout. Avec son caractère bien trempé, Olga Simmons avait sans doute un tas d'ennemis potentiels et autant de pistes possibles pour la police pour que Julien n'ait pas à y mettre son grain de sel.

— Le frigo est vide... Tu m'accompagnes au supermarché ? Ça te ferait du bien de prendre l'air, tu n'as pas mis le nez dehors depuis plusieurs jours, lui proposa Sophie.

— Non merci. Je vais me reposer un peu, car j'ai

vraiment très mal dormi.

Sophie commençait à baisser les bras. Elle ne savait plus quoi faire pour sortir Julien de cette spirale dépressive et refusait de se laisser entraîner avec lui.

Elle partit donc comme prévu, abandonnant Julien déjà somnolent sur le canapé.

\*\*\*

Candice et Stéphane se dirigeaient vers la banlieue de Nancy où habitait encore la veuve d'Edmond Tisserand qui n'avait pas pu se rendre au commissariat. Stéphane avait besoin de comprendre ce qui avait poussé le policier à se suicider soudainement et espérait que sa femme pouvait l'éclairer.

— Vous savez, mon mari était dépressif depuis plus de dix ans... Son geste n'a rien d'inattendu, répondit Mathilde Tisserand, en regardant Stéphane et Candice, assise à la table de la cuisine.

Mathilde et Edmond Tisserand habitaient une petite maison en périphérie de Nancy. Coquette, mais vieillissante, la décoration n'avait pas subi de rafraîchissement depuis plusieurs années. De rustiques meubles en bois massif étouffaient l'espace et le tic-tac de l'imposante horloge comtoise du salon résonnait dans toute la maison. Celui de la trotteuse de la pendule de la cuisine s'ajoutait à celui-ci et amplifiait l'atmosphère pesante qui régnait dans la demeure. Candice regardait l'aiguille se déplacer et balayer les douze oiseaux dessinés sur chaque heure pleine, craignant le moment où le chant du merle, sonnant 10 heures du matin, viendrait à railler. Quelques photographies du couple trônaient dans un pêle-mêle accroché près de la porte.

Certaines dataient de plusieurs années et on voyait Edmond et sa femme sourire. Les plus récentes montraient un homme fatigué et amaigri.

— Avez-vous cherché à comprendre ce qui avait motivé son geste ? Pourquoi avait-il choisi de mettre fin à ses jours maintenant ?

Mathilde Tisserand soupira. Son corps de petite bonne femme était, lui aussi, épuisé par des années de lutte contre un ennemi indestructible.

— Ce que je vais vous dire va peut-être vous choquer, mais je suis soulagée que mon mari soit désormais en paix. Durant des années, j'ai essayé de lui faire sortir la tête de l'eau. Il a enchaîné les hospitalisations, les traitements puissants, mais inefficaces, les périodes d'amélioration puis de reddition. Malgré tout cela, il n'arrivait pas à voir la vie sous un jour meilleur et moi aussi, je commençais à m'affaiblir. Je pense que j'aurais pu sombrer avec lui si...

Elle s'interrompit, retenant quelques sanglots.

— Je sais qu'il est mieux là où il est maintenant, finit-elle par reprendre.

— Il n'a donc pas laissé de lettre, de mot ? insista Stéphane.

La veuve secoua la tête.

— Vous a-t-il expliqué pourquoi il se sentait aussi mal ?

— Non, il ne parlait pas beaucoup. C'était un taiseux qui ne supportait pas qu'on le questionne sur ce qui le taraudait, ce qui était difficile pour moi, comme pour les enfants. Le voir ainsi sans comprendre d'où lui venait son mal-être était une véritable épreuve pour nous. Il ne s'est pas davantage confié aux spécialistes qui l'ont suivi. Mais je reste persuadé que tout a commencé à son travail...

— C'est-à-dire ? continua Stéphane, intéressé.

— Je pense qu'il n'était pas fait pour ce métier. Il a vu des choses qui allaient au-delà de ce qu'il pouvait supporter. La pression qui pesait sur ses épaules à chaque enquête était dure à vivre pour lui.

— A-t-il évoqué une affaire en particulier ? Quelque chose qui l'aurait fait basculer ?

— Non, comme je vous l'ai dit, il parlait peu. Son travail était un sujet tabou et encore plus ces dernières années. Il avait fini par couper tout contact avec ses collègues même si quelques irréductibles continuaient à venir prendre de ses nouvelles...

Mathilde Tisserand mit sa tête entre ses mains et se frotta vigoureusement le visage. Des cernes se dessinaient sous ses yeux et Stéphane comprit qu'il n'obtiendrait pas plus de renseignements aujourd'hui. Il tenta une dernière question :

— Le nom de Chenay vous évoque-t-il quelque chose ?

La femme réfléchit quelques instants puis secoua à nouveau la tête.

— Non... Je suis désolée.

Stéphane la remercia puis ils quittèrent la maison sans davantage d'indices sur la mort du policier.

— Je pense que vous devriez oublier cette piste. Tisserand était au bout du rouleau, il n'a pas vu d'autre option que de se foutre en l'air, c'est tout, dit Candice alors qu'ils s'apprêtaient à repartir.

Stéphane fit mine d'acquiescer, mais la coïncidence entre son suicide et les nouveaux meurtres ne lui paraissait pas hasardeuse. Un vide abstrus s'acharnait à régner autour de tout cela et il restait bien décidé à le combler.

Au même moment, il réalisa qu'il avait une dizaine d'appels en absence sur son téléphone. Legendre lui avait laissé un message : un témoin s'était présenté à la gendarmerie, car il avait des informations à révéler au sujet du meurtre d'Olga Simmons.

## 37

Après s'être retourné pendant près d'une heure sur le canapé, Julien avait finalement décidé de se rendre à la gendarmerie pour parler de celui qui avait tant suivi Olga ces derniers jours. Il y voyait surtout un moyen d'apaiser son esprit englué, plus qu'une piste sérieuse pour l'enquête. Si cet homme n'y était pour rien, alors il n'y aurait plus de raison de penser encore à lui et il pourrait reprendre une existence normale.

Legendre l'avait reçu et fait patienter dans la salle d'interrogatoire en attendant de contacter Stéphane. Julien était fébrile, nerveux et le gendarme le sentait sur le point de quitter l'endroit avant même d'avoir prononcé un mot. Il insista plusieurs fois sur le numéro de Stéphane, mais celui-ci demeurait injoignable. Le brigadier-chef mourait d'envie d'interroger celui qui apparaissait comme l'un des premiers témoins sérieux dans cette enquête et qui, s'il ne lui donnait pas l'occasion de parler très rapidement, allait sans doute prendre ses jambes à son cou, tant son stress était palpable. Son travail consistait avant tout à faire avancer les investigations et s'il pouvait permettre au commandant Gassin de gagner du temps, cela lui vaudrait aussi de recevoir quelques lauriers lorsque l'enquête serait terminée.

Il prit donc l'initiative de recueillir le témoignage de Julien dont le nom ne lui était pas totalement inconnu puisqu'il figurait sur la liste des salariés ayant travaillé au plus près d'Olga Simmons ces dernières semaines. Le fait qu'il eut des choses à dire n'était donc pas complètement insensé. Avec un certain stress qu'il tentait de dissimuler tant bien que mal, Legendre s'installa face à Julien dont l'anxiété venait de faire un bond à la seule vue de son uniforme. Avec un ton qu'il voulut des plus solennels, le brigadier prit la parole.

— Désolé de vous avoir fait attendre. Je vais prendre votre déposition afin de transmettre au commandant chargé de l'enquête. Ainsi, vous avez des informations à nous donner concernant un homme qui aurait côtoyé Olga Simmons ces derniers jours, c'est bien cela ?

Julien se racla la gorge. Il peinait à cacher son malaise et regrettait finalement d'être venu. De quoi allait-il avoir l'air en racontant qu'il avait juste vu un homme qu'il trouvait louche quelques fois dans le bureau de sa supérieure ?

— Oui, c'est ça, répondit-il timidement.

— Je vous écoute. Qui est cet homme ?

— Je ne sais pas vraiment... Je ne sais plus exactement depuis quand, mais je voyais Olga en compagnie d'un autre homme lorsque j'allais dans son bureau.

— Vous pouvez me le décrire ?

— Assez jeune. Les cheveux mi-longs un peu clairs. De taille moyenne.

— C'est tout ? poursuivit Legendre, dont l'assurance grandissait à mesure que l'entretien avançait.

— Il ne parlait jamais lorsque j'étais là.

— Vous connaissez son nom ?

— Non...

Legendre jeta un regard vers la vitre sans tain comme si quelqu'un était en train de l'observer derrière. Les questions s'enchaînaient avec l'évidence qu'exigeait la situation. Il se sentait investi d'une mission d'une importance qu'il avait rarement connue dans sa carrière.

— Pourquoi pensez-vous qu'il puisse être lié à la mort d'Olga Simmons ?

— Ce type me mettait mal à l'aise. Il était vraiment étrange. C'est assez difficile à expliquer... J'ai cru que ça pouvait être bien de vous parler de lui compte tenu des circonstances...

Legendre regardait les derniers feuillets concernant l'enquête qu'il avait en sa possession et Julien inspira profondément. Il réalisa que son témoignage ne reposait pas sur grand-chose et ses jambes le sommaient de quitter la pièce sur-le-champ. Il vit les deux épais sourcils du gendarme se soulever durant la lecture des lignes qu'il avait sous les yeux.

— D'après ce que je peux voir, vous faisiez l'objet d'une procédure de licenciement au moment où Olga Simmons a été assassinée. Vous pouvez m'en dire un peu plus ? continua Legendre, pris d'une montée soudaine d'adrénaline, comme si sa question provoquerait un revirement décisif dans l'enquête.

Tout à coup, la vision d'Olga en train de hurler après qu'il l'eut questionnée sur cet homme lui réapparut sous les yeux et il fut incapable de réagir.

— Monsieur Langlois ? Vous êtes sûr que ça va ? demanda le gendarme en voyant Julien vaciller sur sa chaise.

— Excusez-moi... finit-il par répondre enfin. Oui en effet... Olga Simmons m'a mis à la porte il y a quelques jours.

— Pour quelle raison ?

— Je suppose que mon travail n'était pas à la hauteur

de ses attentes...

— Vous supposez ? Elle ne vous a pas donné de motif précis ?

Le regard d'Olga empli de colère restait plaqué devant lui.

— Je... Ça ne se passait pas très bien depuis qu'elle était arrivée dans le service.

— Vous pouvez m'en dire plus ?

— Elle était assez dure avec ses employés et j'avais du mal à le supporter. Elle avait un haut niveau d'exigence que je ne parvenais pas à atteindre. Je subissais régulièrement des brimades et je suppose qu'elle a fini par se lasser de moi.

— Est-ce que d'autres salariés pourraient témoigner de la présence de cet individu auprès d'Olga Simmons ?

— Je ne sais pas...

Legendre était interrogatif. L'homme qu'il avait sous les yeux était fébrile et affecté par la mort de sa supérieure et ne savait finalement pas quel crédit accorder à ce témoignage évasif.

— Avez-vous autre chose à ajouter le concernant ? Un détail, une information qui pourrait vous paraître importante au regard de la situation ?

— Je l'ai vu une fois en dehors d'Enjoy Waters.

— Où ça ?

— Au Jeanne d'Arc. Le bar qui est sur la place.

Legendre regarda à nouveau vers la vitre sans tain. Il se croyait dans une série policière et sentait que les réponses de Julien n'allaient pas être sans conséquence sur la suite de l'enquête. Stéphane allait sans doute le féliciter pour sa prise d'initiative décisive.

— Vous rappelez-vous quand ?

— La semaine dernière... avant la mort de la patronne. Oui, je m'en souviens, car elle était derrière son comptoir.

Legendre nota soigneusement l'information.

— Connaissiez-vous les deux autres victimes ? Andrée Chanteuil et Maryse Brunet ?

Julien comprit soudainement où le gendarme voulait en venir. Il se sentit alors pris dans un piège où il se serait lui-même jeté. Des fourmillements lui parcouraient le corps et il essaya de ne pas baisser le regard devant Legendre qui ne le quittait pas des yeux.

— Pas particulièrement, répondit-il le plus froidement possible.

— Mais vous les avez déjà croisées n'est-ce pas ?

— Comme beaucoup de monde... La ville n'est pas grande et on voit souvent les mêmes visages, surtout dans les petits commerces.

Le gendarme semblait se satisfaire de sa réponse et demanda à Julien de le contacter si d'autres détails lui revenaient. Il le raccompagna jusqu'à la sortie après lui avoir fait signer sa déposition, certain des éléments tangibles qui venaient d'être recueillis grâce à lui.

\*\*\*

— Vous pensez que son témoignage est fiable ? demanda Stéphane alors qu'il venait d'arriver sur les lieux et lisait la déposition de Julien Langlois.

Le policier avait obligé Candice à enfreindre toutes les limitations de vitesse après avoir reçu le message de Legendre.

— Je l'ai senti un peu tendu, mais je ne vois pas pour quelle raison il mentirait, répondit le brigadier en espérant un remerciement de la part du commandant.

Stéphane semblait perdu dans ses pensées. Langlois était en conflit avec Olga Simmons, ce qui pouvait représenter un mobile potentiel. Mais l'homme était venu de lui-même et n'avait pas de lien apparent avec les autres victimes. Sans compter que cela ne collait pas avec le message anonyme qu'il avait reçu. Les éléments qu'il rassemblait ne se recoupaient pas.

— J'aurais bien aimé le recevoir moi-même, reprit finalement Stéphane. Mais nous allons déjà exploiter ce dont nous disposons désormais grâce à lui. Il va falloir aller interroger la petite Élise et aussi retourner questionner les salariés d'Enjoy Waters pour savoir s'ils reconnaissent le type que ce témoin vient de nous décrire. Vous pouvez vous en charger ?

Legendre acquiesça en dissimulant sa déception ; la médaille et les honneurs n'étaient visiblement pas au programme de la journée.

\*\*\*

Julien claqua la porte, furieux. Sophie était rentrée quelques minutes avant lui et avait été agréablement surprise de constater que son mari avait décidé de prendre l'air. Sa joie retomba comme un soufflé en voyant son regard lacéré par la colère.

— Que se passe-t-il ? demanda-t-elle alors qu'elle plaçait soigneusement des mandarines dans la corbeille à fruits.

— J'ai suivi ton conseil et je suis allé chez les gendarmes, répondit-il, la voix éraillée.

— Tu as bien fait. Que t'ont-ils dit ?

— C'était complètement idiot ! J'aurais dû me douter que cette idée était totalement conne ! À cause de toi, ils me soupçonnent de l'avoir tuée ! Et peut-être même d'avoir tué les deux autres ! rugit-il en fusillant Sophie du regard.

Elle lâcha les fruits des mains et recula contre le réfrigérateur. Ses yeux rouges figés sur elle lui glacèrent le sang. En cet instant, elle ne savait pas de quoi il pouvait être capable et l'imagina à nouveau en train d'essayer de la frapper. Elle voulut plaquer ses bras contre son visage pour se protéger, mais décida, dans un sursaut de confiance, de se jeter vers lui pour le calmer.

— Mais c'est absurde ! Pourquoi penseraient-ils une chose pareille ? répondit-elle en lui attrapant les mains.

Julien recula brusquement, en secouant les bras pour qu'elle le lâche.

— Je n'aurais jamais dû t'écouter ! Je suis à deux doigts de me dire que tu as fait exprès de m'envoyer là-bas ! Une fois en prison, tu serais débarrassée de moi !

Sophie n'arrivait pas à croire ce qu'elle entendait. Comment pouvait-il penser cela ? Elle ne bougea plus, ne sachant pas quelle était la réaction la plus raisonnable à avoir.

— Julien... Calme-toi, je t'en supplie. Je suis désolée... Tu as peut-être mal compris...

Mais la colère transpirait toujours sur son visage. Il était empli d'une haine démesurée et en voulait profondément à Sophie de l'avoir poussé à témoigner. Il la détestait plus que jamais. Comprenant qu'il perdait le contrôle, il se rua à l'étage pour s'enfermer dans la chambre comme les jours précédents. Sophie sentit ses jambes flageller et se retint à la table de la cuisine pour ne pas tomber. Ses yeux se remplirent aussitôt de larmes et elle éclata en sanglots en réalisant ce qui venait de se passer. Pourquoi son mari pensait-il qu'elle lui voulait du mal ? Elle n'aspirait qu'à son bonheur et le voir dans un tel état la rendait totalement impuissante. Et si elle avait vraiment fait une erreur en lui suggérant d'aller à la gendarmerie ? Il n'était pour rien dans ces meurtres et elle avait juste pensé que son témoignage ferait avancer l'enquête. Elle regrettait maintenant cette idée qui avait mis Julien hors de lui, mais elle ne pouvait pas croire que la police le soupçonnait d'être responsable du meurtre d'Olga. En attendant que l'orage se calme, elle se jura de ne plus jamais reparler de cet homme ni de cette femme à Julien.

*\*\*\**

Stéphane avait accompagné Legendre chez Enjoy Waters pour interroger les salariés, mais personne ne semblait connaître l'homme dont leur avait parlé Julien. Stéphane avait tiré les vers du nez à Legendre pour qu'il décrive précisément le comportement de Julien lors de sa déposition et avait décidé de l'interroger à nouveau, faute de mieux. Même si ses déclarations ne corroboraient pas le message anonyme qu'il avait reçu, cet homme avait néanmoins un mobile possible pour le meurtre d'Olga Simmons.

En arrivant chez Julien, il fut surpris de se retrouver sur les mêmes lieux où il s'était rendu quelques jours plus tôt, lorsque Louis Laurac faisait office de suspect numéro un.

— Cette maison me dit quelque chose, dit Stéphane à Candice lorsqu'ils arrivèrent devant chez les Langlois.

— Oui, c'était là qu'habite la fille de Laurac. Je l'avais trouvée bizarre d'ailleurs.

— Le hasard nous ramènerait à nouveau ici. C'est plutôt surprenant non ? questionna Stéphane.

Une hypothèse l'envahit alors : et si ce Julien Langlois s'était jeté tout seul dans la gueule du loup ? Stéphane se remémora une affaire où une femme avait témoigné dans le cadre de l'enquête pour le meurtre de son mari. Elle avait inventé de toute pièce une maîtresse à son époux, avec des rendez-vous imaginaires dont il n'existait aucune trace. Son témoignage ne tenait pas debout, car aucune preuve de son existence n'avait été trouvée. Le psychiatre chargé d'établir son profil psychologique avait expliqué que pour se libérer de poids que représentait le meurtre de son mari, cette femme avait orienté l'enquête vers une fausse piste, la conduisant directement à elle. Une partie d'elle-même l'empêchait de se dénoncer, mais une autre force voulait qu'elle soit soulagée. Elle n'avait d'ailleurs pas contesté les faits et avait rapidement été placée sous les verrous. Julien Langlois pouvait avoir mis en place le même stratagème et Stéphane pensa que s'il était lié de près ou de loin à la mort d'Olga Simmons, il parviendrait rapidement à le faire craquer.

Ils frappèrent à la porte et Sophie leur ouvrit, un air angoissé dessiné sur le visage.

— Bonjour madame Langlois, je suis le commandant Gassin. Je...

— Nous nous sommes déjà rencontrés lorsque vous pensiez que mon père était votre tueur. Qu'est-ce que vous voulez ? coupa Sophie d'une voix grave.

— J'aurais aimé parler à votre mari. Est-il possible de le voir ?

— Vous l'accusez aussi du meurtre ? Vous n'avez pas pu prouver que mon père était coupable alors vous vous en prenez à mon mari !

— Si je le pensais coupable de quelque chose, je ne serais pas en train d'attendre sagement devant votre porte, répondit calmement Stéphane. Maintenant, je vous pose une nouvelle fois la question, est-il possible de le voir ?

— C'est compliqué pour le moment. Il a des journées difficiles, il dort...

— Madame, votre mari est, semble-t-il, l'un des seuls à pouvoir nous éclairer sur le tueur au foulard. Il a déjà fait trois victimes. Je ne vais pas attendre qu'il finisse sa sieste alors qu'une quatrième femme est peut-être en danger.

Sophie tremblait. Le froid et la peur se mélangeaient et elle n'osait pas imaginer la réaction de Julien en découvrant les policiers à sa porte.

— Vous savez, mon mari ne va pas très bien en ce moment et je doute que vous deviez accorder du crédit à tout ce qu'il vous dit, continua-t-elle en se frottant vigoureusement les bras.

— Qu'est-ce que vous sous-entendez ?

— Son licenciement et la mort d'Olga l'ont complètement chamboulé. Il dort très mal. Je ne suis pas certaine que ses propos soient tous très cohérents...

— Où voulez-vous en venir ? insista Stéphane qui commençait à perdre patience.

— Je veux dire que ce qu'il vous a dit n'est peut-être pas à prendre au sérieux. Son témoignage n'a aucune valeur compte tenu de son état actuel...

Sophie tentait de convaincre le policier de ne plus s'intéresser à Julien, mais elle ne faisait qu'aiguiser sa curiosité.

— Vous voulez dire que votre mari nous aurait menti ?

— Pas volontairement non. Vous a-t-il parlé d'un homme qu'il aurait vu en compagnie d'Olga Simmons ?

— Oui c'est exact.

— Je crois qu'il a surtout vu cet homme dans ses rêves... Il est tellement perturbé par tous ces événements qu'il n'en dort plus la nuit. Il voit et entend des choses qui n'existent que dans son imagination.

Stéphane et Candice se regardèrent. Tous deux se demandaient s'il fallait la croire. Mais Stéphane refusa d'en rester là.

— Écoutez, si votre mari est venu, c'est sans doute pour de bonnes raisons. J'aimerais en parler avec lui directement.

— Impossible pour l'instant. Je vous...

— Laisse-les !

Une voix grave résonna et Sophie tressaillit. Julien se tenait derrière elle, dans l'ombre du couloir. Stéphane fut surpris et devina la démarche d'un homme fatigué même si les traits de son visage étaient à peine saisissables. Il commençait à se demander si sa femme n'avait pas raison et comprit à son regard qu'elle avait peur.

— Monsieur Langlois, je venais justement pour vous parler. Avez-vous quelques instants ?

— Il s'appelle Antoine, répondit Julien d'une voix monocorde.

Stéphane fut parcouru par un courant glacial. Sophie était pétrifiée par les paroles de Julien et n'osait plus bouger.

— Comment ? réagit enfin Stéphane. Vous prétendez que l'homme que vous avez vu s'appelle Antoine ?

— Oui.

— Vous en êtes sûr ?

— Il me l'a dit.

Sophie ramena ses deux mains sur son visage, retenant ses sanglots devant Candice et Stéphane qui avaient l'impression de vivre une scène de mauvais film.

— Vous avez pourtant affirmé qu'il ne vous avait jamais parlé, continua Stéphane, médusé par ce qu'il venait d'entendre.

— Oui, mais il s'appelle bien Antoine.

— Vous... vous pourriez repasser à la gendarmerie pour compléter votre déposition ?

Julien acquiesça lentement de la tête avant de s'avancer d'un pas lent. Il fit reculer Sophie puis referma la porte d'entrée, abandonnant Stéphane et Candice, interloqués, sur le perron. Les quelques secondes où ils avaient pu apercevoir son visage les laissèrent plus que dubitatifs.

Dans la pénombre du couloir, Sophie leva timidement la tête vers Julien qui restait droit devant elle. Elle le voyait à peine, mais il fixait toujours la porte d'entrée. La colère qui l'avait habité quelques heures plus tôt semblait avoir fait place à un état de plénitude proche de la sédation. Elle ne savait pas si elle devait s'en effrayer ou s'en réjouir. Julien fit alors demi-tour et s'apprêtait à retourner dans la chambre. Avant qu'il ne disparaisse totalement de son champ de vision, elle lui cria :

— Pourquoi ? Pourquoi leur as-tu dit qu'il s'appelait Antoine ?

Julien se retourna lentement vers elle.

— Parce qu'il me l'a dit.

— C'était dans un rêve Julien ! Un rêve !

— Non, il me l'a réellement dit.

# - 38 -

Stéphane était reparti en trombe vers sa voiture, bouleversé, tout comme Candice, par les révélations de Julien.

— Ce type semblait complètement défoncé ! s'exclama Candice en jouant à nouveau les chauffeurs.

— Pourtant tu as entendu comme moi ! Il a bien dit qu'il s'appelait Antoine ! Avec tous les prénoms qu'il aurait pu inventer, il a donné celui-ci ! Ce n'est tout de même pas un hasard ! répondit Stéphane, exalté.

— C'est curieux, je te l'accorde. Mais tu ne peux pas prendre ce mec au sérieux ! On aurait dit un zombie !

— Si on veut retrouver cet homme, il nous faut un portrait-robot plus fiable.

Thierry Chenay habitait une petite maison isolée en bordure d'un village proche de Nancy. L'étroit chemin cabossé qui menait jusqu'à elle ravivait les douleurs de Stéphane à chaque secousse malgré les précautions de Candice. Les branches des arbres nus placardaient leurs ombres tortueuses sur le ciel sombre de la nuit d'hiver. Les hautes herbes s'aplatissaient sur le sol sous le poids de la rosée qui gelait et dégelait tout au long de la journée et dissimulaient des nains de jardin à la peinture délavée. Une ambiance morne accueillait les visiteurs qui rebroussaient rapidement chemin s'ils faisaient l'erreur de s'égarer dans les parages. La maison était petite, mais s'étirait sur trois étages. Quelques rayons de lumière perçaient les volets en bois du rez-de-chaussée pour s'écraser contre la carrosserie d'un pick-up bleu nuit. Candice et Stéphane s'approchèrent de l'entrée et un projecteur les éclaira violemment lorsqu'ils arrivèrent dans son champ de détection. La jeune femme se protégea les yeux tandis que Stéphane frappa à la porte. Des pas sourds se firent entendre derrière et elle s'ouvrit sur un homme à la mine fatiguée et à la tenue sommaire. Vêtu d'un pantalon de sport bleu et d'un tee-shirt blanc tirant vilainement sur le jaune, Thierry Chenay fut surpris de découvrir le policier et sa collègue devant chez lui.

— Commandant ? Que puis-je encore pour vous ?

— J'aurais aimé parler à nouveau d'Antoine avec vous, si vous le permettez.

Chenay se gratta le crâne. Sa mine naturellement renfrognée s'assombrit davantage à l'évocation du prénom de son fils. Il les laissa entrer en leur indiquant le chemin du salon. La maison était à l'image de l'homme, terne et désuète. La petite pièce n'était meublée que d'un vieux canapé en tissu verdâtre et de son fauteuil assorti, d'une télévision à tube cathodique et d'étagères rudimentaires sur lesquelles s'alignaient des livres aux sujets divers. Des cartons poussiéreux s'empilaient dans les quatre coins, donnant l'impression d'un déménagement qui n'aurait jamais été terminé. Quelques fleurs séchées soupiraient leurs dernières couleurs, prisonnières de vases étroits ne leur ayant autorisé aucun espoir d'égayer ce lieu sans vie. Une odeur de cigarette et de renfermé planait, appuyant le sentiment qu'un homme désespérément seul vivait ici, tout comme la petite ampoule nue qui éclairait faiblement la pièce.

— Je ne m'attendais pas à vous revoir, commandant, commença Chenay en s'asseyant dans le fauteuil. Prenez place.

Stéphane poussa le journal qui traînait sur un siège du canapé et invita Candice à le rejoindre. Le policier remarqua rapidement qu'aucune photographie de famille n'était présente dans la pièce. Sans doute l'homme voulait-il s'éviter la douleur de voir chaque jour les êtres disparus qu'il avait tant aimés.

— Nous n'allons pas vous déranger longtemps. J'aurais besoin de mettre un visage sur Antoine. Auriez-vous des photographies de lui ? Les plus récentes seraient les bienvenues, demanda Stéphane.

— Oui, j'ai ça quelque part, répondit Chenay avec une pointe d'engouement.

Il se leva et se dirigea vers l'une des piles de cartons. Il en jeta un, puis deux, avant de plonger les mains dans le suivant et d'en ressortir une demi-douzaine d'albums photo. Il reprit place sur le fauteuil et commença à feuilleter le premier. Il parut alors s'enfermer dans une bulle et regarda seul les restes d'une vie qui lui était désormais lointaine, sans prononcer un mot. Stéphane observait ses yeux, plongés dans le passé, balayant avec émotion, les images d'une époque où sa femme et son fils baignaient dans une douce insouciance. Il pouvait voir défiler des paysages devant lesquels le couple et leur enfant prenaient la pose, des sapins de Noël ensevelis sous les cadeaux, des éclats de rire immortalisés par l'argentique et qui faisaient ressurgir les souvenirs les plus savoureux. Les sentiments s'entremêlaient pour Thierry Chenay qui ne cachait nullement ses émotions, arborant tantôt un large sourire amusé, tantôt plissant les yeux pour empêcher l'éclosion d'une larme. Il décolla alors la feuille de papier transparent qui retenait les photographies et tendit l'une d'elles à Stéphane.

— Regardez comme Antoine était heureux, dit-il alors que le policier observait avec attention l'image où un petit garçon en maillot de bain se tenait fièrement devant un immense château de sable. Nous étions allés sur la côte basque, à Saint-Jean-de-Luz. Les plus belles vacances que nous ayons passées ensemble.

— Quel âge avait-il ? questionna Stéphane.

— Huit ans. Moi qui partais souvent pour mon travail, je profitais de ces moments où le temps semblait s'être figé pour nous permettre de les vivre le plus intensément possible. Nous pouvions nous promener des heures durant, en laissant nos pieds effleurer le sable, du lever jusqu'au coucher du soleil, sans nous lasser une seule seconde.

Stéphane n'osait pas interrompre Thierry Chenay qui semblait se trouver à nouveau sur cette plage de la côte atlantique. Antoine ressemblait à n'importe quel autre petit garçon. Les cheveux courts, châtain clair, de corpulence normale et sans aucun signe distinctif. Il portait une combinaison de baignade qui le recouvrait des épaules jusqu'aux genoux et on pouvait deviner des yeux rieurs derrière les verres foncés de ses lunettes de soleil. Chenay remit l'image à sa place en la regardant quelques secondes encore avant d'attraper un autre album de sa pile.

— Voici le dernier que nous avons fait. Je n'ai pas eu le courage d'en faire d'autres ensuite.

En l'ouvrant, plusieurs photographies glissèrent et s'éparpillèrent sur le sol. Stéphane aida Chenay à les ramasser et put enfin voir plus clairement le visage d'Antoine, devenu adolescent.

— Sur celle-ci, il avait treize ans, je crois. C'était

quelques semaines avant la mort de ma femme, dit l'homme en pointant du doigt la photo que Stéphane tenait entre ses mains.

Le jeune garçon en gros plan avait un air grave et ne regardait pas l'objectif. Sur sa tête, une casquette estampillée NY, masquait une partie de ses yeux et laissait dépasser des cheveux clairs qui descendaient presque jusqu'à son cou. La bouche fermée, il semblait perdu dans ses pensées et inspirait un air familier à Stéphane.

— En grandissant, il avait fini par s'agacer qu'on le prenne en photo alors qu'il avait toujours adoré cela. Les adolescents, c'est compliqué... continua Chenay après avoir lâché un petit soupir. C'est certainement l'une des photos les plus récentes qu'il me reste.

— Puis-je vous l'emprunter, ainsi que l'album entier ? demanda Stéphane en fixant le tas de photos coincé dans les pages.

Chenay baissa les yeux et caressa la couverture avec la paume de sa main.

— C'est-à-dire que... C'est tout ce qu'il me reste de lui... Que voulez-vous en faire ?

Stéphane regarda Candice. Chacun de ses mots allait compter et il ne devait pas les choisir au hasard.

— J'aimerais faire un portrait-robot vieilli de votre fils.

— Pourquoi donc ? Vous pensez qu'il est vivant ?

— C'est un peu prématuré pour le dire, mais j'ai quelques raisons de croire qu'il ne pourrait pas être inutile de relancer quelques recherches...

Stéphane ne pouvait pas en dire trop. D'une part parce que ces recherches étaient destinées à l'enquête sur le tueur au foulard et d'autre part parce qu'il ne voulait pas nourrir cet homme d'un espoir stérile. Il sentait pourtant déjà poindre dans ses yeux une flamme de vie qu'il croyait éteinte.

— Commandant, je... je ne sais pas comment vous remercier. Plus personne ne s'était donné du mal pour retrouver mon fils... Je m'imaginais seulement face à ses ossements et encore... Ce que vous me dites là, c'était devenu impensable pour moi ! lança Chenay en serrant fermement les mains de Stéphane.

— Je ne veux pas que vous puissiez vous espérer trop de choses, monsieur Chenay. Pour l'instant, il s'agit d'une enquête préliminaire, rien de plus, répondit Stéphane.

— Bien sûr... Je vous remercie de faire tout cela. Et je suis très malpoli, je ne vous ai même pas proposé à boire !

— C'est inutile, nous repartons, poursuivit Stéphane en se levant tout en s'appuyant sur l'accoudoir du canapé.

— Vous semblez encore mal en point. Est-ce normal que l'on vous laisse travailler dans ces conditions ? continua Chenay en voyant Candice aider Stéphane à rejoindre l'entrée.

Stéphane esquissa un sourire avant de le remercier et de retourner à sa voiture. L'homme les observait sur le pas de la porte, éclairé par la puissante lumière du projecteur. Stéphane le regarda à son tour et comprit que ce n'était pas seulement la lampe qui illuminait son visage. Sa visite venait de raviver chez lui une espérance incandescente, ressuscitant un homme qui était en veille depuis plusieurs années.

*** 

Candice et Stéphane filaient vers le commissariat afin

d'établir au plus vite un portrait d'Antoine à l'âge qu'il aurait dû avoir aujourd'hui, c'est-à-dire trente-cinq ans environ.

— Je ne te savais pas si sentimental, lança Candice alors que Stéphane était perdu dans ses pensées.

— Pourquoi dis-tu cela ?

— Je vois bien que l'histoire de cet homme te touche. Bien plus que cela ne le devrait.

— J'ai peut-être tendance à me mettre trop à sa place et à imaginer dans quel état je serais si ma fille venait à disparaître tragiquement. Tu trouves cela ridicule ?

— Pas du tout. Les flics que j'ai côtoyés avaient un niveau d'empathie frôlant le néant. Mais toi, tu n'es pas pareil.

Stéphane se sentit à nouveau touché par les compliments de la jeune femme qui profitait de chaque occasion pour le flatter.

Ils arrivèrent en milieu de soirée au commissariat où seuls quelques officiers occupaient encore les bureaux. Eliott ne manquait pas à l'appel et Stéphane le trouva en train de cliquer vigoureusement sur la souris de son ordinateur, l'air irrité.

— Tu pourrais me faire un vieillissement de ce gamin à partir des photos que j'ai là, demanda Stéphane en posant l'album près d'Eliott. C'est urgent.

— Ça ne va pas être possible... Le système informatique est planté depuis bientôt une heure...

— Tu plaisantes ?

— J'aimerais mieux, car j'en ai assez de voir cet écran fixe devant moi. J'ai l'impression de ne servir à rien.

Stéphane pesta à son tour.

— Rentre chez toi Eliott. Je vais demander à Atangana s'il peut me faire ça ce soir.

Eliott se leva et adressa un sourire charmeur à

Candice qui attendait sur le pas de la porte. Stéphane attrapa le combiné et appela le commissaire de Nancy.

— *Vous pouvez m'envoyer les photographies depuis votre téléphone ?* demanda Atangana après lui avoir confirmé pouvoir réaliser son portrait.

— Ce n'est pas le dernier modèle, mais je devrais pouvoir faire ça.

— *Je ne vous promets rien, car il vaudrait mieux que j'ai les clichés originaux. Mais si c'est urgent, essayons comme cela.*

— Merci commissaire, je vous envoie tout cela au plus vite.

Aidé de Candice, Stéphane fit un tri rapide parmi les photographies les plus récentes de l'adolescent. Elles n'étaient pas très nombreuses et celles où son visage n'était pas dissimulé par une visière de casquette se faisaient rares. Sans savoir pourquoi, Stéphane avait l'impression que certains de ses traits ne lui étaient pas totalement étrangers. Ils choisirent les trois photographies qui permettaient le mieux de reconnaître le garçon et le policier les envoya à Atangana.

— Il ne nous reste plus qu'à attendre... dit-il après avoir appuyé sur le bouton d'envoi.

— Il n'a pas dû tellement changer, répondit Candice en regardant l'une des photographies où Antoine s'affichait avec une mine éteinte en compagnie de son père. En tout cas, il n'avait pas l'air très heureux.

— C'était un adolescent... Et les adolescents font souvent cette tête, continua Stéphane en souriant.

— Ta fille ne me paraissait pas aussi triste.

— C'est parce qu'elle a un père formidable, plaisanta Stéphane.

— C'est bien ce que je dis... Ce garçon n'était pas si heureux, même avant la mort de sa mère.

Un silence s'installa alors qu'ils continuaient à

regarder les photographies. Il était vrai qu'Antoine ne souriait sur aucune d'entre elles. La légèreté qui habitait l'enfant sur la plage de Saint-Jean-de-Luz semblait s'être volatilisée pour laisser place à une évidente mélancolie. Stéphane repensa à la mine triste et morne que Thierry Chenay affichait la première fois qu'il l'avait vu. Il crut retrouver un peu cette même expression sur le visage de son fils.

— Il est bientôt 21 heures et je meurs de faim ! s'exclama Candice en ramassant les photographies.

— J'aimerais pouvoir présenter le portrait d'Antoine à Julien Langlois demain matin dès que je l'aurai. Je préfère dormir à l'hôtel directement. Nous commanderons une pizza et nous la mangerons là-bas, ça te va ?

— Parfait ! se réjouit Candice.

Ils reprirent à nouveau la route vers Mirecourt, en s'arrêtant à un camion de pizzas. Les clients n'étaient pas nombreux et Candice salivait d'envie en humant les odeurs de pâte cuite et de mozzarella fondue qui se dégageaient du véhicule. Quelques minutes plus tard, ils arrivèrent à l'hôtel où le réceptionniste avait déjà pris congé.

— Mince ! s'exclama Candice. Je n'avais pas l'intention de boire de l'eau avec la pizza !

— Ce n'est pas grave, nous regarderons ce qu'il y a dans le minibar de la chambre, répondit Stéphane en prenant l'escalier.

— Attends ici !

Candice se dirigea vers la salle de restaurant, laissant Stéphane en tête-à-tête avec la royale et la quatre fromages. Son estomac croassait sérieusement lui aussi et il dut patienter cinq longues minutes avant que Candice ne réapparaisse, l'air totalement enjoué.

— Tu penses que le Nuits-Saint-Georges se marie bien avec la quatre fromages ? s'exclama-t-elle en brandissant une bouteille de vin rouge et deux grands verres à pied.

— C'est sans doute un sacrilège de le déguster avec une pizza, aussi bonne soit-elle, mais je ne suis pas contre l'idée de tenter l'expérience ! répondit Stéphane, amusé à nouveau par l'audace de la jeune femme et qui avait hâte de s'installer dans sa chambre, ses douleurs se réveillant davantage avec la fatigue.

Ils posèrent leur repas sur la petite console en face du lit et pendant que Candice ouvrait la bouteille avec un entrain démesuré, Stéphane regarda son visage dans le miroir. Les bleus étaient toujours aussi marqués et ses entailles le tiraient douloureusement. Son poignet commençait à retrouver de la vigueur, mais il n'était pas pour autant en mesure de conduire seul. La perspective de devoir passer encore davantage de temps avec Candice le réjouissait. Sa fraîcheur et sa légèreté lui insufflaient une nouvelle jeunesse et une énergie qu'il n'avait pas connue depuis bien longtemps. S'en priver, malgré les dangers, lui paraissait inconcevable.

— À quoi trinquons-nous ? demanda Stéphane en levant son verre vers Candice.

— Au moment présent... répondit-elle avec sensualité. Et à cette pizza que je ne pense qu'à dévorer depuis que je l'ai sous le nez !

Stéphane se mit à rire avant d'engloutir une première part sans se faire prier. Ce moment, pourtant d'une banale simplicité, lui procurait un bien-être indescriptible. Même avec de la tomate sur le rebord des lèvres, Candice était d'une beauté folle. Il dut une nouvelle fois se battre pour chasser de son esprit ce que le bon sens lui interdisait et fut rattrapé par la réalité lorsque son téléphone sonna. Il songea tout de suite à Atangana, mais c'était Lucie qui avait attendu une heure tardive pour être sûre de pouvoir joindre son père.

— Oui ma chérie ? balbutia-t-il, la bouche pleine.

— *Désolée de t'appeler si tard, mais est-ce que tu as pu parler à maman ?* demanda timidement Lucie.

— Je disais justement à Candice tout à l'heure à quel point tu avais un père formidable, lâcha-t-il en adressant un clin d'œil amusé à la jeune femme.

— *Elle est d'accord ?* s'exclama Lucie d'une voix enthousiasmée.

— Oui ! Mais dès que mon enquête est terminée, je veux préparer avec toi chaque détail de ton voyage. Hors de question que nous te laissions partir si loin sans être sûrs que tu ne manqueras de rien.

— *Merci papa ! Tu ne sais pas à quel point ça me rend heureuse !*

Il pouvait imaginer le visage radieux de sa fille en cet instant et l'entendre exprimer un bonheur sans détour acheva de l'emplir de joie pour la soirée. Le vin aidant, il se sentait dans une bulle de quiétude et de sérénité.


— Je te confirme que le Nuits-Saint-Georges se marie parfaitement bien avec la quatre fromages, dit-il après avoir avalé sa dernière part de pizza.

— Je savais qu'on ne pouvait pas se contenter d'eau plate pour l'accompagner, répondit Candice avant d'attraper la bouteille pour les resservir.

Stéphane mit la main sur son verre.

— En revanche, je vais m'arrêter là pour ce soir. J'ai déjà bu hier soir et...

— Sans moi ?

— Tu n'as pas voulu rester...

— Tu n'as pas voulu que je reste.

— Et je pense que c'était mieux ainsi.

— Tant pis ! Je vais la finir seule comme une pauvre malheureuse dans ma chambre !

Candice prit la bouteille et son verre et salua Stéphane d'un geste de la main avant de quitter la pièce. Le policier s'étala de tout son long sur son lit, les membres courbaturés lui rappelant sa mésaventure de la veille. La fatigue l'envahissait et il se sentait bien moins aguerri physiquement que d'ordinaire. Heureusement, le mental faisait le reste.

Avant de s'endormir, il puisa dans ses dernières forces pour avaler un anti-inflammatoire et fermer le rideau de sa chambre. La nuit était calme. Les branches des arbres voisins ne se courbaient plus sous le souffle du vent de novembre et les fils électriques se tenaient tranquilles. Machinalement, il actualisa sa messagerie pour vérifier si un e-mail d'Atangana ne lui avait pas échappé, mais son portable se coupa subitement. Plus de batterie.

Il fouilla dans son sac à la recherche de son chargeur, vida toutes les poches, passant ses doigts dans les plus petits recoins. L'objet restait introuvable. Il pesta avant de décider de redescendre à sa voiture pour vérifier qu'il ne l'avait pas oublié.

Éclairé par les réverbères qui bordaient le parking, Stéphane arriva jusqu'à son véhicule et au moment où il ouvrit son coffre, une ombre se dressa devant lui avant de le bousculer et de s'enfuir en courant. Stéphane se rattrapa de justesse contre sa voiture puis partit sans réfléchir à la poursuite de l'individu encapuchonné. Il fut soulagé de constater que malgré la fatigue et l'accident, ses jambes répondaient parfaitement à cette dose d'adrénaline soudaine. L'homme avait bifurqué à gauche, dans une rue adjacente à l'hôtel qui longeait le cimetière et apparaissait et disparaissait sous les enfilades d'ombres et de lumières que créaient les réverbères. À sa grande surprise, l'individu ne courait pas très vite et Stéphane parvenait à réduire peu à peu la distance qui les séparait. Un long manteau sombre flottait derrière lui, donnant une impression de lévitation, mais ses chaussures claquaient rapidement sur le bitume. Stéphane fut alors ébloui par les phares puissants d'un véhicule qui venait d'entrer dans la rue et il perdit sa cible de vue un instant. Il plaqua ses bras devant ses yeux tout en continuant d'avancer à l'aveugle. Quand le crépitement lumineux s'atténua, il chercha le manteau du regard et l'aperçu qui tournait au bout de la rue à droite. Il accéléra furieusement, crachant ses poumons à chaque pas. Le bruit de leurs talons frappait les bâtiments dans un écho rythmé. La rue, encadrée par deux imposants murets, se rétrécissait pour devenir piétonne. Un cul-de-sac. Stéphane pensa qu'il le tenait, mais il le vit enjamber la rambarde qui barrait le chemin. Un cri de surprise retentit tandis que l'individu s'effondra lourdement sur le sol. Son manteau était resté accroché à la rambarde, stoppant net sa course. Stéphane, à bout de souffle, s'y agrippa à son tour avant de se laisser tomber sur celui qu'il poursuivait. Il s'arracha un gémissement de douleur quand son poignet vint cogner brutalement le sol pour le retenir et, de l'autre main, enleva la capuche qui dissimulait son visage. Lorsqu'il le reconnut, Stéphane ne put cacher sa surprise et un sentiment d'incompréhension l'envahit alors.

***

Les yeux verts de la directrice des soins de l'hôpital fixaient Stéphane avec une détresse fulgurante. Sa longue chevelure rousse décoiffée encadrait son visage pour se plaquer contre ses joues dont les pommettes étaient rosies par la course qu'elle venait de faire. La faible lumière ne masquait pas la clarté de sa peau et ses taches de rousseur se démarquaient plus intensément.

— Que faites-vous ici ? l'interrogea abruptement Stéphane.

— Je vous assure que je ne sais rien. Je ne suis là que pour faire passer le message, se hâta de répondre Aline Sandré.

— Quel message ? L'enveloppe la dernière fois, c'était vous ?

— Oui, mais j'ignore ce qu'elle contient, je vous le promets.

Stéphane desserra son étreinte, mais continuait de maintenir Aline Sandré au sol.

— Que faisiez-vous près de ma voiture encore ce soir ?

Aline tenta de se redresser et Stéphane l'aida à s'asseoir.

— Pouvez-vous me garantir qu'il n'y aura pas de poursuites contre moi ? dit-elle en relevant à nouveau sa capuche.

— Non, je ne peux pas. Dites-moi ce que vous voulez, insista Stéphane qui restait sur ses gardes.

Aline passa la main à l'intérieur de son manteau. Stéphane fut alors tenaillé par un sentiment d'effroi ; il était sorti rapidement et sans son arme qu'il ne gardait d'ailleurs pas souvent avec lui. Mû par un réflexe qui aurait pu lui être fatal, il se jeta sur Aline Sandré et la plaqua contre l'un des murs pour l'empêcher de brandir une arme.

— Qu'est-ce que vous faites ? lâcha-t-elle en hurlant.

— Que cachez-vous bon sang ?

Stéphane mit la main dans son manteau et en retira

une nouvelle enveloppe emballée dans une pochette en plastique.

— Je ne suis pas une criminelle, lança-t-elle en repoussant Stéphane.

— Je ne vous connais pas. Qu'est-ce que c'est ? Pourquoi me laissez-vous ces messages ?

— Je vous l'ai dit, ce n'est pas moi qui les écris. Je suis juste là pour vous les déposer.

— Et vous partiez sans me donner celui-ci ?

— Quand je vous ai vu arriver au même moment que moi, j'ai paniqué.

Stéphane sortit l'enveloppe de sa pochette et l'arracha pour y lire un message écrit de la même main que le précédent.

*L'histoire d'Antoine Chenay est tragique et elle se répète aujourd'hui. Philippe Bartelli et son père savaient tout.*

*Bon courage.*

— Qui vous demande de me les déposer ?

— Je ne peux pas vous le dire. Il m'a fait promettre de ne pas révéler son identité.

— Vous plaisantez ? Vous pensez que je vais me contenter de cela ?

Aline Sandré éclata en sanglots.

— S'il vous plaît, je ne veux pas d'ennuis !

— Alors dites-moi qui est l'auteur de ces lettres !

— Je vous jure que je ne savais pas ce qu'elles contenaient ! Il m'a demandé de vous les apporter, c'est tout, continua-t-elle en essuyant ses larmes, son mascara laissant d'imposantes traces noires sur ses joues.

— Qui ?

— Dimitri Walkowski, un patient de l'hôpital.

## 39

Par précaution, Stéphane avait conduit Aline Sandré jusqu'à la gendarmerie où elle avait passé la nuit.

Dimitri Walkowski était effectivement un patient de longue date de l'hôpital Vuillaume et Stéphane avait demandé à pouvoir le rencontrer dès la première heure. Au moment de son départ, Zeim l'intercepta, furieux, dans le couloir de la gendarmerie.

— Où vas-tu comme ça ?

— À l'hôpital Vuillaume, pourquoi ? Tu souhaites m'accompagner ? répondit Stéphane d'un air détaché.

— Ces lettres que tu as reçues ont été envoyées par un patient, c'est cela ?

— Oui et je partais justement l'interroger.

— Tu penses vraiment qu'il est judicieux de se concentrer sur les élucubrations d'un malade mental qui te parle d'un évadé dont nous n'avons retrouvé aucune trace ?

— Oui, c'est une piste à explorer, et qui est d'ailleurs celle que je suis déjà depuis plusieurs jours, répondit Stéphane, agacé d'être une fois de plus remis en question.

— Tu as établi un lien avec les meurtres ? Quelque chose qui nous conforterait dans cette voie ?

— Hormis les lettres, non.

— Je te préviens Stéphane, si tu pars dans la mauvaise direction, je ne pourrai plus rien faire pour toi, menaça Zeim.

— D'habitude, tu me fais confiance. Qu'est-ce qui a changé ?

— Je sais que tu as passé la soirée avec Alexandra, il y a deux jours, elle me l'a dit.

Stéphane ne put retenir un recul de surprise.

— Tu es en train de me tomber dessus de bon matin uniquement par jalousie, c'est ça ?

Zeim passa la main dans ses cheveux et réajusta sa cravate. Il était toujours aussi nerveux et son regard faisait office d'aveu.

— Bordel, Nicolas, tu me fais chier.

Stéphane laissa Zeim au milieu du couloir, incapable de réagir. Il monta dans sa voiture où Candice l'attendait assise au volant et claqua furieusement la portière.

— Tu as l'air de bonne humeur on dirait, dit-elle en constatant son état d'énervement.

— On file à l'hôpital. Je dois savoir si on se moque de nous ou si cet Antoine Chenay a bien quelque chose à voir avec notre enquête.

\*\*\*

Bassompierre avait fait patienter Stéphane dans son bureau duquel la vue sur le petit jardin était dégagée. Le directeur arriva quelques minutes plus tard avec un dossier sous le bras.

— Navré de vous avoir fait attendre, mais je voulais rassembler tous les éléments que j'avais sur Dimitri Walkowski avant que vous le rencontriez.

410

— Avant toute chose, pourquoi ne m'avez-vous pas parlé d'Antoine Chenay lors de ma dernière visite ?

— Parce que je n'avais pas connaissance de ce garçon.

— Il semblerait qu'il se soit enfui de votre hôpital et qu'il n'ait jamais été retrouvé. Les faits ont eu lieu juste avant votre prise de fonction et vous voudriez me faire croire que votre prédécesseur ne nous en avait jamais parlé ?

— Je vous l'assure. Ce nom ne figure d'ailleurs nulle part dans nos fichiers. Comment va mademoiselle Sandré ?

— Elle est toujours à la gendarmerie pour être interrogée et le restera tant que je n'aurai pas vu Walkowski.

— Justement, il est l'un de nos plus anciens patients. Cela fait une vingtaine d'années qu'il est ici.

— Pour quelle raison ?

— C'est une histoire assez sordide, continua Bassompierre en ouvrant le dossier. Pour faire court, il a défenestré ses parents qui pratiquaient des attouchements sur lui et son petit frère depuis de nombreuses années. Je vous fais grâce du chapitre sur les privations et les violences qu'ils ont également subies. Tout cela a eu des conséquences irréversibles sur son état mental notamment des troubles sévères du comportement, contrôlés par les traitements que nous lui donnons, mais incompatibles avec une vie en dehors de l'hôpital.

— Une tragédie en effet. Quel âge avait-il lorsqu'il a tué ses parents ?

— Quinze ans. Il en a aujourd'hui trente-cinq. Il n'a jamais posé de problème, car il a accepté sans difficulté le traitement et son internement. Il a admis très tôt qu'il passerait la majeure partie de sa vie ici.

— Pensez-vous que je puisse prendre au sérieux les

lettres qu'il m'a fait parvenir ?

— Aline Sandré vous en parlerait mieux que moi sans doute, mais c'est un garçon qui a gardé toutes ses facultés intellectuelles. Il est doué d'une logique et d'un raisonnement qui ont toujours étonné les membres du personnel médical de l'unité, plus habitués à réagir à des propos incohérents et dénués de sens. Il est très cultivé et intéressé par le monde qui l'entoure ce qui l'a rendu très captivant. Dimitri a d'abord tenté de convaincre l'un de nos infirmiers de vous faire passer les messages, prétextant une information de la plus haute importance pour l'enquête. Mais ce dernier ne l'a pas cru et à juste titre ; il est fortement déconseillé d'accéder à des requêtes de ce genre pour nos patients. En revanche, j'ignore pourquoi Aline Sandré s'est laissée embarquer dans cette histoire, mais je suppose qu'il a su trouver les mots qu'il fallait pour la convaincre.

— Il semble avoir beaucoup d'informations au sujet d'Antoine Chenay. Des choses dont on s'affaire à ne pas me dévoiler. J'ai besoin de le voir maintenant.

— J'ai demandé à ce que les soins soient faits en priorité pour lui. Je vous accompagne.

Bassompierre entraîna Stéphane à l'extérieur du bâtiment principal jusqu'à l'unité réservée aux patients les plus difficiles située deux-cents mètres plus loin. Le commandant découvrit alors un bloc décrépi aux couloirs sombres et tristes. Les fenêtres étaient toutes protégées par d'infranchissables barreaux et les infirmières présentes sur place représentaient le seul semblant de vie dans la bâtisse. Les chambres n'étaient accessibles que par le personnel autorisé qui ne s'y rendait qu'au nombre minimum de deux. Bassompierre présenta Stéphane au médecin-chef de pôle et lui expliqua succinctement la situation. Le médecin toisa le policier avant de s'adresser à lui :

— J'ignore ce que l'on vous a dit sur lui, mais je préfère vous prévenir qu'avec un pedigree comme celui de Dimitri Walkowski, il reste difficile pour quelqu'un de non averti de démêler le vrai du faux. Surtout avec ses talents d'orateurs. Être autant d'années enfermé ici amène inévitablement à des inventions auxquelles les patients finissent eux-mêmes par croire. Mais pouvons-nous les blâmer pour cela ?

Stéphane ne répondit pas tandis que le médecin parcourait la salle du regard. Il devait sûrement être déprimé à l'idée de venir exercer chaque jour dans un lieu aussi lugubre. Ceux qui y passaient toute une vie n'avaient d'autre choix que d'embellir cette triste réalité.

— Êtes-vous bien certain que vous tenez à l'interroger ? J'ai bien peur que vous perdiez votre temps avec un personnage comme lui.

— C'est mon travail d'estimer ce qui est nécessaire ou non pour mon enquête et de discerner le vrai du faux.

— Je ne savais pas que certains policiers avaient bénéficié d'une option psychiatrie, mais vous m'en voyez ravi. Suivez-moi.

Bassompierre adressa un signe de tête à Stéphane et ils emboîtèrent le pas au médecin qui venait d'ouvrir l'accès à un couloir. La lumière s'activa automatiquement, révélant un long corridor à peine assez large pour deux personnes et dont les murs étaient percés d'une dizaine de portes de part et d'autre. Ils avancèrent jusqu'à arriver à l'une des toutes dernières portes. Le médecin s'arrêta et son regard posé sur Stéphane avait des allures d'ultime interrogation.

— Dimitri est depuis de nombreuses années sous antipsychotiques. Cela a eu pour conséquence de lui provoquer une dyskinésie tardive comme effet secondaire. Vous ne serez donc pas surpris de le voir faire des mouvements involontaires notamment au niveau du visage.

Stéphane acquiesça, mais il ne savait pas réellement à quoi il devait se préparer. Il douta alors soudainement de sa présence ici. De quoi aurait-il l'air si on apprenait qu'il se faisait balader par les hallucinations d'un malade mental ?

Les deux tours de clé du médecin ouvrirent la porte de la chambre de Walkowski qui était allongé en train de lire sur son lit. La pièce était lumineuse, mais l'éclairage était zébré par les barreaux à la fenêtre. Il se releva et regarda entrer Bassompierre et Stéphane sans comprendre ce qui pouvait amener le directeur à lui rendre visite.

— Bonjour Dimitri, comment allez-vous aujourd'hui ?

— Bien je vous remercie, répondit-il en posant son livre sur la table de chevet. Je suis surpris de vous voir. Que me vaut ce privilège ?

— Je suis avec le commandant Gassin. Mais j'ai cru comprendre que tu avais déjà entendu parler de lui, non ?

Cette phrase s'accompagna d'un sourire à la fois gêné, mais amusé de Dimitri, qui se leva pour répondre à la poignée de main de Bassompierre. Après le refus de Romaric de faire passer ses messages, il avait tout misé sur la compassion d'Aline Sandré, en étant cette fois bien prudent de ne pas dire la vérité. Il avait prétexté vouloir écrire un polar et avoir besoin d'entrer en contact avec quelqu'un du milieu. La gentillesse et l'affection d'Aline Sandré avaient fait le reste.

— La directrice des soins doit se trouver en bien mauvaise posture en ce moment. J'espère que vous ne lui avez pas trop fait peur, elle n'a fait que répondre à ma requête, continua Dimitri en tendant à son tour la main à

414

Stéphane.

Le policier hésita. Cette rapide promiscuité avec ce patient le mettait mal à l'aise, mais il lui serra tout de même la main. Il comprit alors ce dont le médecin lui avait parlé : Walkowski regarda Stéphane en même temps que sa bouche se tordait vers la droite de son visage. Son expression calme devint terriblement angoissante et ses traits plutôt gracieux se déformaient sous l'effet incontrôlable des doses continues de médicaments ingérées depuis deux décennies.

— Elle n'a pas eu d'autre choix que de me parler de vous et elle a bien fait, répondit Stéphane en essayant de ne pas prêter attention aux métamorphoses répétées du visage de Walkowski.

— Et maintenant, vous êtes ici pour en savoir plus.

La langue de Walkowski sortit brusquement de sa bouche pour aller toucher son menton. Stéphane était intérieurement meurtri par les ravages que pouvaient avoir les traitements sur l'intégrité d'un homme. Une fois de plus, il tenta de faire comme s'il n'avait rien vu.

— En effet. Si vous êtes d'accord, j'aimerais parler avec vous d'Antoine Chenay.

Un infirmier entra dans la chambre à son tour. Bassompierre avait demandé à ce que l'entretien ne se fasse pas sans une surveillance supplémentaire. Walkowski était certes un patient docile, il n'en restait pas moins un individu atteint de lourds problèmes psychiatriques. Il ignorait ce que son entrevue avec un policier pouvait provoquer.

— Peut-être pourriez-vous vous installer ici, proposa Walkowski en tirant un tabouret alors que Bassompierre se mettait en retrait dans un coin de la pièce.

La porte de la chambre se ferma à nouveau à clé et l'infirmier, aux allures de gardien de prison avec la radio attachée à sa ceinture, se posta devant elle.

Lorsque les spasmes n'envahissaient pas son visage, Dimitri Walkowski était un garçon plutôt charmant dont la tenue était soignée. Une vaste bibliothèque occupait l'un des murs de la petite chambre et Stéphane fut surpris de constater que cette dernière était confortablement équipée. Un minuscule réfrigérateur se logeait entre le bureau et le placard où se trouvait une importante garde-robe. Plusieurs feuilles de papier étaient posées sur le bureau et Stéphane imagina Walkowski penché sur lui, en train d'écrire les messages à son intention. Du matériel de sport compact se trouvait également au pied de son lit et une série de posters à l'effigie de célèbres marques de voitures de sport tapissaient les espaces encore libres sur les murs. Sans les barreaux aux fenêtres, Stéphane aurait pu croire qu'il était dans une chambre d'adolescent alors qu'il imaginait celles des hôpitaux psychiatriques ternes et meublées du strict minimum.

— Je suis agréablement surpris par votre environnement, continua Stéphane en s'installant sur le tabouret alors que Walkowski s'assit sur son lit.

— Vous savez, je vais sans doute passer le reste de mes jours entre ces quatre murs. Je pense que j'ai le droit de faire en sorte que cet endroit ne soit pas trop sordide. Et monsieur Bassompierre sait que je ne risque pas de me pendre avec les draps de mon lit ou de m'étrangler avec un fil électrique ! plaisanta-t-il en regardant le directeur opiner du chef. Voulez-vous boire quelque chose ?

— Non, je vous remercie.

Walkowski se leva et ouvrit la porte du petit réfrigérateur. Il en ressortit une bouteille d'eau pétillante et versa son contenu dans un gobelet en plastique avant de se rasseoir sur son lit.

— Pourquoi ne pas m'avoir contacté directement ?

interrogea Stéphane. C'était osé d'avoir impliqué une personne telle qu'Aline Sandré.

— Si je l'avais fait en vous expliquant qui j'étais, vous ne m'auriez pas pris au sérieux, je me trompe ?

— Toutes les pistes méritent d'être vérifiées.

— Arrêtez commandant, je ne vous crois pas. Monsieur Bassompierre vous a très certainement fait un exposé très développé sur mon cas. Qui aurait accordé du crédit aux paroles d'un homme coupable d'un double parricide drogué aux antipsychotiques depuis des années ?

— Pourtant je suis bien ici aujourd'hui.

— Et j'en suis agréablement surpris.

Bassompierre n'avait pas menti. Dimitri Walkowski s'exprimait avec beaucoup de mesure et de finesse. Comment avait-il pu tenir autant d'années dans cet endroit et garder une aussi solide assurance ?

Walkowski avala une nouvelle rasade d'eau pétillante avant de jeter le gobelet à la poubelle.

— J'ai beaucoup hésité avant de vous contacter. J'avais des scrupules à vous mettre sur la piste d'Antoine, compte tenu de son histoire. Mais malgré toutes les horreurs que j'ai vécues, je ne pouvais pas le laisser perpétrer ces crimes sans réagir.

Il plaça un coussin derrière son dos pour mieux se préparer à la longue conversation qui les attendait. Ce moment, il l'avait désiré sans vouloir le reconnaître. Être l'un des protagonistes essentiels d'une telle enquête aurait flatté l'ego de n'importe quel homme, y compris celui d'un esprit rongé par la folie.

— Je suis allé interroger Philippe Bartelli comme le suggérait votre lettre. Il m'a confié qu'Antoine Chenay avait fait partie des patients de cet hôpital, mais s'était enfui le jour de ses dix-huit ans. Son père m'a également confirmé cette version.

— Jusque-là, c'est exact oui.

— Pourtant, votre dernier message semble dire que l'histoire ne s'arrête pas là.

— Quel est votre ressenti sur ces deux hommes ?

Stéphane n'aimait pas qu'on lui pose les questions.

— Je m'en tiens aux faits. À ce jour, il n'existe aucune trace de cet Antoine. Aucun domicile connu. Aucun compte bancaire à ce nom. Rien qui nous permette de prouver que cet homme est vivant.

— Quel est votre ressenti ? insista une nouvelle fois très calmement Walkowski.

Le policier ne savait pas ce qu'il devait répondre. Il se tourna vers Bassompierre qui, enfoui dans un coin de la chambre, ne réagissait pas aux propos du patient.

— J'ai de bonnes raisons de penser que quelque chose cloche au sujet de cet homme. Et pas uniquement à cause de votre lettre, lâcha finalement Stéphane, décidé à obtenir un maximum d'informations.

— Vous faites bien de le croire.

Une nouvelle grimace défigura le jeune homme, mais celle-ci fut moins intense que les précédentes.

— Contrairement à beaucoup d'autres de mes camarades, comme j'aime à les appeler, j'ai vécu mon arrivée ici comme une libération. Mon anus a été traversé par une quantité d'objets que vous ne pouvez même pas imaginer, quand ce n'était pas tout simplement par le pénis de mon père. Mais le plus dur, c'était de voir mon petit frère de huit ans subir le même sort. Car les deux individus qui me servaient de parents m'obligeaient à les regarder faire. Aucun médicament ne pourra me faire oublier ce qu'ils ont fait. Aucun. J'aurais très bien pu me jeter par la fenêtre ce jour-là. Mais j'ai préféré les envoyer s'écraser sur le trottoir pour donner à mon frère une chance de vivre sa vie.

Bassompierre émit un raclement de gorge révélateur.

Tout comme Stéphane, il se sentait mal à l'aise face à la confession de Walkowski.

— Mais loin de moi l'idée de vous endormir avec mon passé. Vous avez certainement dû voir une foule de choses immondes à cause de votre métier.

— Heureusement, nous ne sommes pas tous les jours confrontés à des histoires aussi tragiques que la vôtre, répondit Stéphane en signe de compassion.

— Ce que je veux dire, c'est que si je tiens à rester ici, c'est pour être bien certain de ne jamais finir comme mes bourreaux de parents. Cet endroit est ma maison. Mais elle n'était pas celle d'Antoine Chenay.

— Vous l'avez rencontré durant son séjour ici, c'est bien cela ?

— Oui. Tout comme moi, il avait droit à des promenades dans le parc. Sous surveillance. Une surveillance qui s'est allégée au fil du temps et à mesure que son esprit semblait s'apaiser. C'est comme ça que nous en sommes venus à nous croiser de plus en plus régulièrement, jusqu'à pouvoir échanger quelques mots sur un banc. Nous avons parlé de nos vies respectives, de nos traumatismes sans entrer dans les détails pour ma part. Il était jeune et même si je l'étais aussi, il n'était pas là pour entendre ma macabre histoire. Il m'a parlé de sa mère. Il me racontait comment elle le berçait quand il était petit, les souvenirs de sa voix près de son oreille quand elle lui murmurait des chansons, ses bras autour de lui quand elle le câlinait, sa chaleur lorsqu'elle le serrait contre elle. Il ne me parlait que d'elle, sans cesse. Chaque fois que je tentais de le détourner de ces souvenirs que j'imaginais douloureux pour lui, il trouvait toujours un moyen de relier mes mots avec ceux de sa mère. J'étais touché par la tristesse qui l'habitait et souhaitait sincèrement qu'il parvienne à faire son deuil.

— Son père m'a dit qu'elle était décédée d'un cancer,

l'interrompit Stéphane.

— Attendez la suite de mon récit commandant.

Walkowski reprit son histoire après avoir enchaîné une série de rictus incontrôlés.

— Il vouait un véritable culte à sa mère, à la limite de la fascination. J'ai mis du temps avant de comprendre que cette obsession cachait un mal profond, un mal enfoui et insoupçonnable dont il éclairait les recoins les plus sombres à mesure de nos rencontres.

Stéphane s'accrochait aux lèvres de Walkowski qui prenait un menu plaisir à distiller subtilement les informations capitales que l'enquêteur attendait.

— Au détour d'un de ses récits, il me raconta comment sa mère l'avait amené au parc près de chez eux quand il avait dix ans. Par erreur en jouant, il avait lancé son ballon sur elle. Ses lunettes étaient tombées et sans ménagement, sous les yeux des quelques enfants et parents qui étaient présents, elle lui asséna une salve d'insultes dégradantes et démesurées. De ce qu'il restait de sa mémoire de petit garçon, il ne se souvenait pas avoir vu sa mère se mettre dans un tel état contre lui. Il lui avait pardonné, espérant que la colère laisserait place à la douceur rapidement. Mais les jours qui suivirent n'étaient pas ceux qu'il escomptait. Il me raconta à nouveau les brimades dont il avait fait l'objet pour des raisons aussi futiles qu'insignifiantes. Un jouet qui faisait trop de bruit ou un rire trop enjoué donnaient lieu à un flot d'algarades durant de longues minutes. Des minutes qui paraissaient toujours plus interminables pour lui qui ne comprenait pas pourquoi sa mère basculait si brusquement vers la colère alors qu'elle chantonnait quelques secondes plus tôt. Il pensait que tout était de sa faute et qu'il devait faire davantage attention afin de ne pas la contrarier. Malgré tous ses efforts, sa mère continuait à déverser sa haine sur lui, jour après jour. Il m'a raconté combien il était triste et son incompréhension l'avait poussée à se forger une carapace pour ne plus entendre toutes ces horreurs.

Un silence de mort régnait dans la pièce. Tous écoutaient Walkowski avec un intérêt grandissant à mesure qu'il déroulait le récit de l'enfance d'Antoine. Il en parlait avec tellement d'intensité que l'on pourrait penser qu'il s'agissait de sa propre jeunesse. Il continua, avec un ton toujours aussi grave et imposant.

— Sa mère avait sur lui une emprise qui n'avait cessé de grandir. Et lorsqu'Antoine était devenu sourd à ses rugissements, elle était passée à l'étape supérieure. Les mots s'étaient transformés en coups. Les insultes s'étaient muées en gifles. Antoine n'osait pas se rebeller malgré les années qui s'écoulaient et qui faisaient de lui un adolescent bien plus fort que ne l'était sa mère. Mais elle l'avait privé de toute la confiance dont avait besoin un enfant pour grandir sereinement. Il ne se sentait pas capable de lui résister et laissait pleuvoir les coups sur lui comme la pluie frappe et ruisselle sur les vitres d'une fenêtre.

— Son père... Il regardait sa femme agir sans rien dire ? le coupa Stéphane, atterré par ce qu'il apprenait sur Antoine.

— Je lui ai posé la même question. Il parlait très peu de lui. Il ne le voyait pas beaucoup, je crois. Mais une chose était sûre : sa mère n'avait pas un mot plus haut que l'autre lorsque son mari était à la maison. Elle redevenait la maman aimante et attentionnée qu'Antoine chérissait tant et qu'il ne retrouvait que le temps d'un week-end. Une fois son époux sur les routes, elle recommençait à se défouler sur son seul et unique fils à loisir. Et Antoine se renfermait encore plus sur lui-même pour ne devenir qu'une coquille hermétique, dénué d'allégresse, d'affection, d'empathie et de résilience.

Elle avait fait de son enfant une masse brute, prête à recevoir les pires raclées sans jamais ciller.

Un tout autre visage d'Antoine se dessinait devant Stéphane. Il comprenait mieux la mine triste et renfermée que le jeune garçon affichait sur les dernières photographies qu'il restait de lui. Comment arborer un sourire, même de façade, lorsque l'on est l'objet de sévices par sa propre mère ?

— Il m'avait raconté comment il était rentré chez lui un soir après le collège, avec un anneau à l'oreille et comment sa mère l'avait aussitôt agrippé pour lui arracher du lobe. Il avait saigné plusieurs heures durant et sans les quelques points de suture que nécessitait sa blessure, il avait mis des semaines à cicatriser correctement, s'aidant d'alcool et de désinfectant.

Walkowski s'interrompit pour boire un peu d'eau et hydrater sa gorge peu habituée à conter aussi longtemps. Étrangement, les spasmes n'étaient pas réapparus depuis qu'il parlait. Il reprit quelques secondes plus tard, les trois hommes toujours tenus par un suspense réfléchi.

— J'ai compris qu'il s'était remis à penser en même temps que cet anneau lui avait été enlevé. Chaque fois qu'il pansait ses douloureuses blessures, il pensait. Chaque fois que le coton effleurait son oreille, il songeait à toutes les brimades qu'il avait reçues ces dernières années. Et elles étaient sans doute plus nombreuses que ce qu'il avait bien voulu me le dire. Des semaines pour cicatriser. Des semaines à penser. Il réfléchissait sans relâche, chaque pic de douleur lui rappelant qu'il ne devait jamais cesser de penser. Je pouvais deviner les images qui lui traversaient l'esprit.

Dans la chambre, chacun se demandait à quoi un adolescent blessé pouvait songer durant ces terribles instants. Stéphane avait peur d'avoir la réponse.

— Il mûrissait sa vengeance. Toujours aussi

imperméable aux coups qui avaient suivis, il ne souhaitait plus qu'une chose : faire en sorte que tout s'arrête. J'étais très bien placé pour savoir ce qu'il avait ressenti durant ces moments où l'envie de mettre un terme à ces horreurs devenait plus forte que la soumission. Lorsque l'on échafaude des dizaines et des dizaines de plans pour que le summum de l'impensable ne soit pas au programme du lendemain. Pour lui, faire disparaître celle qui l'avait mis au monde et avec qui il avait pourtant de merveilleux souvenirs était devenu une obsession aussi forte qu'indescriptible. C'est comme ça qu'il eut l'idée d'incendier sa maison, un soir d'été.

Si Walkowski avait raison, cela voulait dire que Thierry Chenay avait menti au sujet de la mort de sa femme. Elle n'était pas décédée d'un cancer comme il lui avait dit, mais dans l'incendie de leur maison.

— Son père l'avait compris et l'avait fait interner ici... murmura Stéphane qui essayait de reconstituer l'ordre des événements.

— Pas tout à fait. Je le vois encore me raconter cet épisode avec une précision qui me donnait l'impression d'y être. Il avait allumé le gaz de la cuisinière et déroulé une corde qui passait par la chatière de la porte d'entrée et qui allait jusqu'à la cuisine. Depuis le jardin où il avait attendu que suffisamment de gaz se soit échappé, il avait mis le feu à la corde et regardé la flamme l'avaler lentement. Trop lentement à son goût, m'avait-il dit, mais il se disait que la satisfaction n'en serait que plus grande. À mesure que la corde se consumait, il se délectait du moment où sa mère partirait en fumée. Puis la flamme disparut à l'intérieur de la maison, mais rien ne se passa. Mille fois, il avait imaginé les vitres de la cuisine voler en éclats et les murs s'embraser sous l'explosion de la rencontre du feu et du gaz. Sauf que rien de tel ne se produisit. Pourtant, il ne perdit pas espoir et son soulagement fut incommensurable lorsqu'il aperçut des volutes de fumée s'échapper par la fenêtre. Il commençait à sentir les odeurs de bois brûlé, le piquant du plastique qui se désagrégeait sous la chaleur des flammes lui montait au nez. Jamais il n'oubliera cette odeur. Il était alors parti se promener dans le quartier comme si de rien n'était, attendant que le feu fasse son travail.

— Que s'est-il passé ensuite ? demanda Stéphane, toujours happé par les mots de Walkowski.

— La vraie question est : que s'est-il passé avant ? Avant qu'il ne déroule cette corde et ne l'enflamme. Sans d'infimes précautions, il ne faisait aucun doute que sa mère se serait rendu compte de l'incendie et se serait enfuie de la maison, ruinant tous ses espoirs de vengeance. C'est à ce moment, commandant, que mon récit va sans doute vous intéresser le plus. Antoine m'a raconté comment il s'était assuré que sa mère ne puisse pas mettre un pied dehors lorsque la maison serait en feu. Il l'avait tout simplement tuée avant.

— Laissez-moi deviner... En l'attachant à son lit et en l'étouffant avec un foulard ? continua Stéphane qui comprenait enfin le lien entre Antoine et les récents meurtres.

— Oui... Lors du dîner, il avait versé une grande quantité de somnifères dans sa bouteille d'eau. Elle s'était écroulée rapidement et il l'avait installée, nue sur son lit à l'étage. Sans aucun état d'âme, il lui avait lié les pieds et les mains aux barreaux avec une corde, la même que celle qu'il allait faire brûler plus tard. Il avait alors attendu qu'elle se réveille pour pouvoir lui annoncer que sa fin était proche. Oh oui, il voulait qu'elle voie la mort l'attraper pour ne plus jamais la lâcher. Lorsqu'elle a ouvert les yeux et compris la situation dans laquelle elle se trouvait, elle avait à nouveau hurlé des insanités à son fils qui se tenait assis sur elle. Peut-être que quelques mots d'amour auraient suffi à le faire changer d'avis. Peut-être même que c'était ce qu'il attendait en la mettant ainsi au bord du précipice. Mais elle n'avait pas eu cette présence d'esprit et sans aucune autre explication, Antoine lui avait enfoncé son foulard préféré dans la bouche, celui qu'elle portait tout le temps, celui qu'il détestait tant parce qu'il avait le parfum de l'horreur. Il m'a raconté à quel point apercevoir la détresse puis la mort dans les yeux de sa mère lui avait procuré une jouissance sans précédent. Ce moment, aussi cruel soit-il, avait été le plus beau de sa vie. Lorsqu'elle avait poussé son dernier cri, émis son dernier souffle, il avait gravé leurs sons en lui pour l'éternité.

Walkowski tentait de deviner ce qui se passait dans la tête de Stéphane. Le policier était en proie à d'innombrables questions et il espérait que celui qui était devant lui saurait y répondre.

— Je vous livre maintenant le dernier chapitre de son histoire. Sa promenade le conduisait au hasard des rues et ce ne fut que lorsqu'il vit les camions rouges passer en trombe devant lui qu'il comprit que sa vie allait commencer. Les sirènes hurlantes sonnaient le glas de ses souffrances et il pourrait enfin se réveiller sans avoir peur. Malheureusement pour lui, le feu n'avait pas permis d'effacer ses traces et le corps de sa mère avait été retrouvé intact. Les flammes n'avaient pas eu le temps d'embraser complètement l'étage et la chambre avait été totalement épargnée. La police avait sans peine incriminé Antoine qui n'avait pas nié les faits devant elle et son père et qui avait compris qu'il avait quitté une prison pour une autre. C'est à la suite de cela qu'Antoine est arrivé ici.

— Et non pas pour une dépression comme me l'a

raconté Thierry Chenay... S'il ne m'a pas dit la vérité, c'est bien parce qu'il savait que l'on allait faire le lien entre son fils et les meurtres. Antoine est donc bien vivant.

Stéphane continuait de réfléchir à haute voix.

— Philippe Bartelli était au courant lui aussi de la véritable histoire d'Antoine et je comprends mieux son malaise lorsque j'ai évoqué son nom. Pensez-vous qu'il ait pu l'aider à quitter l'hôpital ?

— C'est même certain. Antoine me l'a avoué.

Les choses s'éclairaient pour Stéphane. Bartelli n'avait rien dit, car il risquait maintenant d'être accusé de complicité en ayant couvert la fuite d'Antoine. Mais des détails lui échappaient encore. Pour quelle raison l'ancien directeur aurait-il facilité l'évasion d'Antoine ? Et pourquoi aucun lien n'avait été fait entre les meurtres de Nancy et la mort de Suzie Chenay dont les similitudes ne laissaient que peu de place au doute ?

— Antoine était quelqu'un de touchant, commandant. Cela m'attriste de devoir vous livrer son histoire comme un vulgaire dénonciateur. J'ai d'abord pensé qu'il avait une bonne raison d'avoir tué ces femmes, mais j'ai bien peur que son esprit torturé l'ait conduit bien au-delà d'une logique acceptable.

Walkowski se leva, épuisé par les longues minutes pendant lesquelles il avait divulgué le terrible secret d'Antoine. Sa bouche se déforma à nouveau, rappelant à l'assemblée la dure réalité dans laquelle il vivait. Stéphane lui accorda une poignée de main plus chaleureuse qu'à son arrivée avant de quitter la chambre, talonné par Bassompierre qui avait découvert en même temps que lui l'histoire d'Antoine.

Alors qu'ils parcouraient le couloir en sens inverse, le directeur le questionna.

— Avez-vous une piste pour localiser cet Antoine ?

— Son père nous a menti. C'est un moyen sérieux de remonter jusqu'à lui malgré les efforts déployés pour effacer toutes ses traces. Si vous n'avez rien retrouvé sur Antoine, c'est parce que votre prédécesseur s'est assuré qu'il ne reste rien après son départ.

— J'ose à peine croire ce que j'entends. J'ai l'impression de vivre en plein film noir.

— Je vis tous les jours dans un film noir monsieur le directeur. Mais c'est mon travail que de tout faire pour y voir clair.

## 40

Les pneus de la voiture crissaient à chaque virage. Agrippé à la poignée au-dessus de la vitre du côté passager, Stéphane sommait Candice d'accélérer davantage. Chaque minute qui s'écoulait amenuisait un peu plus leurs chances de retrouver rapidement Antoine. Le policier s'était fait berner et regrettait d'avoir éprouvé de la compassion envers celui qui cachait le tueur au foulard depuis le début. Il aurait d'ailleurs réussi à le cacher bien plus longtemps, mais n'avait sans doute pas imaginé qu'un autre patient connaissait l'histoire de son fils. Stéphane ne doutait pas un seul instant des paroles de Walkowski même si le mobile pour les meurtres de Mirecourt restait encore un mystère.

La voiture était secouée par les pierres anguleuses du petit chemin menant à la maison de Thierry Chenay. Celle-ci ne paraissait pas plus accueillante que la veille malgré la lumière dans laquelle elle baignait. L'endroit apparaissait même clairement moins bien entretenu qu'ils l'avaient imaginé. Le pick-up bleu nuit n'était plus garé devant la maison et les volets étaient tous fermés. Thierry Chenay avait peut-être déjà senti le vent tourner et pris la poudre d'escampette.

À peine était-il sorti de la voiture qu'une masse attira

l'attention de Stéphane derrière de hautes herbes. Il repoussa une lourde plaque de tôle et la carrosserie rougeoyante d'un véhicule éclata à son visage sous l'effet des rayons du soleil.

— C'est la Peugeot qui m'a suivi le jour de l'accident... affirma Stéphane. Je la reconnais, c'est elle.

Candice ne l'écoutait pas et était déjà en train de s'approcher de l'entrée. Stéphane la rejoignit et lui attrapa le bras.

— Reste derrière moi, lui dit-il en sortant son arme. Le pick-up n'est pas là, mais ça ne veut pas dire que la maison est vide.

Il frappa à la porte. Comme il le pressentait, personne ne répondit. Avec son épaule la moins douloureuse, il tenta d'enfoncer la porte qui ne bougea pas d'un centimètre malgré les coups répétés qu'il lui assénait.

— Le vieux n'a pas pensé à fermer un vasistas à l'arrière, dit alors Candice qui avait profité du moment pour faire le tour de la maison. Si on l'ouvre davantage, je devrais pouvoir me faufiler.

— Je t'ai dit de rester vers moi, maugréa Stéphane qui savait ses réflexes encore affaiblis par l'accident.

Candice roula les yeux et lui indiqua la direction de l'ouverture. Située légèrement en hauteur, Stéphane réussit néanmoins à l'enfoncer et le battant de la fenêtre claqua contre le mur.

— Il va falloir que tu me portes un peu pour que je puisse me hisser, lui dit Candice en jetant un regard à l'intérieur de la pièce.

Stéphane hésita. Même si la maison paraissait déserte, il ne pouvait pas faire prendre de risque à Candice qui n'était ni armée ni préparée à ce genre d'intervention. Elle ne semblait cependant pas inquiète le moins du monde par la situation, ignorant totalement le danger qu'elle pouvait courir. Voyant que Stéphane ne bougeait pas, elle se retourna.

— Qu'est-ce que tu attends ?

— Je vais y aller. Hors de question que tu entres là-dedans. Tu imagines si Chenay est finalement ici ! Ou pire, qu'Antoine s'y cache ?

— Ils auraient déjà essayé de nous faire peur ! Allez, aide-moi à grimper !

Stéphane rangea son arme. Avec son épaule blessée, il n'arriverait pas à se monter plus haut que la pointe des pieds. Il attrapa Candice par la taille qui réussit à se hisser et à passer une jambe par l'étroite fenêtre.

— Je vais essayer de ne pas tomber dans la cuvette, dit-elle en regardant les toilettes situées juste en dessous d'elle.

Elle posa un pied sur la lunette avant de descendre totalement. La porte était fermée et pour la première fois, un frisson lui parcourut le corps lorsqu'elle réalisa ce qu'elle était en train de faire. Stéphane de son côté regrettait déjà d'avoir accepté qu'elle entre.

— Ne sors pas de cette pièce, lui souffla-t-il depuis l'extérieur.

Il ressortit son arme et se hâta jusqu'à une porte en bois située à une autre extrémité de la maison. Elle donnait sur une extension mal finie et branlante. Il mit un violent coup de pied dedans et entra dans un espace qui servait probablement de débarras. Divers outils de jardinage s'entassaient, mais ce qui retint l'attention de Stéphane, c'était une autre porte qui semblait s'ouvrir sur la maison. Il attrapa la poignée qui resta verrouillée. Il donna à nouveau quelques coups d'épaule, et si la porte était moins résistante que celle de l'entrée, elle ne céda pas davantage. Il fouilla parmi les outils avant de trouver une fine barre de fer. Il s'en servit alors comme pied-de-biche et la porte ne tarda pas à lâcher. Le verrou vola en éclat sous la pression et retomba lourdement sur le sol carrelé de l'autre côté. Le policier s'immobilisa quelques secondes et remit lentement la main sur son arme. Aucun bruit ne se faisait entendre à l'intérieur de la maison. Il avança à pas feutrés, jetant des regards dans chaque recoin avant de rejoindre le salon où il s'était entretenu avec Chenay la veille. Constatant que l'habitation était effectivement vide, il ouvrit la porte à Candice qui parut soulagée de le voir.

La poussière que soulevait chacun de leurs pas dansait sous la lumière qui filtrait par les persiennes mal alignées des volets. Peu de choses avaient bougé depuis la veille et le tas d'albums photo que Chenay avait sorti reposait toujours sur la table basse. La pièce, comme le reste de la maison était tellement mal ordonnée qu'ils ne savaient pas par où commencer.

— Qu'est-ce qu'on cherche ? demanda Candice.

— Des traces de l'existence d'Antoine. Quelque chose qui nous permettrait de faire un lien avec les meurtres ou de le retrouver.

Chacun de leur côté, ils déballèrent les cartons et ouvrirent les tiroirs et les placards, s'immisçant dans l'intimité de Thierry Chenay.

Après de longues minutes, Stéphane mit la main sur un vieux carnet en cuir fermé par un élastique. Il y découvrit plusieurs pages de noms et de numéros de téléphone qu'il fit défiler sous ses yeux. Il s'arrêta alors sur un nom qui lui était plus que familier.

— Candice, regarde !

Elle releva la tête d'un carton et s'approcha de Stéphane.

— Edmond Tisserand, dit-elle en lisant ce que Stéphane lui montrait du bout du doigt.

— J'avais raison de croire qu'il n'était pas mort par hasard. Chenay et lui étaient en contact. Lui aussi connaissait certainement l'histoire d'Antoine. Quand il a refait surface ces derniers jours, Tisserand ne l'a pas supporté.

— Il aurait échoué lors de la précédente enquête et se serait senti coupable en découvrant de nouvelles victimes ?

— Peu probable. En tant que flic, cela m'aurait donné envie de mettre les bouchées doubles pour le coincer.

— Alors on lui a mis la pression pour qu'il ne puisse plus enquêter. C'était peut-être celui qui en savait le plus sur le tueur au foulard.

— Possible en effet...

— Regarde ce que j'ai de mon côté, continua Candice en montrant à Stéphane une photo qu'elle tenait encore dans la main.

Stéphane découvrit alors le visage de Suzie Chenay. Elle avait dû être prise peu de temps avant sa mort et révélait une femme avenante et souriante. Stéphane l'imaginait mal au bras de Thierry Chenay qui affichait perpétuellement une mine triste et grave. Ses cheveux blonds étaient rassemblés en un imposant chignon à l'arrière de sa tête et son cou était enveloppé du foulard. Du foulard noir avec sa bordure rouge vif et ses motifs de coquelicots et de femme assise.

— Walkowski ne m'avait pas menti... murmura Stéphane qui tenait enfin une preuve matérielle d'un lien entre Antoine et les meurtres.

Son téléphone se mit soudain à vibrer dans sa poche.

— *J'ai tes informations sur l'incendie de la maison des Chenay*, lui dit Eliott sans préambule au bout du fil.

— Et alors ?

— *Le dossier ne cite pas la présence du corps de Suzie Chenay. Il est présenté comme un accident domestique. La maison était vieille et un incident électrique serait à l'origine de l'incendie. Rien de plus.*

— Encore une fois, les traces d'Antoine ont été

effacées... Comment s'y est-il pris pour parvenir à le rayer de tous les fichiers ? interrogea Stéphane en réponse à son coéquipier.

— *Tu vas tout de suite comprendre. Celui qui est arrivé sur les lieux de l'incendie et qui s'est occupé de la pseudo-enquête n'était autre que Tisserand.*

Le brouillard se réduisait encore davantage pour Stéphane. Chenay et Tisserand œuvraient ensemble depuis le début pour effacer les traces des dossiers dans lesquels Antoine était incriminé. Avec un appui aussi solide que Tisserand dans la police, Chenay n'avait aucun mal à obtenir ce qu'il voulait de ce côté. Il restait à savoir si le policier avait agi sous la contrainte ou s'il avait un intérêt à falsifier toutes ces informations.

— Lance un avis de recherche pour Thierry Chenay. Il n'est pas chez lui et il détient sans doute les données qui nous manquent.

— *Je m'en occupe. En revanche, on a un problème avec Bartelli,* continua Eliott. Il refuse de laisser entrer l'équipe que tu as envoyée chez lui.

— Merde, qu'est-ce qu'il veut ?

— *Que ce soit toi qui viennes.*

— Dites-lui que j'arrive, j'ai justement pas mal de choses à lui demander. Et appelle Atangana de ma part pour qu'il fasse venir une équipe chez Thierry Chenay pour des prélèvements en urgence.

Stéphane fit signe à Candice de quitter la maison, laissant en pagaille les affaires de Chenay. Elle regardait toujours la photographie de Suzie.

— Cette femme avait l'air si douce... Comment a-t-elle pu devenir un monstre avec son propre enfant ?

— Tu découvriras bien vite que les apparences sont souvent trompeuses, surtout dans notre métier... Si on prend l'exemple de Thierry Chenay, il nous a bien embobinés avec son histoire...

— Tout de même... Elle lui a donné la vie... Pourquoi le faire souffrir ?

— Ce genre de questions n'est pas de notre ressort pour le moment. Tout ce qu'on sait, c'est que la dernière blessure qu'elle lui a infligée lui a été fatale.

— Comment ça ? demanda Candice.

— Si Antoine a décidé d'en finir, c'est parce qu'elle lui a arraché le lobe lorsqu'il est revenu avec un anneau un soir. Cela a été un véritable électrochoc pour lui et tout a commencé à ce moment-là.

Candice fut alors à son tour prise d'un soubresaut en entendant les dernières paroles de Stéphane.

— Qu'est-ce que tu as dit ? Elle lui a arraché le lobe ?

— D'après Walkowski oui.

— Les prélèvements de traces auriculaires que Zeim avait demandés suite à ma remarque, qu'ont-ils donné ?

Stéphane se remémora alors l'épisode où Candice avait fait cette suggestion, qu'il avait d'ailleurs trouvée inutile.

— Alors ? insista-t-elle avec des yeux ronds.

— Aucune idée, répondit Stéphane, sèchement.

— Tu veux dire qu'ils n'ont rien donné ?

— Pas exactement... Je n'ai pas eu les résultats... On y va ? lâcha Stéphane avant de retourner vers la porte au verrou éclaté.

— Stop ! Je commence à te cerner et pour un flic, tu ne sais vraiment pas mentir, lança Candice en attrapant la manche de sa veste.

Stéphane s'en voulait déjà de ce qui allait suivre. Il valait mieux qu'il s'explique lui-même plutôt qu'elle l'apprenne autrement.

— En réalité, je n'ai pas eu les résultats de ces analyses, car il n'y en a pas eu.

— Je ne comprends pas... Tu peux être un peu plus clair ? s'impatienta-t-elle.

— Une équipe est bien venue prélever, mais j'ai refusé leur analyse, car je voulais que le laboratoire soit disponible pour de futures traces, bien plus prioritaires.

Candice cligna plusieurs fois des yeux sans savoir quoi répondre. Elle resta plusieurs secondes, bouche bée. Motivée par la colère, elle finit par lâcher :

— Dis plutôt que tu étais bien trop fier pour laisser une petite stagiaire s'immiscer dans ton enquête ! Tu n'aurais pas supporté une seule seconde que mon idée puisse donner un résultat intéressant et aujourd'hui, on se retrouve à chercher un type qui a un lobe d'oreille probablement fendu ou avec une cicatrice et qui a potentiellement laissé cette trace derrière lui !

— D'accord, je reconnais que si nous avions eu cet élément plus tôt, nous serions déjà sûrs qu'Antoine était l'auteur des meurtres. Mais cela ne nous aurait fait gagner qu'une poignée d'heures et nous ne saurions pas davantage où le trouver !

— Putain d'ego !

Stéphane savait que Candice avait raison et que son orgueil avait pris le pas sur l'intérêt de l'enquête.

*\*\**

Candice ne décolérait pas et passait les vitesses de la voiture en appuyant que trop légèrement sur la pédale d'embrayage. Cela avait pour effet de faire bruyamment craquer le levier de vitesse tout en rendant le trajet volontairement pénible. Stéphane n'osait pas intervenir craignant un violent retour de bâton de la jeune femme. Il savait qu'il valait mieux faire profil bas en attendant que l'orage se calme. Il avait tout de même appelé le laboratoire devant elle en demandant que les analyses soient faites au plus vite et que les résultats lui soient envoyés prioritairement.

Une équipe composée de quelques hommes de Stéphane et d'Atangana attendait devant le portail de la maison de Philippe Bartelli. Ils n'étaient pas intervenus, préférant laisser une chance à Stéphane de désamorcer la situation sans forcer le passage. Quelques voisins commençaient à s'amasser discrètement aux alentours et Stéphane leur fit signe de ne pas rester ici. Il appuya sur le bouton de l'interphone et leva la tête en direction de la caméra juchée en haut du pilier. Le point rouge clignotait et il savait que Bartelli le regardait. Un crépitement résonna dans le haut-parleur.

— Commandant Gassin, je ne souhaite échanger qu'avec vous. Je ne veux personne d'autre chez moi !

La voix de Bartelli trahissait une grande détresse. Il se sentait acculé et tentait par tous les moyens de rester maître d'une situation qu'il savait déjà désespérée. Stéphane acquiesça en regardant les hommes derrière lui. Bartelli et sa femme étaient âgés, il n'avait pas grand-chose à craindre d'eux.

— Vérifiez les alentours. Si vous tombez sur un pick-up bleu nuit, appelez-moi immédiatement, ordonna Stéphane.

Le portail s'ouvrit et Stéphane traversa une nouvelle fois la longue allée gravillonnée. Tous les volets de la maison étaient clos. Bartelli s'était barricadé. Il frappa à la porte et rapidement, les verrous cliquetèrent. L'embrasure était à peine assez large pour qu'il se faufile et lorsqu'il entra, il vit Bartelli placé en retrait, un tisonnier en métal à la main, plus destiné à se rassurer qu'à faire peur.

— Vous n'aurez pas besoin de ça Bartelli. Lâchez-le, souffla Stéphane calmement.

Bartelli le posa contre le mur avant de se ruer à nouveau sur la porte pour la verrouiller à double tour derrière Stéphane.

La maison était plongée dans un noir quasi total et le policier dut faire une confiance aveugle à Bartelli pour avancer là où il le conduisait. Ils arrivèrent dans un petit salon, éclairé par deux appliques aux lumières faiblardes. Stéphane avait l'impression de se trouver dans un repère de fugitifs. Adèle Bartelli se leva de son fauteuil lorsqu'elle vit Stéphane entrer aux côtés de son mari. D'importants cernes se dessinaient sous ses yeux et elles n'étaient pas uniquement dues à son âge. Stéphane comprit que le couple se trouvait dans une situation difficile et qu'il allait enfin pouvoir obtenir des réponses à ses questions.

— Commandant, si j'ai demandé à vous voir seul, c'est parce que j'ai senti lors de notre précédente rencontre que vous étiez un homme fiable, commença Bartelli en regardant Stéphane. Avant toute chose, je voudrais que vous garantissiez la protection de ma femme et moi, ainsi que celle de mes deux filles.

— Quel genre de protection ? s'inquiéta Stéphane.

— Une protection policière ! Physique !

— Monsieur Bartelli, je ne peux pas prendre une telle décision sans savoir pourquoi. Je vous propose de tout me dire maintenant.

— Je ne parlerai que si vous m'assurez que ma famille sera en sécurité. Pas avant.

Stéphane sentait que l'homme était à fleur de peau. Il allait sans doute lui falloir un peu plus que des mots pour le calmer.

— D'accord, je vous garantis que dès que je sors d'ici, je mettrai en place de quoi protéger votre famille. Chaque minute compte alors il faut parler désormais.

Bartelli tomba lourdement dans un des fauteuils et

mit sa tête entre ses mains. Il était épuisé et à bout de nerfs. Sa femme tenta de ne pas perdre la face, mais elle aussi, était sur le point de craquer. L'ancien directeur commença alors son récit.

— Au milieu des années 2000, j'ai reçu un homme dans mon bureau. Il s'appelait Thierry Chenay. Son fils avait mis le feu à leur maison après avoir assassiné sa mère dans des circonstances atroces et les médecins, ainsi que la justice, avaient jugé que la place du jeune garçon était plus appropriée dans un hôpital que dans une prison. L'homme que j'avais en face de moi était dans un état que je ne saurais vous le décrire.

Bartelli se leva pour se diriger vers un placard où l'attendaient un verre et une bouteille de vodka, placés ici spécialement à l'occasion du récit confession. Sans en proposer, il se servit une dose et retourna s'asseoir après avoir bu une belle gorgée.

— Antoine Chenay souffrait de divers troubles de type délires paranoïaques associés à une forme de schizophrénie. Je vous fais grâce du diagnostic complet, mais je peux vous assurer qu'en effet, sa place était bien parmi nous. Thierry Chenay semblait savoir très peu de choses sur ce que son fils avait subi et encaissait mes paroles sans sourciller. Il n'avait pas d'autre choix que d'accepter la situation. Antoine est donc arrivé à l'hôpital pour commencer son traitement.

Bartelli avala une nouvelle gorgée de vodka en grimaçant et Stéphane en profita pour le questionner.

— Vous n'étiez donc pas le seul à connaître les raisons de l'internement d'Antoine ?

— Oui et non. Dans un cas comme celui d'Antoine où son hospitalisation est liée à une enquête criminelle, certains éléments sont gardés confidentiels, même pour les médecins. En tant que directeur, la justice m'a donné l'ensemble des détails de l'affaire, mais le reste de

439

l'équipe ne connaissait que le minimum. J'ai envie de dire aujourd'hui que c'est bien mieux comme cela...

Stéphane hocha la tête et Bartelli continua.

— Antoine s'était parfaitement bien acclimaté à son hospitalisation et répondait très positivement aux traitements. Son père lui rendait visite régulièrement. J'ai cru comprendre qu'ils se voyaient même davantage qu'avant. Un jour, Thierry Chenay a déboulé dans mon bureau en me demandant de laisser sortir Antoine. Il voulait lui offrir un peu de liberté, lui permettre de vivre une vie d'adolescent normal, juste quelques heures et sous sa surveillance. Mais je ne pouvais pas accéder à sa requête. Les autorisations de sortie sont le fruit de longues procédures et dans son cas, la justice avait également son mot à dire. J'étais forcément touché par cet homme qui subissait une situation dramatique, mais je ne pouvais absolument rien faire pour lui. Il est revenu plusieurs fois à la charge pour me demander la même chose et je lui donnais à chaque fois la même réponse. Il ne se décourageait pas, mais son insistance commençait à m'agacer. J'avais néanmoins accepté qu'une fête d'anniversaire lui soit organisée pour ses dix-huit ans. J'étais loin de me douter qu'à travers ses assauts répétés, Thierry Chenay n'aspirait qu'à une seule chose : faire évader son fils.

Bartelli termina son verre et se leva pour s'en servir un nouveau. Sa femme lui retint alors le bras. Il se ravisa et posa son verre vide à côté de la bouteille.

— Quelques jours avant l'anniversaire d'Antoine, Thierry Chenay est venu me voir. Mais cette fois, il n'était pas question de me demander de lui accorder une autorisation de sortie. Il s'agissait de le faire sortir et sans contester. Je me souviendrai toujours du regard qu'il avait. Un regard noir, insistant et menaçant. J'étais sur le point d'appeler la sécurité lorsqu'il m'arracha le téléphone des mains et l'envoya s'écraser contre l'un des murs du bureau. J'étais scotché par la vivacité dont il faisait soudainement preuve et pour ne rien vous cacher, j'avais peur. Il a ensuite sorti une enveloppe de sa poche et l'a lancée dans ma direction en me sommant de l'ouvrir. J'ai découvert alors une énorme liasse de billets. Thierry Chenay m'a annoncé qu'il y avait cent-cinquante-mille francs et que c'était son prix pour mon aide et mon silence. Je devais le laisser sortir quelques heures pour qu'ils puissent fêter ses dix-huit ans dignement, comme un père et son fils devraient le faire. Il me garantissait qu'il rentrerait ensuite, conscient que sans ses traitements, Antoine ne se sentirait pas bien.

— Vous avez alors accepté, sans vous douter qu'en réalité, Chenay n'avait pas l'intention de ramener son fils, continua Stéphane.

— J'ai été idiot. Et aveuglé par l'argent.

— Pourtant, vous n'en avez jamais manqué.

— C'est vrai, répondit Bartelli en regardant sa femme. Mais l'argent appelle l'argent. Je n'ai aucune excuse si ce n'est que ma cupidité aura été plus forte. Lorsque j'ai compris que Chenay m'avait dupé, ils étaient sans doute déjà loin. J'ai laissé l'enquête se faire sans trop interférer. Je craignais que l'on puisse faire le lien avec moi. J'ignorais où était Antoine et ne souhaitais surtout pas le savoir. Je ne voulais plus jamais entendre parler d'eux.

— Mais Thierry Chenay n'en est pas resté là avec vous...

— C'est le moins que l'on puisse dire...

Adèle Bartelli prit alors le bras de son mari et le secoua fortement.

— Philippe ! Le temps presse ! Va à l'essentiel s'il te plaît !

Mais Bartelli l'ignora et continua son récit de la

même manière qu'il l'avait commencé.

— Quelques semaines plus tard, Chenay a de nouveau fait surface. Cette fois, il est venu directement chez moi. Et là encore, il n'était pas question de parlementer. Il me proposa une nouvelle somme d'argent pour faire disparaître des fichiers de l'hôpital toute trace de son fils. Je lui ai répondu que cela allait être compliqué, car il y avait eu une enquête sur son évasion. Il me donna alors une énorme gifle. J'étais un peu plus âgé que lui, et bien moins aguerri, il fallait le reconnaître. J'ai compris que la pression qu'il me mettait passait au niveau supérieur lorsqu'il me tendit une nouvelle enveloppe, bien plus fine que la première. J'en sortis des photographies de moi jouant au golf, de ma femme se rendant au travail et chez ses amies, de mes grandes filles pourtant à l'autre bout de la France pour leurs études, allant à l'école. Il n'a pas eu besoin d'ajouter grand-chose pour que je comprenne le message. Je me suis vite dit que je n'allais pas mettre ma famille en danger pour de la paperasse et je craignais qu'il exécute ses menaces. Alors j'ai fait disparaître tout ce qui concernait Antoine.

— Ce qui explique que Bassompierre n'ait jamais rien retrouvé.

— Effectivement. Après cela, j'ai pris ma retraite anticipée. Je ne voulais plus mettre les pieds dans cet hôpital. Au moins si je n'y étais plus, Chenay n'aurait plus rien à obtenir de moi.

— Si j'ai bien suivi, il a dû venir vous voir au moment où les meurtres de Nancy avaient lieu...

— Oui, mais je n'avais pas fait le lien sur le moment. D'ailleurs, la presse en parlait assez peu à l'époque et j'avoue ne pas être un adepte des faits divers. Ce n'est que bien plus tard que j'ai compris cela.

Stéphane repensa alors à l'important système de

vidéosurveillance déployé sur la propriété. Il était surtout là pour dissuader Chenay de venir à nouveau le menacer.

— Et malgré toutes vos précautions, Chenay est pourtant revenu vous voir lorsque le meurtre de la pharmacienne a eu lieu à Mirecourt.

— Je n'avais plus entendu parler de lui pendant quinze ans. Quinze années durant lesquelles le spectre de Chenay rôdait, mais finissait par disparaître peu à peu. Jusqu'à ce qu'il réapparaisse il y a quelques jours.

Bartelli lâcha un profond soupir. Sa femme ferma les yeux et semblait prier intérieurement.

— J'aurais dû partir. Quitter cette région et fuir loin de lui. Lorsque je l'ai trouvé en face de moi, ici, exactement à l'endroit où l'on se parle la semaine passée, je vous garantis que j'ai cru que ma dernière heure avait sonné. Il avait beaucoup vieilli, mais son air menaçant ne l'avait pas quitté. Il m'a dit que la police allait peut-être venir m'interroger et que dans ce cas, je ne devais absolument pas parler de ce qui s'était passé il y a dix-huit ans. Antoine ne devait être inquiété par aucun de mes propos.

— Il vous a donc menacé à nouveau de s'en prendre à votre famille, déduisit alors Stéphane.

— Il avait compris qu'avant l'argent, protéger mes proches était l'argument le plus convaincant. Alors, lorsqu'il a sorti de son manteau une petite poupée de chiffon que j'avais offerte à mon unique petite-fille, j'ai...

Adèle Bartelli fondit en larmes avant de se mettre à crier :

— Ce type est un malade commandant ! Il faut que vous protégiez mes filles et ma petite-fille !

Stéphane avait clairement sous-estimé les capacités de Chenay et réalisa que les choses auraient pu très mal tourner s'il s'était trouvé dans sa maison lors de leur

443

visite improvisée. Jusqu'où était-il prêt à aller pour protéger son fils ?

— Rassurez-vous, madame Bartelli, je vais faire le nécessaire. Je vais laisser une équipe ici au cas où il tenterait d'entrer à nouveau en contact avec vous, même si j'en doute fort désormais, répondit Stéphane en regardant le couple.

Ils acquiescèrent et Bartelli prit son épouse dans ses bras.

— Monsieur Bartelli, continua Stéphane avant de partir, pourquoi avez-vous décidé de parler aujourd'hui ?

Bartelli regarda sa femme en pleurs.

— Les choses sont allées beaucoup trop loin. Quand j'ai su pour les meurtres de Mirecourt et entendu les détails, j'ai tout de suite fait le lien avec Antoine. Ce lien, je ne l'avais pas fait il y a quinze ans. J'ai eu assez peur à cause de mes erreurs et je veux en finir. Je me sens responsable de la mort de toutes ces femmes et je suis prêt à en assumer les conséquences...

Stéphane posa une main amicale sur l'épaule de Bartelli avant de quitter la maison et de rejoindre ses hommes à l'extérieur. Legendre était également venu retrouver l'équipe.

— Alors ? demanda-t-il en se dirigeant d'un pas pressé vers Stéphane.

— Il faut mettre les bouchées doubles pour localiser Chenay. Il est plus dangereux qu'il en a l'air et cache probablement Antoine quelque part. Sans lui, on n'arrêtera pas le tueur au foulard.

— Très bien commandant. Sinon je voulais vous prévenir que Sophie Langlois avait appelé le commissariat.

— Qu'est-ce qu'elle voulait ?

— Nous dire que son mari, Julien Langlois, avait disparu. Elle paraissait très inquiète.

Stéphane réalisa alors qu'il avait laissé la seule personne ayant vu Antoine en proie à un homme prêt à tout pour faire disparaître ses traces.

# - 41 -

La veille, après le départ de la police, Sophie avait tenté de comprendre ce qui avait poussé Julien à confier aux enquêteurs le nom du type mystérieux.

— Quand t'a-t-il donné son prénom ? Dis-moi quand ? insista-t-elle en plaquant sa main sur la sienne contre la rambarde.

— Je ne sais plus. Mais il me l'a dit.

Sophie tentait de capter le regard vide de Julien. Il semblait dans un état proche de l'hypnose, comme si ce n'était pas lui qui prononçait vraiment ces mots. Le commandant Gassin n'était pas revenu et avait paru satisfait de la réponse de Julien alors que pour elle, tout n'était qu'un amas de propos incohérents et décousus. Était-elle passée à côté de quelque chose ? Quelque chose de si énorme que tout le monde, y compris la police, le voyait comme une évidence ?

Pourquoi cette série de meurtres s'acharnait-elle à rester liée à sa famille comme une sangsue malfaisante ?

Elle était restée seule toute la journée, une fois de plus, vidant pour la première fois de sa vie une bouteille entière d'un alcool qu'elle ne connaissait pas, mais qu'elle avait trouvé suffisamment fort pour lui faire tout oublier, l'espace de quelques heures.

Lorsqu'elle ouvrit les yeux le lendemain, il était déjà 10 heures du matin. Elle vit la bouteille sans étiquette et le verre vide abandonnés à même le sol à côté du canapé où elle s'était endormie, et les renversa en essayant de les éviter. Elle n'arrivait pas à poser les pieds là où elle voulait et sentait son cœur tambouriner à la place de son cerveau. Chaque mouvement lui provoquait un vertige et elle lutta pour ne pas chuter en se levant. Elle avait ingurgité près de trois quarts de litre d'alcool sans rien dans le ventre, mais regrettait déjà ces instants où les vapeurs embuaient son cerveau d'une douce vague d'insouciance. Elle resta plusieurs minutes adossée au buffet de la salle à manger avant de pouvoir distinguer plus nettement le chemin qui menait vers la cuisine. Elle s'affala à nouveau sur une chaise. Elle commença à sentir peu à peu les effets résiduels de l'alcool s'estomper en même temps que la réalité du quotidien reprenait ses droits dans son esprit.

C'est alors qu'un courant chaud lui enveloppa les pieds. Elle sursauta avant de voir son chaton se pelotonner contre ses jambes en poussant un miaulement aigu désespéré. Avec tous ces événements, elle l'avait presque oublié et le petit animal semblait affamé. Elle ouvrit une brique de lait spécialement achetée pour lui qu'elle versa dans un biberon couronné d'une minuscule tétine. Alors qu'il buvait, elle pouvait sentir ses timides ronronnements contre sa poitrine.

Où était Julien ?

Elle reposa le chaton dans son petit panier et voulut prendre un café avant de répondre à cette question. Mais la simple idée du goût de la boisson dans sa bouche lui donna la nausée. Elle se dirigea alors doucement vers les escaliers. Pas un bruit ne parvenait de l'étage. Elle monta les marches et plaqua son oreille contre la porte de sa chambre. Il lui semblait entendre du bruit avant de réaliser que c'était son pouls qui résonnait dans son crâne. Elle tourna lentement la poignée et constata que la pièce était baignée d'une lumière tamisée par les épais rideaux en velours. Julien était allongé sur le lit et dormait encore. Elle entendait sa respiration. Était-il en train de rêver ?

Elle referma la porte délicatement et attrapa un vieux jogging qui traînait sur l'immense tas de linge à repasser. Avant que son cerveau ne succombe dans les émanations d'alcool, elle s'était revue plus jeune, parcourant les routes de la région sur sa bicyclette Peugeot verte. Elle adorait faire du vélo et se rappela à quel point cela lui vidait l'esprit de traverser les paysages alentour, été comme hiver. Elle était certaine que son père ne s'en était pas débarrassé.

Elle se rendit dans la grange qui n'avait pas encore été totalement investie par un tas d'objets inutiles et commença à éplucher l'endroit du regard à la recherche du cadre vert. Elle déplaça quelques planches, souleva des plaques de laine de verre et vit enfin dépasser le guidon métallisé et ses poignées en caoutchouc noires. Elle extirpa le vélo et fut soudainement emplie d'une bouffée de nostalgie. Le porte-bagages était un peu rouillé, mais l'ensemble se tenait plutôt bien malgré les années. Depuis combien de temps n'avait-elle pas posé les pieds sur ces pédales ? Les pneus étaient dégonflés, mais la petite pompe accrochée au cadre lui permit de leur redonner vie en quelques secondes. Elle passa un coup de chiffon sur l'ensemble de la bicyclette et grimpa dessus. La lumière l'éblouit lorsqu'elle sortit à l'extérieur, mais l'air frais qui emplit soudainement ses poumons lui insuffla un regain d'énergie. Elle donna un franc coup de pédale et s'élança sur la route qui menait à la sortie du village. D'un geste du pouce, elle déplaça le sélecteur de vitesse et la chaîne se mit à naviguer bruyamment entre les différents plateaux. Elle accéléra davantage, faisant vibrer le pédalier. Les pneus sifflaient au contact du goudron et le paysage défilait à vive allure de part et d'autre de Sophie. L'air froid commençait à lui brûler la gorge et à tirailler ses poumons. La selle en cuir lui faisait déjà horriblement mal, mais elle n'arrêtait pas d'accélérer. Elle voulait sentir son corps souffrir et se déchirer. Des larmes coulaient toutes seules de ses yeux et le vent plaquait ses cheveux mal attachés en arrière. Elle prenait les virages à pleine vitesse, sans mettre la main sur le levier de frein. Quelques cailloux manquèrent de la faire chuter, mais elle continua sa course folle sans aucune destination, zigzaguant au milieu de la route. Un véhicule passa près d'elle, klaxonnant pour lui rappeler son imprudence. Elle jeta un regard sur la côte qui s'annonçait devant elle et écrasa encore plus fortement les pédales pour ne pas perdre de vitesse. Les muscles de ses jambes se remplissaient d'acide et une grimace de douleur commença à se peindre sur son visage. Elle avait déjà monté la moitié et son corps lui réclamait de tout lâcher, mais elle ne voulait pas céder. Pas encore. Elle repousserait ses limites même si elle devait mourir en arrivant en haut. Elle aperçut de nouveau l'horizon quand celui-ci fut soudainement occulté par le pare-choc d'un pick-up bleu nuit qui surgit devant elle. Elle donna un brusque coup de guidon sur la droite et sa roue se vrilla avant de la précipiter dans le fossé. Ses pieds s'emmêlèrent dans le cadre et elle sentit une vague de froid l'envahir. Le fossé était rempli d'une eau glaciale et toute la partie gauche de son corps était immergée. Elle entendit le bruit du moteur de la voiture s'éloigner et se mit à crier. Elle hurla aussi fort qu'elle le pouvait, coincée entre le fossé et son vélo. Sa voix ricocha contre les collines alentour et lui renvoyait l'écho de sa colère et de sa détresse. Lorsque le froid eut achevé d'anesthésier son corps, elle repoussa son vélo. La chaîne de celui-ci s'était brisée lors de sa chute et glissa contre elle pour s'enfoncer dans la boue gelée du fossé. Elle avait parcouru près de cinq kilomètres et mettrait une bonne heure avant de pouvoir rentrer chez elle. Son jogging mouillé lui collait aux jambes et une douleur lancinante lui paralysa la main lorsqu'elle s'appuya dessus pour se relever. Elle s'était blessée au poignet et dut s'aider d'une seule main pour s'extirper du fossé. Elle se retrouva seule au beau milieu de la route, avec le vent gelé comme unique compagnon. Ses cheveux étaient complètement détachés et lui collaient aux joues. Ses larmes avaient séché et laissé des traînées blanches de chaque côté de son visage rougi par le froid. Elle se mit à marcher, mais prit volontairement la direction opposée du village. Elle ne voulait pas rentrer, pas tout de suite. Elle n'avait pas assez mal et savait que si elle revenait trop tôt chez elle, elle souffrirait encore plus.

Quelques minutes plus tard, une voiture émergea alors dans son champ de vision. Celle-ci ralentit jusqu'à s'arrêter à son niveau. La vitre se baissa et elle reconnut Jenny au volant qui fut stupéfaite de voir son amie ainsi.

— Sophie ? Qu'est-ce que tu fais ici ? Que s'est-il passé ?

Sophie ne répondit pas et continua d'avancer dans la direction opposée. Elle entendit la voix de Jenny derrière elle qui lui criait de s'arrêter. Le véhicule fit marche arrière lentement et Jenny lui attrapa le bras. Toujours sans un mot, Sophie lui jeta un regard noir avant de sentir un frisson la parcourir et ses yeux se voiler. Sa dernière vision fut celle de Jenny tentant de la retenir à travers la vitre de sa voiture.

***

Une odeur de café emplit instantanément ses narines. Elle ouvrit les yeux et reconnut le lustre aux motifs floraux qui pendait au plafond de son salon. Jenny lâcha son livre pour s'asseoir sur le canapé à côté d'elle.

— Ne te lève pas, dit-elle en posant une main sur le front. Tu as une forte fièvre.

— Je suis là depuis combien de temps ? demanda Sophie en tenant sa gorge brûlante.

— Je t'ai ramené il y a environ deux heures. Tu te souviens de ce qui s'est passé ?

Sophie tenta de s'asseoir et fut immédiatement prise de vertiges. Jenny l'aida à se redresser et l'adossa contre un tas de coussins.

— J'ai appelé un médecin, mais il ne pourra pas venir avant demain matin. En attendant, je reste avec toi. Je ne peux pas te laisser seule dans cet état.

La mémoire de Sophie se rappela à elle et le souvenir de son amie essayant de se faire pardonner ses erreurs de conduites également. Mais elle n'avait plus la force d'être en colère contre elle. Ni d'être en colère tout court.

— C'est gentil, mais je ne suis pas seule. Julien est là-haut.

— Non justement, il n'y a personne. La maison était vide quand je suis entrée. Et pourtant, j'aurais bien eu besoin de bras pour te traîner jusqu'au canapé, plaisanta Jenny.

— Tu es sûre ? Il dormait encore quand je suis partie...

— Absolument. J'ai fait le tour des pièces. Il est peut-être sorti faire une promenade, car sa voiture est toujours là.

— Dans son état, ça ne me rassure pas vraiment...

— Qu'est-ce que tu entends par là ?

Sophie ne voulait pas en dire davantage. Elle ne savait plus vraiment ce qui faisait partie de la réalité ou non. Elle avait tellement cherché à comprendre que toutes ses explications se confondaient sans doute avec la vérité, sans qu'elle puisse désormais démêler cet inextricable sac de nœuds. Jenny sentit qu'elle ne devait pas poser davantage de questions et partit trouver à Sophie de quoi reprendre des forces. Elle réapparut quelques minutes plus tard, un plateau dans les mains avec une tasse de café fumant et deux tartines de pain au miel.

— Mange, ça te fera du bien, dit Jenny à Sophie en lui tendant l'assiette.

— Je n'ai pas très faim. Je me sens un peu barbouillée...

Jenny jeta un regard sur la bouteille d'alcool à côté du canapé. Elle avait rapidement compris qu'elle était sans doute responsable de l'état de son amie, mais là encore, elle ne posa pas de questions.

— Bois un petit peu alors, lui dit-elle en approchant la tasse de café.

Sophie prit la tasse et sentit la chaleur se diffuser dans ses mains.

— Il faut appeler la police.

— Quoi ? répondit Jenny, surprise.

— Ce n'est pas normal que Julien ne soit plus là. Il faut appeler la police.

— C'est peut-être un peu précipité. Il va souvent se promener aux alentours du village, il va revenir.

Au fond d'elle, Sophie sentait que son absence n'était

pas normale. Tout comme son comportement ces derniers jours. Elle attrapa son téléphone et composa le numéro de la gendarmerie.

— Je ne suis pas d'accord !

Zeim avait immédiatement répondu par la négative à la demande de Stéphane.

— Je me suis engagé auprès de Bartelli pour le protéger, lui et sa famille !

— Eh bien, tu t'es engagé sur une chose dont tu n'es pas décisionnaire. Et tu le savais pertinemment.

— Si je ne le faisais pas, Bartelli n'aurait rien dit.

— Tout ce qui compte c'est qu'il t'ait parlé non ?

— Oui et Chenay n'en est devenu que plus dangereux à mes yeux. Son fils est un tueur et Julien Langlois a disparu alors qu'il est le seul témoin de l'existence d'Antoine.

— Ne t'emballe pas. Il n'est plus chez lui depuis ce matin. Ça ne veut pas dire qu'il a disparu. Légalement, je ne peux...

— Tu te dois de protéger les témoins !

Zeim défiait Stéphane du regard. Ils étaient enfermés dans la salle de réunion de la gendarmerie depuis moins de cinq minutes et l'ambiance était déjà explosive.

— Ma priorité reste de mettre la main sur le tueur. Je veux tous les hommes disponibles pour cela.

— Tu commets une énorme erreur si tu sous-estimes

la dangerosité de Chenay. Je suis convaincu que la mort de Tisserand est liée à lui. Ils étaient en contact et...

— En parlant de sous-estimer le danger, qu'est-ce qui t'a pris d'emmener Candice Pasquier avec toi chez Chenay ? Elle n'est pas officier de police au cas où tu l'aurais oublié.

— Je ne suis pas sûr que ce soit vraiment le moment, répondit Stéphane, déjà conscient du risque qu'il avait pris.

— Alors, ne me donne pas de leçon sur la manière dont je dois conduire les choses.

Le dialogue entre les deux hommes se rompait davantage à chacune de leur rencontre alors qu'ils devaient œuvrer ensemble pour la bonne marche de l'enquête. Stéphane peinait à comprendre l'attitude de Zeim qui consistait systématiquement à le contrer.

Le commandant était sur le point de rétorquer lorsqu'Atangana fit irruption dans la salle de réunion.

— Ah, je vous cherchais !

Il s'approcha d'eux, une pile de documents sous le bras, sans se douter qu'il avait empêché de justesse un conflit ouvert entre les deux hommes.

— Le labo a pu faire parler l'ordinateur de chez Chartel. L'état ancestral du disque dur a rendu les choses un peu compliquées, mais notre informaticien est l'un des meilleurs !

Il étala alors une série de captures d'écran sur la table.

— J'ai pris le temps de visionner plusieurs minutes des enregistrements et je n'ai pas mis longtemps à le reconnaître.

— Qui ? demanda le procureur en balayant du regard les différentes images.

— Antoine Chenay. Je l'ai identifié tout de suite grâce aux photographies que vous m'avez envoyées de lui Gassin. J'ai bossé un peu sur le portrait vieilli, mais cela ne changeait pas fondamentalement son profil.

Stéphane attrapa à son tour l'une des images. Elle était de mauvaise qualité à cause de la piètre résolution de la caméra de surveillance, mais il reconnaissait bien celui qu'il n'avait pourtant vu qu'en photo. Il avait quelques années de plus et ses cheveux étaient moins blonds et plus courts qu'il ne l'avait imaginé. Il se tenait à visage découvert, au niveau de la caisse du magasin.

— Et regardez sur celle-ci, continua Atangana en faisant glisser devant eux une autre des images. On voit nettement ce que la vendeuse est en train de mettre dans la boîte.

— Le même foulard que l'on retrouvait dans la gorge des victimes, termina Zeim.

— Et qui était également celui que portait sa mère durant son enfance.

— Pourquoi utiliser ce foulard qui coûte une petite fortune ? questionna Zeim.

— Ce lien s'expliquera sans doute lorsque nous aurons compris pourquoi Antoine s'en prenait à ces femmes, répondit Atangana.

— Elles représentaient quelque chose qu'il détestait, continua Stéphane. Antoine a fini par tuer sa mère, car il ne la supportait plus. Il ne supportait plus ses brimades, ses violences. Il était constamment rabaissé et humilié. Peut-être qu'il retrouvait sa mère dans chacune d'elles. Pour avoir rencontré Maryse Brunet, c'était une femme de tempérament qui ne se souciait pas beaucoup du regard des autres et n'hésitait pas à leur balancer leurs quatre vérités.

— Et un certain nombre d'employés d'Enjoy Waters aurait avoué à demi-mot qu'Olga Simmons était une directrice très dure, limite despotique, ajouta Atangana.

— Antoine Chenay aurait, à un moment donné,

croisé toutes ces femmes et les aurait tuées pour la seule raison qu'elles lui rappelaient sa mère... termina Zeim.

Les trois hommes se regardaient, convaincus de tenir le seul mobile plausible pour les meurtres.

— Nous ne pourrons en avoir le cœur net que lorsque nous aurons mis la main sur Antoine Chenay. Une idée de l'endroit où il pourrait être ? reprit le procureur.

— Je pense qu'il est avec son père. Un avis de recherche est déjà lancé contre lui, mais nous allons devoir le dénicher d'une autre manière, répondit Stéphane.

— Je m'occupe d'assurer la protection de la famille Bartelli. En attendant, mettez la main sur ce fumier avant qu'il ne fasse une nouvelle victime.

Zeim lança ces dernières paroles en quittant la pièce et Stéphane afficha un discret sourire.

— Les résultats des analyses des traces auriculaires devraient arriver d'une minute à l'autre, ajouta Atangana. Je vous laisse également quelques éléments qui ont été perquisitionnés chez Thierry Chenay. Je n'ai pas eu le temps de les éplucher, mais il semblerait qu'il s'agisse de documents de famille, de vieux papiers. Peut-être que vous y trouverez un indice pour le retrouver plus rapidement.

— Merci pour votre aide, commissaire, je vais m'en occuper.

Atangana adressa ses encouragements à Stéphane avant de quitter à son tour la pièce et de le laisser seul face à une pile de papiers jaunis.

Le commandant commença à étaler les documents sur la table en essayant de les trier par intérêt commun. Il retrouva de vieilles factures pour de l'électroménager, mais aussi l'acte de vente de la maison incendiée. Elle avait été cédée pour une bouchée de pain à un promoteur immobilier qui avait sauté sur l'occasion. C'était sans doute pour cela que Chenay n'avait pu s'acheter que cette vieille bicoque perdue au milieu d'un sous-bois.

La porte de la salle de réunion s'ouvrit à nouveau et Candice apparut dans l'embrasure, un gobelet de café dans chaque main. Stéphane ne put s'empêcher d'esquisser un sourire en comprenant que la jeune femme venait enterrer la hache de guerre avec lui.

— Tu m'aides à trier cette paperasse, dit-il en prenant le gobelet qu'elle lui tendait. Je sens que je vais en avoir pour un petit moment, alors on ne sera pas trop de deux.

— Qu'est-ce que c'est ? dit-elle en écartant quelques feuilles.

— Des documents trouvés chez Chenay. J'espère y trouver une piste pour le déloger.

Candice aperçut les images de vidéosurveillance.

— On voit Antoine Chenay dessus ?

Stéphane acquiesça en continuant son tri.

— Tu avais raison depuis le début, poursuivit la jeune femme.

— À quel sujet ? demanda Stéphane en levant les yeux vers elle.

— Pour tout. Tu as tout de suite senti que l'hôpital était une piste sérieuse. La suite s'est déroulée grâce à ça.

— Surtout grâce aux lettres de Walkowski. Sans lui, je ne serais jamais allé chez Bartelli ou Chenay.

— Si, tu y serais allé. Cela aurait pris plus de temps, mais tu y serais allé quand même.

Stéphane était touché par l'admiration que Candice continuait de lui porter.

— Tu ne m'en veux donc plus pour les empreintes d'oreilles ?

— On va dire que tu as de la chance que je ne sois pas rancunière. Et puis, c'est toi le boss.

Un gendarme frappa à la porte de la salle de réunion. Il déposa alors le rapport des analyses de traces auriculaires qui venait d'être envoyé par le laboratoire de Nancy. Stéphane se hâta de le parcourir et il lut à voix haute les conclusions, en jetant un regard discret sur Candice.

— Les deux premiers appartements comportaient des traces auriculaires très nettes appartenant, d'après le niveau de fiabilité, au même individu. Ces traces révèlent différents éléments caractéristiques de l'individu en question, notamment la présence d'une épaisse cicatrice à l'oreille gauche. Tu avais raison de croire que ce prélèvement était nécessaire. Sans aveux, c'est la seule preuve que nous avons de sa présence sur les lieux des meurtres.

— Nous avons surtout eu de la chance qu'il colle son oreille gauche contre les portes. S'il avait plaqué la droite, ce rapport ne nous aurait servi à rien, répondit Candice qui voulait maintenant minimiser son intervention.

Ils continuèrent d'éplucher les documents qu'ils avaient sous les yeux, mais rien d'évident ne leur indiquait où ils pourraient trouver Antoine et son père. Mais lorsque Stéphane relut pour la seconde fois le livret de famille des Chenay, son sang ne fit qu'un tour. Il se dirigea alors vers le trombinoscope de la société Enjoy Waters, affiché sur le tableau de la salle de réunion où s'entremêlaient encore les flèches dessinées par Atangana. Ses yeux balayèrent les dizaines de photographies, plus ou moins floues, des différents employés de la société, jusqu'à ce qu'il tombe sur celle qu'il cherchait.

— Cette fois, on le tient pour de bon.

— Quoi ? Qu'est-ce que tu as trouvé ? demanda

Candice qui observait également les photographies sans comprendre où voulait en venir Stéphane.

Mais il ne prit pas la peine de lui répondre et récupéra son arme qu'il avait déposée sur la table.

— Rejoins-moi dans la voiture, j'arrive tout de suite, dit-il avant de quitter la pièce en trombe.

Candice tenta de contenir son agitation. Stéphane avait réagi devant une évidence qui lui échappait encore. Elle attrapa à son tour le livret de famille des Chenay et lorsqu'elle regarda à nouveau le trombinoscope, elle eut alors la même certitude que Stéphane. Ils avaient trouvé le tueur au foulard.

# EXTRAIT DE L'ACTE DE MARIAGE

Le *Treize septembre* mil neuf cent *quatre vingt-deux* à *quinze heure trente*

devant nous ont comparu publiquement dans la maison commune :

### Époux

Nom : *CHENAY*

Prénoms : *Thierry, Lucien, André*

Né à : *Nancy (Lorraine)*

le : *trois juillet mil neuf cent cinquante deux*

Fils de : *Lucien CHENAY*

et de : *Denise LESSEC*

### Épouse

Nom : *LANGLOIS*

Prénoms : *Suzie, Marie*

Née à : *Nancy (Lorraine)*

le : *deux avril mil neuf cent cinquante neuf*

Fille de : *Eugène LANGLOIS*

et de : *Éloïse ROUSSELOT*

Les futurs conjoints ont déclaré *qu'il n'a pas été fait de contrat de mariage.*

Les futurs conjoints ont déclaré l'un après l'autre vouloir se prendre pour époux et nous avons prononcé au nom de la loi qu'ils sont unis par le mariage.

Délivré conforme au registre, le *Dix-neuf septembre mil neuf cent quatre-vingt deux.*

# - 43 -

Sophie était encore affaiblie et peinait à répondre aux questions des policiers. Jenny avait les bras autour de ses épaules comme pour l'envelopper d'une aura protectrice qu'elle seule aurait la force de lui apporter.

— Madame Langlois, c'est très important. Vous n'avez absolument aucune idée de l'endroit où pourrait être allé votre mari ? Sans son véhicule, il n'a pas dû partir très loin, demanda Stéphane pour la troisième fois.

— Je... je ne sais pas. C'est pour cela que je vous ai appelé justement.

— Pensez-vous que quelqu'un ait pu venir le chercher ?

— Je vous ai déjà dit que je me suis absentée ce matin. Et quand je suis revenue, il n'était plus là.

Jenny resserra son étreinte contre elle. Elle s'était remise à frissonner.

Stéphane regarda Legendre, conscient que la questionner davantage n'aboutirait à rien.

— Si toutefois, une piste, même la moins évidente, vous venait en tête, appelez-moi immédiatement, continua le commandant.

Sophie acquiesça et accompagna Stéphane du regard lorsqu'il se leva du fauteuil en face d'elle.

— Une dernière chose madame Langlois, reprit-il en se retournant vers elle. Votre mari a bien une cicatrice à l'oreille gauche ?

— Oui, il s'est blessé lorsqu'il était plus jeune, pourquoi ? répondit-elle sans hésiter.

— Merci madame Langlois.


Stéphane et Legendre quittèrent la maison pour rejoindre l'équipe qui patientait dehors. Il s'apprêtait à donner les premières consignes de recherche quand la porte d'entrée s'ouvrit à nouveau.

— Commandant Gassin ! appela une voix derrière eux.

Jenny se tenait sur le perron et Stéphane se dirigea vers elle.

— J'ai peut-être une idée de l'endroit où pourrait se trouver Julien.

— Je vous écoute, répondit Stéphane.

— Mais avant, j'aimerais que vous me promettiez qu'il ne lui sera fait aucun mal.

— Mademoiselle, notre mission n'est pas de malmener les témoins. J'ai besoin que Julien Langlois soit retrouvé au plus vite, pour le protéger des autres... et de lui-même.

Jenny regrettait déjà d'avoir interpellé le policier. Elle craignait de mettre Julien dans une situation embarrassante, voire désastreuse.

— Croyez-moi, plus vite je le retrouve, et plus vite il sera en sécurité.

— Je sais qu'il aimait se ressourcer sur les hauteurs qui surplombent le village, lança finalement Jenny. Il y a un endroit où pousse un grand marronnier et je l'ai déjà aperçu plusieurs fois là-bas en train de lire ou se reposer.

— Pourriez-vous nous y conduire ? demanda Stéphane.

— Je ne veux pas laisser mon amie seule...

— Quelqu'un va rester auprès d'elle en attendant votre retour, proposa Stéphane en faisant un geste à l'un des gendarmes présents.

Jenny accepta et s'installa aux côtés de Legendre dans un des véhicules.

— Qu'est-ce que je peux faire ? demanda Candice avant de laisser Stéphane monter à son tour.

— Il vaut mieux que tu restes ici dans la voiture. Si tu vois quelque chose bouger, préviens-moi.

Candice regarda le petit cortège de véhicules s'éloigner en direction de la sortie du village.

Stéphane sentait la pression monter d'un cran à mesure qu'ils approchaient du chemin caillouteux qui conduisait au grand marronnier.

— Il faut que vous vous arrêtiez ici. Le chemin ne peut se pratiquer qu'à pied, recommanda Jenny.

Stéphane mit un pied dans les hautes herbes encore humides de la rosée du jour. Le ciel se couvrait de nuages et le soleil du matin avait laissé place à une grisaille automnale menaçante. Accompagné d'une dizaine d'hommes et de Legendre, il se laissait guider par Jenny à travers le petit sous-bois qui abritait le chemin. Quelques mètres plus loin, il fit stopper toute l'équipe.

— C'est la voiture de Chenay, dit-il en voyant le pick-up bleu nuit arrêté en plein milieu de la voie. Il est encore loin ce marronnier ?

— Il suffit de continuer le sentier. Vous le remarquerez facilement, c'est le seul arbre en haut de la colline, répondit Jenny.

Stéphane donna l'ordre à un gendarme de la raccompagner jusqu'à la maison des Langlois. Thierry Chenay se trouvait dans les parages, probablement en compagnie de Julien Langlois, et il ne voulait pas sous-évaluer leur dangerosité.

La file d'hommes continua sa progression à travers le sous-bois. Les branches s'éclaircirent et dégagèrent la vue sur le chemin qui s'étirait au milieu des champs. Stéphane le suivit du regard jusqu'à ce qu'il aperçoive au loin l'arbre solitaire, perché en haut de la colline et surplombé de lourds nuages. Il comprit alors qu'il avait enfin retrouvé le père et son fils.

***

L'air était chargé d'humidité. Quelques oiseaux volaient encore pour attraper les derniers insectes avant la tombée des premières gouttes. Une bise venue tout droit du nord commençait à souffler de légères bourrasques à travers les branches du marronnier. Le soleil se couchait plus tôt que d'habitude, signifiant que la journée devait se terminer au plus vite.

Thierry Chenay regardait son fils profiter une dernière fois de la vue sur le village et de la compagnie de son arbre protecteur. Désormais, il n'entendrait plus le chant des oiseaux virevoltant à travers ses longues branches tortueuses, il ne sentirait plus le vent frais rafraîchissant sa peau, il ne verrait plus les rayons du soleil inondant le ciel de ses couleurs fauves, il ne respirerait plus l'odeur des fleurs des champs qui éclosent et pétillent sous le bourdonnement des abeilles et des papillons. Il ne subirait plus non plus les attaques incessantes d'un passé trop lourd, trop cruel et contre lequel il n'était jamais parvenu à lutter. Chaque combat s'était soldé par un échec et le temps était venu de se libérer du poids de cette vie marquée au fer rouge par la douleur et la torture.

Stéphane vit le corps de Julien se balancer lentement au bout de la corde. Son regard vide était tourné vers son père, qui le contemplait, placide.

Thierry Chenay savait qu'il serait rapidement rejoint, mais il était soulagé d'avoir pu accomplir son rôle avant de voir les bracelets à ses poignets.

Stéphane ne craignait plus Thierry Chenay. Mais il devait s'assurer qu'il l'aide à emboîter les dernières pièces du puzzle.

— Mettez les mains sur la tête, scanda Stéphane derrière lui en le tenant en joue avec son arme.

Deux gendarmes se jetèrent sur lui pour le fouiller. L'homme n'était venu qu'avec une corde et un couteau. Le dernier présent qu'il ait voulu faire à son fils.

Stéphane observait, impuissant, le corps relâché de celui qu'il traquait depuis des jours. La frustration l'envahit alors autant que la colère de savoir que la justice ne pourrait pas être totalement rendue. Il avait eu une heure de retard sur le rendez-vous entre les deux hommes. Il regarda alors Legendre et son équipe conduire Chenay jusqu'aux véhicules abandonnés en contrebas.

La plénitude des lieux l'embauma soudainement. Le vent s'enroula autour de lui, apportant des senteurs d'écorces et de feuilles séchées. Le silence s'étalait à des kilomètres à la ronde. Il laissa ses yeux parcourir le village et son clocher tranquille qui sonnerait bientôt l'angélus. Deux grosses gouttes vinrent frapper son front. Il comprit alors ce que Julien Langlois venait chercher ici ; la certitude d'une quiétude aux vertus analeptiques, apportée par l'ombre d'un arbre bienfaisant et protecteur. Le repos serait désormais éternel pour Julien qui emportait avec lui ses secrets en même temps que sa souffrance.

# - 44 -

Derrière la vitre sans tain, Stéphane et Zeim observaient Thierry Chenay, la tête basse, le regard fixant inexorablement la table de la salle d'interrogatoire. L'homme paraissait encore plus vieux qu'à l'accoutumée et Stéphane fondait en lui tous ses espoirs de clore chaque détail de son enquête.

— Tu crois qu'il l'a poussé à se pendre ? demanda Zeim au policier.

— Je compte sur lui pour me le dire. Quoi qu'il en soit, il semblerait qu'il ait souhaité cette fin pour son fils.

— Quel genre de pensées peuvent habiter un homme comme lui en cet instant ?

Stéphane laissa Zeim à ses interrogations et rejoignit Chenay dans la salle. Ce dernier semblait vidé et attendait patiemment son heure, comme s'il représentait pour lui une délivrance.

— Je pense que vous savez ce qu'il vous reste à faire monsieur Chenay, commença Stéphane en déposant un verre d'eau devant lui.

— Est-ce qu'Antoine sera bien traité ? demanda-t-il, la voix faible.

— Il va subir une autopsie pour s'assurer des causes de la mort. Ensuite, le corps sera rendu à sa femme.

— Je pensais plutôt à ce qu'on allait dire de lui. À la télé, dans les journaux.

— Je ne maîtrise pas la presse. En revanche, la justice doit connaître toute la vérité, quelle qu'elle soit.

— Il n'était pas méchant, vous savez. Malgré les atrocités qu'il a commises, ce n'était pas un mauvais garçon commandant.

— Vous reconnaissez donc qu'il était l'auteur des meurtres de Nancy et de Mirecourt ?

— L'auteur oui, mais pas le responsable.

Chenay eut un moment de recueillement que Stéphane n'osa pas interrompre.

— Le véritable responsable c'était moi. Moi, parce que je n'ai pas su le protéger de sa mère.

— Vous voulez parler des violences qu'il subissait lorsqu'il était enfant ?

— J'ai failli à mon rôle de père. Quand je l'ai compris, c'était bien trop tard.

Thierry Chenay expliqua ensuite comment après le meurtre de sa femme par son fils, ce dernier avait commencé à avoir des délires hallucinatoires. Il voyait sa mère sans cesse, partout. Il se faisait parfois du mal en se remémorant les coups qu'elle lui donnait. Il n'avait alors pas vu d'autre option que l'hospitalisation pour l'aider à s'en sortir.

— Au début, j'ai vraiment pensé que c'était la meilleure chose pour lui. Mais il n'était pas heureux. Il ne souriait pas, il ne s'amusait pas. C'était un crève-cœur de lui rendre visite et de voir sa mine blafarde jour après jour. Alors j'ai eu envie de lui offrir une vie plus colorée que les murs gris et blancs de l'hôpital.

— Vous avez donc payé Philippe Bartelli pour qu'il vous aide à faire sortir votre fils.

— Je n'ai pas eu de mal à le convaincre tellement il

était vénal. Je ne pensais pas que ce serait aussi facile. J'y ai passé une bonne partie de mes petites économies et ce qu'il me restait de la vente de la maison, mais j'ai pu récupérer Antoine auprès de moi.

— Cela ne vous a pas dérangé qu'il se retrouve sans traitement du jour au lendemain ?

— Bien sûr que si. Mais il s'est avéré qu'il était bien plus heureux qu'à l'hôpital et vous pouvez me croire, le bonheur est le meilleur des médicaments. Nous avons voyagé à travers le pays, profitant pleinement de ces moments à deux. Des moments que je n'ai pas su saisir lorsque je travaillais et que je m'absentais chaque semaine. J'ai voulu rattraper le temps perdu.

— Mais j'imagine que le bonheur fut de courte durée...

— Hélas oui. Ses vieux démons ont refait surface et il me parlait de plus en plus de sa mère. Il me disait l'avoir vue dans un magasin ou dans un bar, qu'elle lui avait parlé et qu'elle l'avait encore insulté. J'ai fait l'erreur de le laisser s'absenter quelques fois et il en a profité pour tuer ces femmes lors d'une crise hallucinatoire. Je suppose qu'il avait cru voir sa mère en elles et il leur a fait subir le même sort.

— Vous supposez ?

— Il semblait ne pas se souvenir de ce qu'il avait fait. Mais je ne pouvais pas livrer mon fils à la police. J'ai essayé de gérer tout cela moi-même.

— Pourquoi ne pas l'avoir reconduit à l'hôpital ?

— On m'aurait posé des tas de questions, j'aurais été complice. C'était inenvisageable pour moi. Je ne voulais pas que l'on puisse faire le lien entre lui et ses meurtres. J'ai exigé de Bartelli qu'il détruise tout ce qui le reliait au décès de sa mère. J'ai également demandé à Edmond Tisserand de falsifier le dossier sur l'incendie et l'assassinat, mais aussi de clore l'enquête sur les meurtres.

— Vous les avez surtout menacés...

— C'est vrai... Mais j'étais prêt à tout pour sauver Antoine. Tisserand était un vrai poltron mais il avait tout de suite fait le rapprochement entre les derniers crimes et mon fils. Il n'était pas question pour moi qu'il finisse en prison. Quant à Bartelli, je n'avais plus beaucoup d'argent à lui proposer alors j'ai fait comme pour Tisserand, j'ai menacé sa famille...

— Vous avez donc laissé un meurtrier dans la nature juste pour vous convaincre que vous pouviez agir en tant que père.

— Qu'avais-je à perdre ? Mon fils était tout ce qu'il me restait... Mais je ne voulais pas qu'il puisse recommencer alors je l'ai protégé de lui-même. Je l'ai enfermé et toujours avec l'aide de Tisserand, je lui ai fabriqué une nouvelle identité.

— Utiliser le nom de jeune fille de votre femme était risqué...

— C'est Antoine qui me l'avait demandé. Malgré tout le mal qu'elle lui avait fait, une part de lui l'aimait encore. Ne croyez pas qu'il délirait à longueur de journée. Il avait de vrais moments de lucidité. Et nous avions mis ces moments à profit pour lui créer une nouvelle vie. Une vie normale dans laquelle il ne serait plus Antoine, l'enfant martyre, mais Julien. Il a pu passer le bac par correspondance et quelques mois plus tard, il a entamé des études d'ingénieur. C'était inespéré, mais il s'accrochait à ses livres comme à une bouée de sauvetage et il a enfin pu sortir la tête de l'eau. Ses crises étaient rares, voire inexistantes. J'avais envie d'écrire à tous ces médecins qui ne juraient que par leurs molécules chimiques destructrices pour soigner les gens. Antoine s'en était tiré par la seule force de sa volonté. La vie s'est chargée du reste. Il a rencontré Sophie et il a commencé à voler de ses propres ailes. Je me suis effacé peu à peu de sa vie, mais je gardais tout de même un œil sur lui autant que je le pouvais.

— Durant quinze ans, votre fils a pu avoir une vie normale, sans aucun traitement médicamenteux ?

— La preuve, et il n'y a pas eu d'autres meurtres...

— Cela ne vous donne pas le droit d'être fier de ce que vous avez accompli... rétorqua Stéphane à Chenay.

— Pourtant je l'étais... Jusqu'à ce que soit tuée une nouvelle femme à Mirecourt. Et compte tenu du bruit que cela a fait dans la presse, je n'ai pas mis longtemps à comprendre que c'était lui. J'ai essayé d'intervenir, mais il était bien plus fort que moi. Son mal était plus fort que moi. J'étais désemparé, je sentais que mon fils perdait pied à nouveau. Il me disait que sa mère était venue le voir et qu'elle cherchait à le détruire... Je n'ose même pas vous avouer tout ce qu'il m'a raconté, mais j'étais totalement meurtri et je sentais qu'il n'avait plus les armes pour se battre.

— Alors vous l'avez tué.

En entendant ces mots, Chenay se mit à sangloter. Toute sa vie durant, il s'était efforcé de protéger son fils contre lui-même, mais sa folie avait été plus forte que tout et il n'avait envisagé que la mort pour le délivrer.

— Je ne pouvais plus le voir comme ça, vous comprenez ? Sa mère ne le quitterait jamais. Le tuer, c'était la tuer, elle aussi, définitivement. Et il le savait. Il voulait en finir avec elle.

— Avez-vous conscience des morts que vous avez laissés derrière vous ? Six femmes, sans compter votre femme et Edmond Tisserand. Lui aussi portait le fardeau de toutes ces disparitions injustes et il ne l'a pas supporté.

— Je n'ai pas voulu ça, je vous assure. Mais commandant, ne seriez-vous pas prêt à tout pour sauver votre sang et votre chair ?

Immédiatement, le visage de Lucie lui apparut sous les yeux. Comment aurait-il réagi face à une telle situation ? Il se levait chaque matin pour que la justice puisse être rendue. Mais lorsque les crimes commis le sont par la personne qui vous est la plus chère, qui est le mieux placé pour décider de son sort ?

*** 

Plusieurs médecins, dont Aline Sandré, avaient visionné les images de l'interrogatoire de Thierry Chenay.

— D'après les éléments dont nous disposons, Antoine Chenay était probablement atteint de schizophrénie paranoïde, annonça Aline Sandré face à l'équipe en charge de l'enquête. C'est finalement la forme la plus fréquente de schizophrénie qui s'accompagne d'hallucinations ou de délires de persécution entre autres. Sa femme nous a confirmé que ces derniers temps, il avait le sentiment que la terre entière lui en voulait. C'est malheureusement l'un des symptômes les plus courants et sans traitement, il est très difficile de contrer toutes ces émergences complotistes.

— Pourtant, d'après son père, il a vécu quinze ans sans aucun suivi, ajouta Stéphane, sceptique.

— La psychiatrie n'est pas une science exacte. Je dirais qu'il y a autant de maladies que de malades. Nous ne pouvons pas les ranger dans des cases et leur appliquer un traitement qui fonctionnera à coup sûr. Antoine Chenay a très bien pu connaître une période faste dans sa vie où les événements positifs prenaient le pas sur les plus négatifs, permettant à ses délires d'être refrénés.

— Pour finalement réapparaître, continua Zeim.

— Sa vie ces derniers mois semblait en deçà de ses attentes, provoquant une phase dépressive propice à la réinstallation de tous ces symptômes, ajouta la directrice des soins.

— Et sa femme ne se serait jamais doutée de rien ? questionna Legendre.

— Ce n'est pas simple d'admettre que votre mari ou votre femme va mal. On se voile la face, on ignore, jusqu'à ne plus pouvoir nier l'évidence. Mais il aura fallu la mort d'Antoine pour que Sophie Langlois comprenne ce qui se passait réellement dans la tête de son mari.

— Mais comment expliquez-vous que Julien ait témoigné contre Antoine ? Il s'est dénoncé lui-même en quelque sorte, questionna à son tour Atangana.

— Le portrait physique que Julien a dépeint d'Antoine ressemblait fort au jeune homme qu'il était à l'époque où il a tué sa mère. On peut supposer que durant ses phases hallucinatoires, il voyait Antoine comme un être distinct de lui, sans savoir que c'était lui, quinze ans plus tôt au moment où il a subi le traumatisme du meurtre de sa mère. Et il y a également de grandes chances pour qu'il ne se souvienne pas des actes qu'il a commis. Les événements traumatiques peuvent rester enfouis pour ressurgir sous des formes variées comme des rêves, des cauchemars, des hallucinations. Mais là encore, tout ceci est très théorique et seuls les limbes de son cerveau recelaient la vérité.

Zeim remercia Aline Sandré pour son éclairage qui laissa une bonne partie de l'assistance sans voix et se leva pour féliciter l'ensemble de l'équipe.

— Je déplore néanmoins que trois femmes aient eu à subir ce triste sort. Nous savons désormais que le tueur au foulard ne fera plus aucune victime. Je remercie l'équipe de gendarmerie de Mirecourt, celle du commissaire Atangana et bien entendu celle du commandant Gassin. Nous ne pouvons qu'être fiers d'avoir pu montrer que l'union faisait la force et sans les compétences respectives de toutes nos équipes, nous n'aurions pas réussi à démêler cette affaire.

Atangana opina du chef tandis que le reste de la salle applaudit le discours de Zeim. Stéphane détestait ce moment où chacun se fourvoyait dans des congratulations et éloges mutuels.

— On dirait que tu es le seul à ne pas te réjouir, lança Candice alors que tout le monde échangeait de cordiales poignées de main. Pourtant, tu devrais être ravi que ton procureur préféré te félicite.

— J'ai l'habitude de ses discours mielleux, ricana Stéphane. J'ai fait mon travail, c'est tout. Est-ce que l'on applaudit un boulanger chaque fois qu'il sort une baguette de son four ? Je regrette juste qu'Antoine soit mort avant d'avoir pu lui parler et me faire mon idée de ce qu'il avait vécu.

— Tu sais, il aurait certainement été reconnu irresponsable et n'aurait pas pu répondre de ses actes.

— Tu as sans doute raison. Mais je garde un goût amer de tout ça.

Alors que les uns et les autres commençaient à partir, Zeim jeta un regard en direction de Stéphane. Les mots d'excuse tournoyaient dans sa tête, mais il quitta finalement la pièce sans lui adresser la parole, se limitant au discours convenu qu'il avait fait devant tout le monde à son égard.

# - 45 -

— Papa, dépêche-toi, je vais finir par rater mon train !

La voix de Lucie résonnait dans toute la cage d'escalier du petit immeuble nancéien qu'elle quittait. Stéphane rendit les clés au propriétaire du studio avant de lui adresser une rapide poignée de main et d'attraper les deux valises pleines à craquer. Il peina à descendre les marches, faisant taper les bagages contre les murs à chaque pas.

Lucie trépignait devant le taxi qui les attendait en bas de l'immeuble. Lorsque son père passa la grosse porte, elle se précipita pour l'aider.

— Comment vas-tu faire pour voyager avec autant de valises ?

— Hugo sera là, il sera sûrement moins encombré que moi !

Stéphane savait que rien ne pourrait entacher la joie qui inondait sa fille en cet instant. Pas même la neige qui commençait à dévoiler ses premiers flocons.

Stéphane poussa un râle de soulagement en s'asseyant dans le taxi qui s'élança en direction de la gare. Puis son esprit lui rappela pourquoi il était ici. Lucie partait pour Sydney ce 24 décembre après avoir mis entre parenthèses son année de classe préparatoire. Elle passerait un an là-bas avant de reprendre ses études.

— Tu aurais pu au moins rester pour les fêtes de fin d'année. Qu'est-ce que je vais faire tout seul ? se lamenta exagérément Stéphane.

Lucie embrassa son père sur la joue et continuait d'arborer un large sourire. Le triste réveillon qu'il allait passer n'était clairement pas dans ses préoccupations. Tous deux regardèrent le paysage urbain défiler et le taxi s'engagea dans l'avenue qui surplombait les voies ferrées avant de s'arrêter à proximité de l'entrée de la gare. Stéphane sentait son estomac se nouer à mesure que l'heure de la séparation approchait.

Il paya la note de taxi avant de s'encombrer à nouveau des deux lourdes valises de sa fille, qui était elle-même affublée d'un imposant sac de randonnée. Elle regardait le hall de gare comme si elle le découvrait pour la première fois et voyait en lui le point de départ de sa nouvelle vie. Elle avait trouvé un emploi de jeune fille au pair chez une famille australienne bourgeoise tandis que son petit-ami irait servir des cocktails sur Bondi Beach. Une vie de bohème et d'insouciance qui effrayait Stéphane, mais il ne voulait pas lui transmettre ses angoisses à quelques minutes du départ.

— Tu n'oublies pas de me dire quand tu arrives à Paris et...

— Et quand j'arrive à l'aéroport, et à chaque escale et lorsque j'aurai atterri à Sydney puis quand j'aurai posé mes valises chez mes patrons, se moqua gentiment Lucie.

Stéphane secoua la tête en souriant. Hugo les attendait au niveau du quai d'où partait leur train pour Paris.

— Bonjour monsieur, dit le jeune homme en hochant une tête pleine de cheveux décoiffés.

— Salut Hugo. Soyez prudents tout au long du voyage. Si vous avez la moindre question, appelez-moi, peu importe l'heure du jour ou de la nuit, enchaîna Stéphane qui ne parvenait finalement pas à se contenir.

— Promis papa ! répondit Lucie en enlaçant son petit-ami qui avait déjà les tongs aux pieds malgré le zéro degré affiché dehors.

— Au moins, vous passerez Noël sous le soleil ! s'amusa Stéphane qui regardait les flocons s'écraser contre l'imposante verrière qui surplombait les quais.

— Dommage que maman n'ait pas voulu venir, soupira Lucie.

— Tu connais ta mère, rétorqua Stéphane. Les au revoir, ce n'est pas trop son truc. Mais j'ai cru comprendre que vous aviez passé une excellente soirée hier.

— C'était un moment génial. Je suis contente d'avoir pu profiter d'elle avant de partir.

Lucie annonça alors le moment que Stéphane redoutait tant.

— Je crois que nous devons y aller, dit-elle en attrapant les poignées de ses valises.

Stéphane avait le ventre ulcéré, mais tentait de garder la face. Il s'était juré de ne pas pleurer devant elle.

Il enlaça tendrement sa fille.

— Je viendrai te voir dès que possible. Tu me feras visiter Sydney. J'ai toujours rêvé de découvrir ce splendide opéra !

Stéphane consentit enfin à lâcher sa fille et la regarda s'éloigner sur le quai de la gare. C'est alors que Lucie fit demi-tour.

— Tu ne pensais pas que j'allais te laisser passer le réveillon de Noël seul dans ton appartement, dit-elle d'un petit air candide.

Elle lui tendit alors une carte de visite où était notée l'heure d'une réservation dans l'unique restaurant étoilé d'Épinal.

— J'ai pris une table lorsque j'ai su que je ne serais pas là pour passer Noël avec toi. Ils organisent une soirée pour le réveillon avec champagne et petits-fours à volonté !

— Tu sais, je n'aime pas trop ces ambiances guindées... répondit Stéphane qui n'en était pas moins touché par l'attention de sa fille.

— Tu dois me promettre d'y aller ! Et attention, tenue correcte exigée !

Stéphane n'avait d'autre choix que d'accepter et embrassa Lucie une dernière fois tendrement.

Il ne put retenir une larme lorsqu'il la vit monter dans le train en lui adressant un au revoir des deux bras. Quelques secondes plus tard, le train démarra et il attendit qu'il disparaisse derrière les bâtiments pour quitter la gare.

\*\*\*

À défaut d'une invitation de dernière minute, Stéphane s'était résolu à se rendre au restaurant et faisait ses essayages pour la soirée. Il n'avait que deux costumes : un trop court et un trop large.

Il opta finalement pour la version large et retroussa quelque peu les jambes de son pantalon pour éviter de marcher dessus. La veste était tout juste cintrée, mais il n'avait pas l'intention de parader ; une fois installé sur sa chaise, il n'en bougerait plus.

La neige s'était transformée en un crachat boueux et

il tenta de ne pas glisser en grimpant les marches devant l'entrée du restaurant. Il pénétra dans le hall recouvert d'une moquette détrempée par les précédents passages et fut accueilli par le patron de l'établissement. Ce dernier se hâta de lui ôter sa veste mouillée avant de le conduire jusqu'à sa table.

Stéphane n'était pas à son aise dans cette atmosphère feutrée où les meubles de style napoléonien côtoyaient les œuvres contemporaines. Le patron le fit traverser un petit salon où quelques clients sirotaient des cocktails pétillants colorés avant de l'emmener dans la salle principale dans laquelle un orchestre composé de deux violons et une contrebasse jouaient déjà des morceaux classiques. Stéphane inspira un grand coup et espéra que la soirée puisse passer aussi rapidement que possible. Il continua de suivre le patron qui lui indiqua une table située dans un coin, au fond du restaurant.

— Vous devez faire erreur, s'exclama Stéphane en voyant que quelqu'un était déjà installé. Je serai seul ce soir.

— Vous êtes bien monsieur Gassin ? interrogea le patron en affichant un sourire d'une blancheur surnaturelle.

— Oui... confirma Stéphane qui se demandait dans quel traquenard Lucie l'avait embarqué.

— Alors c'est bien votre table, répondit le patron en l'invitant à s'approcher.

Stéphane comprit alors que sa soirée allait prendre une tout autre tournure lorsqu'il aperçut Candice se retourner vers lui. Il ne put cacher son étonnement de revoir celle dont il n'avait eu aucune nouvelle depuis la fin de l'enquête sur le tueur au foulard. Il avait bien songé une ou deux fois à l'appeler, mais il s'était ravisé en pensant que cette idée n'était pas bien fondée.

Le visage de la jeune femme trahissait sans conteste

le plaisir qu'elle avait à revoir Stéphane. Elle le regarda s'asseoir en face d'elle sans dire un mot. Plus coutumière du « jean basket » que de la robe de soirée, Candice portait une tenue qui Stéphane tout de suite en émoi. En temps normal, il aurait trouvé cette robe fendue ridicule aux épaules d'un mannequin derrière une vitrine de magasin, mais Candice mettait magnifiquement bien en valeur le bustier recouvert de strass de toutes les tailles. Elle avait troqué la queue de cheval pour un chignon parfait qui laissait échapper quelques mèches de cheveux de chaque côté de son visage. Un maquillage fin et discret achevait de la rendre plus belle qu'il ne l'avait jamais connue sur les quelques jours où ils avaient travaillé ensemble.

— Je me sens totalement ridicule, dit-il en réalisant qu'il portait une veste trop large et un pantalon trop long.

— Ne dis pas n'importe quoi ! Je te trouve très élégant, le rassura-t-elle.

Un serveur les salua et versa du champagne dans des coupes au design relevant davantage du sablier que du verre. Candice plongea alors son regard aux reflets noisette dans le sien avant de lever sa coupe et de dire :

— Joyeux Noël, commandant Gassin !

# PRECISIONS ET REMERCIEMENTS

J'ai voulu ce roman comme un hommage à part entière.

Pour la première fois, j'ai situé l'intrigue au cœur de ma région natale, en Lorraine dans le département des Vosges. Je suis même allée plus loin, en faisant vivre Sophie et Julien à Offroicourt, le village où j'ai grandi. Stéphane et le reste des protagonistes ont navigué dans les villes qui ont marqué ma jeunesse, de manière positive comme négative.

Certains lieux existent, tels qu'ils sont dans la réalité ou tels que je les ai imprimés dans ma mémoire. J'ai bien évidemment édulcoré ou, au contraire, durci certaines de mes descriptions pour qu'elles puissent être en adéquation avec l'atmosphère que je voulais dans ce roman. J'ai également pris quelques petites libertés avec la géographie de certains lieux, toujours dans l'intérêt de l'histoire.

La représentation de l'hôpital psychiatrique, qui existe réellement à Mirecourt, mais dont le nom a été volontairement modifié, est sortie tout droit de mon imagination et de l'idée que je m'en suis faite, notamment concernant l'intérieur des locaux. Il incarnait pour moi un personnage à part entière auquel je voulais rendre hommage, dont la singulière histoire et l'architecture m'ont fascinée. Sur ces deux points et d'après les renseignements dont je disposais, j'ai à nouveau apporté mon grain de sel romanesque pour donner au lieu la majestueuse dimension que je souhaitais lui conférer. Les lecteurs les plus aguerris auront peut-être reconnu le tableau *Port de mer au soleil couchant* du peintre Claude Gellée, né dans les Vosges, que Stéphane observe lorsqu'il se déplace dans l'un des couloirs de l'hôpital (chapitre 25).

Concernant tous les autres personnages du roman, ils sont totalement fictifs, même si ceux qui me connaissent sauront décrypter les parts de mon histoire personnelle à travers chacun d'eux.

J'ai voulu ce roman comme un hommage à part entière. À ma jeunesse. À tout ce qui a forgé ce que je suis aujourd'hui et dont je garde les plus beaux, comme les moins bons, souvenirs.

Et comme je n'ai pas travaillé totalement seule dans mon coin, je tenais à remercier le premier et le plus flatteur des lecteurs qu'il soit, mon compagnon, Yoann. Il ne compte plus les heures qu'il a passées sans moi parce que j'étais occupée à rédiger toutes ces pages. Cela m'a été bien difficile de garder secret ce roman jusqu'à la fin, mais sa découverte de l'histoire n'en a été que plus satisfaisante, je crois.

Je remercie également Césarine, sans qui je n'aurais pas pu avoir des renseignements aussi complets et précis sur l'univers délicat de la psychiatrie. Ses précieuses informations m'ont été indispensables pour établir le portrait complexe d'Antoine, que j'ai voulu juste, sans trop de naïveté.

Je remercie ensuite mes « bêta-lecteurs », ceux qui m'ont apporté leurs remarques avec une grande sincérité sans bouder leur plaisir de me lire. Je pense à ma maman Nadine, ma belle-maman Marie-Françoise, mes amies, Julie, Sandrine et Ornella, qui méritent tout autant leur place sur cette page pour la pierre apportée à l'édifice.

Je remercie mon fils d'avoir accepté que je ne l'écoute que d'une oreille lorsqu'il me parlait et que j'avais les yeux rivés sur mon roman.

Je remercie mon village d'enfance qui a été l'une de mes principales sources d'inspiration. Je remercie mes souvenirs d'être restés suffisamment doux pour que je décide de les coucher sur le papier.

# A PROPOS DE L'AUTEUR

Passionnée d'écriture et de lecture depuis son plus jeune âge, Cindy Valt signe son premier roman *Écrits de détresse* à 27 ans après deux ans de travail.

Professeur des écoles et installée en Bourgogne avec sa famille, elle consacre son temps libre à l'écriture de romans à suspense, mais aussi de contes pour enfants.

L'aventure littéraire se poursuit en 2018 avec la parution d'un roman aux allures futuristes *Derrière le viseur* en auto-édition puis un polar en 2019 intitulé *Il s'appelait Antoine*, dont l'intrigue se situe en plein cœur de la Lorraine et de la plaine des Vosges, sa région natale.

# DU MÊME AUTEUR

Écrits de détresse, 2016, auto-édition
Derrière le viseur, 2018, auto-édition
Il s'appelait Antoine, 2019, auto-édition
Le journal de Betty Swan, 2020, auto-édition
     Réédition en 2022 avec *Les Nouveaux Auteurs*
Il court le furet, 2023, auto-édition